MICA HEALAND

CLAYTON HOTEL

CAIDEN & AMAIA

CLAYTON HOTEL
Caiden & Amaia

Bildmaterial: Shutterstock, Freepik, Envato Elements, Rawpixel
Korrektorat: Blaustift Buchbetreuung
Cover: Dana Müller-Braun
Umschlag: Nikolina Designs

Bestellung und Vertrieb: Nova MD GmbH, Vachendorf

ISBN: 978-3-98595-692-0

Druckerei Smilkov Print Ltd
Pokrovnishko shose
2700, Blagoevgrad

Federherz Verlag
Süntelstraße 70
31848 Bad Münder
www.federherzverlag.de
Instagram: @federherz.verlag

Eines Tages kommt der Zeitpunkt, an dem dir klar wird, dass du angekommen bist. Du wirst es wissen, schlicht weil du dich nicht länger fragst, wo du hingehörst.
Dann bist du zu Hause.

Für alle, die diesen Ort noch suchen …

Triggerwarnung

Sei gewarnt!

Im Clayton Hotel warten düstere Themen auf dich. Wenn du eine rosarote Liebesgeschichte lesen möchtest, solltest du dieses Buch besser zur Seite legen und einen Bogen um die Familie Clayton machen. In diesem Hotel kommt einiges auf dich zu, das dich gegebenenfalls triggern könnte. Wenn du auf Nummer sicher gehen willst, erkundige dich auf der letzten Seite über die vorkommenden Themen. Sollte dich etwas davon triggern oder dir ein ungutes Gefühl geben, check lieber woanders ein.

Prolog

CAIDEN

»Sieh mich an, Amaia.« Meine tiefe Stimme klingt wie ein jämmerliches Flehen. Ich nehme dein Kinn zwischen meine Finger, zwinge dein Gesicht in meine Richtung.

»Ich kann nicht.« Es ist nicht mehr als ein dünnes Hauchen, das über deine bebenden Lippen kommt. Dich leiden zu sehen, ist das Letzte, was ich in meinem Leben wollte.

Deine nackte Haut schmiegt sich eng an meine. Die Feuchtigkeit auf meinem Oberkörper vermischt sich mit deiner. Der Geruch nach Sex liegt schwer in der Luft. Wir sind uns so nah wie nur menschenmöglich, und doch scheinst du Lichtjahre entfernt.

So langsam wie meine Selbstbeherrschung es zulässt, ziehe ich mich aus deiner Enge zurück. Ich quäle dich absichtlich.

»Du kannst«, knurre ich und drücke dein Kinn fester nach oben. Deine Fingernägel bohren sich in meine Schultern, Tränen fließen unentwegt über deine Wangen. Ich sehe sie gern. Denn ich weiß, dass sie mir zeigen, was du so lange versucht hast, zu verbergen. »Sieh mich an, Sweetheart. Lass es zu.«

»Ich habe Angst, Caiden.«

Das ist das zweite Mal, dass du mich bei meinem Vornamen nennst. Und das zweite Mal, dass ich das Gefühl habe, die echte Amaia vor mir zu haben. Zur Belohnung schiebe ich meinen Schwanz in einem harten Stoß bis zum Anschlag in dich hinein. Ich weiß, wie sehr dir das gefällt. Du willst gefickt werden. Hart, unbarmherzig.

Stöhnend schließt du die Augen und schlingst deine Arme um meinen Hals. Ich lasse zu, dass du dein Gesicht in meine Halsbeuge presst.

Eng umschlungen nehme ich dich mit langsamen, aber heftigen Stößen.

»Ich bin da«, verspreche ich dir flüsternd ins Ohr und küsse dich auf die Stelle direkt darunter. Das macht dich verrückt. »Ich gehe nicht weg.«

Dein Körper erschauert unter meinen Worten und meinen Stößen. Wehrlos gegen die Emotionen, die dich überwältigen, klammerst du dich an mir fest, während ich dich liebe.

Zum ersten Mal ficke ich dich nicht, sondern ich liebe dich.

Und doch fühlt es sich nicht richtig an.

Ich habe dich gebrochen.

Ich habe deine Schale geknackt und dich verletzlich gemacht.

Ich habe dir den Panzer genommen, der dich am Leben gehalten hat.

Jetzt liegst du nackt und schutzlos unter mir.

Ich verlangsame mein Tempo und ziehe mich so weit zurück, dass wir uns in die Augen sehen können.

»Ich will sehen, wie du kommst. Schau mich an. Wehr dich nicht. Nicht gegen mich.«

»Caiden«, flehst du und unsere Blicke treffen sich endlich. Deine dunklen Augen starren in meine. Sehen mich zum ersten Mal wirklich an und flehen nach Erlösung.

Dein Atem kommt stoßweise und du biegst wie so oft den Rücken durch, um mir deine Hüften entgegenzuschieben. Dich mit jedem Stoß auszufüllen, ist das beste Gefühl, das ich in meinem Leben bis jetzt erlebt habe.

Weil es verdammt noch mal Liebe ist.

»Ich bin da«, wiederhole ich. Mein Daumen gleitet über deine Unterlippe. Alles an dir ist weich und zart, ganz gleich, was du der Welt versucht hast, weiszumachen.

Ich kann spüren, wie du kurz davor bist. Deine Beine verkrampfen sich um meine Hüften. Deine Finger suchen an meinem Rücken nach Halt.

Ich will, dass wir zusammen über den Abgrund stürzen.

Dann weiten sich deine Augen. Nicht vor Erregung. Nicht vor Lust. Aus deinem Blick spricht blanke Angst, die wie eine Welle über mich hinweg schwappt und mich mit sich reißt.

Der Knall kommt viel zu spät in meinen Ohren an.

Und dann weiß ich es instinktiv.

Ich muss dich nicht länger beschützen.

Es ist auch egal, ob du deine Gefühle zulässt oder nicht.

Jetzt ist es zu spät.

Es ist vorbei.

Jemand anderes hat für uns entschieden.

Das Spiel ist endgültig aus.

Dann wird alles um uns herum schwarz.

Kapitel Eins

CAIDEN

»Du bist wirklich verdammt gut.«

Mit einem schwachen Lächeln auf den Lippen ziehe ich meine Hose hoch und schließe einen Knopf nach dem anderen. »Danke«, brumme ich währenddessen. Aus dem Augenwinkel beobachte ich, wie die blonde Frau, deren Namen ich nicht mal kenne, die Riemchen ihrer High Heels schließt und sich ebenfalls wieder anzieht. Sie wirft ihre langen, glatten Haare unentwegt von einer Schulter zur anderen und zwinkert mir bei jedem Augenkontakt lasziv zu.

»Du könntest mehr als das, weißt du?«

Beinahe hätte ich laut über ihre Worte gelacht.

Natürlich kann ich mehr, als jede Nacht Frauen zu vögeln, bis diese in ihren schicken Schuhen kaum noch geradeaus gehen können. Immerhin bin ich kein Stricher, der darauf angewiesen ist, anderen für Geld Vergnügen zu verschaffen.

»Deine Worte schmeicheln mir, aber ich bin recht zufrieden, so wie es ist. Danke.«

Recht zufrieden ist nicht gelogen.

»Du könntest für mich arbeiten«, schnurrt sie. Dabei richtet sie sich zu ihrer vollen Größe auf und schiebt ihre falschen Brüste in dem engen Kleid zurecht. »Denk darüber nach, Caiden. Ich biete dir mehr als diesen Keller.«

»Ach so?«, frage ich und werde langsam, aber sicher ungeduldig. Wenn ich eins nicht ausstehen kann, sind das Leute, die glauben zu wissen, was gut für mich ist. Jeder Mensch sollte selbst entscheiden können, welchen Weg im Leben er geht. Andere zu belehren oder sich belehren zu lassen, ist in meinen Augen ein wirklich schwacher Charakterzug.

Tief atmend lehne ich mich an die Wand, gegen die ich sie noch vor wenigen Minuten gefickt habe, und ziehe die Schachtel Zigaretten aus meiner Hosentasche. Das hier ist nicht das erste Mal, dass eine unserer Kundinnen mir nach dem Sex einen Job anbietet. Vielleicht sollte es mir schmeicheln, aber ehrlich gesagt, fuckt es mich ziemlich ab. Manche von ihnen verpacken es etwas eleganter oder betteln mich an, ihr fester Lover zu werden. Andere bringen es direkt auf den Punkt. Blondi hier gehört wohl eher zur zweiten Kategorie.

»Du könntest bei mir wohnen. Ich zahle dir nebenbei ein saftiges Gehalt. Dafür möchte ich Exklusivität und Verfügbarkeit zu jeder Zeit.«

Während ich mir eine Kippe in den Mundwinkel stecke, sie aber nicht anzünde, bemühe ich mich, ruhig zu bleiben und meine Emotionen für mich zu behalten. So wie ich es immer tue.

»Danke. Kein Interesse«, knurre ich durch zusammengepresste Lippen und spüre den Zorn wie Säure durch meine Adern fließen.

Ich bin kein Stück Vieh, über das man handeln kann. Keine Marionette, die tanzt, wenn man an den richtigen Strippen zieht. Ich verachte Menschen, die denken, sie können über mich urteilen, nur weil ich es ihnen für Geld besorge. Die Frage ist doch, wen von uns beiden die letzten Stunden beschämen sollten. Immerhin bin ich nicht derjenige, der Tausende von Dollar für einen Schwanz bezahlt hat.

Mit meinem besten Pokerface starre ich sie an. Die Verachtung und die Wut, die ich empfinde, fest verschlossen, wo sie niemand sehen kann.

Nicht, dass es mir nicht gefallen hätte, mich in ihrem engen Arsch zu versenken. Das hat es zweifelsohne. Und genau aus diesem Grund mache ich das hier. Weil es mir gefällt. Nicht, weil mich die Kohle interessiert oder ich sonst nichts zu tun habe. Dass ich mich regelmäßig in unserem Club anbiete, ist reiner Egoismus. Das Geld, das ich an Abenden wie diesem einnehme, brauche ich kein bisschen. Es landet auf irgendwelchen Konten, oder ich gebe es denen, die es nötiger haben als ich.

Ich habe weder die Zeit noch die Ausdauer, ernsthaft um eine Frau zu werben. Und unkomplizierter als hier unten geht es nicht. Ich ficke hübsche, reiche Frauen, die nicht genug von mir bekommen können, und die in der Regel (Ausnahmen bestätigen ja bekanntlich die Regel) auch keine Fragen stellen. Was will man mehr?

Die Damen, die zu gierig werden und mich in die Enge treiben, werden von meiner Kundenliste gestrichen. Dieses Theater ist mir schlicht zu anstrengend. Aber das werde ich ihr nicht sagen. Wofür haben wir schließlich Personal? Für irgendetwas muss es ja gut sein, einer der Claytons zu sein.

Gerade als sie den Mund öffnet, um ihr sexuelles Grab weiter zu schaufeln, erlöst mich mein klingelndes Handy aus der nervigen Situation.

Ein Blick auf mein Display genügt, ich stoße mich ruckartig von der Wand ab und nehme die Kippe aus dem Mund.

»Was gibt's?« Ohne die Blondine noch einmal zu beachten, verlasse ich das Zimmer und gehe mit großen Schritten durch den spärlich beleuchteten Gang.

Der Keller unseres Hotels ist wie mein Zuhause. Okay, streng genommen ist das Hotel tatsächlich mein Zuhause, und daher auch der Club ein Teil davon. Ich könnte auch blind durch das Labyrinth aus samtbezogenen Türen schreiten, ohne mich zu verirren.

»Ich brauche dich am Tisch.«

Seit mehr als zehn Jahren bin ich den rauen Ton von Big Brown gewöhnt, aber dass der President meines MC mitten in der Nacht anruft und mich an den runden Tisch der Scorpions beordert, ist neu. Selbstredend hat ein Motorrad-Club keine Öffnungszeiten, aber meistens liegen die Members um diese Uhrzeit betrunken zwischen den Beinen irgendeiner Frau.

»Jetzt?« Ich kann mir die Frage beim besten Willen nicht verkneifen. Bevor ich in den etwas lauteren Barbereich unseres Kellers trete, halte ich inne.

»Stell keine dummen Fragen, Clayton«, blafft er und ich kann hören, wie er ungeduldig an seiner Zigarette zieht. Ich selbst halte meine noch immer zwischen den Fingern. Der Tabak bröselt langsam auf den roten Teppich unter mir, weil ich sie zwischen Zeigefinger und Daumen hin und her drehe. »Ich gebe dir zehn Minuten.«

»Zu freundlich«, knurre ich zurück und stecke das Handy in die Hosentasche meiner Jeans, nachdem Big B den Anruf beendet hat.

Es gibt Tage, an denen kann ich den Umgangston der Scorpions besser ertragen als an anderen. Der Motorrad-Club ist meine zweite Familie. Die Jungs, die mit mir auf der Straße fahren, sind genauso meine Brüder wie Cyrus und Colby.

Meine leiblichen Brüder mit den Members des MCs zu vergleichen, ist, als würde man Vollblut-Veganer mit einem Metzgermeister gleichsetzen. Aber trotz der Welten, die zwischen ihnen liegen, verbindet sie wenigstens meine uneingeschränkte Loyalität. Mir ist klar, wie ungewöhnlich es ist, dass ein reicher, verzogener Hotelschnösel in einem Motorrad-Club mit fragwürdigen Einstellungen landen konnte. Manchmal beschert uns das Leben eigenartige Wege. Als meine Mom vor vielen Jahren starb, hatten meine Brüder und ich unterschiedliche Arten, damit umzugehen. Ich war damals schon ein totaler Motorradfreak und habe mich förmlich in der Werkstatt von Big Brown eingeigelt. Irgendwann wurde ich zu einem von ihnen und das bin ich bis heute. In meiner Brust schlagen zwei Herzen. Eins für die Familie Clayton, eins für die Scorpions.

Daher zögere ich nicht lange und mache mich ohne Zwischenstopp auf den Weg zum Ausgang. Dabei winke ich meinem jüngsten Bruder Colby schwach zu, der seine Finger gerade unter den Rock einer Dame mittleren Alters schiebt. Der Club ist heute Abend nicht besonders voll. Es wird niemanden stören, wenn ich weg bin. Seit wir nur noch zu zweit sind, liegen unsere Prioritäten sowieso nicht mehr im Keller des Claytons.

Der Kleinkrieg mit dem mexikanischen Drogenkartell hat dafür gesorgt, dass es hier generell ruhiger zugeht. Vielleicht kommt es mir aber auch nur so vor, weil mein ältester Bruder Cyrus nicht hier ist, um permanent damit zu prahlen, wie gut der Club läuft.

Er und seine Verlobte liegen gerade auf den Bahamas und arbeiten höchstwahrscheinlich an einer ganzen Armee kleiner Thronfolger.

Mir soll es recht sein, wenn die beiden den längsten Urlaub der Menschheitsgeschichte machen. Ich gönne Cy sein Glück von Herzen. Allerdings ist uns allen bewusst, dass er das Land vornehmlich verlassen hat, um sich und Harper aus der Schusslinie der Mexikaner zu bringen.

In den letzten Monaten ist verdammt viel passiert.

In der Kurzversion heißt das, Cy hat den Sohn des mexikanischen Salazar-Kartellbosses erschossen, um Colby zu schützen. Woraufhin dessen Freundin Savannah versucht hat, Cyrus umzubringen, indem sie ihm zwei Kugeln in den Körper gejagt hat. Inzwischen ist Savannah über alle Berge, Cyrus und Harper sind untergetaucht, Colby kommt langsam aus seinem Drogensumpf, in dem er wegen dieses Fiaskos steckte, und ich habe nicht nur ein Hotel an der Backe, sondern auch noch einen exklusiven Sex-Club im Keller und einen Motorrad-Club, der ebenfalls mit dem Salazar-Kartell Krieg führt.

Wie gesagt – alles ziemlich viel. Und vor allem einfach nur eine riesengroße Scheiße.

Meine Familie besteht nicht aus Heiligen. Ganz sicher nicht. Mein Vater war immer schon ein korrupter Drecksack und auch Cy lässt sich als der heutige Chef des Claytons oft genug schmieren, um zwielichtigen Geschäften Raum zu geben. Aber wir waren bisher niemals in organisiertes Verbrechen und diese ganze Kartell-Scheiße verwickelt. Ja klar, es gibt bei uns Drogen und auch die ein oder andere Waffe, und der Club im Keller des Claytons bietet so ziemlich alles an Sex, was man sich vorstellen kann. Aber wir reden bei Salazars Männern von wirklich heftigen Wichsern. Die Mexikaner sind nicht die Art von Leuten, mit denen man sich freiwillig anlegt. Colby hat uns Hals über Kopf in diese ganze Scheiße manövriert, ohne zu wissen, welche Konsequenzen das mit sich bringen wird.

Während ich darüber nachdenke, wie unkompliziert unser Leben noch vor einem Jahr war, streiche ich mir die Haare aus der Stirn und atme tief durch. Die kalte Luft der Tiefgarage ist eine willkommene Abwechslung zu der stickigen Atmosphäre im Club. Ich mag es wirklich, dort Dampf abzulassen, aber hin und wieder habe ich das Gefühl, die teuren Parfüms der Damen und der ewige Gestank nach Geld erschweren mir das Atmen.

Sobald meine Bikes in Sichtweite kommen, habe ich unwillkürlich das Gefühl, freier atmen zu können.

Ein weiterer Vorteil, wenn man zu einer der reichsten Familien des Landes gehört: Ich musste mich nie auf ein oder zwei Motorräder festlegen. Inzwischen weiß ich nicht mal mehr, wie viele Maschinen hier unten stehen. Aber wenn ich zu den Scorpions fahre, nehme ich grundsätzlich die Fat Boy.

Die Harley mit der Lackierung im Siebzigerjahre-Stil ist mein ganzer Stolz. Ein Jahr lang habe ich dieses Baby umgebaut und sie so oldschool restauriert, wie sie jetzt ist. Meine Finger gleiten über die raue Rochenhaut der Sitzbank und ich schließe für einen Moment die Augen.

Der Spagat zwischen den Welten, in denen ich lebe, ist nicht immer leicht. Ganz im Gegenteil. Er ist harte Arbeit.

Ich muss im Hotel den schicken Geschäftsmann mimen, es im Keller den Frauen der High Society besorgen und auf der Straße den harten Rocker geben. Dabei kann man schon mal ein Schleudertrauma davontragen.

Doch dieser Moment, wenn ich mein Bein über die Harley schwinge, meine Finger sich um die Griffe schließen und ich den Motor laut heulend zum Leben erwecke – dieses Gefühl ist den ganzen Ärger wert. Auf meinen Motorrädern fühle ich mich lebendig. Wenn mir der Fahrtwind die Haare aus dem Gesicht weht und ich mich weder an das aufgesetzte Hotelleben noch an die harte Bikernummer anpassen muss. Dann bin ich einfach nur ich.

Caiden Clayton.

Weder der stellvertretende Geschäftsführer des Claytons noch ein Member der Scorpions.

Nur ein Mann auf dem Motorrad.

Jedes Mal, wenn ich wie jetzt aus der Tiefgarage heraus in die kühle Nachtluft von Los Angeles fahre, wünscht sich ein Teil von mir, ich könne einfach nur das sein.

Ein Mann auf dem Motorrad.

Dass dieser Wunsch vollkommen utopisch ist, machen spätestens die bösen Blicke einiger Member deutlich, als ich nur wenige Minuten später auf den Hof des Clubhauses fahre. Erst hier ziehe ich meine Kutte über. Für die anderen Scorpions fast schon Verrat. Vielen der Biker müsste man das Ding vom Leib schneiden, ehe sie sie freiwillig ablegten. Selbst wenn ich es wollte, für mich ist das nicht machbar. Immerhin tanze ich auf mehr als einer Hochzeit. Big B weiß das, und bisher bemüht er sich, diesen Umstand zu akzeptieren. Dafür genießt er oft genug den Vorteil meiner gut gefüllten Brieftasche.

Das Clubhaus liegt nur zwei Meilen vom Hotel entfernt und doch fühlt es sich jedes Mal an, als beträte ich eine andere Welt, sobald ich von meiner Maschine steige. Die kurze Fahrt hat nicht mal ansatzweise ausgereicht, meine erhitzte Haut abzukühlen. Die starre Lederkutte lastet heute Nacht, wie so oft, schwer auf meinen Schultern. Allerdings nicht mehr, als es das Sakko den ganzen Tag im Hotel getan hat.

Die Musik wummert laut bis hinaus auf den Schotterplatz, auf dem, wie an den meisten Abenden, einiges los ist. Member stehen mit halb nackten Frauen zusammen um ein paar Feuertonnen. Andere bilden einen Kreis um eine Prügelei und grölen den Schlägern laut zu. Überall sieht man Männer in Lederkutten, auf denen der Skorpion prangt. Unser Chapter ist nicht gerade klein und der Einfluss der Scorpions reicht längst über die Grenzen von Beverly Hills hinaus.

Bei jedem Schritt, den ich über das Gelände gehe, entspanne ich mich zusehends. Bei den Scorpions einer von vielen zu sein, ist leicht. Die Biker stellen nur einen Anspruch an mich. Loyalität – das ist alles, was hier zählt.

»Yo, Cai!«

Ich drehe den Kopf in die Richtung, aus der ich Dons Stimme höre.

»Was ist hier los? Ich denke, Big B will uns am Tisch sehen?« Ich breite die Hände fragend zu den Seiten aus, während ich auf ihn zugehe.

Don und ich fahren schon seit vielen Jahren zusammen unter der Führung von Big Brown. Wenn es Entscheidungen gibt, die am runden Tisch der Scorpions gefällt werden, ist Don genauso von der Partie wie ich. Außer uns beiden und dem President sind noch sieben weitere Männer stimmberechtigt. Ich habe das Prinzip der Mehrheitsentscheidung nie infrage gestellt. Immerhin bin ich mit zwei Brüdern aufgewachsen. Im Hotel läuft es meist nicht anders. Es sei denn, Cy spielt die Arschloch-Chef-Karte aus.

»Kein Plan, Mann«, erwidert er, sobald er bei mir angekommen ist. Sein Schlag auf die Schulter und das begleitende Lachen kommen unerwartet. »Ich glaube, der alte Herr brütet irgendwas aus. Er hat sich den ganzen Abend noch nicht blicken lassen, und der Prospect hat eins auf die Schnauze gekriegt, nur weil er einen Scherz über Browns Old Lady gerissen hat.«

Mit dem Kinn deutet der bullige Rocker mit dem grau melierten Vollbart auf den derzeitigen Anwärter. Der junge Kerl steht wie ein begossener Pudel an der Feuertonne. Eine Tussi im Bikini presst ihm ein blutverschmiertes Handtuch an die Nase.

Big B ist eigentlich niemand, der schnell zuschlägt. Auch nicht, wenn es um seine Old Lady geht. Immerhin sind er und Karen schon seit Jahrzehnten verheiratet. Er vertraut ihr blind.

Seufzend streiche ich mir über das unrasierte Kinn.

»Okay, da scheint wirklich was im Busch zu sein.« Die immer lauter werdende Musik verschluckt unsere Schritte auf dem Schotter. »Ist er drin?«

Mein Blick fällt aufs Clubhaus.

»Jap. Hat sich seit der Schlägerei dort verschanzt.« Das Mitgefühl, mit dem Don mich im Augenwinkel ansieht, weicht einem teuflischen Grinsen. »Mann, Cai. War schön, dich kennengelernt zu haben.«

Lachend schlägt er mir ein weiteres Mal auf die Schulter und dreht ab, sobald wir in die Nähe des Clubhauses kommen.

Ich atme noch ein letztes Mal tief durch und versuche, mich gegen die nächste Katastrophe zu wappnen.

Kapitel Zwei

CAIDEN

»Setz dich!«

Die Stimme unseres Presidents hallt schneidend durch den Raum.

Der runde Tisch der Scorpions befindet sich im ersten Stock des Clubhauses, das im Grunde eine alte Bar mit angrenzendem Motel ist. Das Zimmer, in dem alle wichtigen Entscheidungen getroffen werden, ist schallisoliert. Handys oder andere elektronische Geräte sind hier verboten. In dem ursprünglichen Festsaal gibt es lediglich einen riesigen runden Tisch, in den das Zeichen der Scorpions eingebrannt wurde und zehn Stühle, die ordentlich darunter geschoben sind. Aber es ist nicht irgendein Tisch. Es ist *der* Tisch. Das Holz, an dem über Leben und Tod entschieden wird. Der Ort, an dem über Recht und Unrecht geurteilt wird. Der Skorpion, der in die Mitte der schweren Eichenplatte gebrannt ist, hat schon so manches mit angehört. Er ist nicht nur unser Logo. Er symbolisiert uns. Jeder Member trägt ihn als Tattoo unter die Haut gestochen. Einmal ein Scorpion, immer ein Scorpion.

Big Brown sitzt auf seinem gewohnten Platz, die Ellbogen auf die Holzplatte gestützt. Der Rauch seiner Zigarette wabert im Schein der Straßenlaternen, der durchs Fenster fällt. Abgesehen von diesem gelblichen Licht ist es so dunkel, dass ich seinen Gesichtsausdruck nicht erkennen kann. Die Wand hinter ihm, an der Portraits all unserer verstorbenen Mitglieder hängen, liegt in der Finsternis.

»Ich setze mich erst, wenn du mir sagst, was hier los ist. Was soll diese Lone-Ranger-Nummer?«

Ein eigenartiges Geräusch bestehend aus falschem Lachen und angewidertem Schnauben erfüllt den Raum.

»Ich habe einen Job für dich.«

»Und deshalb holst du mich mitten in der Nacht an den Tisch?«

Genervt taste ich nach dem Schalter an der Wand. Brown zuckt kaum merklich zusammen, als die grellen Neonröhren den Raum erhellen.

Es dauert einen Augenblick, bis ich die Situation vor mir vollständig erfasse.

Unser Pres sieht grauenvoll aus. Dunkle Schatten liegen unter seinen Augen. Die fettigen grauen Haare hat er wie immer zu einem dünnen Zopf gebunden, jedoch fallen ihm einige Strähnen in die Stirn. Vor ihm steht eine halb volle Flasche Jack Daniels. Auf das Glas hat er offensichtlich direkt verzichtet. Wie gebannt starrt er auf einen braunen Umschlag. Neben dem Whisky und einem randvollen Aschenbecher das Einzige, das auf dem Tisch liegt.

»Setz dich«, wiederholt Big Brown und schiebt mit einem Fuß meinen Stuhl etwas hervor. Seit mehr als drei Jahren sitze ich auf dem Platz links neben ihm. Früher war das der Platz seines Bruders. Max, *The Thunder*, Brown starb vor vielen Jahren bei einem Unfall. Zunächst blieb sein Stuhl leer, doch als Don vom Prospect aufgestiegen ist und den Member-Patch für seine Kutte bekommen hat, bin ich aufgerückt.

Seufzend lasse ich mich auf meinen Platz sinken.

Big B zieht ein Päckchen Zigaretten aus seiner Kutte und hält es mir auffordernd hin.

Ich nehme mir eine heraus, stecke sie aber nicht an. »Was ist das für ein Job?«, will ich wissen und deute mit dem Kinn auf den braunen Umschlag.

Es ist nicht ungewöhnlich, dass wir Jobs bekommen, die

nicht alle gemeinsam erledigen. Seltsam ist nur, dass Brown so ein Theater um diesen hier macht. Ich kann mir gerade beim besten Willen nicht vorstellen, dass es sich hierbei um eine gewöhnliche Schutz- oder Kurierfahrt handelt.

»Salazar«, stößt er aus. Dabei erinnert das Knurren, das sich an seinen faulen Zähnen vorbeischlängelt, an einen fletschenden Hund.

Das mexikanische Kartell hat uns bereits vor dem Zwist mit meiner Familie immer mal wieder Schwierigkeiten gemacht. Big B hat hier und da Geschäfte mit den Mexikanern laufen, aber in der Regel halten wir uns von ihnen fern. Die Jungs sind eine Nummer zu heiß für uns. Wir sprechen hier nicht nur von Drogen- und Waffenhandel, sondern von den richtig üblen Sachen. »Delgado meint es langsam ernst.«

Mürrisch schiebt er mir den Umschlag zu. Noch immer hat er mich nicht angesehen, seit ich den Raum betreten habe.

Mit einem unguten Gefühl im Magen nehme ich das braune Papier in die Finger und reiße die Lasche auf, die offensichtlich schon mehrfach geöffnet worden ist.

»Dieser Wichser«, murmle ich, sobald der Drohbrief aus dem Umschlag lugt.

Entweder Clayton, oder deine Familie ist tot.

Ich lese die Worte wieder und wieder, ehe ich langsam meinen Blick hebe.

»Du gibst mir die Schuld.« Es ist keine Frage, die über meine Lippen kommt. Viel mehr eine Feststellung. Mir ist klar, dass Brown angepisst ist. Immerhin war es mein Bruder Colby, der diesen Kleinkrieg überhaupt erst angezettelt hat. Indem er das gleiche Mädchen gevögelt hat wie Alejandro Delgado, hat er die Aufmerksamkeit der einflussreichsten Mafiafamilie des Landes auf uns gezogen. Dabei war nichts davon seine Schuld. Die kleine Schlampe hat von Anfang an ein falsches Spiel gespielt und meinen Bruder nur benutzt. Colby hatte keine Ahnung, auf was er sich mit Savannah einlässt.

Als mein ältester Bruder schließlich Alejandro Delgado in einer dämlichen Aktion umgebracht hat, nahm das Schicksal endgültig seinen Lauf. Zwar gibt es keinerlei Beweise für seine Schuld und außer meiner Familie weiß niemand davon, aber die Tatsache, dass Savannah anschließend versucht hat, den Tod von Alejandro Delgado an Cy zu rächen, ist dessen Vater offensichtlich Beweis genug. Ihm ist seither klar, dass wir etwas mit dem Mord an seinem Sohn zu tun haben, und er hat uns Claytons offensichtlich den Krieg erklärt.

Bis zu diesem Zeitpunkt waren Big Brown und Delgado zwar auch nicht gerade Freunde, aber die beiden Parteien haben sich zähneknirschend toleriert.

Die Scorpions sind in diesen ganzen Mist erst geraten, als Delgado versucht hat, das Hotel hochzunehmen. Für Big Brown war es keine Frage, mich zu unterstützen. Allerdings hat er damit die Wut des Mexikaners ebenfalls auf sich gezogen. Seither schlagen wir uns alle gemeinsam mit diesem lästigen Wichser herum. Und ihm reicht es nicht, uns zu jagen oder seine Schlägertrupps loszuschicken.

Delgado ist ein Psychopath. Ein widerlicher Bastard, dem einfaches Blutvergießen zu langweilig geworden ist. Rache allein genügt ihm nicht. Er will Spielchen spielen und die Menschen in den Wahnsinn treiben. Er geht darin auf, unsere Frauen auszuweiden und sich an unserem Zorn zu laben, statt sich direkt mit uns anzulegen.

»Natürlich gebe ich dir die Schuld. Salazar ist keine Kleinigkeit für uns, Caiden. Du weißt das. Die ganze Geschichte ist eine Nummer zu groß für uns. Bislang war es mir scheißegal, was du und deine Brüder anstellen, aber jetzt muss der Club für eure Scheiße büßen.«

Zum ersten Mal treffen unsere Blicke aufeinander und ich wünsche mir, sie hätten es nicht getan. In seinen Augen steht neben Angst und Müdigkeit vor allem Abscheu. Und sie gilt mir.

»Was erwartest du von mir, he? Soll ich freiwillig gehen und bei ihm zu Kreuze kriechen wie ein feiges Stück Scheiße?« Denn das ist es, was dieser mexikanische Wichser will. Vor gut einem Monat hat er Big Brown ein Ultimatum gestellt. Entweder er brennt mir den Skorpion vom Leib oder der MC wird mit den Claytons untergehen.

Zu meinem Glück haben alle Member einstimmig entschieden, mich nicht auszuliefern. Einmal ein Scorpion, immer ein Scorpion. Ich bin mir aber nicht sicher, ob es den Jungs bei dieser Entscheidung wirklich um mich und mein Wohlergehen ging, oder ob sie einfach auf Krieg aus sind. Vielen der Member bereitet es nahezu Freude, den Mexikanern die Fresse zu polieren. In meinen Augen macht sie das nicht gerade zu guten Menschen, aber der Zweck heiligt bekanntlich die Mittel. Ich kann mich nur um mein Gewissen kümmern. Die Sünden der Scorpions liegen nicht auf meiner Seele. Damit muss Big B leben.

»Ich habe nichts dergleichen von dir erwartet. Wenn dem so wäre, säßest du nicht hier. Hätten die Member gegen dich entschieden, hätte ich dich höchstpersönlich vor seiner Tür abgeliefert. Du bist unser Bruder, Caiden. Aber ich trage nicht nur für dich die Verantwortung.«

»Was dann?«, frage ich und reiße die Arme in die Höhe. »Meine Brüder haben nichts Falsches getan und das wiederum weißt du ganz genau. Es war deine Entscheidung, den Club an meine Seite zu stellen. Was willst du jetzt von mir?«

»Das weiß ich selbst!«, knurrt er. Erst ein langer Atemzug holt ihn wieder etwas runter. »Verdammt, es wäre mir nur lieber, ihr hättet nicht lange gefackelt und Salazar den Garaus gemacht, solange es noch ging. Diese Sache muss endlich zu Ende gebracht werden.«

»Dann soll ich ihn umbringen? Ist es das, was du willst? Holst du mich deshalb mitten in der Nacht hierher und führst dich auf wie *der Pate* persönlich?«

»Pass auf, was du sagst!«, schreit Big Brown mit einem Mal aus vollem Hals und springt dabei von seinem Stuhl auf. »Du solltest lieber dankbar sein, dass du noch immer einen Platz an diesem Tisch hast. Dich den Mexikanern zum Fraß zu servieren, würde mein Leben erheblich leichter machen.«

Ich bin kein Typ, der sich schnell einschüchtern lässt. Vor allem nicht von einem Kerl, der einen Kopf kleiner ist als ich und nicht mal die Hälfte von mir auf die Waage bringt. Dennoch halte ich inne und zwinge mich dazu, ruhig zu bleiben. Ich bin nämlich auch kein Idiot. Die Hierarchien in einem Motorrad-Club sind glasklar. Auch wenn dieser Tisch rund ist und jede Stimme gleich viel wiegt. Der President hat das Sagen. Immer und unwiderruflich.

Ich war zwei Jahre lang Prospect, um das zu kapieren. Die Männer, die an diesem Tisch landen, sind sich ihrer Position mehr als bewusst.

»Dieser Wichser muss sterben. Es gibt keine andere Möglichkeit. Er wird sich niemals besänftigen lassen.«

»Du hast recht«, seufzt Big B, »aber es ist nicht der richtige Zeitpunkt. Er hält buchstäblich von allen Seiten seine Gewehre in unsere Richtung. Wenn wir jetzt unüberlegt handeln, stecken wir mitten in einem beschissenen Krieg. Wir müssen in Ruhe überlegen, wie wir die Sache angehen, und wir brauchen Verbündete.«

Seufzend streiche ich mir die Haare aus dem Gesicht. Es fällt mir nicht schwer zuzugeben, dass er recht hat.

»Was soll ich tun?«, frage ich daher und unterdrücke den Seufzer, der mit der Frage hinauswill.

»Du wirst dich aus alledem raushalten. Stattdessen habe ich dich hergeholt, weil ich einen Job habe, den ich sonst niemandem geben kann.« Browns Stimme hat wieder einen ruhigeren Tonfall angenommen, aber er bleibt nach wie vor stehen. Eine Hand auf den Tisch gestützt, legt er seine Zigarette im Aschenbecher ab, um den mit Computer geschriebenen Drohbrief zur Seite zu schieben. Darunter kommt ein Foto zum Vorschein.

»Wer ist das?« Ohne mich nach vorne zu beugen, starre ich die Frau auf dem Bild an. Sie hat schwarze Locken, die ihr nicht ganz bis auf die Schultern reichen und eine kurvenreiche, verdammt scharfe Figur.

»Das ist Amaia Rodriguez.«

Fragend sehe ich in Browns faltiges Gesicht. »Eine von Delgados Frauen?«

Seine Nasenflügel beben unter einem tonlosen Lachen.

»Leider nein. Amaia hat vor vielen Jahren den Familiennamen ihrer Mutter wieder angenommen«, erklärt er weiter. Nach einer theatralischen Pause sieht er zurück auf das Foto. »Davor hieß sie Amaia Brown.«

Mein Blick schießt in sein Gesicht, doch er geht ihm aus dem Weg.

»Das musst du mir erklären.« Ich greife nach dem Bild und betrachte es genauer. Die junge Frau ist nicht eindeutig weiß. Ich habe damit kein Problem, die Scorpions allerdings sind wie die meisten Clubs diesbezüglich etwas rückständig in ihrer Haltung. Leider gibt es selbst heutzutage keine Schwarzen, Latinos oder sonst was in den meisten Motorrad-Clubs des Landes.

»Du erinnerst dich an meinen Bruder?«

»*The Thunder*? Ja klar. Der Mann ist eine Legende.« Unwillkürlich sehe ich hinüber zur Wall of Fame. Das Foto von Big Browns Bruder hängt mittig und ist etwas größer als die anderen. Maxwell Brown war ein respekteinflößender Kerl. Nicht mal wegen des Vollbartes, der langen Haare oder seiner gigantischen Erscheinung. Ein Blick von ihm genügte, um sämtliche Member zum Schweigen zu bringen. Ich war noch ein Jungspund, als er aktiv im Club gefahren ist, und dennoch erinnere ich mich daran, wie die Stimmung in einem Raum sich verändert hat, sobald er ihn betrat. Der Typ war wie aus Stahl gebaut. Nichts und niemand konnte ihn umhauen.

»Ich erinnere mich nicht, dass dein Bruder je eine Old Lady hatte«, spreche ich weiter, nachdem Brown nichts weiter erklärt.

Seufzend lässt er sich auf seinem Stuhl zurücksinken.

»Als er dreiundzwanzig war, hat er eine Mexikanerin

geschwängert.« Aus jedem seiner Worte trieft die Abscheu darüber. Ich bin so lange ein Teil der Scorpions, dass mich der Ausländerhass nicht mehr schockiert. Ganz sicher teile ich ihn in meinem Inneren nicht, aber wen interessiert schon, was ich denke.

Mein President streicht sich über das Gesicht und legt die fettigen Strähnen wieder zurück auf seinen Kopf. »Zunächst dachte dieser Idiot, er könne mit der Schlampe eine glückliche Familie gründen. Hat sie sogar geheiratet, aber schnell wurde ihm wieder klar, wo er hingehört. Er hat sich nie scheiden lassen. Hat ihr bis zu seinem Tod Kohle überwiesen.«

Ich weiß, dass Max seit ungefähr neun Jahren tot sein muss. Die junge Frau auf dem Bild ist höchstens Mitte zwanzig.

»Kannte er seine Tochter?«

Wie Big Brown die Lippen aufeinanderpresst und unruhig mit den Füßen scharrt, ist Antwort genug. Er kannte sie. Aber es ziemte sich wohl nicht für ein Member der Scorpions, sich mit seiner Mischlingstochter auseinanderzusetzen.

»Ich habe keine Ahnung, wo Salazar diese ganze Kacke ausgegraben hat. Meine liebreizende Schwägerin ist seit fünf Jahren tot. Ich hatte selbst vergessen, dass es Amaia überhaupt gibt.« Er betont ihren Namen, als sei er Gift, was mich unwillkürlich dazu bringt, erneut auf das Bild zu schauen. Amaia Rodriguez sieht nicht aus wie Gift. Um ehrlich zu sein, ist sie sogar verdammt heiß. Auf der Aufnahme trägt sie kurze Jeansshorts und schleppt eine braune Einkaufstüte vor der üppigen Oberweite.

Da ich noch immer nicht weiß, wo diese Unterhaltung hinführen soll, hole ich lediglich tief Luft.

»Verdammt! Kann ich damit leben, wenn Delgado die Tochter meines Bruders an irgendwelche Perversen verkauft oder ihr den Kopf abhackt?«

Unsere Blicke treffen sich, doch meine Lippen bleiben

geschlossen. Ich glaube nicht, dass er eine Antwort von mir erwartet.

»Was habe ich damit zu tun?«, frage ich stattdessen.

Eine ganze Weile starren wir uns stumm an.

Mit jeder Sekunde, die vergeht, wird immer klarer, dass mir dieser Job nicht gefallen wird.

»Es ist so, Caiden. Wenn ich den Jungs da unten den Auftrag gebe, auf eine mexikanische Schlampe aufzupassen, nehmen sie mich nie wieder ernst.« Ich schlucke eine Bemerkung darüber herunter. »Seien wir doch mal ehrlich. Ohne deine Brüder steckten wir gar nicht erst in dieser Scheiße. Außerdem vertraue ich dir.«

»Ich soll auf sie aufpassen?«, schieße ich dazwischen.

Ist das sein verfluchter Ernst?

»Wen sollte ich sonst damit beauftragen? Es ist ja auch nicht für ewig, aber Scheiße, verdammt!«, seine Stimme wird mit jedem Wort lauter. »Ich kann nicht einfach dabei zusehen, wie sie abgeschlachtet wird. Sie ist das Letzte, was von meinem Bruder geblieben ist. Zumindest so viel Respekt sollte ich ihr entgegenbringen.«

Es liegt mir auf der Zunge, ihn darüber aufzuklären, dass man in der Regel nicht vergisst, dass man Familie hat, oder diese gar als Schlampe betitelt. Ich verbiete mir selbst den Mund. Meine Toleranzgrenze bei Brown ist seit langer Zeit erreicht, das ist mir klar.

»Kannst du sie nicht einfach wegschicken?«

Er reagiert auf meinen halbherzigen Versuch nur mit einem dreckigen Lachen.

»Du kannst es gern versuchen. Ich bezahle höchstpersönlich ein One-Way-Ticket.«

Mit ein bisschen zu viel Schwung werfe ich das Foto zurück auf den Schreibtisch und greife nach Browns Feuerzeug.

Während ich die Kippe anzünde und den Rauch tief in meine Lunge sauge, denke ich einen Augenblick über seinen Auftrag nach. Momentan habe ich kaum Luft zum Atmen.

Das Hotel samt Club, die Scorpions, all das raubt jede Minute. Wann soll ich da noch auf eine junge Frau aufpassen?

»Also wenn ich sie einfach aus der Schusslinie schaffe, ist die Sache erledigt?«

»Ist sie. Karen ist für ein paar Wochen zu ihrer Mutter nach Chicago geflogen. Alle anderen Ladys sind offensichtlich ebenfalls sicher. Sieh zu, dass die Kleine aus Delgados Blickfeld verschwindet, und der Job ist durch.« Tief atmend sieht er mich an. »Danach ist deine Schuld beglichen, was diese ganze Scheiße angeht, und wir packen uns diesen Schweinehund gemeinsam.«

Wissend schüttle ich den Kopf. Das, was er hier macht, nennt sich Erpressung. Er spricht es nicht aus, aber wenn ich nicht tue, was er sagt, wird er dafür sorgen, dass ich den Skorpion auf meiner Brust verliere. Das ist uns beiden klar.

»Einen Monat«, knurre ich nur deswegen und drücke die Zigarette aus, noch ehe sie bis zur Hälfte verglüht ist. »Mehr ist nicht drin. Wenn die Sache sich im nächsten Monat nicht erledigt hat, musst du dir was anderes überlegen.«

Dieser hinterhältige Dreckskerl schafft es nicht, sein dreckiges Grinsen vollständig zu unterdrücken. Stattdessen zieht er einen Zettel aus seiner Kutte und schiebt ihn zu mir herüber.

»Ihre Adresse.«

Vor mich hin brummend nehme ich ihm das bekritzelte Papier aus der Hand.

»Einen Monat«, wiederhole ich, als unsere Blicke sich erneut treffen.

»Hab's kapiert«, raunt er. Anschließend deutet er wortlos mit dem Kinn zur Tür. Wohl mein Kommando, ihn allein zu lassen. Soll mir recht sein. Ich sollte mir sowieso dringend etwas suchen, woran ich mich abreagieren kann, denn das Blut in meinen Adern kocht geradezu.

Mit hochgezogenen Schultern schnappe ich mir das Foto der jungen Frau, verstaue es zusammen mit der Adresse in meiner Kutte und wende mich ab. Meine

Schritte hallen laut durch den stillen Raum und beweisen meinen Zorn.

»Ach, und Clayton.« Big Browns Stimme hält mich auf, noch ehe ich die Tür erreicht habe. Ich bleibe stehen, drehe mich aber nicht zu ihm um. »Viel Spaß mit der Kleinen.«

Ohne zu reagieren, gehe ich weiter und schlage die Tür hinter mir zu.

Wütend nehme ich die Treppe ins Erdgeschoss und bin kurz davor, Delgado in einem Himmelfahrtskommando zu töten. Ich wäre nicht der Erste, der es versucht und daran scheitert. Allerdings klingt das gerade angenehmer, als vier Wochen lang den Babysitter zu spielen.

Eine mexikanische Rotzgöre hat in meinem Leben nämlich gerade noch gefehlt.

Kapitel Drei

AMAIA

Ich schließe die Augen, lege den Kopf in den Nacken und genieße für einen Moment, wie die Sonne mir mitten ins Gesicht scheint.

Der Februar ist mild. Moms Kamelien im Garten stehen in voller Blüte. Die Staudengewächse scheinen das Grundstück einnehmen zu wollen, und das bisschen Pflege, das ich den Pflanzen schenke, scheint sie nicht im Geringsten daran zu hindern, immer größer zu werden.

»Deine Mom wäre sehr stolz auf dich, das weißt du, oder?«

Seufzend hebe ich den Kopf und strahle meinen Nachbarn an.

»Wir wissen beide, dass sie mir die Hölle heiß machen würde, wenn sie sehen könnte, was ich aus ihrem geliebten Garten gemacht habe.«

Eds Lachen ist Beweis genug, dass ich recht habe. Wie er dasteht, die Hände locker auf den morschen Gartenzaun gelegt, auf dem Kopf den verwaschenen weißen Sommerhut, bringt mich unwillkürlich zum Lächeln.

Mein betagter Nachbar ist einer der Hauptgründe, die mich noch in dieser Gegend halten. Der kleine Bungalow, der meiner Mom gehört hat, ist nicht unbedingt meine Vorstellung von *Schöner Wohnen*, aber ich bringe es einfach nicht übers Herz, das Grundstück zu verkaufen. Dieses

Fleckchen Erde war das einzige Zuhause, das ich jemals hatte. Hier liegen all meine Erinnerungen. Die guten und die schlechten. Keine von beiden bin ich bereit, loszulassen.

»Wahrscheinlich schon.« Mit einem breiten Grinsen im Gesicht, betrachtet er meinen halbherzigen Versuch, die Pflanzen zu schneiden. Wir wissen ebenfalls beide, dass ich keine Ahnung davon habe, was ich hier tue. Mein Daumen mag einiges sein, aber grün ist er ganz sicher nicht.

Obwohl es nicht mal zwanzig Grad sind, zückt Ed ein Stofftaschentuch aus seiner beigen Stoffhose und wischt sich damit über das faltige Gesicht. »Dir bleibt nicht mehr viel Zeit. Heute sind die Mädchen dran, nicht wahr?«

Meine Mundwinkel ziehen sich noch eine Spur weiter in die Höhe.

»Was soll ich sagen, Ed. Solange ich deine Nachbarin bin, kann ich vollständig auf einen Terminkalender verzichten.«

»Wenn wir schon über deine Termine sprechen, wann wirst du endlich aufhören, in diese Bar zu gehen? Ich habe genau gehört, wie spät du letzte Nacht nach Hause gekommen bist.«

Da ich chancenlos gegen den Wildwuchs in Moms Garten bin, werfe ich die Schere neben mich ins Gras und setze mich seufzend auf die unterste Stufe der Veranda. Vorwurfsvoll sehe ich über den Gartenzaun.

»Ich mag den Job. Und ich mag die Bar. Also stehen die Chancen für deinen Wunsch wirklich schlecht. Vielleicht solltest du hin und wieder abends anstelle deines Kräutertees einen Whisky trinken, davon schläft man auch besser.« Entschuldigend ziehe ich eine Schulter hoch und wische mir mit dem Unterarm die Haare aus dem Gesicht.

Ed weiß wahrscheinlich besser über mein Leben Bescheid als ich selbst. Im Grunde ist er der einzige Mensch, von dem man behaupten könnte, er stünde mir nahe. Wir verbringen nicht die Feiertage miteinander und ich schenke ihm auch keinen selbst gebackenen Kuchen, aber wir haben ein Auge aufeinander.

Er mag es, wenn ich den Kindern Tanzunterricht gebe und auch mit dem Kurierdienst an zwei Vormittagen hat er kein Problem. Nur für den Job hinter der Theke kann ich ihn nicht wirklich begeistern. In seiner besten Zeit hatten junge Frauen nach zweiundzwanzig Uhr nicht mehr allein unterwegs zu sein. Damals musste allerdings auch kaum eine Frau vollkommen auf sich allein gestellt ein verschuldetes Haus durchbringen.

Tja, willkommen im einundzwanzigsten Jahrhundert, Ed.

Kopfschüttelnd stößt er ein missbilligendes Schnauben aus, doch ehe er zu einer großväterlichen Moralpredigt ansetzen kann, werde ich von einem vertrauten Geräusch abgelenkt.

Gleichzeitig sehen Ed und ich die Straße hinunter, in der selten ein Auto vorbeikommt, und noch seltener eine Harley-Davidson Fat Boy, deren Motorengeräusch ich unter hundert verschiedenen Maschinen erkennen würde.

Das über und über mit Chrom verzierte Baby kommt näher und parkt schließlich einige Häuser weiter am Straßenrand. Ich lege meine Hand an die Stirn, um den Fahrer zu erkennen, doch die Sonne steht zu tief, um sein Gesicht sehen zu können.

Dennoch sind alle meine Sinne sofort geschärft.

Ed geht es offensichtlich genauso, denn der alte Mann richtet sich auf und wirkt genauso verunsichert, wie ich mich fühle. Nur, dass ich ein besseres Pokerface habe als er.

Gefühle machen einen schwach.

Gefühle machen einen angreifbar.

Gefühle sind nichts, was man anderen zeigen sollte.

»Ich muss mich dann auch langsam fertig machen für den Unterricht.« Meine Stimme klingt nicht zittrig. Nicht dünn. Denn ich zeige keine Angst. Keine Unsicherheit oder Verletzbarkeit. Ich bin die, die sich grundsätzlich niemals fürchtet. Die, die keine Emotionen zeigt. Auch dann nicht, wenn sie einen Trigger in Form eines düsteren Bikers vor sich hat. »Nicht, dass ich noch zu spät komme.«

Ed braucht einen Moment, um sich vom Anblick des Motorrads loszureißen. Er war lange genug der Nachbar und Freund meiner Mom, um zu wissen, dass die Harley am Ende der Mariposa Avenue nicht zufällig dort steht. Auch wenn ich nicht in einem wirklichen Problemviertel von Los Angeles wohne, ist Koreatown nicht gerade Bel Air. Eine Maschine wie diese fällt auf. Sofort. Vor allem, weil die Fat Boy kein unbekanntes Motorrad für mich ist.

»Es ist alles okay, Ed«, beruhige ich ihn, weil er nervös zwischen mir und der ansonsten ruhigen Straße hin und her blickt. »Viel Spaß bei Jeopardy und lass dir die Lasagne schmecken«, trällere ich so fröhlich wie eben möglich. Ich kenne die Tagesabläufe des Alten genauso gut wie er meine. Montags gibt es Tiefkühllasagne und die Rate-Show. Eine Tradition, an der er festhält, seit seine Frau vor vielen Jahrzehnten gestorben ist.

»Sicher?«, fragt er. Zum zweiten Mal zieht er sein Taschentuch hervor und tupft sich die Stirn ab.

»Aber klar.« Strahlend sehe ich ihn an. Er soll sich keine Sorgen machen. »Alles okay.«

Wie fröhlich ich ihn auch anlächle, in meinem Körper ist jeder Muskel angespannt. So schön die Fat Boy im Schein der Sonne auch aussehen mag, sie hat hier nichts zu suchen. Ich verwette meinen Hintern darauf, dass der Fahrer einen Skorpion irgendwo auf seinem Körper trägt. Seine Kutte würde ich nämlich auf eine halbe Meile erkennen. Und das allein macht ihn zu meinem Feind.

So geduldig wie möglich warte ich ab, dass Ed sich auf den Weg ins Haus macht.

»Dann viel Spaß«, murmelt er, während sein Blick immer wieder abschweift.

»Danke, und bis Morgen, Ed.«

Ich zwinge mich dazu, stehen zu bleiben, bis er mit humpelndem Schritt langsam an der Hintertür zu seinem Haus angekommen ist. Unsere Blicke treffen sich noch ein letztes Mal. Ich winke ihm freundlich zu und warte, bis er die Tür hinter sich geschlossen hat. Das Lächeln auf meinen

Lippen erstirbt, sobald das Klicken des Türschlosses zu hören ist. Dann greife ich nach der Gartenschere, die im vertrockneten Rasen auf ihren Einsatz wartet, und schließe meine Finger fest darum.

Meine Füße haben sich bereits in Bewegung gesetzt, noch bevor ich darüber nachdenken kann, ob das clever ist.

Mit zielstrebigen Schritten überquere ich die Mariposa Avenue, gehe an dem Haus der Bernetts vorbei und halte geradewegs auf das Motorrad zu. Ich gestatte mir weder die traumhafte Oldschool-Lackierung zu bewundern noch den verchromten Big-Twin-Motor.

Stattdessen sehe ich dem Fahrer mitten ins Gesicht. Wie die meisten Member irgendeines schwachsinnigen MCs trägt er keinen Helm. Doch anders als sie sieht er allerdings weder ungepflegt noch verlebt aus. Ganz im Gegenteil. Dieser Kerl könnte geradewegs aus einem Harley Werbekatalog entsprungen sein. Aus seinem Zopf fallen ihm nur die vorderen Strähnen der dunkelblonden Haare in die Stirn und umranden seinen markanten Kiefer. Sein stechend grüner Blick zuckt für den winzigen Moment zu der Gartenschere in meiner Hand, doch er weicht nicht einen Zentimeter von seiner lässigen Haltung ab. Suchend sehe ich an ihm herunter und finde den Aufnäher auf seiner Brust sofort.

Ein Scorpion.

Der Anblick seines Patches überdeckt alles, was ich bislang vielleicht als attraktiv empfunden haben mag.

Mein Herz trommelt wie wild gegen meine Rippen, als ich ihm so nahe bin, dass ich das teure Aftershave vermischt mit dem Geruch seiner Lederkutte riechen kann. Selbst wenn ich mir eingestehen muss, dass der Biker objektiv betrachtet verdammt heiß ist, stößt der weiße Skorpion auf seiner Weste mich dermaßen ab, dass ich angewidert den Mund verziehe.

»Was hast du hier zu suchen?«, blaffe ich den Kerl mit den langen dunkelblonden Haaren und den breiten Schultern an. Beide Beine auf den Boden gestellt, hat er seine

Arme auf dem Tank seiner Maschine verschränkt. Doch auch, wenn sich an seiner lockeren Haltung nichts ändert, bemerke ich die kurze Verwunderung in seinem Gesicht. Die Scorpions sind es nicht gewohnt, Widerworte zu bekommen. Für sie gilt das gleiche wie für Ed: Willkommen im einundzwanzigsten Jahrhundert.

»Big Brown schickt mich. Wir müssen reden.«

Seine Stimme klingt dunkel und rau und löst ganz unwillkürlich einen Schauer auf meinem Rücken aus.

»Wir«, sage ich und deute mit der Gartenschere zwischen uns hin und her, »müssen gar nichts. Verpiss dich, Scorpion!« Ich spucke ihm den Namen seines MCs geradewegs vor die Füße. Er darf ruhig merken, was ich von ihm und seinem ausländer- und frauenfeindlichen Motorrad-Club halte. Von den Männern, die mein Leben zerstört haben.

»Okay, das kommt unerwartet.« Der Biker schmunzelt und setzt sich aufrecht hin. Seine Belustigung schürt meinen Zorn nur noch mehr. In meinen Fingern zuckt es. Nur zu gern würde ich mit Moms Gartenschere einmal quer über die aufwendige Lackierung kratzen. Vielleicht sollte ich das Metall aber auch einfach durch sein Gesicht ziehen.

»Ich werde mich nicht wiederholen«, knurre ich und drohe ihm mit der Schere. »Komm mir nicht zu nahe und richte deinem Boss aus, dass ich kein Interesse an dem habe, was er mir zu sagen hat. Sag ihm, er soll zur Hölle fahren. Der einzige Ort, wo er hingehört!«

Ohne auf die Reaktion dieses Kerls zu warten, drehe ich mich um und stapfe zurück zum Haus. Ich weiß nicht, was lauter pocht. Meine wütenden Schritte auf dem Asphalt oder mein viel zu schnell schlagendes Herz.

Ich zwinge mich, ruhig zu atmen und weiterzugehen, ohne einen Blick zurückzuwerfen.

Kaum, dass ich die Vordertür aufgerissen habe, schlage ich sie auch schon wieder derart fest ins Schloss, dass die Bilder an der Wand wackeln.

Völlig außer Atem lehne ich mich von innen dagegen.

Wird es jemals aufhören?

Wann kommt endlich der Tag, an dem die Vergangenheit mich nicht immer und immer wieder einholt? Ich erlaube es mir, für einen kurzen Moment die Augen zu schließen und mich den Gefühlen hinzugeben, die mich überrennen wollen. Nur ein, zwei Sekunden. Dann straffe ich die Schultern und reiße mich zusammen. Ich stülpe die Rüstung wieder über.

Dass ich sie tagein und tagaus trage, ist anstrengend, aber ebenso beruhigend. Gefühle, fremde Biker, Bars bei Nacht, nichts davon kann mir Angst einjagen. Ich bin sicher vor allem und jedem, der versucht, an meine Seele zu kommen.

Ein Blick auf die Uhr verrät mir, dass ich inzwischen tatsächlich spät dran bin. Also hole ich einmal tief Luft und versuche die letzten Minuten, so gut es geht, auszublenden. Mit wackligen Schritten mache ich mich auf den Weg ins Bad, um mich auf den Tanzunterricht vorzubereiten.

Die Gartenschere nehme ich vorsichtshalber mit.

Kapitel Vier

CAIDEN

Heilige Scheiße!

Das ist alles, was mein Kopf zustande bringt, als das klapprige Garagentor des alten Bungalows hochfährt und eine blutrote Kawasaki im Schritttempo die Einfahrt hinunterrollt. Der Motor schnurrt wie eine Raubkatze, und der glitzernde Lack spiegelt sich im letzten Licht des Tages. Was mir aber tatsächlich jeglichen klaren Gedanken raubt, ist die Frau, die ihre schlanken Oberschenkel gegen die Maschine drückt.

»Was zur …?«, stoße ich aus und stütze mich mit den Ellbogen auf meinem Tank ab.

Seit über einer Stunde stehe ich wie ein Idiot auf der Straße und starre auf das Haus, in dem Amaia Rodriguez nach ihrer charmanten Begrüßung verschwunden ist. Eigentlich bin ich nicht der Typ, der gern wartet, aber sie hat mich nicht nur mit ihrer forschen Art überrascht, sondern auch mit ihrer Furchtlosigkeit. Niemand im Umkreis von hundert Meilen würde jemals einem Scorpion widersprechen. Schon gar nicht, wenn er weiß, mit wem er es zu tun hat. Und sie weiß das ziemlich genau. Immerhin war ihr Vater einer der Gründungsmitglieder des Chapters. Max Brown wurde nicht grundlos *The Thunder* genannt. Wenn dem Kerl irgendetwas nicht in den Kram gepasst hatte, waren die Unwetter über dem Pazifik ein Scheiß dagegen.

Ich weiß nicht genau, womit ich gerechnet habe, als ich beschloss, einfach hier stehen zu bleiben. Für den Moment musste ich erst mal darüber nachdenken, wie ich die ganze Sache angehe, immerhin bin ich ziemlich planlos hier aufgeschlagen.

Jedenfalls habe ich zu keiner Sekunde damit gerechnet, dass Browns Nichte auf einem beeindruckenden Motorrad an mir vorbeifährt. Diese zierliche, schlanke Frau mit dem frechen Mundwerk auf einer Höllenmaschine ist wie eine Theaterinszenierung, um mich noch lächerlicher zu machen.

Langsam fährt sie in meine Richtung, die Füße noch knapp über dem Boden schwebend. Ein roter Helm mit schwarzem Visier verdeckt den Blick in ihr Gesicht, aber ich weiß dennoch zu hundert Prozent, dass sie es ist. Zum einen lugen ihre wilden Locken unter dem Helm hervor, zum anderen strahlt sie selbst durch ihre Lederkombi hindurch dieselbe Feindseligkeit aus wie eben.

Damit habe ich absolut nicht gerechnet. Ich dachte, ich erkläre ihr in Ruhe die Situation, lasse ein Flugticket nach Honolulu oder sonst wohin springen und das Thema hat sich erledigt.

Miss Rodriguez hat offensichtlich andere Pläne.

Als sie auf meiner Höhe ist, richte ich mich auf und starte die Harley. Im gleichen Moment jedoch hebt sie die Hand vom Lenker und zeigt mir ihren Mittelfinger. Noch bevor ich auch nur meinen Gashebel bewegen kann, heult der Motor der Kawasaki auf und sie schießt wie ein blutiger Pfeil davon.

Es dauert viel zu lange, bis ich die schwere Fat Boy gewendet habe. Ich drehe das Gas voll auf und dennoch schaffe ich es nicht ansatzweise, sie einzuholen. Das wird mir spätestens an der nächsten Kreuzung klar, an der von ihrer Maschine keine Spur mehr zu sehen ist.

»Ach, fuck«, knurre ich vor mich hin und schüttle den Kopf.

Dieses kleine Miststück denkt doch tatsächlich, sie kann

mich verarschen. Und das, obwohl ich nur dabei bin, ihren knackigen Hintern zu retten. Meinetwegen kann Delgado sich die Zähne an ihr ausbeißen und mit ihr machen, was immer seine Rachegelüste besänftigt. Sie kümmert mich nicht. Aber ich bin Big Brown gegenüber loyal, und das bedeutet, ich werde diesen verfluchten Job erledigen. Sie will es auf die harte Tour? Allzu gern! Die kann sie haben.

Wütend, knurrend und mächtig angepisst wende ich erneut und fahre zurück zu ihrem Haus. Weil ich kein völliger Idiot bin, parke ich die Harley um die Ecke des Blocks und stapfe entschlossen zu dem hellblauen Bungalow ihres Nachbarn.

Meine Stiefel kommen wie kleine Donnerschläge auf dem Asphalt der Einfahrt auf. Im Augenwinkel sehe ich den weißhaarigen Mann bereits durch die Gardine spähen. Am liebsten möchte ich breit grinsen und so etwas schreien wie: *Ja genau, Opa, ich bin zurück.*

Schwer atmend drücke ich die Klingel, ehe ich mich mit verschränkten Armen gegen die Hauswand lehne. Genau wie der Bungalow nebenan wirkt auch dieses Haus, als sei es aus Pappe gebaut. Würde mich nicht wundern, wenn es unter meiner Last zusammenbräche. Wahrscheinlich bin ich im Herzen doch ein verwöhnter, reicher Schnösel, denn ich kann mir beim besten Willen nicht vorstellen, in so einer Schuhschachtel zu wohnen. Allerdings ist das auch nicht verwunderlich, schließlich habe ich, so lange ich auf der Welt bin, in einem Luxushotel gewohnt.

Es war mir vorher klar, dass der Alte nicht öffnen würde, deswegen trete ich einige Male mit der Fußspitze gegen die instabile Eingangstür. Genau wie die Fensterrahmen ist sie hellblau lackiert.

»Ich weiß, dass du da bist, also mach einfach die verdammte Tür auf, ehe ich es tue.«

Es dauert noch eine gefühlte Ewigkeit, doch dann öffnet der alte Mann die Vordertür einen Spaltbreit. Beinahe hätte ich über die rostige Sicherheitskette gelacht, die mich davon abhalten soll, ins Haus zu kommen. »Also«, schnaufe ich. »Wo ist sie hingefahren? Wissen Sie das?«

Ich habe weder Lust noch Zeit für Spielchen. Er weiß genauso gut wie ich, warum ich hier bin. Immerhin hat seine aufmüpfige Nachbarin ihn wie ein Kind ins Haus geschickt, nachdem die beiden mich gesehen haben.

»Ich weiß nicht, was Sie von mir wollen. Bitte gehen Sie.«

Mein dunkles Lachen vibriert in meinem leeren Magen.

»Okay. Zweite Chance.« Ich hole einmal tief Luft. »Wo ist Miss Rodriguez hingefahren?«

»Das kann ich Ihnen nicht sagen. Ich kenne den Terminkalender meiner Nachbarn nicht.«

»Sie sind ein wirklich mieser Lügner.«

»Gehen Sie jetzt!«, herrscht er mich eine Spur barscher an und will die Tür schließen. Ich bin schneller und stelle meinen Stiefel dazwischen.

»Sie haben Glück, wissen Sie?« Mühelos halte ich die Tür geöffnet. »Ich mag ältere Menschen. Wie heißen Sie?«

»Ed ... Ed Hanson.« Seine Stimme zittert nicht im Geringsten.

»Okay, Ed. Passen Sie auf. Ich muss dringend mit Miss Rodriguez sprechen. Ich will sie weder vergewaltigen noch ausrauben. Es geht hierbei nur um ein nettes Gespräch. Sie müssen wissen, ich bekomme immer, was ich will. Die Frage ist nur, wie ich an mein Ziel gelange. Mit Ihrer Hilfe ginge es sicherlich wesentlich schneller und unkomplizierter. Ohne Sie schaffe ich es auch, aber es wäre nervtötend und ich würde schnell die Geduld verlieren. Und glauben Sie mir eins: Niemand in dieser Straße möchte, dass ich die Geduld verliere.«

Meine Stimme wird mit jedem Wort schneidender, doch Amaias Nachbarn scheint das nicht wirklich zu beeindrucken. Er richtet seinen krummen Rücken auf und deutet mit dem Zeigefinger durch den Türspalt.

»Ich habe zwei Kriege und eine Ehefrau überlebt, glauben Sie nur nicht, sich einbilden zu können, dass Sie mir Angst einjagen. Entweder Sie nehmen augenblicklich ihren Fuß aus meiner Tür oder Sie lernen mich kennen, junger Mann.«

Kaum merklich zucke ich zusammen, als er ein Gewehr in mein Blickfeld hebt. Der Typ mit dem weißen schütteren Haar richtet doch tatsächlich eine AR-15 auf mich.

Ich kann mein anerkennendes Grinsen nicht vertuschen.

»Respekt«, bringe ich amüsiert hervor. Angst gehörte noch nie zu den Gefühlen, die sich in mir tummeln. »Sie haben echt Eier.«

Ed Hanson verzieht keine Miene. Er zuckt lediglich mit dem Kinn und gleichzeitig mit der Waffe, um mir zu signalisieren, dass ich mich verpissen soll.

»Sie haben in dieser Gegend nichts verloren. Wir brauchen hier keine Scorpions.«

Wissend lache ich nun etwas lauter. Meine Kutte hängt am Lenker der Harley und doch weiß der Greis ganz genau, welchem Chapter ich angehöre. Dachte ich es mir doch, dass es sich nicht um einen unbeteiligten Nachbarn handelt.

»Sir.« Ich tippe mir an die nicht vorhandene Hutkrempe und wende mich ab. »War nett, Sie kennengelernt zu haben. Ich bin mir sicher, wir sehen uns wieder.«

Ich bin clever genug zu wissen, wann es an der Zeit ist, sich zurückzuziehen. Ich bin schließlich kein Idiot. Aber ich bin neben dem skrupellosen Scorpion nun mal auch ein Clayton. Und wir Claytons geben nicht auf. Wir nehmen uns, was wir wollen. Und wir geben niemals, ja wirklich niemals, nach. Das liegt einfach nicht in unserer Natur.

Trotz der Tatsache, dass jemand mit einem Gewehr auf meinen Rücken zielt, gehe ich vollkommen ruhig die Einfahrt hinunter. Nichts und niemand kann mich so leicht aus der Fassung bringen. Weder eine kleine, aufmüpfige Mexikanerin, noch ihr übereifriger Nachbar. Das schafft niemand so schnell. Vielleicht liegt es daran, dass ich mit zwei vollkommen gestörten Brüdern in Geld badend groß geworden bin. In unserer Familie standen Ehrgeiz, Erfolg und Standhaftigkeit stets vor Umarmungen und Herzlichkeit. Wir wissen, was wir tun.

Ich weiß, was ich tue.

Derzeit leite ich ein gigantisches Luxushotel inklusive verstecktem Sexclub. Da werde ich wohl mit einer kleinen, biestigen Frau fertig. Noch ehe der morgige Tag anbricht, wird Miss Rodriguez dankbar über meinen Besuch sein. Sie wird ihr One-Way-Ticket strahlend entgegennehmen und ich bin ein Problem in meinem Leben los, ehe ich mich der Wurzel des Übels widme. Denn es wird Zeit, dass irgendjemand Delgado endlich zur Strecke bringt. Dieses Theater muss einfach aufhören. Ich will wieder unbedarft auf der Straße fahren und Cyrus soll zurückkommen, um das Hotel zu führen. Wenn ich dafür derjenige sein muss, der den Kopf der Salazar-Schlange abschlägt – bitte schön. Er wäre nicht der erste Wichser auf meiner Todesliste und er wird auch sicher nicht der letzte bleiben. Ich werde einen Weg finden, ihn zur Strecke zur bringen.

Kapitel Fünf

AMAIA

Ich spüre keine Angst. Das Zittern meiner Knie ignoriere ich und auch das ungute Gefühl in meinem Magen gewinnt nicht die Macht über mich, als ich drei Stunden später die Mariposa Avenue entlangfahre und mein Haus in Sichtweite kommt.

Ich spüre keine Angst.

Auch wenn jeder Nerv meines Körpers zum Reißen gespannt ist.

Da ist keine Angst.

Ganz gleich, wie lange ich versuche, die unerwünschten Emotionen zu verdrängen, es will nicht so gut gelingen wie sonst.

Während des gesamten Abends war ich abgelenkt. Meine Gedanken kreisen permanent um die Frage, was die Scorpions von mir wollen. Dieser verdammte Motorrad-Club hat mein Leben zerstört. Ich wollte nie wieder mit diesem Teil meiner Herkunft in Kontakt treten und eigentlich dachte ich, dieses Interesse sei beidseitig.

Erleichterter Atem beschlägt kurzzeitig von innen das Visier meines Helmes und ich klappe es nach oben, während ich auf die Garage zufahre.

Er ist nicht mehr hier.

Tief in meinem Inneren hatte ich so ein Gefühl, der Biker würde noch immer vor meinem Haus stehen und auf mich warten. Aber Moms Bungalow liegt in vollkommener Dunkelheit. Die Blumen sind noch im selben schlechten Zustand wie heute Nachmittag. Meine Kaffeetasse steht noch auf den Holzdielen der Veranda. Alles ist so trostlos wie immer.

Erleichtert lasse ich per Knopfdruck das alte Tor hochfahren und parke meine Kawasaki in der geräumigen Garage zwischen den unzähligen Kartons mit Moms Sachen. Ich finde einfach keinen Grund, irgendetwas davon wegzugeben.

Sobald der Motor erstirbt, wird es still und bis auf das Knacken des Auspuffs ist nichts mehr zu hören.

Vielleicht sollte ich mir eine Katze anschaffen. Oder einen Hund?

Ich habe schon oft darüber nachgedacht, aber ich habe mir selbst geschworen, mich nie wieder an etwas oder jemanden zu binden. Die schönen Stunden der Nähe und der Gemeinsamkeit sind den Schmerz des Verlassenwerdens nicht wert. Außerdem bringt es zu viele Emotionen mit sich.

Gefühle machen schwach.

Seufzend ziehe ich den Helm vom Kopf und wuschle mir durch die Haare, ehe ich ein Bein über meine Maschine schwinge und ihr zweimal sanft auf den Tank klopfe. Eine Angewohnheit, an der ich nach jeder Fahrt festhalte. Irgendwann habe ich damit angefangen und nun bin ich zu abergläubisch, um wieder damit aufzuhören.

Ich hänge den Helm an den Lenker und öffne im Gehen meine Jacke. Seit sich das Garagentor hinter mir geschlossen hat, bewege ich mich in vollkommener Dunkelheit, aber das ist okay. Ich kenne mein Haus und ich verlasse mich zudem auf meine anderen Sinne.

Erst nachdem ich durch die Garagentür in die Küche gehe, schalte ich die seit Monaten flackernden Lampen unter der Decke an und gehe geradewegs auf den Kühlschrank zu. Ich brauche ein Bier.

Ein Bier, ein Bad, irgendeine dämliche Netflix Dokumentation über Serienkiller und ein paar Stunden Schlaf.

Dass der Scorpion vor meinem Haus aufgetaucht ist, muss nichts heißen. Wahrscheinlich geht es nur um irgendwas vollkommen Belangloses und ich zerbreche mir umsonst den Kopf.

Ich öffne mein Budweiser an der Kante der Arbeitsplatte, die davon schon eine Menge Macken hat. Dabei schließe ich mit der Hüfte den Kühlschrank und kicke gleichzeitig meine Schuhe von den Füßen. Die Küche meiner Mom ist mehr als nur in die Jahre gekommen. Der gelbe Lack an den Schränken ist abgeplatzt und die Flecken auf dem Boden scheinen resistent gegen jegliche Art von Reinigungsmitteln. Aber egal wie alt und schäbig dieses Haus ist, es ist der einzige Ort, der mir geblieben ist.

Während das Bier erfrischend meine Kehle hinunterläuft, schlurfe ich ins Wohnzimmer und klicke mit dem Ellbogen auf den Lichtschalter.

»Willkommen zu Hause, Sweetheart.«

Es dauert eine Sekunde, bis ich realisiere, dass der Schrei, den ich höre, aus meinem Mund kommt. Sofort presse ich die Lippen aufeinander und weiche einen Schritt zurück.

»Ich dachte, ich warte hier auf dich, anstatt Ed noch länger zu belästigen.«

Mein erster Impuls ist es, den Scorpion, der vollkommen entspannt im Lesesessel meiner Mom sitzt, zu töten. Ich möchte mich auf ihn werfen und ihm mit dem Hals meiner Bierflasche die Kehle aufschneiden.

Wut, Angst und Verzweiflung bilden in meinen Adern eine gefährliche Mischung. Sie wollen sich mit aller Macht Bahn brechen, doch ich lasse es nicht zu.

Keine verdammten Gefühle. Nicht jetzt.

Stattdessen zwinge ich mich, ruhig zu bleiben. Ich bin stärker als das hier. Stärker als er. Es gibt keinen Grund, die Fassung zu verlieren. Jahrelang wurde ich für Situationen wie diese ausgebildet. Mein Körper weiß, was zu tun ist.

Obwohl die Galle bereits in meinem Hals lauert, trinke ich einen Schluck von meinem Bier und stelle die Flasche anschließend auf den Beistelltisch, der neben mir steht. Ich habe es mir anders überlegt – wenn er mich angreift, werde ich ihm nicht stupide eine Glasflasche überziehen oder ihn mit den Scherben zum Bluten bringen. Ich will ihm mit blanken Händen wehtun.

»Es war dumm von dir, hierherzukommen. Wirklich dumm.«

Er versucht es zu vertuschen, aber ich sehe den verwunderten Ausdruck in seinen strahlend grünen Augen dennoch. Genau wie heute Nachmittag hat er nicht mit meiner Furchtlosigkeit gerechnet. Typisch Mann! Er dringt in mein Haus ein, nimmt mir meine Privatsphäre und ist dann auch noch enttäuscht, wenn ich nicht wie ein verschreckter Hase davonlaufe.

Mit jedem Atemzug werde ich ruhiger.

Ich bin bereit. Ich weiß, was ich zu tun habe.

»Es war dumm, mir davonzulaufen, Schätzchen. Was denkst du, mit wem du es zu tun hast, hm?«

Seine Arroganz bringt meine Selbstsicherheit beinahe zum Überschäumen.

Ich habe meine Rüstung angelegt. Sie besteht nicht aus Stahl und einem Kettenhemd. Sie besteht aus Ignoranz und Selbstbewusstsein. Sie schützt mich vor Verletzungen jeglicher Art.

Seine Worte prallen an mir ab. Ganz gleich, wie er mir wehtun will. Er wird es nicht schaffen. Weil mein Geist stärker ist und weil ich mich wehren werde. Männer wie er, Männer wie die Scorpions, sind es nicht gewohnt, dass Frauen ihnen ebenbürtig sind. Aber ich bin kein kleines MC Mäuschen. Ich bin Amaia Rodriguez und das hier ist mein verfluchtes Haus.

»Das ist leicht zu beantworten. Du bist ein Laufbursche. Nichts anderes als ein Handlanger, der meinem Onkel den Scheiß hinterherträgt. Du bist arrogant, überschätzt dich maßlos und hast keine Ahnung, wie man mit Menschen umgeht. Aber das nur am Rande.« Ich schnappe kurz nach Luft, um direkt weiterzusprechen. »Denn darum geht es hier nicht. Fakt ist, du bist in mein Haus eingedrungen. Ich habe Kameras an allen Hauseingängen, die das erfasst haben, und ich werde nun die Polizei anrufen, um Anzeige zu erstatten.« Ohne ihn auch nur eine Sekunde aus den Augen zu lassen, zücke ich mein Smartphone aus der Jackentasche. »Ähm ... sorry. Ich habe deinen vollständigen Namen noch nicht mitgekriegt, Arschloch. Wie heißt du noch?«

Mir war klar, dass alles schnell gehen würde. Daher bin ich darauf vorbereitet, die 911, so flink es geht, zu wählen und mein Handy anschließend hinter mich über den Fußboden zu schleudern. Wenn er jetzt noch daran herankommen will, um den Anruf zu stoppen, muss er erst an mir vorbei. Noch bevor ich den Gedanken zu Ende gebracht habe, steht er auch schon vor mir.

Das kantige Kinn zuckt vor Wut, die schönen Augen hat er zu Schlitzen zusammengezogen.

»Du kleines, elendes Miststück«, knurrt er.

»Danke für das Kompliment«, zische ich und hole aus. Mein Knie verfehlt seine Weichteile, weil er hastig zur Seite ausweicht. Mist!

»Ich will doch nur mit dir reden. Du musst nicht gleich zickig werden.« Knurrend schießt er vor und schließt seine Hände um meinen Hals. Nicht bedrohlich fest, aber fest genug, um mich richtig sauer zu machen.

»Das war noch dümmer«, bringe ich hysterisch lachend hervor. So schnell es geht, umfasse ich seine Handgelenke, ziehe den Kopf ruckartig zurück und hebe gleichzeitig mein Knie, um es ihm in die Weichteile zu rammen. Das war die erste Lektion in meinem Krav-Manga-Kurs vor vielen Jahren. Dieses Mal lande ich einen Treffer.

Mit einem lauten Keuchen krümmt der Biker sich und lässt von mir ab, um sich seine beschissenen Eier zu halten.

Ich nutze die Gunst der Stunde und rufe so laut ich kann meinen Namen und die Adresse und erkläre, dass sich ein Einbrecher in meinem Haus befindet.

Jahrelanges Kampftraining hat mich flink und kräftig gemacht, allerdings habe ich das Adrenalin unterschätzt, das einen in realen Situationen überrollt. Anders kann ich es mir nicht erklären, dass ich so unachtsam bin und nicht merke, wie sich der Scorpion von hinten nähert und die Arme um mich schließt.

»Langsam gehst du mir wirklich auf die Nerven, Sweety.«

Seine starken Arme klammern sich um mich und aus einem ersten Impuls heraus strample und zapple ich wie wild. Natürlich ist er mir körperlich überlegen und ich habe mit diesem kindischen Gehampel keine Chance, ihm zu entkommen. Ich brauche einen Augenblick, um mich zu sammeln, dann werde ich ruhig und schließe die Augen. Es sind nur zwei tiefe Atemzüge, dann öffne ich die Lider und weiß wieder genau, was zu tun ist. Mein linker Arm hebt sich und ich schlage in einer speziellen Technik mit den Fingerknöcheln auf seine Hand ein. Mir war beinahe klar, dass er dadurch noch nicht von mir ablässt, immerhin sind die Scorpions harte Hunde. Aber für den Moment ist er abgelenkt. Diesen Vorteil nutze ich und ramme ihm meinen Ellbogen so fest es geht auf die Unterarmmuskulatur. Selbst bei einem Mann wie ihm, der einem Baumstamm gleicht, bleibt dieser Schlag nicht wirkungslos. Seine Hände lockern sich und ich nutze erneut das Überraschungsmoment und gehe mit beiden Händen zwischen seine Finger, um die Umklammerung zu lösen. Ich habe diese Technik ein Dutzend Mal beim Training vorgeführt. Sie funktioniert heute genauso gut wie in den gespielten Situationen. Der Typ hat keine Chance, mich noch länger festzuhalten. Und weil ich ebenfalls langsam genug habe, ramme ich ihm bei der Rotation, mit der ich mich löse, als Bonus die Faust auf die Nase.

»Fuck!«, schreit er. »Das war nicht nett.«

Ich löse mich von ihm und mache einige Schritte zurück. Ich werde nicht davonlaufen. Niemals. Also nehme ich wieder meine Kampfposition ein und bewege mich langsam rückwärts Richtung Schlafzimmer, wo ich meine Glock versteckt habe.

»Ich habe dich gewarnt«, fauche ich und hebe beide Hände schützend nach oben.

»Noch nie in meinem Leben habe ich eine Frau geschlagen, aber du bettelst förmlich danach. Vielleicht wird es Zeit, eine Ausnahme zu machen.«

Blut läuft über sein Kinn, färbt seine Zähne rot und tropft auf meinen hübschen Hochflorteppich.

»Ich will ja nichts sagen, Großer, aber es ist nicht meine Nase, die gebrochen ist. Um mich schlagen zu können, müsstest du mich erst einmal kriegen.«

Wahrscheinlich ist es dumm, einen Scorpion zu provozieren. Wahrscheinlich ist es noch dümmer, einen fremden Mann in meinem Haus zu provozieren. Aber ich war noch nie besonders gut darin, weise Entscheidungen zu treffen. Außerdem kocht die Wut in mir so sehr, dass ich kurz davor bin, überzuschäumen. Männer sind solche Idioten! Was bildet er sich ein?

Er kommt in mein Haus, in mein Leben, versucht mich zu verletzen und wagt es dann noch, mir zu drohen, obwohl er derjenige ist, der einsteckt.

»Mann, Big B hat echt vergessen zu erwähnen, was für eine Bitch du bist. Wenn das Daddy wüsste.« Er spuckt mir die Worte voller Hohn entgegen.

»Du Wichser!« Aus einem Reflex heraus greife ich nach der hübsch geblümten Blumenvase auf dem Tisch und werfe sie nach ihm.

Er weicht ihr mit Leichtigkeit aus und ein ekelhaftes, blutverschmiertes Grinsen erscheint auf seinem Gesicht.

Meine Rüstung bekommt Risse. Das macht mich angreifbar und verletzlich.

»Ups«, schnaubt er. »Da habe ich wohl ins Schwarze getroffen. Hat Miss Kampfninja etwa einen kleinen Vaterkomplex?«

Ich habe so viele Jahre gelernt, zu deeskalieren. Ich kenne genug körperliche und psychologische Tricks, um diese Situation zu beenden. Nur leider hat dieser Mistkerl absolut den Nagel auf den Kopf getroffen. Das Thema Vater verträgt sich nicht im Geringsten mit meinem genetisch bedingten Temperament. Wut ist eines der wenigen Gefühle, die ich nicht in Schach halten kann.

»Halt die Klappe«, gifte ich ihn an und mache dabei einen weiteren Schritt zurück. Der Biker erkennt, was ich vorhabe, und folgt jeder meiner Bewegungen. Er kommt dabei immer näher.

»Ah«, bringt er langgezogen und lachend hervor. »Dachte ich es mir. Daddy und sein kleines Mädchen. Na, was ist da los in deinem kleinen, süßen Kopf? Kommst du nicht darüber hinweg, dass Daddy nicht mehr da ist?«

»Ich sagte, du sollst die Klappe halten!«, schreie ich und hasse mich selbst dafür, dass meine Stimme zu kippen droht.

Dass es eine blöde Idee war, mich herumzudrehen und zur Kommode zu rennen, merke ich erst, als der Scorpion mich an den Haaren packt und zurückhält. Dabei gerate ich ins Straucheln und knalle gegen den Türrahmen. Ein dumpfer Schmerz schießt von meiner Stirn in die Schläfe und lässt mich kurzzeitig nur noch Sternchen sehen. Ich sacke zusammen und lande auf den Knien.

»Ach, Scheiße«, knurrt der Biker. Schwer atmend sieht er zu mir herunter. »Ich will doch nur mit dir reden.«

Ich konzentriere mich, trotz des stechenden Schmerzes, um ihn noch einmal zu überraschen. So fest ich kann, trete ich von unten gegen sein Knie.

Schmerzerfüllt sackt er neben mir zu Boden.

»Scheiße, Sweetheart«, stöhnt er. »Das hätte echt anders laufen sollen.«

Seine Worte über meinen Vater noch im Ohr, hole ich noch einmal aus und versuche ihm gegen die Brust zu treten, doch er ist schneller und hält mein Fußgelenk fest.

In meinem Kopf überschlagen sich die theoretischen Ideen, einem solchen Griff zu entkommen, aber vor meinen Augen tanzen nur verschwommene Sternchen. Ächzend fasse ich mir an die Stirn und spüre etwas Klebriges.

»Du hast mich blutig geschlagen«, stelle ich nüchtern fest.

»Dein Ernst?«, fragt er so schrill und laut, dass ich fürchte, mein Gehirn explodiert. »Du willst mir vorwerfen, ich hätte dich geschlagen?«

Als ich meinen Blick scharf stelle und in sein blutverschmiertes, verwirrtes Gesicht sehe, lache ich beinahe laut auf. Aber auch nur beinahe. Denn im nächsten Moment wird die Eingangstür in meinem Rücken eingetreten und ein helles Taschenlampenlicht macht den Schmerz in meinem Kopf fast unerträglich.

»LAPD! Hände über den Kopf. Miss Rodriguez? Geht es Ihnen gut?«

Erschöpft lasse ich die Augen zufallen.

Viel Spaß im Knast, Arschloch.

Kapitel Sechs

CAIDEN

Mit zwei Fingern taste ich meine Nase ab und erwische mich selbst dabei, wie ich grinsen muss, weil der stechende Schmerz mir auch heute noch bis in die Stirn schießt.

Dieses kleine Miststück hat mich doch tatsächlich geschlagen. Und es war keinesfalls ein simpler Zufallstreffer. Sobald sie mich gesehen hat, wusste sie genau, was zu tun ist. Im Gegensatz zu mir war sie perfekt auf die Situation vorbereitet. Sie hat gekämpft wie eine Löwin und ich kann und will mir nichts vormachen – das hat mir wirklich imponiert.

Ich bin nicht sicher, ob das der Grund für diese Aktion hier ist oder mein Versprechen Brown gegenüber. Im Prinzip ist es aber auch egal, warum ich am nächsten Morgen vor dem Polizeipräsidium stehe, anstatt im Hotel zu sein und meine Arbeit zu erledigen. Irgendetwas hat mich daran gehindert, sie ohne ein Wort aus dieser Nummer rauszulassen, und ich bin schon immer der Typ gewesen, der seiner Intuition gefolgt ist. Sonst wäre ich wahrscheinlich niemals als Sprössling einer reichen Familie Teil eines MCs geworden.

Ich bezweifle allerdings, dass es in der Tat meine Loyalität war, die mich heute Vormittag hierhergeführt hat. Als

Polizeichef Watson mich informiert hat, dass Amaia nun auch entlassen wird, haben sich meine Füße wie von allein in Bewegung gesetzt.

Zu guter Letzt meldet sich nun auch noch mein Gewissen zu Wort, als die schwere Glastür sich öffnet und die kleine Raubkatze mit dunklen Schatten unter den Augen und einem blauen Auge aus der Polizeiwache tritt.

Ja, sie hat mich geschlagen, aber im Grunde hat sie sich nur gewehrt, und die Tatsache, dass ich nach einem gemütlichen Kaffeestündchen mit dem Polizeichef nach Hause gehen durfte, während sie die Nacht in einer Zelle verbringen musste, beweist nur erneut, was in unserer Welt alles schiefläuft. Eine kleine Lüge, ein Geldschein unter dem Schreibtisch zusammen mit dem Zugangscode für unseren Hotel-Club heute Nacht, und schon war ich wieder frei. Die Menschheit ist echt dem Untergang geweiht.

»Ich wusste nicht, ob du ihn mit Milch oder mit Zucker trinkst«, trällere ich ausgeschlafen, während ich mich vom Geländer abstoße und ihr den Styroporbecher hinhalte. »Also habe ich beides genommen.«

Ihre Lippen beben, so fest presst sie sie aufeinander. Ich schiebe meine Sonnenbrille auf den Kopf und begutachte sie aus der Nähe. Ihre linke Gesichtshälfte ist blau verfärbt, was mein schlechtes Gewissen nur noch lauter schreien lässt. Niemals in meinem Leben habe ich eine Frau verletzt und hatte es auch nicht vor. Dass sie mit voller Wucht gegen den Türrahmen geknallt ist, war tatsächlich ein Unfall. Ich schlage keine Frauen. Ich würde ihnen nicht mal ein Haar krümmen.

Ich habe keine Ahnung, was sie bezüglich unseres kleinen Aufeinandertreffens erzählt hat, aber ganz offensichtlich wog mein Wort mehr. Es brauchte wahrscheinlich nicht viel, bis Amaia sich zusammenreimen konnte, warum ein Mann wie ich nicht festgehalten wird. Wenn man die Taschen voller Geld hat, steht einem jede Tür offen. Auch die der Zellen von Los Angeles. Man muss es nur clever genug anstellen.

»Ein Clayton also«, knurrt sie und sieht über meine Schulter hinweg.

Von hier kann man zwar das Hotel nicht sehen, das nur wenige Blocks östlich liegt, aber jeder in Beverly Hills weiß, wer wir sind. Das Claytons ist genauso bekannt wie der Rodeo Drive oder der Hollywood-Schriftzug. Wer jemals in unserer Stadt war, weiß mit dem Namen Clayton etwas anzufangen.

»Wer ich bin, spielt keine Rolle für dich«, halte ich dagegen und deute mit dem Kinn erneut auf den Kaffee.

Sie schiebt meinen Arm zur Seite und geht an mir vorbei.

»Es spielt keine Rolle für mich?«, keift sie dabei. »Ich habe gerade zehn Stunden in einer Zelle gesessen, obwohl du derjenige warst, der in mein Haus eingebrochen ist.« Wütend verschränkt sie die Arme vor der Brust und stapft auf Socken davon. Noch immer trägt sie nur ihre enge Lederhose, ein Tanktop und weiße Socken. »Aber klar! Es spielt keine Rolle!«, faucht sie, ohne sich umzudrehen. Wie ein Hund laufe ich hinter ihr her. »Wieso auch? Ist ja vollkommen normal, dass das Opfer festgehalten wird, während der Einbrecher höchstwahrscheinlich nach einer frischen Tasse Kaffee im Büro des Polizeipräsidenten nach Hause gebracht wird. Dafür muss man nur den richtigen Nachnamen besitzen.«

Ein leises Lachen kommt über meine Lippen, was sie dazu bringt, knurrend über ihre Schulter zu blicken.

»Okay, okay.« Noch immer etwas belustigt halte ich dabei den Kaffee ergeben in die Höhe. »Das ist anders gelaufen, als du vielleicht dachtest. Der Punkt ging an mich, aber im Grunde bist du selbst schuld.«

»Bitte was?«

Sie bleibt so abrupt stehen, dass ich den Kaffee ausbalancieren muss, weil ich förmlich in sie hineinlaufe.

»Du bist selbst schuld«, wiederhole ich.

Ein böses Grinsen im Gesicht, beobachte ich, wie sie die

Hände in die kurvigen Hüften stützt. Zu meinem Glück bin ich so groß, dass ich problemlos von oben in den Ausschnitt ihres Tops schauen kann, in dem sie gerade ihre Brüste nach oben drückt, ohne es vermutlich zu wollen.

»Du!«, keift sie und macht einen Schritt auf mich zu. Ich weiche keinen Millimeter zurück. Nicht wenn ich so hübsche Titten vor der Nase habe.

Sie holt Luft, öffnet den Mund, um etwas zu sagen, hält sich aber im letzten Moment zurück. Diese Gunst der Stunde nutze ich und sage, was ich die ganze Zeit versuche, ihr klarzumachen.

»Ich will nichts anderes als fünf Minuten deiner Zeit. Wir müssen uns unterhalten, ob du es nun willst oder nicht.«

Für den Bruchteil einer Sekunde fällt ihr Blick auf den Becher in meiner Hand und ich versuche erneut, ihn ihr zu reichen.

»Ich nehme nicht an, dass die Scorpions jetzt schon Frauen mit Kaffee vergiften.«

Noch immer zögernd sieht sie zwischen dem Kaffee und meinen Augen hin und her.

Als ich nicht direkt antworte, zieht sie fragend eine Augenbraue nach oben.

»Ich kann es beim nächsten Tisch mal vorschlagen, aber bisher gehört das eher nicht zu unseren Methoden.«

»Da könnt ihr ja mächtig stolz auf euch sein.« Mit dieser spitzen Bemerkung nimmt sie mir den Becher aus der Hand. Allerdings nicht, ohne dabei die Augen zu verdrehen. »Also.« Ich kann sehen, wie sie das genießerische Seufzen unterdrücken muss, nachdem sie einen Schluck getrunken hat. »Sag, was du zu sagen hast, und dann verpiss dich, ehe ich dir noch einmal den Hintern versohle.«

Obwohl ich herzhaft über ihre Worte lachen möchte, grinse ich sie lediglich dämlich an und deute auf eine Bank, die unweit auf einem Stück Grünfläche steht.

»Setzen wir uns?«

Den nächsten Seufzer unterdrückt sie nicht. Stattdessen legt sie ihre freie Hand an die Stirn und reibt darüber. Ihr Gesicht verzieht sich jedes Mal, wenn sie der linken Schläfe zu nahe kommt.

»Hör mal. Ich will ehrlich zu dir sein. Ich will nichts mit dir zu tun haben. Ein Clayton hin oder her. Du bist ein Scorpion. Das ist Grund genug, dich für den Rest meines Lebens zu hassen. Ich weiß, ihr nehmt eure Jobs ernst, also sag einfach, was du mir sagen sollst und dann verschwinde.«

Einen Moment lasse ich ihre Worte auf mich wirken.

Die Sonne hat sich ausnahmsweise hinter einer zarten Wolkenschicht versteckt und lässt Beverly Hills dunkler erscheinen, als es an den meisten Tagen ist. Menschen eilen an uns vorbei, um zur Arbeit zu kommen. Auf der Straße schlängeln sich die Autos durch den dichten Vormittagsverkehr. Alles geht seinen Weg. Nur ich habe das Gefühl, auf der Stelle zu rennen und nicht vorwärts zu kommen. Das ist anstrengend.

Eine ganze Menge Fragen lauern auf meiner Zunge.

Warum verachtest du die Scorpions dermaßen, wenn dein Vater immerhin ein Gründungsmember war?

War er es, der dir das Kämpfen beigebracht hat?

Wie bist du zu dem Menschen geworden, der gerade vor mir steht?

Ich werde das Gefühl nicht los, dass Amaia Rodriguez aus vielen Schichten besteht, und es juckt mich in den Fingern, zu sehen, was sich im Kern verbirgt.

Aber sie und ihre Geschichte sind nicht mein Problem. Es geht mich nichts an, woher diese krasse Abneigung gegen den MC kommt, und es kann mir auch egal sein, was sie über ihren Onkel denkt. Mir geht es nur um den Job. Also lasse ich die Worte einfach aus meinem Mund sprudeln: »Das mexikanische Salazar-Kartell ist dabei, alle Menschen zu töten, die ihnen im Weg stehen, und die Familie deines Onkels steht gerade ganz oben auf ihrer Liste.«

Ein schrilles Lachen entfährt ihr.

»Okay. Glück gehabt, denn das ist nicht mein Problem. Ein Segen, dass ich nicht mehr zur Familie meines Onkels gehöre. Sag ihm, ich wünsche ihm viel Glück.« Sie will sich gerade abwenden, hält aber noch einmal inne. »Oder nein. Sag ihm das nicht. Um ehrlich zu sein, hoffe ich, sie kriegen und weiden ihn aus. Er hat es nicht anders verdient.«

Bevor sie gehen kann, halte ich sie am Ellbogen fest.

Gleichzeitig sehen wir auf diese Verbindung.

»Du scheinst nicht zu verstehen«, presse ich hervor und meine Augen heben sich, um sie zu fixieren. Warum zum Teufel hat diese Frau einen solchen Hass auf Big B? Immerhin will er sie doch nur beschützen. »*Du* stehst ganz oben auf Delgados Liste.«

Langsam schüttelt sie den Kopf.

»Ich ... ich weiß nicht mal, wer das ist.« Die Schärfe aus ihrer Stimme schwindet langsam.

»Delgado ist der Chef des Salazar-Kartells. Er will den Tod seines Sohnes rächen.«

»Was sollte ich damit zu tun haben?«

Mir entgeht nicht, wie das letzte bisschen Farbe aus ihrem Gesicht entweicht.

»Sie haben deinem Onkel eine Warnung geschickt. Sie wollen jeden töten, der ihm nahesteht.«

»Ich stehe ihm nicht nahe.«

»Mir nicht entgangen«, knurre ich. Seufzend zücke ich ihr Foto aus meiner Hosentasche und zeige es ihr. »Dennoch wollen sie deinen Tod.«

Amaia schnappt nach Luft und ich merke erst, dass ich noch immer ihren Ellbogen umfasse, als sie leicht nach hinten taumelt.

»Ich kenne diese Leute doch nicht mal«, flüstert sie.

»Mir auch klar, aber Big B will auf Nummer sicher gehen.«

Es scheint, als würde sie die Erwähnung des Pres wieder in die Realität zurückholen.

»Er will auf Nummer sicher gehen? Und deswegen

schickt er jemanden, der in mein Haus kommt und mich angreift?«

»Moment mal«, warne ich und hebe ergeben die Hände. »Ich habe dich nicht angegriffen, du bist anscheinend diejenige mit einem Aggressionsproblem, Fräulein.«

»Hast du mich gerade Fräulein genannt?« Ihre Augenbraue schießt erneut nach oben und beinahe hätte ich gelacht.

»Ich nenne dich noch ganz anders, wenn du nicht langsam damit anfängst, mir zuzuhören. Du bist in Gefahr!«

Und ich bin daran schuld. Ein kleines Detail, das ich besser für mich behalte, ehe sie mir endgültig die Augen auskratzt. Es macht zudem nicht gerade den Eindruck, als ob diese Tatsache etwas für sie ändern würde. Ob ich oder Big B, ist in ihrer Welt wahrscheinlich dasselbe.

»Ich habe gehört, was ich hören sollte. Das ist kein Problem«, zischt sie. »Ich werde diesem Delbaro ganz einfach sagen, dass ich nichts dagegen habe, wenn er Brown ins Visier nimmt. Meinetwegen kann er ihn gern erschießen. Soll mir recht sein.«

»Erstens«, meine Stimme schneidet die schwülwarme Luft des Vormittags. »Der Mann heißt Delgado.« Ich greife erneut nach ihrem Arm und ziehe sie dicht zu mir heran. »Zweitens will er nicht Big B töten. Wenn er das wollte, hätte er es längst getan. Ihm geht es darum, ihn unter Druck zu setzen.« Das meinetwegen bleibt mir im Hals stecken. »Und drittens«, ich presse mich so dicht an sie, dass ich ihren hastigen Atem an meinem Hals spüren kann, »Delgado ist niemand, dem du einfach irgendwas erzählen kannst. Er hat dich und deine Pussy über die Grenze verkauft, noch ehe du einatmen kannst. Das hier ist kein verfluchtes Spiel. Brown will, dass ich auf dich aufpasse, und ich werde diesen Job erledigen.«

Ohne meinem Blick auszuweichen, bohrt sie mir ihren Finger in die Brust.

»Ich«, holt sie aus und scheint auf die Zehenspitzen zu

gehen, denn ich habe den Eindruck sie wird mit jeder Sekunde größer, »kann auf mich selbst aufpassen. Ob Scorpions oder Mexikaner – das macht für mich keinen Unterschied. Ihr seid doch alle gleich.«

»Du weißt nicht, wovon du sprichst«, spucke ich ihr mitten ins Gesicht.

Anstatt von mir abzuweichen, drückt sie ihre Brüste noch dichter an meinen Oberkörper. Wahrscheinlich sollte ich das nicht dermaßen genießen.

Es ist nur der Bruchteil einer Sekunde, in der mein Blick in ihren Ausschnitt rauscht. Doch der Moment reicht offensichtlich, damit sie mir unbemerkt das Knie in die Eier rammen kann.

Schon wieder.

Mein Griff um ihren Arm verstärkt sich.

»Langsam gehst du mir wirklich auf den Sack. Buchstäblich.« Vor Schmerz fletsche ich die Zähne wie ein wildes Tier, doch ich zwinge mich, gerade stehen zu bleiben. »Mit deinen kleinen Zirkusnummern wirst du bei deinen Landsleuten nicht weiterkommen. Die sind nicht so leicht zu beeindrucken wie ich.«

Ohne die Miene zu verziehen, spuckt sie mir mitten ins Gesicht.

»Ich bin Amerikanerin, du Arschloch.«

Kochend vor Wut, schließe ich die Augen.

Es ist ein Job. Einfach nur ein Job.

»Mir ist scheißegal, was oder wer du bist. Hauptsache am Ende dieses Monats bist du noch am Leben. Aber wenn du so weitermachst, Sweetheart, kann ich nicht dafür garantieren, dass ich dich nicht eigenhändig erwürge.«

Mit dem freien Unterarm wische ich mir ihren Speichel von der Wange.

»Na dann«, faucht sie. »Mal sehen, wer schneller ist. Du oder der Mexikaner. Und bis dahin«, sie entreißt mir ihren Arm, was ich ihr gewähre, um sie nicht erneut zu verletzen, »geh mir aus dem Weg, Scorpion.«

Mit voller Wucht donnert sie mir ihren Kaffee gegen

meine Brust. Der Deckel öffnet sich und die nur noch lauwarme Brühe tropft über mein Shirt, während Amaia Rodriguez mit erhobenem Kinn davondackelt. Auf Socken wohlgemerkt.

Was für eine seltsame Frau!

Kapitel Sieben

AMAIA

Atmen. Ein und aus. Ein und aus.

Mein schweißnasser Rücken drückt sich gegen die Innenseite der Haustür und ich presse die Augen so fest es geht zusammen.

Ein und aus.

Ich habe keine Angst.

Ich fühle so etwas wie Angst nicht.

Ich fühle überhaupt nichts.

Ich muss mich nur daran erinnern, dass es so ist.

Ein und aus.

Langsam und Schritt für Schritt lasse ich die Emotionen zu, die mich vernichten wollen.

Unten angefangen, spüre ich das Brennen meiner Fußsohlen. Ich bin die beinahe sechs Meilen vom Polizeipräsidium bis zu mir nach Hause gelaufen. Auf Socken. Ich bin nicht stehen geblieben und habe mich nicht ein einziges Mal umgesehen.

Ein und aus.

Meine Beine sind müde, aber okay. Langsam bewege ich meine Arme und lasse das Zittern meiner Finger zu.

›Du stehst ganz oben auf ihrer Liste.‹

Ich kenne diese Kartellleute nicht. Um ehrlich zu sein, habe ich bislang nie von dem Kartell gehört. Dennoch wollen sie mich umbringen, und ja, das macht mir Angst.

Sehr sogar. Aber ich versuche mit aller Macht, sie wegzuschieben. Dieses beklemmende Gefühl bis in die Tiefen meines Bewusstseins zu verdrängen.

Ein und aus.

Ich habe Hunger. Das bemerke ich als Nächstes. Hunger und Durst. Diese miesen Schweine haben mir nichts zu essen oder zu trinken gegeben. Ich durfte mir ja nicht einmal Schuhe anziehen, ehe sie mich in Handschellen aus meinem eigenen Haus geführt haben.

Der Kloß in meinem Hals erschwert mir das Atmen. Dort genau sitzt die Wut. Wut, die ich nicht fühlen will, aber die sich nicht wegschieben lässt und mit der ich besser klarkomme als mit der Angst.

Caiden Clayton.

Automatisch ballen meine Hände sich zu Fäusten.

Natürlich haben sie ihm seine selten dämliche Geschichte abgekauft, dass er und ich Bekannte seien und er beim zufälligen Vorbeigehen gedacht hätte, Einbrecher in meinem Haus gesehen zu haben. Und dann sei ich auf ihn losgegangen.

Dieser Wichser.

Der Detective hat mir äußerst charmant klargemacht, dass es in meiner Position besser sei, diese Aussage zu unterschreiben.

Meine Position. Er meint damit, dass ich arm und zudem wegen Körperverletzung vorbestraft bin.

Natürlich habe ich unterzeichnet. Ich bin schließlich keine Idiotin.

Aber in meinem Bauch tummelt sich noch etwas anderes außer Wut, wenn ich an Caiden Clayton denke. Wenn ich ihn vor meinem inneren Auge sehe, wie er lässig in schwarzer Hose und schwarzem Hemd am Geländer vor dem Präsidium lehnt, mit einem dampfenden Kaffee in der Hand.

›Brown will, dass ich auf dich aufpasse, und ich werde diesen Job erledigen.‹

Ich versuche die Emotionen herunterzuschlucken, die

sein eindringlicher Blick während unseres Gespräches in mir ausgelöst hat. Für diese Art von Gefühlen habe ich weder die Zeit noch die Kraft.

Langsam öffne ich die Augen und blicke in mein Wohnzimmer. Im hinteren Teil liegen noch immer die Scherben der Blumenvase und mein Bier steht, bis auf den einen Schluck, voll und abgestanden auf der Kommode.

Ohne dem nachzuspüren, was in meinem Kopf abgeht, drücke ich mich von der Wand ab und fange hastig, ja fast schon panisch an, alles aufzuräumen.

Diese Leute werden mir nichts tun.

Warum sollten sie?

Ich habe nichts mit Brown oder den Scorpions zu tun. Rein gar nichts. Niemand bringt jemanden um, von dem er nicht mal weiß, ob er in der Schusslinie steht.

›Er hat dich und deine Pussy verkauft, noch ehe du einatmen kannst.‹

Mein Atem geht immer schneller. Ich bekomme kaum noch Luft. Schwarze Punkte flimmern vor meinen Augen und meine Finger zittern so sehr, dass ich aufpassen muss, mich nicht an den Scherben zu schneiden.

Ein und aus.

Vielleicht hätte ich diesem Caiden besser zuhören sollen. Andererseits ist er ein Scorpion. Einer der Sklaven meines Onkels. Des Mannes, den ich am meisten verabscheue auf dieser Welt. Immerhin ist der Einzige, den ich noch mehr verachtet habe, seit langer Zeit tot. Max, *The Thunder*, Brown aka mein Erzeuger.

Warum sollte ich mich vor einem Kartell fürchten, wenn ich die Tochter des Teufels bin? Ich sollte stärker sein als diese Angst. Stärker als all diese miesen Arschlöcher, die denken, ihnen gehöre die Welt.

Mit jedem meiner Gedanken werde ich ruhiger. Das Flimmern in meinem Blickfeld wird von Schärfe abgelöst und meine Lungen füllen sich wieder mit Luft. Meine Finger hören auf zu zittern und mein Atem geht endlich langsamer.

»Geht doch«, flüstere ich vor mich hin und straffe die Schultern.

Ich bin Amaia Rodriguez und ich kenne keine Angst.

Der Bass erinnert mit jedem Beat daran, dass ich gestern Nacht einen Schlag abbekommen habe. Er macht es mir schwer, die Ereignisse weiter zu verdrängen.

Das Rocket ist wie so ziemlich jede Nacht rappelvoll. Die Menschen drängen dicht an dicht ihre Körper aneinander. Egal, ob auf der Tanzfläche oder an der Theke, an den Wochenenden gibt es kein freies Fleckchen in der Bar, in der ich den Großteil meines Einkommens verdiene.

»Hey Süße!« Ein Kerl mit schwarzen Locken und einem Piercing in der Nase streckt seinen Arm über die Theke nach mir aus.

»Wie kann ich dir helfen?«, schreie ich über die laute Musik hinweg. Freitag bis Sonntag legt Barny im Rocket auf. Der gebürtige Schwede bringt mit seinem Technowahn die Wände förmlich zum Wackeln. Das Rocket ist die ganze Woche über gut besucht, aber in Nächten wie diesen haben Kenny und ich Mühe, den Thekenbetrieb zu zweit zu schaffen. Von den zehn Kellnerinnen mal ganz abgesehen. Das, was Kenny hier mit dieser Bar auf die Beine gestellt hat, trifft einfach den Nerv der Zeit. Die Leute können sie selbst sein. Sie können feiern und dabei vergessen, was am nächsten Tag im realen Leben auf sie wartet. Vielleicht mag ich die Arbeit hier deswegen so gern.

Abwartend schaue ich den Kerl an, der mir seine Bestellung noch immer nicht verraten hat. Sein schelmisches Grinsen sagt den blöden Spruch förmlich voraus.

»Also, wenn du so fragst, dann indem du mir deine Nummer gibst, aber ich würde auch noch ein Bier nehmen.«

Er strahlt mich mit einer Reihe schneeweiß gebleachter Zähne an. Seine Augen strahlen. In der schwachen Beleuchtung der Bar kann ich ihre Farbe nicht erkennen, aber im Prinzip spielt sie auch keine Rolle.

»Ein Bier bekommst du, für meine Nummer musst du dir einen besseren Spruch einfallen lassen, Schätzchen.« Ich zwinkere ihm lasziv zu, während ich die Flasche Budweiser öffne und sie über den klebrigen Tresen zu ihm schiebe.

Sein Blick wandert gemächlich in meinen Ausschnitt. Schweißperlen glitzern zwischen meinen Brüsten, von denen in dem knappen Top mehr zu sehen ist, als es mir gefällt. Aber in einer Bar zu arbeiten, ist simple Mathematik: Knappere Klamotten plus nettes Auftreten gleich zweifaches Trinkgeld.

An anderen Abenden wäre der Typ mit dem herausfordernden Blick vielleicht eine Option. Lust gehört nämlich definitiv nicht zu den Emotionen, die ich mir abgewöhnt habe. Aber heute bin ich einfach froh, wenn ich meine Schicht hinter mich gebracht habe und nach Hause fahren kann. Mein Körper ist müde, mein Kopf bemüht sich viel zu angestrengt, nicht nachzudenken, und ich will nur noch schlafen.

»Ist der Typ da vorne dein Lover?« Mein hübscher Kunde deutet mit der Flasche auf die andere Seite der Bar. »Er sieht mich an, als wolle er mich umbringen. Nicht, dass mein Auge morgen aussieht wie deins, wenn wir uns unterhalten.«

Noch bevor ich seinem Blick folge, klopft mein dummes Herz eine Spur schneller. Ich bilde mir ein, das liege am Kopfschmerz oder den Ereignissen der letzten Tage, und atme tief ein und aus, ehe ich mich langsam herumdrehe.

Seine Augenfarbe leuchtet im Gegensatz zu der des anderen Kerls sogar über die schummrige Barbeleuchtung hinweg. Das stechende Grün scheint sich in meine Haut zu bohren und mich von innen heraus zu verbrennen.

Caiden Clayton.

Die Haare zu einem Dutt auf dem Kopf gebunden steht er in schwarzem T-Shirt mit verschränkten Armen da und starrt mich an. Sein Bizeps spannt unter den kurzen Ärmeln und ich kann das Zucken seiner Muskeln selbst auf die Entfernung erkennen.

»Das darf doch wohl nicht wahr sein«, meckere ich vor mich hin und stapfe hinter dem Tresen in seine Richtung. Die vielen Rufe nach den verschiedensten Drinks auf dem Weg hinüber ignoriere ich getrost.

»Echt jetzt?«, blafft er mich an, sobald ich bei ihm bin. »Du fährst eine Kawasaki Ninja, aber stehst auf solche Flachpfeifen?« Sein Blick ist noch immer über meinen Kopf ans andere Ende der Theke gerichtet. »Wie alt ist der Typ? Sechzehn?«

»Was willst du hier?« Ich ignoriere seine spitze Bemerkung und die Tatsache, dass er nicht ganz unrecht hat.

»Muss ich das jetzt tatsächlich bei jedem Treffen erneut erklären?« Genervt zieht er eine Augenbraue hoch. »Es würde mir mein Leben wirklich erleichtern, wenn du ein bisschen kooperativer wärst, Sweetheart.«

»Nenn mich nicht ständig so«, herrsche ich ihn an. »Außerdem haben wir uns alles gesagt. Ich brauche deine Hilfe nicht.«

»Jaja, bla bla. Weil du eine ach so toughe Super-Kampf-Bitch bist. Habe ich kapiert. Ich bin offensichtlich etwas schneller von Begriff als du.« Völlig gelangweilt lehnt er die Ellbogen auf den Tresen. »Ich nehme übrigens einen Kaffee.«

Ungläubig starre ich ihn an.

»Klar. Mit Karamellsauce und Sahnehäubchen oder lieber Pumpkin Spice und Zuckerstreusel?« Meine Stimme wird bei jedem Wort lauter. Die Leute links und rechts von Caiden werden bereits hellhörig und schmunzeln. »Wir sind hier in einer verdammten Bar, Clayton. Bestell was Richtiges oder verpiss dich.«

Seine Mundwinkel ziehen sich langsam in die Höhe und bilden kleine Fältchen auf den Wangen.

»Was empfiehlt denn die Dame des Hauses?«, fragt er und presst sich eine Faust gegen den Mund, um sein dämliches Grinsen zu verstecken.

»Weißt du was, Scorpion.« Mein Blick gleitet für den Bruchteil einer Sekunde zu seiner Brust. Es ist ungewöhnlich für die Member eines MCs, keine Kutte zu tragen, aber ihn habe ich tatsächlich schon öfter ohne das hässliche Ding gesehen. »Fick dich.«

Übertrieben arrogant recke ich das Kinn und gehe wieder zurück auf meine Seite der Bar. Kenny ist für diesen Teil zuständig. Soll er sich doch mit dem bescheuerten Idioten herumschlagen. So wie ich ihn kenne, wird er das nur allzu gern tun.

Mein Kollege und gleichzeitig mein Chef wirft mir einen Blick zu, der meine Gedanken nur unterstreicht.

»Who the hell ist das?«

Es ist nicht zu übersehen, dass ich mit meiner Vermutung richtig lag. Der aufgeblasene Biker fällt mit seinen markanten Wangenknochen und dem leichten Dreitagebart total in Kennys Beuteschema.

»Niemand«, knurre ich und schiebe mich an ihm vorbei. Mein Kopf pocht mit jedem Schritt noch etwas schlimmer. Es ist, als würde sich all die zurückgehaltene Verzweiflung einen Weg hinausboxen wollen. »Ich mache ein paar Minuten Pause.«

Kenny hält mich am Handgelenk zurück. Sein teuflisches Grinsen beseitigt den kurzen Gedanken, er könne sich ernsthaft Sorgen um mich machen.

»Bist du dir sicher, dass du die richtige Wahl getroffen hast? Der Typ auf deiner Seite könnte dein kleiner Bruder sein.«

Ich blicke zuerst auf mein Handgelenk, dann auf den Kerl an der Bar, der mich noch immer mit seinen Augen verfolgt, und abschließend noch einmal zurück zu Clayton.

Vielleicht bin ich eine Schlampe.

Oder auch nur genervt.

Möglicherweise tickt mein Gehirn heute aber auch nicht ganz richtig.

Eigentlich bin ich mir zu schade für Kleine-Mädchen-Spiele.

Eigentlich ... denn heute schüttle ich, ohne lange darüber nachzudenken, Kennys Hand ab und packe meinen diabolischsten Gesichtsausdruck aus.

»Ich weiß schon, was ich tue«, brülle ich laut genug, dass es auch andere Gäste hören. Dass es dieser arrogante Mistkerl Clayton hört. Ohne ihn noch einmal zu beachten, gehe ich zu dem Lockenkopf und lehne mich mit meiner Brust über die Theke. »Ich will kurz frische Luft schnappen. Kommst du mit?«

Seine Mimik daraufhin erinnert mich an einen Labradoodle, der mit heraushängender Zunge ganz aufgeregt mit dem Schwanz wedelt.

Ohne auf ihn zu warten oder mich zu vergewissern, dass Kenny allein klarkommt, bahne ich mir einen Weg durch die Menschenmenge. Ich lasse die Gäste links liegen, die mir auf den Busen starren, und winke im Vorbeigehen Charlize. Eine der Kellnerinnen, die heute Abend wirklich nicht zu beneiden sind.

Erst als ich die Hintertür des Rocket aufstoße und mir die laue Nachtluft entgegenweht, erlaube ich es mir, tief einzuatmen.

Die Tür fällt krachend ins Schloss und erst jetzt vergewissere ich mich, dass der Lockenkopf mir gefolgt ist.

»Wow«, keucht er. Im Licht der Laternen des Hinterhofes sieht er noch jünger aus als in der dunklen Barbeleuchtung. »Ganz schön voll heute Abend, hm?« Unruhig reibt er sich mit einer Hand über den Nacken.

Es gibt genau zwei Sorten Mann. Die, die sich ohne Umschweife nehmen, was sie wollen. Meistens absolute Granaten im Bett, nur leider viel zu häufig echte Arschlöcher. Oder die andere Variante: Wirklich nette Typen, mit denen man aber mindestens auf drei oder vier Dates gehen muss, ehe sie sich trauen, den ersten Schritt zu machen.

Mir ist klar, dass Typ II grundsätzlich immer die bessere Entscheidung ist, allerdings habe ich weder Lust noch Zeit für Dates. Vielleicht bin ich selbst das Arschloch in meiner

Geschichte, denn was mein Sexleben angeht, denke ich wohl viel zu oft wie Männervariante I.

Außerdem will ich den Kerl hier nicht mal ins Bett kriegen. Er ist mir zu jung, zu unsicher und zu ... ich weiß auch nicht. Im Grunde weiß ich nicht mal, warum ich ihn mit nach draußen genommen habe.

Ich will eigentlich nur ... ja, was genau?

Mich ablenken?

Meine Pause versüßen, indem ich mit einem Fremden rumknutsche?

Clayton ärgern?

Ich stütze die Hände in die Hüften und genieße, dass die frische Luft meine Achseln kühlt. »Willst du mit mir rummachen? Bist du deshalb mit mir hier?«, frage ich geradeheraus.

»Ähm ... ich weiß nicht. Willst du?«

Seufzend fahre ich mir mit den Fingerkuppen über die Stirn, zucke aber zusammen, sobald ich an der linken Schläfe ankomme.

»Okay, pass auf.« Das hier war eine blöde Idee. Ich hätte es einfach lassen sollen. »Ich hatte einen wirklich miesen Tag. Ich bin weder scharf auf deine Nummer noch darauf, dich besser kennenzulernen. Ich will auch niemals deine Eltern treffen oder deine Wohnung sehen, aber wenn du es schaffst, mich für ein paar Minuten abzulenken, hast du mir echt einen Gefallen getan.«

Sein Blick verändert sich. Der Blick eines Mannes verändert sich grundsätzlich, sobald ihm klar wird, dass er die Chance auf Sex hat.

Mit langsamen Schritten kommt er auf mich zu.

»Willst du mir erzählen, warum dein Tag mies war, Baby?«, schnurrt er mit dunkler Stimme und beinahe hätte ich laut aufgelacht. Stattdessen schließe ich die Augen und versuche zu genießen, wie er mir mit der Fingerkuppe eine Strähne aus dem Gesicht streicht.

Natürlich sage ich ihm nicht, dass er mich ja nicht noch einmal Baby nennen soll, und auch nicht, dass er wahrscheinlich der letzte Mensch auf der Welt ist, dem ich von meinem Tag erzählen würde. Männer mögen keine Frauen, die denken wie ein Mann. Lieber schüttle ich devot den Kopf und lasse die Augen geschlossen.

Ich kann seinen Atem auf meinen feuchten Lippen spüren und rieche den Schnaps darin.

»Ich werde dich ablenken. Verlass dich drauf«, raunt er.

Fast hätte ich vor Erleichterung geseufzt, weil er endlich aufhört zu reden und seine Lippen meine berühren. Sie fühlen sich weich an. Weich und warm und ... nichtssagend.

Sofort bin ich bereit für mehr und mache mich auf die Suche nach seiner Zunge. Ich will wissen, wie er küsst. Ob er es tatsächlich schafft, die plagenden Gedanken kurz zu vertreiben. Ob sein Mund in der Lage ist, für einen kurzen Augenblick die Sonne durch die Wolken blicken zu lassen.

Überraschenderweise ist er das.

Er küsst wirklich nicht schlecht. Nicht weltverändernd, aber ein leichtes Kribbeln sammelt sich schon in meinem Körper. Zarte Schmetterlingsflügelschläge verdrängen den dunklen Nebel, der seit gestern zwischen meinen Eingeweiden wabert.

Ich lege meine Hand auf seine Brust, woraufhin er völlig übertrieben stöhnt, als hätte ich geradewegs in seine Jeans gegriffen.

Stutzig warte ich einen Moment, aber er bewegt sich nicht weiter. Seine Zunge gleitet aus meinem Mund. Überrascht öffne ich die Augen und sehe direkt in sein geschocktes Gesicht. Er versucht etwas zu sagen, sackt aber in der nächsten Sekunde in sich zusammen.

Es war nicht ich, die ihn zum Stöhnen gebracht hat. Jemand hat von hinten auf ihn eingeschlagen.

Ich bin so erschrocken darüber, dass der hübsche Typ mit den Locken mit aufgerissenen Augen unmittelbar vor mir zu Boden geht, dass ich nicht mitkriege, wie zwei schwarz gekleidete Männer mich bereits an den Armen festhalten.

»Hey!«, schreie ich. »Was soll das? Lasst mich sofort los!«

Selbstverteidigung hin oder her, sie haben mich zu beiden Seiten fixiert. Weiter weg in der Dunkelheit erkenne ich noch einen dritten Mann, der an der Ecke zur Straße steht und Ausschau nach was auch immer hält.

»Buenas noches, chica bonita.«

»Nein«, presse ich hervor. Mexikaner! Meine Mutter war Mexikanerin. Ich war ein Dutzend Mal bei meiner Verwandtschaft in San Miguel. Ich erkenne Mexikaner, wenn sie vor mir stehen. Immerhin bin ich selbst zur Hälfte eine.

»Verpisst euch!«, schreie ich, so laut ich kann.

Etwas irritiert sehen die beiden sich an, doch schon unmittelbar darauf brechen sie gleichzeitig in Gelächter aus.

Sie lachen mir mitten ins Gesicht und entblößen dabei ihre fauligen Zähne. Unwillkürlich fällt mein Blick auf den Typen, dessen Geschmack ich noch auf meiner Zunge habe. Regungslos liegt er da. Ich kann nicht mal erkennen, ob er ernsthaft verletzt ist oder geschweige denn noch atmet.

Meine eigene Stimme klingt viel zu dünn, als ich mich endlich zusammenreiße und erneut das Wort ergreife: »Ihr könnt eurem Boss ausrichten, dass ich nichts mit den Scorpions zu tun haben will. Sie sind auch meine Feinde.«

»Guapa«, säuselt der Typ, der meinen rechten Arm umfasst. Er drückt mich etwas fester gegen die Hausfassade des Rocket. »Hör auf, uns zu sagen, was wir zu tun haben. Wir wissen auch so, was wir mit dir machen.«

Der andere auf der linken Seite grunzt zustimmend und mir läuft ein kalter Schauder über den Rücken.

Der Rechte schiebt sich dichter an mich heran. Sofort übernimmt mein Überlebenstrieb die Führung und ich versuche, ihm mit aller Macht in die Eier zu treten.

Ein fataler Fehler, denn im nächsten Moment landet seine Faust wie ein Donnerschlag an meinem Kinn. Der Schmerz setzt nicht sofort ein. Zuerst sehe ich Sternchen und habe das Gefühl, der Boden unter meinen Füßen drehe sich. Erst Sekunden später schießt ein Stechen durch meinen Kopf. Beinahe als würde mein Gehirn in zwei Hälften gerissen.

»Für jeden Versuch, dich zu wehren, werde ich dich später ein paar Minuten länger ficken, kleine chica. Also nur zu, tritt, so viel du willst.«

Wie durch einen dichten Nebel aus Schmerz und dem erschlagenden Einsetzen der Angst kriege ich mit, dass der Kerl zu meiner Rechten seine fettigen Haare aus dem Gesicht streicht und nach dem Dritten pfeift, der Schmiere steht. Auf sein Kommando kommt er sofort zu uns.

Angst und Entsetzen reißen meinen Schutzwall nieder und bringen mich beinahe um den Verstand, weil sie nach Jahren der Beherrschung das Kommando über meinen Körper übernehmen. Ich kenne Situationen wie diese. Leider viel zu gut. Tausende Bilder strömen auf mich ein, machen mich ängstlich, klein und verletzlich. Ich weiß, wie sehr sie mich verletzen können. Wie sehr sie Narben in meine Seele ritzen können, die nie wieder verheilen werden. Ich weiß das, weil ich so etwas schon einmal erlebt habe.

»Hilf mir, ihre Beine festzuhalten. Das kleine Biest wehrt sich ganz schön«, sagt er zu dem Mann, den ich nicht sehen kann, weil der erste sich dicht vor meinem Gesicht platziert.

»Weißt du, chica. Ich mag es auf die harte Tour. Wir werden viel Spaß miteinander haben, ehe wir dich abliefern.«

Meine Lider schließen sich wie von allein. Wenn ich das hier überleben will, muss ich mich von der Realität distanzieren. Körperlich bin ich machtlos gegen die drei Männer. Dennoch können sie mich nicht verletzen. Nicht so, wie sie es gerne möchten.

Sie werden mich nicht brechen.

Niemand wird das je wieder tun.

Ich werde das hier überleben.

Ich kann das.

Ich kann meine Gedanken und meine Gefühle an einen anderen Ort bringen, bis sie mit mir fertig sind.

Ich schaffe das, denn am Ende werde ich stärker sein als alles, was sie mit mir vorhaben.

»Spaß ist ein gutes Stichwort.«

Die tiefe Stimme lässt mich abrupt die Augen öffnen. Es dauert etwas, bis ich wieder klar sehe, aber dann erkenne ich ihn überdeutlich. Seine breiten Schultern, die große Statur, die alle Männer übertrifft, die ich kenne.

Caiden.

»Was willst du hier, culo? Vete a la mierda!« Der Typ vor mir hat genug Platz gemacht, damit ich an ihm vorbeisehen kann.

Der andere Mexikaner, der noch bis eben Wache gehalten hat, wendet sich von uns ab und geht stattdessen zielstrebig auf Caiden zu. Obwohl er einen Kopf kleiner ist als Clayton, wirkt er bulliger und um einiges angriffslustiger.

So fest ich kann, zerre ich an meinen Armen, aber ich habe keine Chance, mich aus dem Griff der zwei Männer zu befreien. Der Schmerz in meinem Kopf und die Galle, die in meinem Hals aufsteigt, halten mich davon ab, zu schreien oder auch nur etwas zu sagen.

Stattdessen starre ich keuchend zu Caiden, der lässig die Arme vor dem Körper verschränkt hat und darauf wartet, dass sein Angreifer bei ihm ankommt. Dieser schnaubt wie ein wütender Stier, der auf ein rotes Tuch zuläuft, nur ist er behäbiger und schwerfälliger.

Die punktuelle Beleuchtung des Hinterhofes lässt mich Caiden im Hintergrund nur schemenhaft erkennen, aber ich bin dennoch sicher, auf seinem Gesicht ein Lächeln zu sehen. Erst als der Kerl nur noch wenige Schritte von ihm entfernt ist, löst er sich aus seiner lockeren Haltung und schlendert ihm entgegen.

Der Mexikaner holt aus, doch Caiden war genau darauf vorbereitet. Er weicht dem Schlag mühelos aus und platziert stattdessen seine Faust in der Seite des Gegners. Dieser knickt vor Schmerz schreiend zusammen. Allerdings wird das Geräusch schnell im Keim erstickt, weil Caiden ihn mit beiden Händen an den Haaren packt und ihm sein Knie mitten ins Gesicht rammt. Seine Bewegungen wirken mühelos.

Wie ein nasser Sack klatscht der Typ zu Boden. Caiden bückt sich über ihn. Sein breiter Rücken versperrt mir die Sicht und ich kann nicht sehen, was passiert, bis sich der Scorpion wieder aufrichtet und einfach über den regungslosen Kerl hinwegsteigt.

Unsere Blicke treffen sich und ich habe das Gefühl, seine grünen Augen bohren sich geradewegs in mein Innerstes. Ich weiß nicht, ob ich ihm trauen kann. Er ist mein Feind. Einer der Männer, die ich verabscheue. Aber jetzt in diesem Moment ist er auch meine einzige Chance. Ich bin clever genug, das einzusehen.

Instinktiv zerre ich noch fester an meinen Armen, bis der Typ mit den fettigen Haaren mich loslassen muss, um sich für den Kampf mit Caiden zu wappnen.

»Wir können das hier schnell und schmerzlos beenden«, sagt Clayton, während er in aller Ruhe ein Päckchen Zigaretten aus seiner Hosentasche holt und mit den Lippen eine einzelne Zigarette herausangelt.

Mein Atem geht noch immer flach, aber ich werde langsam ruhiger. Gegen drei hatte ich keine Chance, aber mit dem einen, der mir inzwischen die Arme auf dem Rücken verdreht hat, werde ich bestimmt fertig.

Der Schein eines Feuerzeugs erhellt kurz sein markantes Gesicht und Caiden zieht an der Zigarette, während er sie anzündet. »Macht es euch nicht schwerer, als es ist. Sie«, dabei deutet er mit der Zigarette zwischen den Fingern auf mich, »gehört zu mir. Und ich mag es nicht, wenn sich jemand nimmt, was mir gehört.«

»Sie gehört uns. Und du, Clayton«, spuckt der Typ aus, der mich vor sich hält, »bist so gut wie tot.« Sein mexikanischer Dialekt frisst sich wie Gift direkt in mein Ohr und lässt meine Wut die Macht über meinen Körper übernehmen.

Ich schnappe nach Luft, als der Kerl, der inzwischen dicht vor Caiden steht, ein Messer zückt. Dieser jedoch lässt seinen Blick lässig auf mich gerichtet. Ein schelmisches Grinsen erscheint auf seinem Gesicht.

»So zurückhaltend heute, Sweetheart? Ich finde, du dürftest dich ruhig ein bisschen an unserer Party beteiligen.«

Der Mexikaner vor ihm wirft einen flüchtigen Blick über seine Schulter. Ein Fehler, den Caiden nutzt. Blitzschnell schmeißt er seine Zigarette weg und schlägt ihm das Messer aus der Hand. Wie erwartet bleibt sein Angriff nicht unbeantwortet und die beiden Männer verfangen sich in kürzester Zeit in einer wüsten Schlägerei. Das Fliegen der Fäuste kommt für mich einem Startschluss gleich und endlich erwache ich aus meiner vorübergehenden Schockstarre.

»Scheiße. Er hat recht«, erwidere ich zeitverzögert auf seine Worte. Ich kann mich wehren. Ich bin kein kleines, wehrloses Mäuschen. Nicht mehr. Mit aller Kraft reiße ich meinen Kopf nach hinten, um unmittelbar auf der Nase des Kerls zu landen, der mich nach wie vor an seine Brust drückt.

»Mierda!«, schreit er.

»Du sagst es«, zische ich, weil mein Gehirn seit gestern eigentlich genug Schläge abbekommen hat. Ich kneife kurz die Augen zu, um den Schmerz zu vertreiben. Dann lasse ich all die angestaute Wut aus meinem Bauch an die Oberfläche und schicke sie durch meinen Arm. Mein Ellbogen bohrt sich mit einem kräftigen Ruck in die Rippen des Mannes und ihm bleibt nichts anderes übrig, als seinen Griff endlich zu lockern. Allerdings scheint er mindestens genauso wütend zu sein wie ich, denn noch bevor ich mich vollständig zu ihm umgedreht habe und zum nächsten Schlag ausholen kann, landet seine Faust auf meinem Kiefer.

Keuchend taumle ich nach hinten. Es war dumm von mir, zu glauben, dass ich unbeschadet aus dieser Sache herauskomme.

Innerlich wappne ich mich bereits für den nächsten Schlag. Ich ignoriere den Schmerz in meinem Kopf, versuche mich zu fokussieren und hebe dabei bereits beide Fäuste, um mich zu verteidigen.

»Das«, höre ich jedoch Caidens Stimme sagen und ziehe die Augenbrauen zusammen. Mein Angreifer stockt. Seine Augen weiten sich und erst jetzt erkenne ich, dass er von hinten von Clayton fixiert wird. »Tust du nie wieder.« In diesem Moment gleitet ein Messer butterweich durch die Kehle des Mexikaners.

Ich stehe auf wackligen Beinen da und starre darauf, wie das Blut aus der Kehle des Mannes vor mir fließt. Er reißt die Augen weit auf und sieht mich schockiert an. Aus seinem Mund kommt statt Beleidigungen und Drohungen nur noch ein gurgelndes Geräusch, und als er die Lippen öffnet, strömt eine widerliche Mischung aus Blut und Speichel über sein Kinn.

Ich möchte schreien oder kotzen oder vielleicht auch beides gleichzeitig. Aber ich tue nichts dergleichen.

Mit einem dumpfen Aufprall landet der Kerl auf dem Boden. Das Einzige, das sich an ihm noch bewegt, ist das Blut das unaufhaltsam aus seinem Hals sickert.

Mein Blick gleitet über den Asphalt.

Vier regungslose Männer. Keine Ahnung, wer von ihnen noch lebt oder nicht.

Ich hebe den Kopf und sehe geradewegs in Caidens Augen.

»Ich … ich.«

Ich möchte etwas sagen, etwas tun, davonlaufen oder mir wie ein Kind die Hände vors Gesicht schlagen. Aber meine Knie geben nach und auf einmal habe ich das Gefühl, der Asphalt im Hinterhof des Rockets habe sich aufgelöst und die Erde versuche mich zu verschlucken.

Ich falle. Und ich bin sicher, es wird nichts da sein, das mich hält.

Kapitel Acht

CAIDEN

»Wow, wow, wow. Komm schon, Sweetheart. Jetzt nicht schlapp machen.«

Amaia taumelt rücklings und bevor sie auf dem Asphalt aufschlagen kann, schlinge ich meine Arme um sie.

Mit weit aufgerissenen Augen sieht sie mich an, doch es macht eher den Anschein, als schaue sie geradewegs durch mich hindurch. Ihre Wangen wirken im Kontrast zu den blutverschmierten Lippen aschfahl. Sie hat ganz schön was abgekriegt.

Zaghaft tätschle ich ihr Gesicht, in der Hoffnung, sie bei Bewusstsein zu halten, verteile so jedoch nur Blut auf ihrer zarten Haut.

»Ist er tot?«

Ihre Stimme kommt kaum hörbar über die geschwollenen Lippen. Weil ihre Beine nach wie vor nicht sicher auf dem Boden stehen, lege ich einen Arm unter ihre Kniekehlen und hebe sie auf meinen Arm.

»Der Salazar-Wichser? Aber so was von.«

Mit halbgeschlossenen Augen schüttelt sie den Kopf. Sie versucht in die andere Richtung zu schauen, verzieht aber schmerzverzerrt das Gesicht.

Mir ist klar, dass sie den Kerl mit den Locken meint.

Den Kerl, dem sie noch vor weniger als zehn Minuten die Zunge in den Hals gesteckt hat.

Ich verkneife es mir, ihr die Wahrheit zu sagen. Der Junge hat ein Messer im Rücken stecken, mit dem man einen Puma hätte erledigen können. Natürlich ist er tot. Aber ich bin nicht der Penner, der noch Salz in die Wunde streut.

»Jemand anders wird nach ihm sehen. Für uns beide wird es Zeit, abzuhauen.«

Ich kann an ihrem gequälten Gesichtsausdruck nicht ablesen, ob sie mit meiner Entscheidung unzufrieden ist oder einfach nur schreckliche Schmerzen hat. Aber es spielt keine Rolle, was sie denkt. Wir müssen hier weg und das schnell. Drei tote Mexikaner und ein weiterer toter Typ, der in diesem Teil von L. A. nichts verloren hat. Das wird Fragen aufwerfen und ich bin sicher nicht der Richtige, um den Cops Antworten zu liefern.

Mit jedem meiner Schritte wird Amaias Körper schlaffer. Ich bin kein Arzt, aber ich glaube, sie hat eine Gehirnerschütterung. Sie muss sich hinlegen und ausruhen.

Bevor ich auf die Hauptstraße trete, werfe ich einen kurzen Blick um die Ecke, um nicht geradewegs einer Horde Zeugen in die Arme zu laufen. Wir haben Glück und außer einer Sirene in weiter Ferne ist nichts zu hören oder zu sehen.

Den Kopf gesenkt, wechsle ich die Straßenseite und danke Gott, dass ich einer Eingebung folgend den Wagen genommen habe. Es war nicht wirklich schwierig, das Rocket ausfindig zu machen. Seit heute Mittag habe ich Zugang zu Miss Rodriguez' Handy und zu ihren Daten. Ich will mir gar nicht erst ausmalen, was passiert wäre, wenn unser Hacker nicht so gute Arbeit geleistet hätte. Big Brown hätte mich mit einer Schleife um den Hals vor Delgados Tür abgesetzt, wenn ich es nicht mal zwei Tage lang geschafft hätte, seine Nichte zu beschützen.

Es gestaltet sich als etwas umständlich, den Wagen aufzuschließen und die hintere Tür zu öffnen, ohne Amaia abzusetzen, und schließlich atme ich erleichtert aus, als ich sie auf die Rückbank meines Range Rovers gebettet habe und den Highway Richtung Hotel nehme.

Ich werde sie nicht wieder zurück nach Koreatown bringen. Ja klar, es gibt noch weitaus miesere Stadtteile in L. A., aber ich werde kein weiteres Risiko eingehen. Der Abend hat deutlich bewiesen, dass Delgado Ernst macht, und solange ich Amaia nicht davon überzeugt habe, von hier zu verschwinden, bleibt sie im Hotel. Dies ist meine Entscheidung, und wenn ich sie dafür an mein verfluchtes Bett fesseln muss, werde ich das tun.

Seufzend streiche ich mir über das Gesicht und werfe einen flüchtigen Blick in den Rückspiegel. Warum ich ausgerechnet an mein Bett denke, um sie zu fixieren, weiß ich auch nicht so genau. Wahrscheinlich, weil ich unendlich müde und genervt bin.

Die konstant vorbeiziehenden Lichter der entgegenkommenden Autos und das Geräusch meines eigenen gleichmäßigen Atems beruhigen mich mit der Zeit.

So grauenvoll es klingen mag, aber ich weiß, wie es ist, zu töten. Ich kenne das Gefühl sehr genau, wenn man dafür verantwortlich ist, einen anderen Menschen ins Jenseits befördert zu haben. Der Moment, wenn man realisiert, dass es vorbei ist. Dennoch werde ich mich niemals daran gewöhnen.

Jedes Leben, das ich genommen habe, hat eine Narbe auf meiner Seele hinterlassen. Auch wenn es, wie heute, elende, menschenhandelnde Verbrecher waren, die ich getötet habe. Ein Leben ist ein Leben und ich bin kein Monster. Nicht ausschließlich zumindest. Denn wenn ich sehe, dass Wichser wie diese Typen von heute Abend eine Frau anfassen, brennen mir die Sicherungen durch. Niemand hat das Recht, so mit Menschen umzugehen.

Meine Einstellung mag vielleicht altmodisch sein, aber in meiner Welt sind die Männer dafür da, ihre Frauen und Kinder zu beschützen.

Ein winziges Lächeln zupft an meinem Mundwinkel,

als ich daran denke, wie Amaia dem Typen eine verpasst hat. Sie weiß mit ihrem Körper umzugehen und das ist verdammt sexy. Völlig egal, wie unangemessen solche Gedanken in Anbetracht der Geschehnisse sind. Am Ende des Tages bin auch ich nur ein schwanzgesteuerter Penner.

Mit diesem minimalen Grinsen im Gesicht und meinen Gedanken noch immer bei der wilden Schönheit auf dem Rücksitz, fahre ich nach etwa einer halben Stunde endlich in die Tiefgarage des Claytons.

Obwohl dieses Hotel seit siebenundzwanzig Jahren mein Wohnort ist, fühlt es sich keineswegs an, als würde ich nach Hause kommen.

Natürlich verbinde ich mein gesamtes Leben mit diesem Gebäude, aber es erinnert mich auch täglich daran, dass mein Leben niemals normal war und es auch niemals sein wird. In der Familie Clayton gab es niemals gemeinsame Abende auf der Couch oder Fahrradfahren im Hof. Bei uns standen die Gäste grundsätzlich an erster Stelle. Sie wurden mit teurem Essen und Luxus überschüttet, während wir uns durch den Dienstboteneingang schleichen mussten. Mehr als einmal habe ich mich gefragt, warum unsere Eltern überhaupt beschlossen haben, eine Familie zu gründen. Und noch mehr wundert mich, warum sie nach Cyrus nicht aufgehört haben. Immerhin hatten sie mit ihm ihren Thronfolger.

Seufzend steige ich aus dem schwarzen Geländewagen. Das Schließen der Tür hallt von den Betonwänden der Tiefgarage wider und der Duft nach Großküche steigt mir aus den Lüftungsschächten in die Nase.

Trotz des eher ekligen Geruchs atme ich noch einmal tief durch, ehe ich die hintere Wagentür öffne.

Amaia liegt eingerollt wie eine Katze auf dem Rücksitz. Eine dicke, dunkle Locke ist ihr in die Stirn gerutscht und klebt am Blut ihrer Lippe. Zaghaft strecke ich meine Finger aus und schiebe sie zur Seite. Dabei beiße ich so fest die Zähne aufeinander, dass meine Kiefer schmerzen.

Es könnte mir egal sein, was die Salazar-Anhänger mit

ihr machen. Ich kenne diese Frau im Grunde nicht. Es müsste mich nicht jucken, ob sie Schmerzen hat oder Angst. Und doch erfasst mich in diesem Augenblick eine so gewaltige Welle des Zorns, dass ich meine Hände zu Fäusten balle. Sie hat Delgado nichts getan. Dieses zickige, kratzbürstige und überaus widerspenstige Kätzchen hat nichts mit unseren Machenschaften oder denen der Scorpions am Hut. Es ist schlichtweg nicht fair, dass sie Schläge einstecken muss. Buchstäblich sogar. Ich kann das schlechte Gewissen nicht abschütteln, das sich wie eine eisige Faust um meinen Hals legt.

Es ist meine Schuld.

Ich bin derjenige, der die Verantwortung für diesen Abend trägt. Nicht die Scorpions. Nicht die fucking Mexikaner. Ich bin es. Weil ich Big B in einen Krieg hineingezogen habe, der niemals seiner war.

»Hey«, flüstere ich, »Amaia.« Dabei berühre ich sie sacht an der Schulter.

Sie gibt lediglich ein leises Brummen von sich, sieht aber nicht so aus, als hätte sie in naher Zukunft vor, aus dem Wagen zu steigen.

Ohne mir länger Gedanken darüber zu machen, warum mir die Wunden in ihrem Gesicht nahegehen, beuge ich mich ins Auto und hebe sie auf meinen Arm. Schon wieder.

Ich führe mich auf wie der verdammte Frauenretter persönlich, dabei würde sie gar nicht erst mit Schmerzen hier liegen, wenn ich es geschafft hätte, ihr die Lage richtig zu verklickern.

»Ich kann allein laufen«, murmelt sie in einem halbherzigen Versuch, mich abzuwimmeln, schließt aber im selben Moment die Arme um meinen Hals.

»Das sehe ich«, erwidere ich seufzend und kicke mit einem Fuß die Wagentür zu.

Keine Ahnung, wie das mit ihr weitergehen soll. Aber fürs Erste werde ich sie in ein Bett legen und darauf hoffen, dass ihr Sturkopf keine bleibenden Schäden davonträgt.

Auf dem Weg zum Fahrstuhl präzisiere ich meine Gedanken. Ich werde sie nicht in irgendein Bett legen, ich werde sie in mein Bett legen. Nicht, dass ich vorhätte, ihr in irgendeiner Form nahezukommen, auch wenn das bereits das zweite Mal ist, dass ich an sie in Verbindung mit meinem Bett denke. Die Entscheidung basiert auf rein pragmatischen Überlegungen. In meiner Suite kann ich sie beobachten und gleichzeitig arbeiten. Quartiere ich sie in einem Gästezimmer ein, muss ich rund um die Uhr vor ihrer Tür stehen und sitze im Gästetrakt fest. Darauf bin ich nicht sonderlich scharf.

»Und das ich mich vor mir selbst rechtfertige, ist so gar nicht bedenklich«, nuschle ich vor mich hin.

Kopfschüttelnd nehme ich den Lift und fahre begleitet von meinem eigenen Seufzen in die dreiundzwanzigste Etage. Im Laufe der Jahre ist diese Ebene zur Privatetage geworden. Auf diese Weise haben wir Jungs uns wenigstens ein kleines Stück von dem Kuchen genommen, der eigentlich nur für unsere Gäste da ist. Colby und ich leben hier Tür an Tür in zwei schicken, umgebauten Suiten. Cy besitzt auch eine Wohnung am Ende des Korridors, aber er ist so gut wie nie hier. Er und Harper leben in einer vollkommen übertriebenen Villa in Santa Monica.

Im Gegensatz zu mir lieben und leben meine Brüder den Luxus. Mir geht das alles am Arsch vorbei. Meistens jedenfalls. Ja klar, ich genieße die Tatsache, dass ich eine Tiefgarage voller Motorräder habe, und zu sagen, Luxus sei nicht wichtig, ist leicht, wenn jeden Tag der Zimmerservice die Wohnung putzt. Aber ich glaube nicht, dass diese Dinge mich wirklich im Herzen glücklich machen. Wenn ich ganz ehrlich zu mir selbst bin, ist es nett, aber mehr auch nicht. Wenn ich ab morgen im ranzigen Clubhaus der Scorpions leben müsste, wäre ich auch nicht unglücklicher.

Glück hat meiner Meinung nach nichts mit Geld oder Wohlstand zu tun. Es kommt aus dem Inneren eines Menschen. Dabei sollten die äußeren Umstände keine oder zumindest keine allzu große Rolle spielen.

Mit Amaia auf dem Arm lasse ich die Tür zu Colbys

Suite hinter mir. Der rote Teppich verschluckt die schweren Schritte meiner Stiefel und ich atme erleichtert aus, als ich endlich vor dem Eingang zu meinen eigenen vier Wänden angekommen bin.

Die dreiundzwanzigste Etage ist für die Gäste nicht zugänglich, daher sind die Türen allesamt unverschlossen und ich schaffe es trotz der kleinen Wildkatze auf meinem Arm, problemlos in die Suite zu treten.

Ohne zu zögern, gehe ich durch die Dunkelheit bis in mein Schlafzimmer und lege sie vorsichtig auf der Matratze ab.

»Wo bin ich?« Ihre Stimme ist nicht viel mehr als ein Flüstern, doch in der Stille des Raumes lässt sie mich beinahe zusammenzucken.

»Im Hotel. Hast du Schmerzen?« Mit einem ächzenden Stöhnen rollt sie sich auf die Seite. Auch ohne konkrete Antwort klingt das verdächtig nach einem Ja. »Schlaf dich erst mal aus, ich besorge dir was gegen die Schmerzen und dann sehen wir weiter.«

Bevor ich mich aufrichte, schalte ich die indirekte Beleuchtung über dem Bett ein. Anschließend stehe ich einige Minuten regungslos da und starre sie an.

Cy würde ihr vermutlich die Klamotten ausziehen, sie waschen und in schicke Reizwäsche packen. Wäre Colby an meiner Stelle, würde er sie ganz sicher begrabschen und ihr einen Drink einflößen.

Aber ich bin nicht wie meine Brüder. Ich würde niemals eine Frau anfassen, ohne dass sie mir ihre Erlaubnis erteilt hat.

Es ist ihr Körper.

Ich werde sie also weder ausziehen, noch waschen oder sonst irgendwelche perversen Spielchen mit ihr anstellen. Ich werde ihr eine Kopfschmerztablette und was zum Anziehen besorgen. Wenn sie meine Hilfe braucht, bin ich da, aber solange sie mich nicht darum bittet, werde ich sie nicht anrühren. Wenn ich eine goldene Regel in meinem kümmerlichen Dasein habe, dann diese. Das steht an oberster Stelle. Genauso wie ich niemals eine Frau schlagen würde.

Der Blick auf Amaias linke Gesichtshälfte, die noch leicht blau verfärbt ist, lässt mein Gewissen toben.

»Das habe ich nicht gewollt«, flüstere ich vor mich hin, um mich selbst zu beruhigen. Ich war nicht ansatzweise darauf vorbereitet, dass sie mit mir kämpfen wollen würde. Dass sie sich dabei verletzt hat, war ganz sicher nicht meine Absicht.

Erschöpft reibe ich mir übers Gesicht.

»Cai?«

Fuck.

Colby.

»Caiden? Bist du da? Ich habe ... Oh!« Mein kleiner Bruder steht im Türrahmen zum Schlafzimmer. Mit offenem Mund starrt er auf die blutverschmierte Amaia. »Ähm ... okay. Das kommt jetzt irgendwie unerwartet.«

Ich schlucke das klassische ›Es ist nicht so, wie es aussieht‹ herunter. Stattdessen deute ich Colby mit einem zornigen Nicken an, sich aus meinem Schlafzimmer zu verpissen, das mit einer breiten Flügeltür vom Rest der Wohnung abgetrennt ist.

»Gab 's heut irgendwo ein *Call of Duty*-Real-Life-Game? Du siehst aus, als wärst du in den Krieg gezogen.« Mein kleiner Bruder geht auf die Zehen, um noch einmal durch die Schlafzimmertür zu sehen, die ich in diesem Moment hinter uns schließe. »Bitte sag mir, dass das nicht ihr Blut ist, das in deinem Gesicht klebt. Das wäre mehr als cringe, Bruder.«

Ohne Colby in seiner lächerlichen weißen Leinenhose und dem viel zu tief ausgeschnittenen T-Shirt zu beachten, gehe ich durch das weitläufige Wohnzimmer auf direktem Weg ins Gästebad, das neben dem Eingang liegt.

»O Mann«, fluche ich leise, sobald ich mit der Hüfte den Lichtschalter betätigt habe und in den beleuchteten Spiegel über dem Waschbecken sehe. Offensichtlich habe ich mir mit frischem Blut an den Händen übers Gesicht gestrichen.

Ich sehe schlimmer aus als Mel Gibson in Braveheart. »Das ist nicht ihres«, stelle ich für Colby, aber auch für mein Gewissen fest, und fange an, mir das Gesicht zu waschen. Leider fließen die Erinnerungen an den Abend nicht gemeinsam mit dem rot gefärbten Wasser in den Abfluss.

»Okay. Das ist ein Anfang. Und wer ist *sie*?«

Als ich mich wieder aufrichte, begegnen sich unsere Blicke im Spiegel. Colby hat die Arme vor der Brust verschränkt und lehnt abwartend mit hochgezogener Augenbraue im Türrahmen.

Es wäre ein Leichtes, ihm die Wahrheit zu sagen. Immerhin ist Colby den Scorpions ja auch irgendwie zu Dank verpflichtet. Schließlich waren es meine Jungs, die ihn und mich verteidigt haben, als eine Horde Mexikaner vor dem Hotel aufgeschlagen ist. Auch wenn Brown diesen Einsatz sicherlich schon bereut hat, bin ich froh, dass er so entschieden hat. Ich will mir nicht mal ausmalen, was passiert wäre, wenn die Salazar-Leute es bis ins Hotel geschafft hätten. Cy wäre auf den Bahamas wahrscheinlich an einem Herzinfarkt gestorben, wenn er erfahren hätte, dass die Mexikaner mich und unseren jüngsten Bruder an den Eiern im Foyer aufgehängt haben.

Aber trotz all dieser Umstände entscheide ich mich für eine Notlüge.

»Sie ist eine Freundin. Mehr musst du nicht wissen.«

Ich sehe jeden Tag, wie Colby hinter der Fassade des fröhlichen Sonnyboys unter den letzten Monaten leidet. Er gibt sich selbst die Schuld für den ganzen Schlamassel. Es macht keinen Sinn, noch mehr Benzin ins Feuer zu gießen.

»Eine Freundin ... soso«, erwidert er mit einem diabolischen Grinsen im Gesicht.

»Warum guckst du so bescheuert? Man kann auch Freunde haben, ohne der Partyhengst von L. A. zu sein.« Ohne hinzusehen, nehme ich mir das Handtuch neben dem Waschbecken und wische mir das Gesicht trocken. Der weiße Frotteestoff schimmert noch immer rosa, als ich damit fertig bin, was mich angewidert seufzen lässt.

»Und was genau haben du und *deine* Freundin getrieben, dass du aussiehst wie Hannibal Lecter persönlich?«

»Das braucht dich nicht zu jucken.« Ich greife nach meinem Shirt und ziehe es mir über den Kopf. Gemeinsam mit dem Handtuch werfe ich es in die Ecke des Bads. »Was machst du überhaupt hier?«, stelle ich endlich eine sinnvolle Gegenfrage und schiebe mich an meinem kleinen Bruder vorbei in den Wohnraum.

Die offene Küche, die genau wie die meisten anderen Möbel in meiner Suite schwarz ist, wird von der indirekten Thekenbeleuchtung erhellt. »Es ist Freitagnacht. Gibt es nicht irgendwo ein Beverly-Hills-Häschen, das du noch nicht geknallt hast?«

Schmunzelnd lehnt er sich auf den Tresen und beobachtet mich dabei, wie ich zwei Bier aus dem Kühlschrank hole. Ich öffne die Flaschen und halte ihm eins über die Theke hin.

»Du wirst es nicht glauben, aber ich habe tatsächlich gearbeitet.« Voller Stolz nimmt er mir die Flasche ab und setzt sie an die vollen Lippen. Ich beobachte, wie sein Kehlkopf unter einigen großen Schlucken hoch und runter hüpft.

»Gearbeitet im Sinne von *im Club reiche Ladys gebumst* oder sprechen wir von echter Arbeit?«

Mein kleiner Bruder wischt sich mit dem Unterarm über den Mund und strahlt mich aus ganzem Herzen an. Mit seinem Lockenkopf und dem hellen Grün in den Augen erinnert er mich schmerzhaft an meine Mom.

»Ich spreche hier von ehrlicher und engagierter Büroarbeit.« Wir sehen uns an und es dauert nicht lange, bis sein fröhliches Lächeln in sich zusammenfällt wie ein Kartenhaus. Für ein paar Sekunden sieht er ins Leere, ehe sich unsere Blicke erneut treffen. »Ich weiß, dass es für dich viel ist, seit Cy weg ist. Und da ich sowieso derzeit nicht gern unterwegs bin, dachte ich, es wird Zeit, sich nützlich zu machen.«

Ich stehe da.

Und komme mir vor wie der größte Loser überhaupt.

Ich bin hier der Chef, solange Cy verreist ist. Ich sollte

das Hotel führen, mich um alles kümmern und dafür sorgen, dass alles in geregelten Bahnen verläuft. Stattdessen leiste ich mir Straßenkriege und schlachte Mexikaner ab für eine Frau, die ich nicht mal kenne.

In Momenten wie diesen stelle ich meine Arbeit im MC ernsthaft infrage. Momente, in denen mein kleiner Bruder mit seinen gerade mal Anfang zwanzig mehr auf die Reihe kriegt als ich.

Ansonsten stünde ich wohl nicht nachts um drei blutverschmiert in meiner Küche, während meine Gedanken unwillkürlich immer wieder durch die Flügeltür zu Amaia wandern.

Diesen Job anzunehmen, war dumm. Dumm und leichtfertig. Aber wenn ich etwas angefangen habe, bringe ich es auch zu Ende. Es wird nur einfach Zeit, Miss Rodriguez auf die andere Hälfte der Weltkugel zu schaffen und Delgado irgendwie loszuwerden, damit endlich wieder Ruhe einkehren kann.

Kapitel Neun

AMAIA

Auch ohne das übergroß und in Gold gestickte C auf dem flauschigen Kissen hätte ich sofort nach dem Aufwachen gewusst, wo ich bin. Meine Erinnerungen an den gestrigen Abend sind lebhaft präsent und ich wünschte wahrhaftig, sie wären es nicht.

Vorsichtig hebe ich die Hand, um meine Lippe abzutasten, halte aber im letzten Moment inne, als mein Blick auf das verkrustete Blut auf meinen Handflächen fällt. Mein Herz beginnt zu rasen und in meinem Kopf pocht ein dumpfer Schmerz, als ich auf die dunklen Flecken auf den weißen Laken blicke. Mir ist, als habe mich das Schicksal in längst vergangene Zeiten zurückkatapultiert. Zeiten, die ich nie wieder erleben wollte.

»Vielleicht hätte ich dich doch waschen sollen.« Das ruckartige Aufsehen schießt mir in Form eines stechenden Schmerzes durch die Schläfe. »Hier.« Caiden kommt langsam in den Raum geschlendert und wirft mir aus einigen Schritten Entfernung ein Päckchen Schmerzmittel auf die Decke. »Ich befürchte, du hast eine leichte Gehirnerschütterung, so tief wie du geschlafen hast. Nimm was gegen die Schmerzen. Wasser steht bereits da«, fügt er hinzu und deutet mit dem glattrasierten Kinn neben mich.

Allerdings scheint mein Blick an seiner Statur festgeklebt, denn meine Augen wollen seiner Andeutung partout nicht folgen. Ich starre ihn an und frage mich, ob es mich härter am Kopf erwischt hat, als ich zugeben will. Der Mann, der in dem maßgeschneiderten marineblauen Anzug vor mir steht, will einfach so gar nicht mit dem Scorpion zusammenpassen, der gestern Abend seine Klinge durch die Kehle eines Mannes gezogen hat. Seine Haare sind sorgfältig und ordentlich zu einem Dutt im Nacken gebunden und das Licht des Tages spiegelt sich in seinen blitzblank geputzten Schuhen.

»Geht 's dir gut?«

Er kräuselt die Augenbrauen und mir wird klar, dass ich ihn noch immer sprachlos betrachte. Beschämt senke ich den Blick, zucke jedoch zusammen, als mir meine blutverschmierten Hände wieder auffallen.

Caiden räuspert sich und zum wiederholten Mal ist er es, der zum Sprechen ansetzt: »Du kannst duschen und ich habe dir frische Sachen von meiner Schwägerin hingelegt. Ich kenne mich kein bisschen mit Frauengrößen aus, also keine Ahnung, ob sie dir passen.« Langsam hebe ich wieder den Kopf. Mein schneller werdender Atem verrät die Emotionen, die sich Bahn brechen wollen. Mit aller Macht versuche ich, sie zurückzudrängen. »Ich habe darüber nachgedacht, dich zu waschen und deine Kleidung zu entsorgen. Aber ...«, er zögert mitten im Satz und streicht sich über den perfekt stehenden Kragen. »Ich habe mich dagegen entschieden.«

»Warum?«, frage ich mit belegter Stimme. Für den Augenblick sehe ich zur Seite und entdecke das Wasser, aber irgendetwas hält mich davon ab, danach zu greifen.

Langsam kommt Caiden näher und atmet dabei tief ein. Er stoppt erst, als seine Knie am Fußende des Bettes gegen die Matratze stoßen.

»In den letzten zwei Tagen haben einige Männer deine Grenzen überschritten. Mich nicht ausgenommen.« Er weicht dem überraschten Ausdruck in meinem Gesicht aus. »Jedenfalls dachte ich, du wärst sicher nicht begeistert, wenn ich dich ohne deine Einwilligung anfasse.«

»Du hast mich ohne meine Einwilligung hergebracht«, stelle ich mit monotoner Stimme fest. Ich weiß selbst nicht mal, ob mich das wütend macht oder ich ihm dafür danken soll. Wahrscheinlich irgendwas dazwischen. Was ich allerdings weiß, ist, dass mir der Hotel-Clayton besser gefällt als der Scorpion-Clayton. Wobei das wiederum nicht schwer ist, weil die Scorpions die Pest sind. Ratten auf der Straße, die niemand braucht.

»Stimmt.« Gemeinsam mit dieser Silbe lässt er alle Luft entweichen. »Und ich hatte ehrlich gesagt ein bisschen Schiss, dass du mir allein dafür den Hintern versohlst.«

Einer seiner Mundwinkel hebt sich charmant zu einem schiefen Grinsen.

»Vielleicht mache ich das ja noch.« Langsam beruhigt sich mein panischer Atem, mein Herz jedoch behält das rasende Tempo bei.

»Kann's kaum erwarten.« Er schiebt seine Zunge von innen gegen die Wange und weicht lächelnd meinem Blick aus.

Eine ganze Weile schafft es das kleine Geplänkel zwischen uns, die bittere Realität zu verdrängen, doch schneller, als mir lieb ist, kehren die Umstände wieder zurück in den Vordergrund.

»Wie gesagt«, holt Caiden aus und verschränkt dabei die Arme vor der Brust. Auch er ist wieder ernst geworden. »Da ist das Bad.« Dieses Mal nickt er zur anderen Seite des Bettes, wo eine schwarze Schiebetür in einen weiteren Raum führt. »Vielleicht machst du dich erst mal in Ruhe frisch. Dann reden wir.«

Er stößt sich mit den Knien leicht vom Bett ab und macht einen Schritt zurück.

»Es gibt nichts ...« Ich unterbreche mich selbst. Ganz gleich, wie sehr ich auch versuche, es zu leugnen, und wie sehr ich den Wunsch hege, nicht mit einem Scorpion sprechen zu müssen. Er hat recht. Wir müssen reden.

Ich ziehe die geschwollene Unterlippe vorsichtig zwischen die Zähne, und bevor mein Temperament erneut mit mir durchgehen kann, nicke ich lediglich.

Caiden erwidert die Geste und verlässt das luxuriöse Schlafzimmer. Ich sehe seinen breiten Schultern nach, die in diesem Anzug wie aus Stein gemeißelt wirken. Kurz bevor er die Tür schließt, halte ich ihn auf.

»Clayton«, schießt es aus mir heraus. Ich schlage die Decke zur Seite und stelle die Füße auf den Boden. Nicht mal die Schuhe hat er mir ausgezogen.

»Hm?« Über eine Schulter sieht er mich fragend an.

Ich ignoriere den Schwindel und die grauenvollen Kopfschmerzen. Stattdessen atme ich tief ein und fixiere ihn mit meinem Blick.

»Danke.«

Dieses kleine simple Wort kommt mir nur schwer über die Lippen, aber ich bin clever genug zu verstehen, was da gestern Abend passiert ist.

Caiden Clayton, ein Scorpion, hat mir das Leben gerettet. Und ich habe ehrlich gesagt keine Ahnung, wie ich damit umgehen soll.

Er presst die Lippen aufeinander und nickt mir noch ein letztes Mal knapp zu, ehe er mich endgültig allein lässt.

Allein mit blutverschmierten Händen, einem schmerzenden Kopf und unzähligen Gedanken, die ich nicht gebrauchen kann.

Um mich, so gut es geht, von den Ereignissen des gestrigen Abends abzulenken, sehe ich mich aufmerksam um.

Das Zimmer, in dem ich aufgewacht bin, ist mit Abstand das luxuriöseste, das ich jemals gesehen habe. Das kann ich mit Gewissheit bereits nach dem ersten Eindruck behaupten. Allein das Bett, in dem ich bis eben lag, ist beinahe so groß wie mein gesamtes Schlafzimmer. Das schwarz lackierte Bett mit den hübsch verzierten Pfosten erinnert mich an ein Himmelbett. Drei weiße Wände heben sich von der vierten ab, deren Blumentapete in Dunkelgrau und Gold strahlt und an der ein gigantischer Flachbildfernseher hängt.

Alles wirkt edel und teuer, von dem Ausblick über ganz L. A. will ich gar nicht erst sprechen.

Caiden hat die breite Flügeltür hinter sich geschlossen, die in weitere Räume zu führen scheint. Mein Blick gleitet andächtig über den Stuck an der Decke und den Kronleuchter, der genau über dem Bett hängt.

Langsam wage ich es, mich auf die Füße zu stellen, schließe aber einen Moment lang die Augen, weil mein Kopf dermaßen wehtut, dass ich verschwommen sehe. Die Tabletten. Ohne lang nachzudenken, öffne ich die Augen und greife nach dem Päckchen, das sich zwischen den Laken versteckt. Dieses Mal nehme ich außerdem, ohne zu zögern, die edle Glaskaraffe auf dem Nachttisch in die Hand. Ich gieße mir etwas Wasser in ein Glas, das daneben steht, und schlucke die Hoffnung auf Schmerzfreiheit in Form zweier weißer Pillen hinunter.

Es fühlt sich komisch an, anschließend mit meinen ausgelatschten Stiefeln über den schicken hellgrauen Teppich zu gehen. Aber mir einfach die Schuhe auszuziehen, wirkt auch irgendwie nicht richtig.

Die ganze verfluchte Situation ist im Grunde eine Katastrophe. Ich müsste bestimmt schon seit Stunden Kurierfahrten machen und Geld verdienen. Stattdessen stehe ich vollkommen fertig mit angeschlagenem Schädel in einer schicken Hotelsuite mitten in Beverly Hills. In der schicken Hotelsuite eines Scorpions wohlgemerkt. Hätte mir das vor zwei Wochen jemand erzählt, hätte ich eine Million Dollar dagegen gewettet.

Einen tiefen Seufzer unterdrückend schlendere ich an einer Tür vorbei, die offensichtlich in ein riesiges Ankleidezimmer führt. Halleluja. So habe ich mir die Wohnung eines MC Members nicht vorgestellt, und ehrlich gesagt glaube ich auch nicht, dass Caidens Heim auch nur ansatzweise zu den Lebensstandards der Scorpions passt. Das hat nichts damit zu tun, dass ich Vorurteile gegen Biker hege, nur sagt mir das schlichtweg meine Erfahrung. Überhaupt will das Puzzle rund um Clayton nicht so richtig zusammenpassen.

Es könnte natürlich genauso gut sein, dass er gar nicht hier lebt, sondern nur im Hotel arbeitet. Aber die vielen Männersachen im angrenzenden Ankleidezimmer und die persönlichen Gegenstände, die hier und da liegen, sprechen gegen diese Theorie.

Als ich schließlich das Badezimmer auf der anderen Seite dieses riesigen Bettes betrete, verschlägt es mir kurz den Atem.

»Wow«, keuche ich und schließe die Schiebetür leise hinter mir. Dieser Raum wirkt mehr wie eine Wellnesslandschaft als ein Badezimmer. Es gibt eine quadratische Wanne, in der locker eine ganze Familie planschen könnte, eine Dusche, die so groß ist wie mein eigenes Bad, und eine Spiegelfront, um die so manche Ballerina ihn wohl beneiden dürfte.

Als ich darauf zugehe, verwandelt sich dieser eigenartige Traum augenblicklich in einen Alptraum, denn ich sehe wirklich beschissen aus.

Wenn meine Wangen nicht blutverschmiert wären, könnte ich meiner Gesichtsfarbe wahrscheinlich dabei zusehen, wie sie mich verlässt.

Ich sehe aus, als wäre ich geradewegs aus einem Horrorfilm geschlüpft.

Meine Haare stehen in alle Richtungen von meinem Kopf ab, das Top hängt völlig schief an meinem Körper und gibt beinahe meine komplette linke Brust frei. Meine Jeans haben die gleichen dunklen Flecken wie die Laken.

Doch auch ganz ohne meine Kleidung wäre mein Zustand mehr als bedenklich. Meine Lippe ist geschwollen. Genau wie das Jochbein, und altes Blut klebt überall in meinem Gesicht.

Mein Atem beschleunigt sich bei meinem Anblick von ganz allein.

Ein und aus.

Ein und aus.

Ich habe keine Angst.
Nicht heute.
Nicht morgen.
Vor nichts und vor niemandem.
So schnell ich kann, schäle ich mich aus meinen Kleidern und trete in die Dusche, ohne ihre Größe oder Sauberkeit zu würdigen. Stattdessen drehe ich hastig und mit zitternden Fingern die Armatur auf und atme bebend aus, als der heiße Strahl meine Schultern trifft. Ich lege den Kopf in den Nacken und halte die Luft an, als das Wasser in breiten Rinnsalen über mein Gesicht läuft.
Das alte Blut verschwindet im Abfluss, doch leider nimmt es weder die Erinnerung an gestern mit sich, noch spült der breite Regenduschkopf die Narben weg, die ich tief in mir trage.
Bevor die Tränen sich mit dem Duschwasser vermischen können, schließe ich die Augen und dränge sie zurück. Regungslos stehe ich eine gefühlte Ewigkeit da und wage es erst, sie wieder zu öffnen, als ich mir sicher bin, dass alle Gefühle fest verschlossen in meinem Inneren verstaut sind. Ich packe alle Bilder von gestern Abend in die große eisenbeschlagene Truhe in meiner Seele. Dort, wo ich auch die anderen Dinge aufbewahre, für die ich nicht stark genug bin.
Ich muss mich zusammenreißen. Ob ich es will oder nicht, ich stecke ganz schön in der Scheiße. Um ehrlich zu sein, habe ich die Drohung der Mexikaner an meinen Onkel nicht ernst genommen. Ich dachte, es handle sich lediglich um einen dämlichen Machtvergleich zwischen zwei aufgeblasenen Anführern. Der gestrige Abend hat gezeigt, wie falsch ich lag.
Menschen sind gestorben.
Mir ist klar, dass ich es nicht hätte verhindern können, aber Fakt ist, dass Menschenleben meinetwegen von dieser Welt verschwunden sind. Und Caiden Clayton hat für mich gekämpft. Zum ersten Mal in all der Zeit hat sich jemand auf meine Seite gestellt. Wahrscheinlich trifft diese Tat-

sache mich noch mehr als die Gefahr, die sich aus dem gestrigen Abend für mich ergibt.

Wenn die Salazar-Anhänger mich wirklich tot sehen wollen, werden sie es wieder versuchen. Und nicht nur das. Wenn sie erfahren, dass ihre Männer bei dem Versuch, mich zu kriegen, draufgegangen sind, werden sie sicher ziemlich wütend werden.

Ich habe keine Angst.

Nein, das habe ich nicht.

Aber ich bin auch nicht dumm.

Ich weiß, dass ich mich einem mexikanischen Kartell nicht mit Krav Manga und meiner antrainierten Fähigkeit, Gefühle zu ignorieren, stellen kann. Wenn sie mich wollen, werden sie mich holen, und meine einzige Chance, ihnen zu entkommen, heißt Caiden Clayton.

Kapitel Zehn

CAIDEN

Gott allein weiß, was Amaia ganze sechzig Minuten unter meiner Dusche gemacht hat, aber ich wette, man kann die Steine, die von meinem Herzen fallen, bis ins Erdgeschoss hören, als die Tür sich öffnet und sie endlich aus dem Schlafzimmer tritt.

Die Rückenlehne meines Bürostuhles gibt etwas nach, als ich mich nach hinten lehne und die Hände vor dem Bauch falte.

»Hi«, bringe ich viel zu leise hervor. Meine Augen fliegen über ihren Körper und landen unwillkürlich immer wieder in ihrem Ausschnitt. Sie hat wesentlich größere Brüste als Harper und es ist in dem hellblauen Top nicht zu übersehen, dass sie keinen BH trägt. Das lenkt mich dezent von allem anderen ab.

»Hi«, erwidert sie mit neutraler Stimme. Dass diese Frau einen imaginären Schutzmantel trägt, steht außer Frage. Kein Mensch, den ich jemals getroffen habe, ist tatsächlich dermaßen tough geblieben in einer Situation wie ihrer.

Neugierig sieht sie sich in meiner Suite um. Begutachtet das Mobiliar und den Stuck an den Decken und scheint jedes kleinste Detail unter die Lupe zu nehmen.

»Wir sind in der dreiundzwanzigsten Etage. Hier haben

lediglich meine Brüder und ich Zugang. Es sollte relativ sicher sein.«

Ich kann schlecht einschätzen, ob sie überhaupt verängstigt ist oder ob sie die Tragweite dessen, was gestern geschehen ist, noch nicht überblickt hat.

»Dann lebst du also tatsächlich hier?« Sie verschränkt die Arme vor ihrem Körper, was ihre Brüste nur noch mehr zur Geltung bringt. Die wilden Locken tanzen um ihr geschundenes Gesicht und ihre rätselhaften Augen ziehen mich mindestens genauso an wie ihre Oberweite.

»Jep. Colby und ich wohnen hier, mein Bruder Cyrus und seine Verlobte Harper haben zusätzlich ein Haus in Santa Monica.«

Schnaubend tritt sie an die bodentiefe Fensterfront.

»Ja klar«, flüstert sie vor sich hin. »Ich kann mir beim besten Willen nicht vorstellen, dass die Scorpions hiermit einverstanden sind. Ich dachte, ihr lebt in ranzigen Buden oder haust wie die Tiere im Clubhaus. Das will selbst in meinem Kopf hiermit nicht zusammenpassen.«

Ich schließe das Programm, in dem wir unsere Rechnungen bearbeiten, und klappe seufzend mein MacBook zu.

»Ich versuche meine beiden Welten möglichst nicht zu vermischen. Bisher hat das ganz gut geklappt.«

»Bisher?«, stößt sie aus, während ich mit langsamen Schritten neben sie trete. Für einen winzigen Augenblick treffen sich unsere Blicke. »Ah, verstehe. Bis ich kam. Warum hast du mich dann hergebracht? Und nicht ins Clubhaus vom MC, um in einem siffigen Bett von irgendeinem besoffenen Biker zu übernachten?«

Ich verschränke ebenfalls die Arme vor der Brust und lehne mich mit einer Schulter gegen die Scheibe. Das ist eine ausgesprochen gute Frage, über die ich mir auch schon Gedanken gemacht habe. Ja klar, Mexikanerinnen sind nicht gerade herzlich willkommen im Clubhaus, aber es hätte sicher eine andere Lösung gegeben als meine Wohnung.

»Weil ich es nicht wollte.« Mir ist klar, dass ich der

Frage mit dieser Antwort mehr oder weniger aus dem Weg gehe, aber ich bringe es nicht über mich, ihr vor Augen zu führen, wie rassistisch die Jungs in Wirklichkeit sind und dass ich die echte Antwort selbst nicht kenne.

»Oder weil mein lieber Herr Onkel es nicht wollte«, presst sie zwischen zusammengebissenen Zähnen hervor. Mir entgeht nicht, wie ihre Hände sich zu Fäusten ballen.

»Woher kommt diese Aversion gegen den Club? Ich meine, dein Vater war eine Legende und offensichtlich teilt ihr …«

»Clayton!«, unterbricht sie mich und wendet sich mir abrupt zu. »Als du das letzte Mal versucht hast, mit mir über meinen Vater zu reden, hat das schmerzhaft geendet, also tu uns beiden einen Gefallen und lass es.« Sie bohrt mir ihren spitzen Fingernagel geradewegs in die Brust. »Sprich. Nie. Wieder. Über. Meinen. Vater.«

Ergeben hebe ich die Hände. »Okay, okay. Hab's kapiert. Keine Vater-Tochter-Themen.«

Die daraus entstehenden Fragen liegen mir zwar auf der Zunge und wollen mit aller Gewalt hinaus, doch ich schlucke sie tapfer hinunter. Im Prinzip sollte es mir egal sein, was für ein Problem sie mit Brown oder den Scorpions hat. Es ist lediglich ein Job und das auch nur einen Monat lang. Vielleicht ist es an der Zeit, sich darauf zu fokussieren.

Amaia dreht sich nach einem letzten bitterbösen Blick zurück zur Scheibe. Sie gibt keinerlei Geräusche von sich, aber ich sehe an ihren sich hebenden Schultern, dass sie tief Luft holt.

»Also. Reden wir über gestern, beziehungsweise darüber, wie es weitergehen soll?«

Im Seitenprofil sehe ich, wie sie sich bei meiner Frage versteift. In meinen Fingern juckt es, ihr beruhigend eine Hand auf die Schulter zu legen, aber ich lasse es. Sie ist ein Job. Nicht mehr und nicht weniger.

»Ich nehme an, das waren Männer des Salazar-Kartells?« Ihre Stimme ist kratzig, obwohl sie sich nach jedem zweiten Wort räuspert.

»Ich habe selbst nicht gedacht, dass sie so schnell Ernst machen würden. Ich hatte bislang nicht das Gefühl, dass Delgado unvorsichtig und überstürzt handelt. Es ...« Dieses Mal bin ich derjenige, der erst schlucken muss. »Es tut mir leid, dass du das erleben musstest.«

Ihr Kopf schießt zu mir herum. Man kann die Gedanken in ihrem Kopf kreisen sehen, während sie die Augen zukneift und mich abschätzend ansieht.

Eine ganze Weile stehen wir regungslos da und versinken im Blick des anderen.

»Warum juckt es dich, was mit mir passiert? Ich meine, das ist nur ein Job für dich, richtig?«

Ertappt senke ich den Blick.

»Ich bin nicht ganz unschuldig an Delgados Wut.«

»Inwiefern?« Auch wenn sie sich bemüht, ruhig zu klingen, erkenne ich, wie die Anspannung vollkommen Besitz von ihr ergriffen hat.

»Delgado hat noch eine Rechnung mit mir offen. Sagen wir mal so: Du bist nicht die Einzige, die er tot sehen will. Wir sitzen im selben Boot, Prinzessin.«

»Er will dich auch tot sehen? Also geht es hier gar nicht nur um meinen Onkel?«

»Ja. Nein.« Seufzend streiche ich mir über das Gesicht. »Es ist kompliziert, okay? Jedenfalls bist du nicht sein eigentliches Ziel. Eher ein ...«

Bevor ich den nächsten Tritt in meine Eier kassiere, halte ich lieber den Mund.

»Ein was, Clayton? Sag es. Wenn ich schon auf deine Hilfe angewiesen bin und auf irgendwelchen Todeslisten stehe, dann habe ich wenigstens die Wahrheit verdient.«

Mit einem schlechten Gewissen, das mich beinahe in die Knie zwingt, sehe ich in ihr verbissenes Gesicht.

»Ein Köder. Ein Kollateralschaden. So was in der Richtung. Es geht ihnen eigentlich nicht um dich.«

»Wow!« Sie wendet sich von mir ab und sieht aus dem Fenster. »Ich habe ja schon einiges gehört, aber als Kollateralschaden hat mich echt noch niemand bezeichnet.«

»Du weißt, was ich meine.«

Wütend funkelt sie mich an.

»Vergiss es einfach.«

Mit aller Macht versucht sie das Zittern ihres Kinns zu unterdrücken.

»Ich habe das nicht gewollt.« Zaghaft mache ich einen Schritt auf sie zu. »Es tut mir leid. Wir kriegen das wieder hin.«

»Bild dir bloß nichts ein.« Ihre Stimme ist leise, aber schneidet durch die Luft wie das Messer, das ich grundsätzlich bei mir trage. »Ich bin kein kleines Kätzchen, das gerettet werden muss.«

Sie wendet den Blick wieder in Richtung der Stadt und ich nutze den Moment, um ungestört ihr Profil zu betrachten. Amaia Rodriguez hat ein so makellos schönes Gesicht, als sei es mit Öl auf eine Leinwand gemalt worden. Ihre Nase ist klein und niedlich, ihre Lippen voll und sinnlich. Ihre Haut sieht aus wie karamellfarbene Seide. Auf ihre Weise ist sie perfekt.

»Gut«, seufze ich, weil sie zu der engelsgleichen Erscheinung leider den Sturkopf eines Esels besitzt. Ich möchte ihr ja helfen, aber sie macht es mir verdammt noch mal nicht leicht. Fakt ist, wir müssen irgendwie eine Möglichkeit finden, miteinander klarzukommen. »Möchtest du dann vielleicht etwas frühstücken, damit wir besprechen können, wie es weitergeht?«

Denn es wäre langsam wirklich an der Zeit, einen vernünftigen Plan zu konstruieren.

»Weißt du was, Clayton?« Sie löst ihre steife Haltung und macht ein paar Schritte in den Raum hinein. »Ich bin keine naive Disney-Prinzessin. Denkst du, du bringst mich in den goldenen Palast, reichst mir Speck und Eier und ich werde gefügig? Vergiss es«, fährt sie mich an. »Das hier war eine dumme Idee. Vielleicht sollte ich besser gehen. Ich kann selbst auf mich aufpassen und habe mein eigenes Leben. Und ein Scorpion kommt darin ganz sicher nicht vor.«

»Boah, ich kann es nicht mehr hören!«, knurre ich vor

mich hin und raufe mir buchstäblich die Haare. »Scorpions hin oder her. Was soll dieser ganze Hass-Mist? Sei froh, dass es den MC gibt, sonst hättest du es nämlich seit gestern Abend hinter dir.«

Sie zuckt bei meinen Worten weder zusammen, noch weicht sie zurück, als ich einige Schritte auf sie zu mache.

»Ich habe keine Angst vor den Mexikanern. Und auch nicht vor dir!«, keift sie zurück.

»Schön!«, schreie ich.

»Schön!«, erwidert sie mindestens genauso laut.

»Dann werden sie dich töten.«

»Und was juckt es dich? Oder Brown, oder irgendwen? Ich bin doch nur der verfluchte Kollateralschaden!«

Nur weil ich sehr aufmerksam bin, entgeht mir das leichte Zittern in ihrer Stimme nicht.

»Wenn es ihn nicht jucken würde, hätte er mich nicht gebeten, dich zu beschützen. Und wenn es mich nicht jucken würde, dann hätte ich gestern Abend nicht drei Menschenleben für dich ausgelöscht.« Ich schaffe es nicht, die Wut aus meinen Worten rauszuhalten. »Auch wenn ich deiner Meinung nach eine Ausgeburt des Teufels zu sein scheine, macht es mir nicht wirklich Spaß, zu töten. Ich habe es gemacht, um dich zu schützen, verflucht!«

Ihr Mund öffnet sich, sie holt tief Luft, hält aber im letzten Moment inne.

Ich mache einen weiteren Schritt auf sie zu, doch sie schüttelt hastig den Kopf. Dabei hat sie die Lippen zwischen die Zähne gezogen und sieht zur Decke.

Das Einzige, was durch die Suite hallt, ist unser hastiger Atem, der beinahe im Gleichtakt ertönt.

Amaia setzt mehrfach zum Sprechen an, aber es dauert gute fünf Anläufe, bis ihre Stimme zu hören ist.

»Ich mag keine Eier. Aber Kaffee wäre nett.«

Es dauert etwas, bis ihr Satz meine Wut abebben lässt. Doch dann muss ich die Lippen anspannen, um das triumphierende Grinsen zu vertuschen, das sich auf meinen Mund schleichen will.

»Prima. Vielleicht verrätst du mir ja heute, wie du ihn trinkst. Dann gibt's zur Belohnung ein Croissant dazu.«

Erneut kräuselt sie die Lippen. Die Blässe in ihrem Gesicht ist einer gesunden Gesichtsfarbe gewichen. Als sie schließlich nickt, atmen wir gleichzeitig erleichtert aus.

»Schwarz«, antwortet sie leise. Ein kleiner Fortschritt.

Ich weiß nicht, welche Geheimnisse diese Frau hat, die sie dermaßen hart haben werden lassen. Es wird mit Sicherheit einen Grund dafür geben, warum sie sämtliche Hilfe von sich schiebt, und langsam habe ich wirklich große Lust, diesen herauszufinden.

Dankbar erwidere ich ihr Nicken.

»Gut. Wir können nach unten ins Restaurant gehen. Dort sind wir um diese Zeit ungestört.«

Die meisten Gäste sind bereits fertig mit dem Frühstück und der Lunch wird erst ab zwölf serviert.

»Okay«, murmelt sie leise und wir setzen uns in Bewegung.

Vielleicht ist es ein Fehler, doch noch bevor wir bei der Tür ankommen, lege ich ihr eine Hand auf die Schulter und halte sie auf.

Ihre warme Haut unter meinen kalten Fingerspitzen zu spüren, sollte sich wahrscheinlich nicht so ... besonders anfühlen.

»Ich würde es wieder tun, weißt du«, sage ich ebenso ruhig und sehe ihr dabei tief in die Augen. Es ist, als würde sie sich vor allem verschließen, was dort hineingelangt. Es ist eine dunkle Mauer, gegen die ich blicke. »Ob du es nun willst oder nicht, ob du mich magst oder nicht. Das ist mir egal. Wenn jemand versucht, dir wehzutun, dann töte ich ihn. Mir ist klar, dass du dich dagegen wehrst, aber ich beschütze dich, Amaia.«

Ihr Kopf senkt sich und sie blickt auf den grauen Teppich unter unseren Füßen.

»Lass uns frühstücken«, flüstert sie kaum hörbar.

Ich drücke noch einmal sanft ihre Schulter, ehe ich mich von ihr löse.

»Okay. Gehen wir frühstücken«, bringe ich genauso leise hervor und lächle sie an, obwohl sie noch immer auf den Boden sieht.

Ich werde ihren Panzer knacken. Da bin ich mir sicher. Vielleicht nicht heute und auch nicht morgen. Aber noch bevor der Monat vorüber ist oder ich sie auf eine einsame Insel gesetzt habe, werde ich ihr Geheimnis lüften. Und bis dahin beschütze ich sie mit meinem Leben. Das war nicht gelogen. Ich werde auf Browns Nichte aufpassen, denn ich halte meine Versprechen. Ausnahmslos.

Kapitel Elf

AMAIA

Ich weiß nicht, was schwerer in meinem Magen liegt – die zwei wunderbar buttrigen Croissants, der schwarze Kaffee oder Caidens Worte. Selbst jetzt, da er einen entspannten Ausdruck auf dem Gesicht hat und mich über den Rand seiner Tasse ansieht, hallt das, was er zu mir gesagt hat, in meinen Ohren wider.

›Ich würde es wieder tun.‹

Das Verrückte ist, bei all meiner mangelnden Fähigkeit Menschen – und Männern insbesondere – zu vertrauen, glaube ich ihm. Ich glaube ihm, dass er mich beschützen wird. Und das ist etwas, das mir wirklich zu schaffen macht. Dieser Mann vor mir ist ein Fremder für mich. Er ist ein Teil des MCs und damit doch auch einer der Gründe, warum ich überhaupt in dieser Lage bin. Und doch ist er derjenige, dem ich auf wundersame Weise vertraue. Dabei darf ich auf keinen Fall vergessen, wen ich unter der Fassade aus teuren Klamotten vor mir habe.

»Kann ich dich was fragen?«

Bislang hat sich unser Gespräch der letzten halben Stunde auf Belangloses beschränkt, aber langsam wird es Zeit, tiefer zu bohren und nicht nur an der Oberfläche zu kratzen.

»Ob du das kannst, musst du selbst wissen.« Einer seiner

Mundwinkel verzieht sich nach oben und bildet dabei auf der frisch rasierten Wange ein winziges Grübchen.

»Du bist echt doof«, murmle ich und rolle dabei übertrieben mit den Augen, was mich daran erinnert, wie sehr mein Kopf noch immer schmerzt.

»Ich war zwar nie besonders gut in Rechtschreibung oder Grammatik, aber ich möchte behaupten, dass das keine Frage war.«

»Dann warst du nicht gut in der Schule?«

»Ist das jetzt die Frage? Du willst über meine schulische Laufbahn sprechen?«

Seufzend stütze ich mich auf die Ellbogen und lehne mich auf dem hübschen weißen Tischtuch nach vorne. Mir entgeht nicht, dass sein Blick immer wieder in meinen Ausschnitt wandert, ich hadere allerdings auch nicht damit, mich ihm zu präsentieren.

»Eigentlich versuche ich rauszufinden, warum ein Typ wie du bei den Scorpions gelandet ist.«

»Ein Typ wie ich?« Caiden beugt sich ebenfalls ein Stück nach vorne und sein herbes Parfüm kitzelt verführerisch in meiner Nase. »Du meinst: charmant, sexy und unwiderstehlich?«

»Reich«, blaffe ich, kann ein Lächeln aber nicht vollständig unterdrücken. »Eigentlich meinte ich: ein reicher, verwöhnter Arsch wie du.«

Sein tiefes Lachen vibriert bis in meinen Bauch und stellt dort seltsame Dinge an. Dinge, die ich nicht möchte und die ich nicht gebrauchen kann. Immerhin unterhalten wir uns gerade darüber, dass er einer der Scorpions ist. Damit verkörpert er alles, was ich abgrundtief hasse.

Das Dumme ist nur, dass er verdammt recht hat. Er ist charmant und sexy. Vor meinem inneren Auge vermischen sich die Bilder, wie er einerseits mit eisigem Blick meinem Angreifer das Messer durch die Kehle gezogen hat, mir aber andererseits voller Wärme in der Stimme verspricht, auf mich aufzupassen.

»Tja«, seufzt er und wischt sich buchstäblich das Grinsen aus dem Gesicht. »Geld zu haben und im Luxus zu baden, kann einen nicht vor Unglücken bewahren.«

Fragend sehe ich ihn an und stütze das Kinn auf die Fäuste, um ihm weiter zuzuhören.

»Als ich noch sehr jung war, ist meine Mom an Krebs gestorben.«

Ich weiche vor seinen Worten zurück, als könnten sie mich infizieren. Lehne mich so fest gegen die Lehne meines Stuhls, dass diese sich schmerzhaft in meinen Rücken bohrt.

Caiden beobachtet jede meiner Regungen und aus irgendwelchen mir nicht erklärbaren Gründen habe ich das Bedürfnis, mich zu rechtfertigen.

»Meine Mom ist auch vor fünf Jahren an Krebs gestorben«, flüstere ich und jeder Muskel in meinem Körper verkrampft sich, um die Trauer und den Schmerz nicht an mich heranzulassen.

»Ja, Big Brown erwähnte so etwas. Bei uns war es so, dass mein Dad nicht besonders gut darin war, uns Jungs zu trösten. Er hat versucht, seine Traurigkeit zu kompensieren, indem er mit unzähligen Frauen geschlafen hat und es vermied, nüchtern zu werden. Colby war damals noch ein Zwerg. Cy war nur ein Jahr älter als ich und so wütend auf die ganze Welt, dass er niemanden an sich herangelassen hat. Tja und ich war ...« Er verstummt. Spricht auch nach einer ganzen Weile nicht weiter, sondern sieht mich stumm an.

»Du warst verloren«, hauche ich, weil ich das Gefühl nur allzu gut kenne. Ich erinnere mich an die Taubheit. An das fortwährende Rad der Haltlosigkeit. Schon bevor meine Mom starb, hatte ich meinen Platz in der Welt verloren, aber seit ihrem Tod hat sich kein Tag mehr so angefühlt, als ob ich dort bin, wo ich wirklich sein wollte.

»Ja«, gibt Caiden mir recht. Die Art, wie er seine grünen Augen in meinen versenkt, macht mir Angst. Und ich kenne keine Angst. Ich will keine Angst. Und erst recht keine Gefühle. Deswegen weiche ich seinem Blick aus und spiele mit dem Saum der Tischdecke.

»Damals fing ich gerade an, das Motorradfahren für mich zu entdecken.« Sein lockerer Tonfall gibt mir die Kraft, ihn erneut anzusehen. In seinen Iriden tobt ein ganzer Sturm an Emotionen und ich frage mich, wie er es schafft, ihm standzuhalten. »Irgendwann habe ich die Maschine deines Onkels vor einer Bar gesehen und sie stundenlang betrachtet. Er hat mich dabei erwischt und erst mal windelweich geprügelt. Aber danach haben wir uns zusammen betrunken und am Tag darauf bin ich beim Clubhaus aufgeschlagen.« Die Erinnerungen an diese Zeit scheinen ihm zu gefallen, denn sein Gesicht entspannt sich erneut und ein leichtes Lächeln umspielt seine vollen Lippen. »Ich habe den Members so lange ihren Scheiß hinterhergetragen, bis sie mich zum Prospect gemacht haben.«

»Wann … wann war das?« Ich räuspere mich, weil ich mit einem Mal das Gefühl habe, keine Luft mehr zu bekommen.

Dieses Mal ist es Caiden, der meinem Blick ausweicht.

»Ich kannte ihn«, antwortet er auf das, was ich eigentlich wissen wollte. Mein Vater ist vor ziemlich genau neun Jahren gestorben. Ich war damals fünfzehn.

Ein leichtes Nicken. Mehr bringe ich als Reaktion auf seine Worte nicht zustande.

Denn wenn ich mich auch nur ansatzweise damit auseinandersetzen würde, dass der Mann, der mir gestern Abend das Leben gerettet hat, den Mann kannte und schätzte, der mein Leben zerstört hat, würde das sicher Gefühle in mir wecken, die ich nicht verarbeiten könnte.

Also entscheide ich mich schleunigst dafür, das Thema zu wechseln.

»Tja!«, stoße ich eine Spur zu schrill aus. »Wir haben gefrühstückt. Zeit, dass jeder seiner Wege geht, hm? Sicher warten irgendwo noch ein paar einsame Frauen, die ihr verschrecken könnt, und ich sollte längst bei meinem Job sein.«

Etwas verzweifelt lasse ich meinen Blick durch das beinahe menschenleere, schicke Restaurant wandern. »Immerhin gehöre ich eigentlich auf die andere Seite, weißt du?«

Caiden verzieht das Gesicht, als hätte ich ihn geschlagen.

»Also erstens«, knurrt er zwischen zusammengebissenen Zähnen. »Ich habe keine Ahnung, was die Scorpions dir getan haben, dass du eine derartige Wut empfindest.«

»Ich empfinde überhaupt keine …«

Er hebt die Hand.

»Vielleicht willst du mir eines Tages davon erzählen, aber dieser Tag ist sicherlich nicht heute. Und zweitens was meinst du mit ›der anderen Seite‹?«

»Jetzt stell dich nicht blöd, Clayton«, höhne ich übertrieben und rücke wieder etwas vor. »Wir wissen beide, dass ein Mädchen wie ich niemals in einem Restaurant wie diesem *vor* der Theke steht. Ich habe vier Jobs, um halbwegs über die Runden zu kommen. In der Regel bediene ich reiche Leute wie euch, anstatt mit ihnen zu essen.«

»Wow!«, stößt er schnaubend aus. Seine Hände ballen sich zu Fäusten und er sieht kopfschüttelnd durch das Restaurant. »Und da soll mal einer sagen, reiche Säcke hätten Vorurteile.«

»Ich habe keine Vorurteile. Ich sage lediglich, wie es ist. Ich kann nicht den ganzen Tag rumsitzen und nichts tun.«

»Warum nicht?«

»Warum nicht? Was ist das für eine dämliche Frage? Weil ich arbeiten muss. Weil ich ein Leben habe.«

»Okay. Dann mach für eine kurze Zeit Pause und gönn dir einen … sagen wir Urlaub. Du hast gestern ziemlich was eingesteckt, vielleicht wäre eine Auszeit nicht verkehrt.«

»Das kann ich mir nicht leisten.«

»Herrgott«, raunt er mit einem Mal, sodass ein vorbeigehender Kellner zusammenzuckt. »Du kannst es einem echt schwermachen. Was erwartest du, hm? Soll ich dich auch noch dafür bezahlen, dass ich auf dich aufpasse? Wieviel kostet es, deine wertvolle Zeit zu beanspruchen? Sag es mir!« Er zückt seine Brieftasche aus dem Jackett und wirft mir einige Scheine hin. »Da du offensichtlich so von Reichtum und Geld besessen bist, hier. Was verdienst du in einer Woche? Fünfhundert? Tausend?«

»Hör auf damit«, zische ich und schiebe die Scheine wieder zurück. Ich werde ihm ganz sicher nicht sagen, dass es nicht mal fünfhundert sind, die ich in einer Woche verdiene. Schön wäre es.

»Verdammt, ich will dir helfen, Amaia. Wann kapierst du endlich, dass ich nicht zu den Bösen gehöre? Was soll ich denn noch tun?«

Die Verzweiflung in seinem Gesicht schwappt über mich hinweg und reißt mich wie ein Tsunami mit sich.

Ich atme so tief wie möglich durch die Nase ein und lasse mir Zeit damit, die Luft, so langsam es geht, wieder durch den Mund herauszulassen.

»Es tut mir leid«, bringe ich schließlich mit größter Mühe über die Lippen. »Ich weiß, du meinst es gut. Aber …«

Ich breche den Satz ab. Schweige. Weil ich befürchte, ungewollte Emotionen schaffen es aus mir heraus, sobald ich den Mund auch nur öffne. So fest wie nur möglich, presse ich die Lippen aufeinander und sehe ihn fast schon flehend an.

»Du bist es gewohnt, alles allein zu schaffen, nicht wahr?«

Noch immer unfähig einen Ton herauszuquetschen, gebe ich ihm erneut nickend recht.

»Diesen Krieg kannst du allein nicht gewinnen.« Caidens Augen füllen sich mit Wärme. Sie verwandelt das kühle Grün in einen weicheren Ton, der mich an moosbedeckte Wiesen und Wälder aus Fantasyromanen erinnert. »Sie werden wiederkommen und sie werden es erneut versuchen. Du kannst das hier nur überleben, wenn wir zusammenarbeiten.«

Ich zucke zusammen, als ich seine Hand plötzlich auf meiner spüre.

Eine objektiv betrachtet harmlose Berührung, die sich aber anfühlt, als hätte mir jemand einen Dolch ins Herz gerammt. Seine Geste vermittelt Fürsorge. Zuneigung und etwas Liebenswürdiges, für das ich nicht bereit bin. Das ich schlichtweg nicht gewohnt bin. Nicht, seit meine Mom tot ist.

Dennoch bringe ich es nicht fertig, meine Hand wegzuziehen. Mit wild klopfendem Herzen starre ich auf seine Finger, die kleine Kreise auf meinem Handrücken malen.

»Also«, stößt Caiden fast schon verzweifelt aus. »Meinst du, wir finden einen Weg, das hier irgendwie zu überstehen? Mir wäre wirklich daran gelegen, dass du nicht die Nächste bist, die mit aufgeschlitzter Kehle in den Zwölf-Uhr-Nachrichten auftaucht.«

»Mir auch«, krächze ich. »Aber wie sollen wir das machen? Ich kann nicht ewig hier im Hotel sitzen und abwarten. Das bin nicht ich.«

Es dauert eine Weile, doch dann schleicht sich ein schelmisches Grinsen auf Caidens Gesicht. Seine Finger drücken meine eine Spur fester, was mich noch mehr zum Erstarren bringt.

»Nein. Ganz so einfach wird das nicht. Salazar wird von letzter Nacht erfahren, und es dauert sicher nicht lange, bis sie zurückschlagen. Nicht zu vergessen, dass du dich bei Bekannten oder deiner Familie abmelden solltest. Aber ich glaube, ich habe zumindest einen Vorschlag, wie wir vorerst den heutigen Tag rumkriegen. Hast du noch Kopfschmerzen?«

»Nein«, bringe ich leise hervor. Er muss ja nicht alles wissen.

»Schwindel?«

»Nein.«

»Ist dir schlecht?«

»Wenn du dich weiter aufführst wie Doc Charming, wird mir das ganz sicher.«

»Okay«, lacht er. »Vielleicht wüsste ich dann eine Möglichkeit, die dich etwas ablenken könnte. Außerdem könnten wir beide einen klaren Kopf gebrauchen. Komm.« Als er sich erhebt und meine Hand loslässt, seufze ich erleichtert auf. Ich bin nicht sicher, ob er es bemerkt hat. Wenn, dann lässt er es sich jedenfalls nicht anmerken. »Ich zeige dir was, das dir sicher gefällt.«

Ohne lange darüber nachzudenken, stehe ich auf und folge seinen großen Schritten durch das Restaurant. Was habe ich auch für eine Wahl?

~

»O mein Gott«, keuche ich, und drücke mir eine Hand auf die Stelle meines Herzens. Alle Anspannung und die Sorgen der vergangenen Stunden scheinen mit dem Betreten der weitläufigen Tiefgarage verpufft zu sein.

»Dachte ich mir, dass meine Ladys dir gefallen.«

Empört drehe ich mich zu Caiden um und ziehe die Augenbrauen nach oben.

»Ich fasse es nicht, dass du mir eben gerade noch vorgehalten hast, ich mache mir was aus Reichtum. Sieh dir das an!«

Ohne mich allzu sehr in dem Leuchten seiner Augen zu verlieren, wende ich mich wieder den Motorrädern zu, die im Keller des Hotels parken. Es sind mindestens fünfzehn oder sogar zwanzig Stück und eins ist schöner als das andere.

»Geld bedeutet mir auch nichts.« Seine Stimme erklingt hinter mir, doch ich kann meinen Blick nicht von den Maschinen abwenden. Die meisten von ihnen sind schwarz, doch es gibt auch eine silber-rote Hayabusa, die mich anzieht wie ein Magnet.

»Aber diese Babys hier sind mein ganzer Stolz.«

Langsam trete ich an die bullige Rennmaschine und lasse meine Finger über das weiche Sitzleder gleiten. Mein Motorrad ist nicht schlecht, aber es ist in die Jahre gekommen und unter der neuen Lackierung lauern eine Menge Baustellen. Aber dieses Teil hier ...

»Sie ist perfekt«, flüstere ich.

»Das ist eine Spezialedition. Der Auspuff klingt wie ein Gebet.«

Andächtig betrachte ich die vielen Details. Das Bike wirkt wie neu. Der silberne Lack, in dem sich die Deckenbeleuchtung spiegelt, passt perfekt zu den rot abgesetzten Details und dem typischen chinesischen Markenzeichen auf der Seite. Wenn ich mir mein Traummotorrad aussuchen dürfte, dann wäre es exakt dieses Teil.

»Wie schnell fährt sie? Hundertachtzig Meilen?«

»Hundertneunzig.« Neben der Überraschung höre ich ein bisschen Stolz aus seiner Stimme.

Ich werfe ihm über meine Schulter einen kurzen Blick zu. Anerkennend lächelt er und es fällt mir tatsächlich schwer, zu entscheiden, wen ich weiter anstarren will. Ihn oder das Motorrad.

»Willst du sie fahren?« Er fragt das, als biete er mir eine weitere Tasse Kaffee an. Mein Herz rutscht in die Hose und ich entscheide mich dafür, weiter ihn anzustarren.

»Du willst mich deine Hayabusa fahren lassen?«

Das klingt selbst aus meinem Mund wie ein schlechter Scherz.

»Warum nicht? Du hast gesagt, du willst nicht den ganzen Tag rumsitzen, und wenn es dir so weit wieder gut geht, spricht nichts dagegen.«

»Heilige Scheiße, du meinst das wirklich ernst, stimmt's?« Ich muss mich zusammenreißen, um nicht wie ein aufgeregter Teenager zu quietschen. Es gibt nicht viel auf dieser Welt, das mich wirklich so richtig begeistert, aber das Motorradfahren gehört seit meinem sechzehnten Geburtstag zu mir, als hätte ich niemals auch nur einen Tag ohne verbracht.

Das Gefühl, wenn man die Beine vom Boden hochnimmt und es ist, als würde man fliegen, ist eines der wenigen, das ich immer herzlich willkommen geheißen habe. Weil ich es schlichtweg brauche. Dann erst fühle ich mich richtig lebendig. Nicht wie die innerlich tote Version meiner selbst.

Meine Mom meinte immer, es sei mir in die Wiege gelegt worden, weil alle meine Vorfahren etwas mit Motoren oder Zweirädern zu tun hatten, aber ich weigere mich bis heute, das anzuerkennen. Das Motorradfahren gehört mir. Mir ganz allein. Es steht in keinerlei Verbindung zu meinem Dad. Maximal in der, dass die Straße und seine Maschine so gnädig waren, ihn aus dieser Welt zu schaffen.

»Na ja«, holt Caiden mich brummend aus meinen Gedanken. »Du musst natürlich nicht, wenn du nicht willst. Wir können auch ...«

»Verdammt! Ich will!«, schreie ich. Ein Motorrad wie dieses zu fahren, ist ein Traum, den ich mir mit meinen Mitteln unmöglich erfüllen könnte. »Ich fühle mich gut. Mein Kopf ist ...«

Ich sehe auf seine hochgezogene Augenbraue.

»Er ist in Ordnung«, flunkere ich. »Wirklich. Tut kaum noch weh.«

»Okay. Dann drehen wir eine Runde.« Völlig entspannt deutet er auf die gigantische Höllenmaschine. »Ich hole dir eine Jacke von Harper. Mach du dich so lange mit ihr vertraut.«

Er hält mir einen Schlüssel vor die Nase, doch kurz bevor ich ihn ergreifen kann, schließt er seine riesige Faust darum. »Du wirst doch keine Dummheiten machen und abhauen, solange ich oben bin, oder?«

Schnell schüttle ich den Kopf. Fast wie ein kleines Kind, das bereit ist, alles zu tun, um seine Süßigkeiten zu bekommen.

Sobald Caiden in dem schicken Fahrstuhl verschwunden ist, schwinge ich ein Bein über die gigantische Maschine und lege meine Hände an die weichen Griffe.

Ich werde wirklich eine Suzuki Hayabusa fahren und das Verrückte ist, ich freue mich schon fast darauf, es zusammen mit einem Scorpion zu tun. Nennt man so etwas

Glück im Unglück? Oder sind das die kleinen Freuden des Lebens?

Im Grunde egal, wie ich es betitle, die Hauptsache ist doch, dass ich in der Lage bin, trotz der katastrophalen Situation, in der ich mich befinde, Freude zu empfinden. Denn wenn solche alltäglichen Emotionen in meiner Welt keinen Platz mehr haben, weiß ich nicht, was mich noch am Leben halten sollte.

Kapitel Zwölf

CAIDEN

»Alter!«, schimpfe ich, nachdem ich abgestiegen bin und kann mein Ächzen nicht unterdrücken. »Jetzt weiß ich wieder, warum ich lieber Harley fahre.«

Ich klappe das Visier hoch und schüttle meine Beine aus, die komplett taub zu sein scheinen. Amaia lässt den Motor der Hayabusa ersterben, doch sie hält die Griffe nach wie vor fest umklammert und den Kopf leicht gesenkt. Ich nutze die Gelegenheit, ziehe mir den Helm vom Kopf und streiche mir durch die Haare.

Die Fahrt hat länger gedauert als geplant, aber irgendetwas in mir hat sich dagegen gesträubt, sie zur Rückfahrt zu bewegen. So sind wir gute drei Stunden lang die Küste hinaufgefahren. Ich mit angewinkelten Beinen, wie ein Affe auf dem Sozius meiner Suzuki. Das sollte im MC auch besser niemand erfahren. Auf die Sprüche, die ich mir dafür anhören müsste, kann ich gut verzichten. Die Jungs sind auch ohne Amaia als Fahrerin schon keine besonderen Fans von solchen Rennmaschinen.

Inzwischen steht die Sonne hoch über dem Meer und wärmt die für diese Jahreszeit laue Luft noch weiter auf.

Ich muss zugeben, als Beifahrer unterwegs zu sein, war eine neue, durchaus aufregende Erfahrung. Die ersten Meilen waren wir beide gleichermaßen verkrampft. Sie wahrscheinlich, weil sie nicht damit gerechnet hat, dass ich bei ihr mitfahre. Ich, weil diese Frau rast wie der Teufel. Und das, obwohl sie eine Maschine wie diese nie zuvor gefahren ist.

Es war faszinierend, ihr dabei zuzusehen, wie sie mit jeder Meile mehr mit meinem Baby eins wurde. Es war, als würde sie verstehen, was das Motorrad von ihr will. Frau und Maschine sind eine Symbiose eingegangen und irgendwann schienen wir über den Highway zu fliegen.

Auch jetzt, da der Motor bereits langsam abkühlt und die damit einhergehenden knackenden Geräusche verursacht, sitzt sie wie festgeklebt auf dem weichen Leder.

Es ist unvermeidlich, dass mein Blick über ihre langen Beine gleitet, die sich um den Bauch der Maschine legen. Unter meinem dunklen Ersatzhelm ist ihr Gesicht nicht zu erkennen und Harpers schwarze Lederjacke sitzt wie eine zweite Haut. Wie sie vor der Kulisse der Klippen steht, hat schon etwas verdammt Scharfes an sich. Und zwar diese Art von scharf, dass ich sie am liebsten hier und jetzt zwischen den Touristen und Familien auf dem Sitz der Hayabusa vögeln würde. Wahrscheinlich ist es nur das Adrenalin. Denn wenn diese Höllenmaschine eins kann, dann Adrenalin durch die Blutbahn schießen.

Kurz bevor ich sie fragen kann, ob alles okay ist, löst sie ihre Hände von den Griffen und tätschelt meinem Motorrad sanft den silbernen Tank. Sie schlägt das rechte Bein über den Sitz und steht urplötzlich dicht vor mir. So dicht, dass ihre sich hastig hebende Brust beinahe meine berührt. Noch immer kann ich ihr Gesicht nicht sehen und das macht mich verflucht nervös.

Ich öffne den Mund, doch im selben Augenblick klickt sie ihren Helm unter dem Kinn auf und hebt ihn über den Kopf. Ihre dunklen Locken ploppen dabei auf wie ein Pop-up-Zelt. Doch es sind weder ihre Haare, die mich faszinieren, noch die Tatsache, wie nahe wir uns sind. Es ist etwas, das ich bei ihr noch nie gesehen habe, und es haut mich vollkommen um.

Sie strahlt.

Aus tiefstem Herzen und bis über beide Ohren strahlt sie mich an.

Ich bin so baff von der Wirkung, die dieses Lächeln auf mich hat, dass ich mich bemühen muss, nicht einen Schritt zurück zu machen. Allerdings komme ich gar nicht in die Versuchung, denn im nächsten Moment fällt sie mir um den Hals.

Völlig überrumpelt dauert es viel länger als für mich üblich, bis ich meine Hand auf ihren unteren Rücken lege und die Umarmung erwidere.

»Danke«, haucht sie so nah an meinem Ohr, dass ich mir besser keine Gedanken darüber machen sollte, was ihr Atem auf meiner Haut in mir auslöst. Es ist ein angenehmer Schauer begleitet von einem sanften Kribbeln, das ich bis tief in meinen Bauch spüre.

»Es gibt nichts zu danken«, antworte ich. Beinahe hätte ich laut aufgeseufzt, als sie sich genauso hastig von mir löst, wie sie mir in die Arme gefallen ist.

»Diese Maschine zu fahren …« Mit einem für mich unbekannten Glanz in den Augen sieht sie zurück zu dem Motorrad. Den Satz bringt sie nicht zu Ende.

»Du bist eine wirklich gute Fahrerin. Ich muss zugeben, ich habe dich unterschätzt.« Ihr Blick schießt zurück in meine Richtung. Ich zögere keine Sekunde und stecke ihr eine Locke hinters Ohr, die ihr den Blick in meine Augen versperrt. »In vielerlei Hinsicht«, schiebe ich nach.

Das Strahlen verblasst, ihr Blick wandert zu Boden, über den Asphalt bis hin zu der Klippe, hinter der es steil hinab geht.

»Ich habe nicht mal den blassesten Schimmer, wo wir sind«, stößt sie halb kichernd, halb entsetzt aus. »Ich hätte diesen Highway noch ewig weiterfahren können.«

»Ich befürchte, dann wären meine Beine unterwegs einfach abgefallen.«

Ihr zartes Lachen klingt wie Musik über den ziemlich vollen Parkplatz.

»Wir sind am Ragged Point. Das ist die einzige Tankstelle weit und breit auf der Interstate One.«

»O Gott, wie lange sind wir gefahren?«, fragt sie und dreht sich suchend einmal im Kreis.

»Ein bisschen über drei Stunden. Du warst verdammt schnell.«

»Drei Stunden?«, kreischt sie, was mich zum Lachen bringt. »Mir kam es vor wie Minuten.«

»Frag mal meinen Hintern«, bringe ich schmunzelnd hervor und reibe mir über den taub gewordenen Arsch.

Ihr Blick huscht kurz zu meinem Unterkörper, bevor wir uns erneut ansehen.

»So weit nördlich bin ich noch nie gewesen.«

Ein weiteres Mal sieht sie sich um.

»Da unten liegen die Black Swift Waterfalls. Beeindruckend, aber nicht besonders leicht zugänglich. Wenn die Flut da ist, verschwindet der schwarze Sand komplett im Meer und die Wasserfälle schlagen über die Klippen direkt ins Wasser.«

»Und wenn Ebbe ist?«, fragt sie herausfordernd und reckt das Kinn in Richtung Küste.

»Dann ist ein ziemlich schroffer Fußmarsch nötig, um hinunterzugelangen. Nichts für schwache Nerven.«

Unsere Blicke treffen sich, und ich weiß schon, was ich mit diesem Satz angestoßen habe, noch ehe sie den Mund öffnet.

»Hältst du mich für eine Frau mit schwachen Nerven, Clayton?«

Ihre dunklen Augen glitzern provokant.

»Ich mache nicht den Fehler, jemanden zweimal zu unterschätzen.« Ich nehme ihr den Helm aus der Hand und hänge ihn mit meinem an den Lenker des Motorrads. »Also, Rodriguez. Willst du die verfluchten Wasserfälle nun sehen, oder was?«

Ihre vollen Lippen verziehen sich zu einem breiten Grinsen. Sie nickt so heftig, dass die Locken wieder hinter den Ohren hervorspringen und wild um ihren Kopf hüpfen.

Auffordernd halte ich ihr meine Hand entgegen und bin überrascht, als sie ihre Finger tatsächlich in meine legt.

Schon einige Male bin ich den steinigen Weg hinter dem Aussichtspunkt hinuntergestiegen, um auf den kleinen Strand am Fuße des Black Swift zu gelangen. Es ist ein magischer Ort, versteckt vor der Außenwelt, aus der ich in der Vergangenheit nur allzu gern geflohen bin.

Heute allerdings sehe ich den schwarzen Sand unter meinen Füßen und das fließende Wasser des Young Creek mit anderen Augen. Als wäre ich zum allerersten Mal hier.

»Das ist echt krass«, staunt Amaia. Sie wischt sich mit dem Unterarm über die Stirn und legt den Kopf in den Nacken, um nach oben zu sehen. »Man hat von da oben keinen Schimmer, was einen hier erwartet.«

»Tja«, schnaube ich. Meine Füße versinken bei jedem Schritt im feuchten Sand. »Manches ist nun mal nicht das, was es zu sein scheint. Hin und wieder lohnt es sich, die Perspektive zu ändern.«

»Wow«, stößt sie lachend hervor. Dabei schützt sie mit einer Hand ihr Gesicht vor der Sonne, um mich besser ansehen zu können. »Du hast also auch noch eine poetische Ader. Ich bin stark beeindruckt, Clayton.«

Spielerisch schubse ich sie gegen die Schulter.

»Du weißt vieles von mir nicht.« Auch wenn mein Ton locker klingt, meine ich diese Worte todernst. Ich kann mir noch immer nicht erklären, was Amaia gegen die Scorpions hat. Aber gesetzt den Fall, ihre Abneigung rührt lediglich daher, dass ihr Vater sie verlassen hat, wäre es nicht besonders fair, andere dafür zu verurteilen.

»Ist das ein Versuch, dich interessant zu machen? Keine Sorge, das hat dein Motorrad schon für dich übernommen.« Dieses Mal ist sie es, die mich neckend anrempelt. Ich gewähre ihr die Überhand und tue so, als würde mich die hauchzarte Berührung tatsächlich aus dem Gleichgewicht bringen.

»Du findest mich also interessant?«

»Ich finde dich nicht mehr ganz so ätzend. Reicht dir das?«

»Für den Anfang vielleicht«, antworte ich mit einem Grinsen im Gesicht. Amaia mag eine Fremde für mich sein, aber ich bin mir ziemlich sicher, dass sie nicht eine Minute in meiner Nähe bleiben würde, wenn sie mich tatsächlich abscheulich finden würde.

»Den Anfang«, wiederholt sie und ihre Stimme wirkt mit einem Mal betrübt. Sie schlingt die Arme um ihren Körper und sieht hinaus auf die schäumenden Wellen. »Und dann? Was kommt nach dem Anfang?«

»Was meinst du?«

Im Gleichschritt steuern wir einen Felsvorsprung an, der durch die hohen Klippen im Schatten liegt. Amaia klettert über den scharfkantigen Stein ein paar Schritte nach oben und setzt sich schließlich auf die Kante. Während der Wanderung hat sie sich Harpers Jacke um die Hüften geschlungen und sitzt nun darauf. Ich bleibe am Fuß des Felsens stehen. Wir sind so zum ersten Mal genau auf Augenhöhe. Rein physisch gesehen.

»Also angenommen, ich lasse mich auf das ein, was du gesagt hast. Gehe mit dir ins Hotel. Bleibe da und lasse zu, dass du ... dass ...«

»Dass ich auf dich aufpasse«, beende ich den Satz, weil es ihr offensichtlich fast schon Schmerzen bereitet, die Wahrheit auszusprechen.

Nickend sieht sie mich an. Jegliche Freude ist aus ihren Augen gewichen.

»Wie soll es dann weitergehen? Wie lange wollen wir das durchhalten? Ich kenne mich mit Kartellen nicht besonders aus, aber ich bin sicher, sie überarbeiten eher selten ihre Todeslisten am Monatsende, oder?«

Ein trauriges Lachen verlässt meine Kehle.

Ich würde ihr gern sagen, wann dieses Theater endlich

ein Ende haben wird, aber das Problem ist, ich kann es nicht. Weil ich es selbst nicht weiß. Seit Monaten schwebt diese Kartellsache nun schon wie eine dunkle Gewitterwolke über meiner Familie und es ist einfach kein Sonnenschein in Sicht.

»Big Brown wird sicher eine Lösung dafür finden.«

»Ja klar.« Wütend schnalzt sie mit der Zunge und schüttelt den Kopf.

»Ich verstehe dich«, seufze ich und streiche mir über die Haare. Einige Strähnen lösen sich wie meistens aus meinem Zopf. »Wirklich«, bestärke ich auf ihren fragenden Blick hin. »Es ist nicht fair, dass du da mit reingezogen wurdest. Das ist nicht dein Krieg.«

»Aber deiner?« Sie zieht ihre Augenbraue ungewöhnlich hoch.

Ich mache mich von ihrem Blick frei und sehe hinaus aufs Wasser. Ein paar Möwen kreisen über den Sandbänken, die die Ebbe hinterlassen hat, und in der Ferne posen zwei Touristinnen schwachsinnig vor der Kamera.

»Diese ganze Scheiße ist meine Schuld, verstehst du? Ich weiß, aus irgendwelchen Gründen verachtest du deinen Onkel, aber die Schuld liegt nicht bei ihm. Sondern bei uns. Bei meiner Familie. Es hat einen Grund, dass ausgerechnet ich auf dich aufpassen soll.«

»Wie meinst du das?« Ich erkenne deutlich, wie Amaia sich versteift. »Immerhin warst du es, der mir das Leben gerettet hat. Wenn du nicht gewesen wärst …«

Sie spricht nicht weiter.

Ich aber bringe es auf den Punkt. »Sweetheart, wenn ich nicht gewesen wäre, hätten die Scorpions keinerlei Probleme mit dem Kartell. Meine Familie ist die Ursache für diesen riesengroßen Mist.«

»Kannst du das etwas näher erklären?«

Seufzend hole ich Luft. »Je weniger du weißt, umso besser.« Unsere Blicke treffen sich und zum wiederholten Mal habe ich das Bedürfnis, mich ihr zu erklären. »Delgado ist ein wirklich mieser Wichser. Er handelt nicht nur mit

Frauen. Dieser Scheißkerl ist zu Dingen fähig, die uns allen im Traum nicht einfallen würden.«

»Aber warum bringt ihn dann niemand zur Strecke? Ich meine, wäre damit nicht alles erledigt? Wieso müssen andere Menschen leiden und«, sie muss schlucken, ehe sie es ausspricht, »auch sterben, ehe jemand diesen Typen lahmlegt?«

»Du hast vollkommen recht. Wir hätten diese Sache viel früher erledigen sollen. Es gab Gelegenheiten genug. Aber inzwischen ist er vorsichtig geworden. Niemand weiß genau, wo er sich aufhält. Der Wichser ist wie ein Geist.«

Amaia zieht die Beine an und schlingt ihre Arme um die Knie. Gedankenverloren sieht sie zum Horizont.

»Hat deine Familie Geschäfte mit ihm gemacht?«

»Scheiße, nein«, antworte ich hastig. »Mein Bruder Colby hatte was mit einem Mädchen, das zu Delgados Sohn gehörte.«

»Dann geht es also um Sex? Am Ende geht es immer um Sex, wenn Männer sich bekriegen, oder?«

»Es geht eher um die Liebe als nur um Sex. Aber ja, Savannah war der Stein, der alles ins Rollen gebracht hat.«

Amaias Schultern heben sich unter einem tiefen Atemzug.

»Das ist in der Tat nicht fair«, flüstert sie. Ihre Augen glänzen verdächtig, aber sie blinzelt so hastig, dass keine einzige Träne es aus ihren Augenwinkeln schafft. »Ich meine, nimm allein den Typen von gestern Abend. Er schien wirklich nett zu sein. Und er wurde verletzt oder musste sogar sterben, weil ich in eine Familie geboren wurde, die ich niemals haben wollte, und dein Bruder sich in die falsche Frau verliebt hat.«

Ich weiß nicht, wie ich argumentieren sollte, um ihre Meinung zu widerlegen. Es gibt nichts, denn sie hat verflucht noch mal recht mit allem, was sie sagt.

Während ich um die richtigen Worte ringe, quietschen die Touristinnen aufgeregt, weil die Wellen ihre Hosenbeine durchnässen. Möwen kreischen und das Meer peitscht unaufhörlich auf den schwarzen Sand.

»Es tut mir leid«, ist das Einzige, was mir schlussendlich einfällt.

»Ich bin immer noch nicht sicher, ob du derjenige bist, der sich entschuldigen muss, aber danke, dass du es wenigstens versuchst.«

Voller Reue sehe ich hinaus in die Brandung.

»Es gäbe da noch eine andere Lösung, weißt du?«

»Eine andere Lösung?« Im Augenwinkel bemerke ich ihren fragenden Blick.

Ich straffe die Schultern und wende mich ihr zu.

»Du könntest von hier verschwinden. Irgendwo mit einem Batzen Geld neu anfangen.«

Irritiert kneift sie die Augen zusammen.

»Ich ... ich. Was meinst du?«

Amaia wirkt immer tough und eiskalt. Doch bei genauerem Hinsehen bemerkt man die kleinen Dinge, die sie tut, wenn sie nervös wird. Sie spielt mit ihren Haaren oder wackelt mit den Füßen, so wie jetzt gerade.

»Du musst all das nicht durchmachen. Sag mir ein Land, das dir gefallen würde. Ich kaufe dir ein Ticket und verschaffe dir das nötige Startkapital. Es könnte ein Neuanfang für dich sein. Oder auch nur ein ausgiebiger Urlaub. Wie du magst.«

Wie geistesabwesend nickt sie mit dem Kopf. »Ich verstehe schon.«

»Amaia«, seufze ich und rücke etwas dichter an sie heran. Ich habe das Gefühl, dass alles, was ich sage, falsch klingt. Und wahrscheinlich tut es das auch. Weil es schlichtweg falsch ist.

»Ich bin ein Hindernis, das unkompliziert aus dem Weg geräumt werden muss.«

»Das ist Blödsinn. Ich will dir doch nur helfen.«

»Indem du mich schnellstmöglich loswirst.«

»Es geht schon lange nicht mehr darum, was ich will.«

Unsere Blicke treffen sich und eine ganze Weile sehen wir uns stumm an.

»Da haben wir wohl unsere zweite Gemeinsamkeit gefunden.« Der Wind und die Wellen hätten ihre Worte beinahe verschluckt.

Die Last liegt schwer auf meinen Schultern und ich habe das Gefühl, darunter zu ersticken.

»Es tut mir leid«, bringe ich stoßweise atmend über die Lippen. »Wirklich. Ich weiß, meine Platte springt, aber ich weiß einfach nicht, was ich tun soll, um dir diesen ganzen Mist halbwegs erträglich zu machen. Gibt es irgendwas, das ich tun kann? Dann sag es mir bitte.«

Eine ganze Weile scheint sie über meine Frage nachzudenken. Ich kann die Gedanken in ihrem Kopf rasen sehen und doch bin ich sicher, dass sie mir nicht die Wahrheit sagen würde, als sich schließlich ein winziges Grinsen auf ihr trauriges Gesicht mogelt.

»Lass uns zurückfahren«, sagt sie leise. Zu leise für eine solche Powerfrau.

Ich weiß nicht, ob es Sekunden oder gar Minuten sind, in denen ich in ihren Augen nach der Wahrheit suche. Die Wahrheit über ihre Gefühle, den gestrigen Abend betreffend. Die Wahrheit über ihre Familie und das, was sie mit den Scorpions verbindet.

Sie ist wie ein Vorhängeschloss, das ich nicht geknackt kriege, ohne es vollständig zu zerstören. Und das ist das Letzte, was ich will.

»Weißt du, was an diesen Wasserfällen wirklich so richtig ätzend ist?«

Mit aller Macht schüttle ich die dunklen Gedanken ab.

Ich reiche ihr eine Hand, doch sie schiebt sie beiseite und hüpft ohne meine Hilfe vom Felsen. Dabei entgeht mir nicht, wie sie die Augen schmerzerfüllt zusammenkneift, als sie auf den Boden aufkommt.

»Was?« Sie steht so dicht vor mir, dass sie den Kopf leicht in den Nacken legen muss, um mich anzusehen.

Mit dem Zeigefinger deute ich hinter mich.

»Der Aufstieg zurück zum Parkplatz«, bringe ich seufzend hervor. Wenn die Ablenkungsschiene ihre Taktik ist, dann spiele ich gern mit.

»Da oben wartet eine Hayabusa in der Power Edition auf mich. Glaub mir, selbst der Everest wäre nicht hoch genug, um mich davon abzuhalten.«

Ohne auf mich zu warten, stapft sie durch den Sand voraus.

Zaghaft lachend folge ich ihr. »Das glaube ich dir sogar.«

Das Ding ist, für mich ist es gar nicht so schlecht hinter ihr her zu gehen. Immerhin habe ich dabei den perfekten Ausblick auf ihren knackigen Arsch. Generell scheint es inzwischen gar nicht mehr so tragisch, die nächsten Wochen mit ihr verbringen zu müssen. Um ehrlich zu sein, gefällt mir das Vorhaben, sie in den nächsten Flieger zu setzen, nicht mehr halb so gut wie zu Beginn.

Was mir allerdings Kopfzerbrechen bereitet, ist die Tatsache, dass sie vollkommen recht hat. Es ist nicht fair, dass sie in diesen Krieg hineingezogen wurde. Dass ich sie mit hineingezogen habe.

Mit jedem Tag wird das Unausweichliche immer deutlicher – Delgado muss sterben. Das ist die einzige Möglichkeit, diese Farce zu beenden.

Dann kann Cy zurückkommen und mit Harper das Hotel leiten.

Colby entspannt sein Leben genießen, und auch Amaia wäre wieder frei.

Die Scorpions könnten sich wieder anderen Dingen widmen und ich ... keine Ahnung, was aus mir wird. Wahrscheinlich nicht viel, denn die Hoffnung, Delgado zu töten und anschließend einfach so aus seinem Haus zu spazieren, hätte wirklich nur ein Narr.

Kapitel Dreizehn

AMAIA

Es fühlt sich komisch an.

Alles fühlt sich komisch an. Ich fühle mich komisch an.

Ich kann nicht mal sagen, ob komisch gut oder komisch schlecht.

Einfach nur komisch.

Irgendwie war uns beiden klar, dass Caiden auf der Rückfahrt das Steuer übernehmen würde. Ob er geahnt hat, dass mein Kopf immer noch höllisch wehtut oder ob er mir ansehen konnte, dass ich gedanklich vollkommen ausgelaugt bin – ich weiß es nicht. Jedenfalls habe ich mich nicht gewehrt, als er wie selbstverständlich sein Bein über den Sitz geschwungen hat, nur um mir anschließend die Hand hinzuhalten, damit ich hinter ihn klettere.

Seit mittlerweile mehreren Stunden habe ich meine Arme um seinen Oberkörper geschlungen und schmiege mich an seinen breiten Rücken. Selbst durch die Lederjacke kann ich die Wärme seines Körpers und die Muskeln unter meinen Fingern spüren.

Und es ist komisch.

Nicht, dass ich jemand bin, der keine Nähe ertragen kann. Das kann ich, durchaus. Aber ich achte dabei grundsätzlich darauf, dass mein Herz und mein Kopf außen vor bleiben. Alles andere habe ich nie zugelassen und auch heute wehre ich mich mit aller Macht gegen das, was ich versucht bin, zu empfinden. Das Gedankenkarussell dreht sich weiter und weiter und mir ist schon ganz schwindelig von dem Chaos, das in meinem Inneren herrscht.

Immer wieder denke ich an gestern. Sehe das Blut vor meinem inneren Auge und den Zorn in Caidens grünen Iriden.

Ich denke an meinen Onkel, meinen Vater und die Scorpions, die ich so sehr verabscheue für alles, was sie mir und meiner Mom in der Vergangenheit angetan haben. Und dann denke ich an den Mann, an dessen Rücken ich klebe wie eine läufige Hündin. Während der Fahrtwind mein erhitztes Gesicht durch das geöffnete Visier abkühlt, kneife ich die Augen zu und versuche die Realität zu verdrängen.

Ich möchte ihn hassen. Möchte ihn verabscheuen für das, was er ist. Aber mein Herz wehrt sich dagegen. Es versucht, mir Gefühle einzureden, die nicht real sind. Nicht real sein können.

Und dann wäre da zu alldem noch die Kleinigkeit, dass ein mexikanisches Kartell hinter mir her ist, um mich zu töten. Allein bei dem Gedanken daran wird mir kotzübel und ich schlinge meine Arme instinktiv noch etwas fester um Caiden.

Dieser fegt mit der Suzuki über den Highway, als hätte er nie im Leben etwas anderes getan. Habe ich bis heute geglaubt, ich sei eine gute Motorradfahrerin, so fühle ich mich jetzt gerade wie ein grauenvoller Anfänger. Ich fühle mich klein und hilflos, und ich könnte kotzen, dass ich so empfinde. Aber es lässt sich nicht bestreiten, dass er mir – zumindest was das Motorradfahren angeht – eindeutig mehr als nur eine Nasenlänge voraus ist.

Caiden fährt die Hayabusa nicht einfach. Er kontrolliert sie. Er ist quasi sie.

In den Kurven legt er uns gemeinsam mit der Maschine so weit auf die Seite, dass unsere Knie beinahe den Asphalt berühren und schon zweimal hat er sie beim Anfahren vorne hochgehen lassen. Ich bin nie zuvor mit einem Mann gefahren, der auf solch kontrollierte Weise weiß, was er tut. Und das ärgert mich. Weil es mir so noch schwerer fällt, ihn ätzend zu finden. Seit gestern Abend macht er verdammt noch mal einfach alles richtig und das bringt mein verkrüppeltes emotionales System völlig aus der Bahn.

Als wir in der Abenddämmerung Santa Monica und schließlich Beverly Hills erreichen, habe ich das Gefühl, jeden Augenblick unter den vielen Gefühlen zu explodieren, die in mir wüten wie ein Tornado. Alles fegt durcheinander und reißt die Schutzwälle nieder, die ich viele Jahre lang mühsam aufgebaut habe.

Wahrscheinlich kriege ich deswegen erst mit, dass wir nicht zum Hotel fahren, als Caiden in die Mariposa Avenue biegt und die Höllenmaschine schließlich in meiner Einfahrt zum Stehen bringt.

»Was tust du?«, frage ich, noch bevor er den Motor abstellt. Trotz des Helmes bin ich sicher, er hat mich gehört. Wütend und überschäumend von allem, was ich nicht empfinden will, schlage ich ihm unsanft von hinten auf die Schulter. »Hey! Ich habe dich was gefragt. Warum bist du hergefahren?«

Denn die Wahrheit ist, ich will ihn nicht hier haben.

Nicht im Haus meiner Mutter.

Nicht an dem Ort, an dem die Scorpions alles kaputt gemacht haben.

Und zu guter Letzt nicht dort, wo wir das letzte Mal aufeinander losgegangen sind. Hier ist er wieder ein Handlanger von Big Brown und ich die Tochter von Louiza Rodriguez. Der kurze Ausflug in eine andere Welt ist vorbei und bringt mich in Sekundenschnelle zurück auf den Boden der Tatsachen. Dieses kleine, schäbige Haus ist meine sichere Burg. Zumindest sollte es das sein.

Hastig klettere ich von dem Motorrad. Meine Hände nesteln zitternd am Verschluss und ich kann den Helm gar nicht schnell genug loswerden.

Wer weiß, vielleicht hat er es sich auch anders überlegt und will mich nur absetzen. Das wäre gut. Oder nicht?

Etwas überrascht beobachtet Caiden mich unter dem hochgeschobenen Visier seines schwarzen Helmes hervor.

»Ich dachte mir, du willst vielleicht ein paar Sachen mitnehmen. Alles okay bei dir?«

Ich öffne den Mund, um ihm etwas Schlagfertiges entgegenzubringen, aber mir will beim besten Willen nichts einfallen. Völlig frustriert presse ich die Lippen aufeinander und reiche ihm meinen Helm.

»Warte hier«, maule ich und rolle mit den Augen. Ich weiß nicht, wer mir gerade mehr auf die Nerven geht. Er oder ich selbst.

»Das werde ich ganz sicher nicht tun.« Seufzend schiebt er sich den Helm vom Kopf und es nervt mich tierisch, dass seine Haare auch nach Stunden unter einem Motorradhelm sexy aussehen. Ohne mich und meine kindische Haltung mit verschränkten Armen vor der Brust zu beachten, schwingt er sein langes Bein über den Ledersitz und stiefelt an mir vorbei Richtung Haustür. »Vergiss nicht, ich weiß, wie ich in dein Haus komme.« Neckend zwinkert er mir über eine Schulter zu. »Und keine Sorge, die Vibratoren in deinem Nachttisch habe ich mir vorgestern bereits angesehen.«

Kurz davor, wütend mit dem Fuß aufzustampfen, gehe ich mit beinahe explodierendem Kopf hinter ihm her. Ganz sicher werde ich ihn nicht in mein Haus lassen. Nicht noch einmal. Nicht nach heute. Und schon mal gar nicht, wenn ich so gelaunt bin wie jetzt gerade.

Entschlossen stapfe ich hinter ihm her, bis ich eine vertraute Stimme höre, die all meine Wut für den Moment beiseitedrängt.

»Amaia.«

»Ed«, rufe ich erschrocken und verlasse abrupt den Weg, um ihm über den Rasen bis zum Gartenzaun entgegenzukommen.

»Schätzchen, wo zum Teufel hast du …« Sobald ich dicht vor ihm stehe, starrt er auf meine geschundene Lippe und hört auf zu reden.

Unwillkürlich fasse ich mir mit den Fingern an die aufgeplatzte Haut. Es tut schon gar nicht mehr weh und wenn mein Nachbar nicht ganz so entsetzt schauen würde, hätte ich es womöglich bereits vergessen.

»Das ist nichts«, bringe ich schwach hervor. Ein Satz, der wie Säure auf meiner Zunge schmeckt. Wie oft habe ich meine Mom das sagen hören. Geglaubt habe ich ihr niemals.

Ed ignoriert diese nichtssagende Floskel und sieht wütend an mir vorbei.

»Sir«, grüßt Caiden in meinem Rücken und beinahe hätte ich mich lachend umgedreht und ›Echt jetzt?‹ gefragt.

»Amaia«, keucht Ed, und als unsere Blicke sich treffen, verstehe ich.

»Um Gottes Willen, nein«, beruhige ich ihn hastig. Dabei entweicht mir ein viel zu schrilles, hysterisches Geräusch. »Er war das nicht.« Wenn Caiden mich dermaßen zugerichtet hätte, stünde er jetzt ganz sicher nicht in meiner Einfahrt.

»Ich habe keine Ahnung, was hier gespielt wird, aber es gefällt mir nicht. Komm mit rüber. Wir finden eine Lösung.«

Mein Nachbar deutet mit dem Kinn auf sein kleines, hellblau lackiertes Häuschen.

Noch bevor ich die Chance habe, Ed irgendetwas zu erklären, spüre ich Caidens Körper neben meinem.

»Machen Sie sich keine Sorgen, Ed. Amaia wird nichts passieren. Aber tun Sie uns doch bitte einen Gefallen und rufen Sie an, sobald Ihnen am Haus oder in der Umgebung irgendwas Ungewöhnliches auffällt.«

»Noch ungewöhnlicher als die Tatsache, dass ein Scorpion hier ein- und ausmarschiert? Ich denke nicht, dass das möglich ist«, knurrt Ed und ignoriert die Visitenkarte, die Caiden ihm hinhält.

So sehr ich meinem Nachbar ein High five für seine Worte geben möchte, reiße ich doch die Visitenkarte an mich und reiche sie ihm. Allerdings nicht, ohne Caiden dabei einen wütenden Blick zuzuwerfen.

»Ich kann dir das momentan nicht erklären und ich fasse

es selbst nicht, dass ich das jetzt sage, aber er hat recht.« Mit dem Daumen zeige ich dabei neben mich. Caidens Parfum weht mir in die Nase und vernebelt mir die sowieso schon verwirrten Sinne. Seine Schulter ist ein ganzes Stück höher als meine und sein Körper gleicht einem riesigen Schutzschild.

Erleichtert atme ich auf, als der alte Kriegsveteran die Karte annimmt. Skeptisch beäugt er das schwarz-goldene Papier, nur um anschließend seinen Besitzer mit verbissener Miene zu begutachten.

Bevor er sich aber weiter mit Caiden anlegen kann, ergreife ich hastig das Wort. »Bitte pass auf dich auf, ja?« Ich könnte nicht damit leben, wenn ihm etwas passieren würde. »Öffne niemandem die Tür, den du nicht kennst, und ruf an, sobald etwas komisch ist.«

»Das gefällt mir nicht.« Er klingt wie ein wütender Gartenzwerg und ein bisschen sieht er auch so aus in seinem roten Hemd und der weiten blauen Jeans.

»Glaub mir«, seufze ich, lege meine Hand auf seine faltigen Finger und schließe sie um Caidens Visitenkarte. »Mir auch nicht. Aber manche Dinge kann man nicht ändern.«

Er sieht argwöhnisch zwischen mir und Caiden hin und her. Dessen Geduld ist offensichtlich am Ende, denn er legt seinen Arm um meine Schultern und dirigiert mich mit festem Griff vom Gartenzaun weg.

»Vielen Dank für Ihre Hilfe, Sir. Amaia meldet sich dann wieder.«

All der Frust und die Wut kehren zurück in meinen Bauch, aber ich bin einen Moment lang zu perplex, um etwas anderes zu tun, als Ed noch einmal schwach lächelnd über meine Schulter zuzuwinken, ehe ich mich von Caiden zur Haustür führen lasse. Erst dort angekommen schüttle ich seinen Arm ab.

»Was soll das?« Nachdem er mir ins Haus gefolgt ist, schmettere ich die Tür so fest zu, dass die Bilder an der Wand wackeln.

»Wir können es uns nicht leisten, ewig auf der Straße herumzustehen in einer Gegend wie dieser.«

»Einer Gegend wie dieser?«, keife ich und reiße mir die Lederjacke förmlich vom Körper. »Sorry, dass nicht jeder mit einem goldenen Löffel geboren wurde, du aufgeblasener Arsch.«

»Du weißt genau, wie ich das meine. Kein Grund gleich zickig zu werden.« Seine Stimme ist zwar leise, aber der drohende Unterton darin verfehlt seine Wirkung nicht.

Die Spannung zwischen uns ist so greifbar, dass es mich nicht wundern würde, wenn man Funken fliegen sehen könnte.

»Ich bin also zickig, ja?« Ich schnalze aufgebracht mit der Zunge. »Weißt du was? Leck mich, Clayton!«

Wütend wende ich mich ab und bin kurz davor, den Flur hinunter in mein Schlafzimmer zu verschwinden, da hält er mich am Handgelenk zurück.

Mit einem Ruck zieht er mich eng vor seinen Körper, sodass meine Brust gegen seine knallt.

»Gar keine so schlechte Idee. Vielleicht sollte ich das wirklich mal tun. Wer weiß, vielleicht wirst du dann etwas entspannter.«

Seine Arroganz kotzt mich an, aber ich kann mich nicht dagegen wehren, dass die Vorstellung von seinem Mund in meinem Schoß mich unglaublich fasziniert.

Sein Blick fällt auf meine leicht geöffneten Lippen.

»Scheiße, ja«, knurrt er und etwas in seinen Augen verändert sich. »Das würde dir gefallen, habe ich recht?«

»Hast du nicht. Träum weiter. Das wird niemals passieren, Scorpion«, spucke ich ihm mitten ins Gesicht. Bevor er damit rechnen kann, drehe ich mich gekonnt aus seinem Griff und ramme ihm meinen Ellbogen in die Rippen. Nicht fest genug, um ihn zu verletzen, aber fest genug, um ihm zu zeigen, dass ich nicht wehrlos bin. Zumindest nicht körperlich.

»Ah«, bringt er lachend hervor. Er zuckt nicht mal unter meinem Schlag zusammen. »Jetzt sind wir also wieder an dieser Stelle, ja?« Genauso unerwartet, wie mein Angriff es war, packt er meinen Ellbogen und presst mich mit dem Oberkörper an die Wand. Der raue Putz drückt gegen meine Wange. Meine Brustwarzen, diese kleinen, miesen Verräter, richten sich unter dem Gefühl der kalten Mauer auf. »Bist du dir ganz sicher, dass du deine Meinung nicht noch mal überdenken willst?«

Als ich Caidens Körper groß und kraftvoll an meinem Rücken spüre, muss ich mich zusammenreißen, um nicht aufzustöhnen. Denn seine Härte, die sich durch den Stoff der Jeans gegen meinen Hintern drängt, verrät, was er von der Idee hält.

Ganz langsam reibt er sich an mir und schiebt meine Haare aus dem Nacken.

»Wenn du denkst, dass du mich durch dieses trotzige Theater loswirst, hast du dich getäuscht, Sweetheart.«

»Fick dich«, fluche ich.

Es frustriert mich, welche Wirkung er auf mich hat. Warum fürchte ich ihn nicht? Warum löst er kein Unbehagen in mir aus?

Es frustriert mich, wie willenlos ich gegen das bin, was sich in den vergangenen Stunden zusammengebraut hat.

Und es frustriert mich, dass er es offensichtlich auch gespürt hat. Andernfalls wäre er wohl kaum in einem Augenblick wie diesem erregt.

»Ehrlich gesagt, würde ich gerade viel lieber dich ficken«, flüstert er dicht gegen mein Ohr.

Mein letzter Sex ist Wochen her, und ich merke, wie mein Körper sich nach seinem sehnt. Wie mein Hintern darum bettelt, seine Erektion noch fester zu spüren.

Ich drücke mich leicht von der Wand ab, um ihm meinen Arsch entgegenzuschieben, was ihm ein raues Lachen entlockt.

»Wusste ich es doch«, stößt er triumphierend aus und dreht mich mit einer flinken Bewegung zu sich herum.

Dieses Mal wehre ich mich nicht.

Ich lasse es zu.

Seine Finger fahren an meinen Seiten hinauf, bis seine Daumen meine steifen Nippel reizen.

»Ich hasse dich«, sage ich, um wenigstens die oberste Schicht meiner angestauten Gefühle loszuwerden, ehe der Druck zu einer riesigen Explosion führt. »Ich hasse dich so sehr.« Ich stöhne auf, als er mich unter dem Hintern packt, hochhebt und mich mit seinem Schritt gegen die Wand presst. Ich schlinge meine Beine um seine Hüfte und presse mich ihm entgegen.

»Du glaubst gar nicht, wie egal mir das gerade ist.« Ein tiefes, amüsiertes Grummeln löst sich aus seiner Kehle. Als er den Kopf schief legt und mich küssen will, drehe ich mein Gesicht zur Seite.

Caiden lacht nur noch lauter. Mit einem diabolischen Grinsen im Gesicht lehnt er seinen Oberkörper ein Stück zurück. Ich schnappe nach Luft, als er mir etwas umständlich das Top über meinen Kopf zieht. Wieder eingekesselt zwischen der kalten Wand und dem Leder seiner Jacke, spielt mein Körper vollkommen verrückt.

»Was willst du, Amaia?« Mein Kopf fällt in den Nacken und stößt unsanft gegen die Wand. Der Schmerz hat keine Chance, in meinem Bewusstsein anzukommen, weil er meine Brustwarzen zwischen zwei Finger nimmt und sie fest zwirbelt.

»Ich will einen Scheiß von dir.«

Meine Hände legen sich ganz von allein an seine Schultern und wollen ihn wegdrücken.

Seine Nähe ist wie eine Droge. Ich will sie. Unbedingt. Aber ich weiß, dass sie mir nach dem High nichts als Ärger bringen wird. Wegen dieses Dilemmas sollte man wohl besser einen großen Bogen um Drogen machen.

»Ich werde nicht weitergehen, wenn du es nicht sagst, Kleines.« Er fixiert meine Handgelenke und drückt sie über meinem Kopf an den rauen Putz. Dabei fickt er mich durch unsere Hosen mit langsamen Bewegungen gegen die Wand, was mich fast in den Wahnsinn treibt. »Wenn du uns beiden weiter etwas vormachen willst, nur zu. Dann werde ich dich jetzt runterlassen.« Er drückt seine Erektion fest gegen meinen Schritt und hält sie dort. »Wir fahren ins Hotel und das hier wird tatsächlich niemals passieren. Aber …«

»Herrgott, fick mich einfach, Clayton, okay?«

Siegessicher kräuselt er die Lippen und reibt seinen Schritt an meinem.

Mir ist bewusst, dass ich weiterkämpfen könnte. Falsch, ich sollte es sogar. Es wäre für mich ein Leichtes, ihn zu überwältigen, auch ohne, dass er meine Arme freigibt. Und natürlich könnte ich weiter gegen das ankämpfen, was mein Körper begehrt. Aber das Ding ist: Ich will, dass er mich fickt.

Sex ist schon seit Jahren mein Ventil, wenn alles zu viel wird. Es ist der Überlauf, wenn mir mein Leben zu viel wird. Ich hatte nie eine Freundin, in deren Armen ich geweint habe, und ich hatte auch nie einen Freund, der mir die Haare aus dem Gesicht gestreichelt hat, wenn ich traurig war. Dafür habe ich Sex. Das sind die Momente, in denen ich mich frei fühle. In denen alles andere für einen kurzen Zeitraum keine Rolle mehr spielt. »Tu uns beiden einen Gefallen und fick mich endlich.«

Eigentlich habe ich damit gerechnet, dass sich ein siegessicheres Grinsen auf seine Wangen schleicht, doch das tut es nicht. Ganz im Gegenteil. Caidens Gesicht ist wie erstarrt. Seine Kiefermuskeln zucken und in seinen Augen scheint ein grüner Sturm zu wüten, wie ich ihn nie zuvor gesehen habe.

Und dann geht alles ganz schnell.

Er lässt meine Handgelenke frei, um sich die Jacke vom Körper zu reißen. Ohne mich aus den Augen zu lassen, streift er sich das schwarze Shirt über den Kopf und wir seufzen gleichzeitig auf, als seine nackte Haut auf meine trifft.

Bei seiner Größe und der Statur war mir klar, dass er gut gebaut sein würde, aber der Mann scheint obenrum nur aus puren Muskeln zu bestehen. Seine Haut ist glatt und weich und hart und heiß. Alles zusammen irgendwie.

»Du willst, dass ich dich ficke?«, fragt er. Seine Stimme klingt rau und anders als je zuvor.

Seine Hand greift in meinen Nacken, die andere unter meinen Hintern und so trägt er mich eng an sich gedrückt bis zu meinem Esstisch. Sein Blick liegt bei jedem Schritt auf mir.

Ich möchte ihn küssen. Aber ich verbiete es mir selbst. Ich mag ihn ja nicht mal. Und ganz sicher werde ich keinen Scorpion küssen. Nicht heute. Niemals.

»Ja«, hauche ich, nachdem er mich auf der Tischplatte abgesetzt hat. Hastig greife ich nach meinen Stiefeln und schleudere sie von meinen Füßen. Noch bevor ich mich vollständig ausziehen kann, hält Caiden mich fest. Ein kleines Grinsen umspielt seine Lippen.

»Ts, ts, ts«, macht er lächelnd. Er legt seine riesige Hand auf meine Schulter und drückt mich nach hinten. »Ich mag es nicht, wenn jemand anderes meinen Job übernimmt.«

Seine Finger gleiten hauchzart zwischen meinen Brüsten hinunter, über meinen Bauch bis zum Saum der komischen Leggings, die ich von seiner Schwägerin habe.

»Dann stehst du drauf, Frauen die Schuhe auszuziehen?« Ich finde es richtig ätzend, dass meine Stimme so kratzig und unsicher klingt.

»Nein.« Sein Lachen dringt durch mein kleines Häuschen. Neben diesem dunklen, rauen Geräusch ist nichts zu hören. Das Ticken der Uhr ist schon seit vielen Jahren verstummt. Seit damals.

Schnell schiebe ich die Gedanken an ein anderes Leben beiseite und hebe meine Hüften, um schneller an mein Ziel der Gedankenlosigkeit zu gelangen.

»Dann hör auf, Zeit zu verlieren.« Auffordernd nicke ich ihm zu. »Oder hast du nur geblufft, Clayton?«

Lachend schüttelt er den Kopf, jedoch bleibt ihm der Ton im Hals stecken, als ich mir die Hose von den Beinen schiebe.

Jap. Ich habe ihren Slip nicht angezogen. Das kam mir irgendwie falsch vor.

»Hm.« Seufzend drückt er mich erneut zurück auf den Tisch. Als seine heißen Finger durch meine Feuchtigkeit streichen, schnappe ich nach Luft. »So eine hübsche Pussy. Und nein, Sweetheart. Ich bluffe nicht.«

Das Geräusch, als er seinen Reißverschluss öffnet, lässt mich neugierig werden. Ich stütze mich auf die Ellbogen und ziehe meine kaputte Lippe zwischen die Zähne, während er seine Erektion befreit.

Er ist groß.

Verdammt groß und irgendwie ... schön? Heiß? Geil?

Ich finde selbst in Gedanken nicht das richtige Wort. Was ich allerdings, ohne groß nachzudenken, weiß, ist, dass ich ihn will. Und zwar sofort.

Kapitel Vierzehn

CAIDEN

Irgendetwas tief in meinem Inneren sagt mir, dass es falsch ist. Ich sollte Amaia nicht ficken. Nicht, weil sie ein Job ist, und auch nicht, weil sie Browns Nichte ist. Fakt ist, sie mag mich nicht. Sie mag nicht, was ich mache, und noch weniger, was ich bin. Es ist so sicher wie das Amen in der Kirche, dass sie das hier bereuen wird.

Ich weiß, viele Männer behaupten, Frauen seien kompliziert. Ich habe das jedoch niemals so empfunden. Bis heute. Denn ich verstehe sie nicht. Sie stößt mich mit aller Kraft von sich, kann meine Hilfe nicht annehmen, macht aber im gleichen Moment die Beine für mich breit? Das passt nicht zusammen.

Das Ding ist nur, ich kann mich wirklich schlecht auf diese Gedanken fokussieren, wenn sie mit gespreizten Beinen vor mir liegt.

Nackt.

Feucht.

Bereit.

Mein Atem geht schwer, als ich meinen prallen Schwanz befreie und mit meiner Spitze ihre Perle reize. Es ist unglaublich sexy, wie sie sich auf die Ellbogen gestützt hat und mit gierigem Blick auf meine Härte sieht.

Die ganze Zeit über liegt es mir auf der Zunge, sie zu fragen, ob es wirklich das ist, was sie will. Aber ich spreche es nicht aus. Weil ich verflucht noch mal viel zu viel Schiss davor habe, dass sie es sich anders überlegt. Denn ich will sie ficken. Unbedingt. Das will ich schon den ganzen gottverdammten Tag. Seit ich ihren Arsch auf meiner Suzuki gesehen habe. Und nicht zuletzt, seit ich sie ohne den permanenten Zorn in ihrem Gesicht erlebt habe.

Weil ich kein vollkommener Idiot bin, greife ich in die hintere Tasche meiner Jeans und hole ein Kondom aus meiner Geldbörse, ehe ich die Hose samt Stiefeln von meinen Füßen kicke. Mal abgesehen davon, dass ich niemals eine fremde Frau ohne vögeln würde, könnte ich mir vorstellen, dass die kleine Miss Dauerzornig nicht gerade scharf auf einen Scorpion Junior ist.

Meine Handgriffe sind ruhig und kontrolliert. Immer wieder richte ich meinen Blick auf ihr Gesicht, nur um amüsiert festzustellen, dass wir beide nicht über die nötige Geduld verfügen. Amaia schiebt ihren Hintern auf der Tischplatte hin und her.

»Ungeduldig?« Ich schließe meine Hand um meine geschützte Erektion und führe sie erneut an ihre Öffnung.

»Halt die …«

Sie verstummt, weil ich mit einem einzigen Stoß in ihr versinke.

Ihr Oberkörper sackt zurück auf die Tischplatte und sie biegt stöhnend den Rücken durch.

Grinsend ziehe ich mich vollständig aus ihr zurück, was ihr ein wildes Knurren entlockt. Es macht mir Spaß, diese Seite an ihr zu provozieren.

Ich lege mir ihre Beine über die Unterarme und gleite ein weiteres Mal mühelos in sie hinein.

»So feucht«, stöhne ich. Ich wiederhole dieses kleine Spiel, weiche von ihr ab und zögere, weil sie nicht reagiert.

»Clayton«, warnt sie, was mich nur zum Schmunzeln bringt.

»Ich weiß, Sweetheart, ich weiß. Ich brauche es mindestens genauso sehr wie du.«

Beim nächsten Stoß spieße ich sie so fest auf meinen

Schwanz wie nur eben möglich und verweile dort. Unser Stöhnen klingt gleichzeitig durch das stille Haus.

Während ich tief in ihr versunken bin, beuge ich mich vor und schiebe ihr meinen Daumen zwischen die Lippen. Mir war klar, dass sie nicht zögern würde, ihn in den Mund zu nehmen und ihn mit ihrer Zunge zu verwöhnen. Meine anderen Finger streichen zärtlich über ihre Wange. Mit einem leisen Ploppen ziehe ich meinen Daumen wieder hervor, nur um ihn anschließend auf ihren Kitzler zu legen. Mit kleinen Kreisen fahre ich über ihre Perle und beobachte, wie ihre Augenlider flattern.

»Du willst, dass ich dich richtig ficke?«, frage ich, denn das frustrierte Stöhnen, weil ich mich noch immer nicht bewege, entgeht mir zwischen all den lustvollen Geräuschen aus ihrem süßen Mund nicht.

»Ja, verflucht!«

Vielleicht habe ich es gebraucht, dass sie mir noch einmal zustimmt, denn nachdem ihre fauchende Stimme in meinen Ohren ankommt, kann ich mich nicht länger beherrschen. Ich drücke ihre Beine noch weiter auseinander und tue, worum sie so offensichtlich bettelt.

Ich ficke sie.

Hart und unbarmherzig.

Je fester ich in sie hineinstoße, desto lauter wird ihr Stöhnen. Und je lauter ihr Stöhnen wird, umso härter werde ich.

Meine Finger krallen sich in ihre Knie, drücken ihre Schenkel auseinander und ich sehe dabei zu, wie mein Schwanz immer und immer wieder in ihrer feuchten Pussy verschwindet.

Es ist wie ein Rausch, der nicht endet. Der nicht enden soll. Keine Gefühle, keine Zärtlichkeit. Einfach nur ein wilder Fick. Genau das, was ich gebraucht habe. Und offensichtlich genau das, was sie gebraucht hat.

Amaia wirft den Kopf hin und her. Ihre schmalen Hände massieren ihre Titten und sie hat die Augen zusammengekniffen.

Ich ziehe ihren Arsch noch näher in meine Richtung und vergrabe meine Finger darin, während unsere Unterkörper wild gegeneinander klatschen. Ihre Beine verkrampfen sich, und ich kann spüren, dass sie ganz kurz davor ist. Dieses Mal befeuchte ich selbst meinen Daumen und presse ihn auf ihre süße Perle genau in dem Augenblick, in dem sie zerspringt.

»Fuck, ja!«, schreit sie und krallt sich an der Tischplatte fest, während der Orgasmus wie eine Kugel durch ihren Körper schießt. Ich kann die Beben sehen, die sie erschüttern.

Weil ich eben kein vollkommenes Arschloch bin, gebe ich ihr einen Moment Zeit, sich zu erholen. Als sie die Augen öffnet, schleicht sich jedoch ganz von allein ein diabolisches Grinsen auf mein Gesicht.

Gerade als ich erneut das Tempo erhöhen will, setzt Amaia sich auf, sodass ich aus ihr herausgleite.

Gespannt beobachte ich, wie sie vom Tisch klettert, nur um sich mit einem mindestens genauso teuflischen Grinsen herumzudrehen. Sie präsentiert mir ihren prächtigen Arsch.

Knurrend wie ein wildes Tier, ziehe ich sie dicht an meine Brust und lege ihren Kopf zur Seite, um ihren Hals zu lecken.

Meine Härte drängt sich zwischen ihre Backen. Mein schwerer Atem trifft auf ihre feuchte Haut. Ich umfasse mit einer Hand ihre Brust, die andere schließt sich um ihren Hals. Wir sind uns näher denn je. Ich kann ihren schnellen Herzschlag unter meinen Fingerkuppen spüren und schmecke das Salz auf ihrer Haut. Es ist berauschend. Keine Sekunde halte ich es mehr aus, ohne in ihr zu sein. Es scheint, als könne Amaia meine Gedanken lesen, denn sie löst meine Finger von ihrem Körper und beugt sich vorn über auf den Tisch.

Ihre weit gespreizten Beine sorgen dafür, dass mein Schwanz direkt sein Ziel findet. Sie ist so verdammt feucht. Meine Handfläche landet klatschend auf ihrer Arschbacke, genau in dem Moment, in dem ich in sie eindringe.

Ich bin im Himmel. Ihre zarte braune Haut im letzten Licht des Tages. Ihr runder Hintern, den ich massiere und mich darin festkralle, während ich sie kräftig ficke. Sie legt ihren Oberkörper auf den Tisch und hält sich an den Holzkanten fest. Jeder meiner Stöße entlockt ihr einen kleinen Schrei, der mich immer weiter hinauf befördert ins Paradies der absoluten Schwerelosigkeit. Immer wieder landet meine Hand auf ihrem Arsch, und ich sehe dabei zu, wie die Haut sich unter meinen Schlägen rot färbt. Es ist ein Anblick für die Götter.

Sexy, verboten und verdammt scharf.

Ich erhöhe das Tempo und meine Finger finden den Weg zu ihrem hinteren Ausgang. Sie zuckt nicht mal zusammen, als ich ihren Anus massiere. Kleine, verdorbene Miss Rodriguez. Ich verstärke den Druck, beobachte, wie meine Fingerkuppe in ihrem süßen Hinterteil verschwindet und vögle sie dabei so unbarmherzig, bis ich es nicht mehr aushalte.

Vielleicht liegt es daran, dass ich es gewohnt bin, Frauen zu verwöhnen, vielleicht sehe ich es aber auch als Herausforderung, denn ich will, dass Amaia noch einmal kommt.

»Dreh dich um«, knurre ich und kann es selbst kaum fassen, dass ich mich aus ihr zurückziehe, anstatt es einfach zu beenden.

Etwas irritiert sieht sie mich über ihre Schulter an, doch weder mein Tonfall noch mein Gesichtsausdruck lassen Spielraum für Diskussionen. Sie hat sich kaum zu mir umgewendet, da finden meine Finger den Weg in ihren Schritt. Ich massiere ihren Kitzler und reize sie. Ich möchte mich vorbeugen, um sie zu küssen, doch noch ehe ich die Chance dazu bekomme, lässt Amaia sich erneut nach hinten auf den Tisch sinken. Anstatt sie erneut stupide zu nehmen, gehe ich auf die Knie. Meine Handfläche fährt über ihre Scham, mein Mittelfinger taucht dabei unwillkürlich in ihre Feuchtigkeit. Gierig lehne ich mich vor und zeichne die Spur meiner Hand mit der Zunge nach. Zuerst über ihren Venushügel, über ihre Perle, dann tauche ich so tief wie möglich in sie ein, nur um kurz darauf meine Zunge bis zum Ende ihre Spalte gleiten zu lassen.

Das hungrig genießerische Geräusch dringt ganz von allein aus meinem Mund.

Sie schmeckt so verdammt gut.

Süß.

Exotisch.

Süchtig machend.

Ich schließe meine Lippen um ihren Kitzler. Sauge und labe mich daran, bis sie unruhig zappelt und ihre Finger sich in meine zusammengebundenen Haare krallen. Genau in dem Augenblick, als meine Finger gleichzeitig in ihrer süßen Pussy und ihrem Knackarsch versinken, beiße ich leicht zu. Ich habe genug Frauen gefickt, um zu wissen, was sie in den Wahnsinn treibt. Das hier gehört ganz sicher dazu.

Mit meiner freien Hand greife ich an meinen Schwanz und ziehe das verdammte Gummi ab. Während ich Amaia mit dem Mund und meinen Fingern verwöhne, massiere ich mich selbst bis an den Rand der Ekstase.

Als sie schreiend kommt, löse ich meinen Mund von ihr und richte mich auf. Dabei zuzusehen, wie sie den Rücken durchbiegt und zu spüren, wie ihre Muskeln um meine Finger zucken, gibt mir den Rest. Ich pumpe meine Länge noch wenige Male und komme mit einem animalischen Stöhnen auf ihren Bauch.

Kapitel Fünfzehn

AMAIA

Es dauert einige Atemzüge, bis ich in der Lage bin, die Augen wieder zu öffnen. Ich spüre Caidens Hand auf meinem Knie. Fühle sein warmes Sperma auf meinem Bauch.

Unsere Blicke treffen sich und ich zwinge mich, nicht wegzusehen.

An seinem Hals erkenne ich, wie er schluckt. Ich tue es ihm gleich. Ich schlucke all die Worte herunter, die ich sagen könnte. Vielleicht sogar sagen sollte.

Wir stehen inmitten meines Tornados. Um uns herum wütet der Sturm und fegt alle Gefühle und Gedanken umher. Doch hier im Auge des Wirbels herrscht absolute Stille. Da ist nichts. Nur wir zwei. Das Moosgrün seiner Iriden, das sich unbarmherzig in meine dunklen Augen frisst. Genauso hart, wie er mich genommen hat, dringt jetzt sein Blick in mich ein. Doch da ist nichts, was er finden könnte. Alles, was ich empfinde, saust unsichtbar durch dieses Zimmer. Ich selbst bin leer.

Seufzend streicht er sich über das markante Kinn. Er dreht den Kopf Richtung Küchenzeile. Und dann geht er. Er tritt hinaus aus dem Auge des Sturms, mitten in den Tornado und gesellt sich zu all den ungewollten Emotionen, die ich durch diese bahnbrechenden Orgasmen einen Moment lang losgeworden bin. Zielstrebig greift er nach einem Küchentuch. Ich weiß, er wird es mir bringen. Vielleicht wird er mir sogar dabei helfen, mich zu reinigen. Doch ich bin längst wieder unerreichbar für ihn geworden. Er ist da draußen mit all meinen wirbelnden Problemen und ich bin wieder allein. Allein in einem fortwährenden Strudel, aus dem ich niemals werde ausbrechen können.

Der Moment, in dem er mir den Rücken zudreht, löst den letzten Rest des Zaubers in Luft auf, den sein Körper auf meinem hinterlassen hat.

Mein Atem stockt, als ich auf das riesige Tier sehe, das über seinen gesamten Rücken tätowiert ist.

Ein Skorpion.

Ich hatte Sex mit einem Scorpion.

Ich hatte unfassbar guten, gedankenverjagenden Sex mit einem scheißdreckigen Scorpion.

Caiden kommt zu mir zurück und die Realität trifft mich wie ein Faustschlag mitten ins Gesicht.

Hastig setze ich mich auf und schiebe seine Hand beiseite.

»Ich komme allein klar«, murmle ich leise und dränge mich an ihm vorbei. Die Hitze seiner Haut wirkt wie kleine Elektroblitze auf mich, und ich ziehe meinen Arm zurück, um ihn ja nicht noch einmal zu berühren.

»Amaia?«

Keine Ahnung, ob er enttäuscht oder schlicht genervt ist, aber der Tonfall, mit dem er mich anspricht, bereitet mir erneute Kopfschmerzen.

»Ich gehe packen«, stoße ich müde aus und verschwinde in mein Schlafzimmer, ohne ihn noch einmal anzusehen.

Erst als die Tür hinter mir ins Schloss fällt, atme ich erleichtert aus.

Ich schließe die Augen und schlage mit dem Hinterkopf einmal so fest gegen das Türblatt, dass mir schwindelig wird. Wenn es den ganzen Tag lang geklappt hat, das fiese Pochen in meinen Schläfen zu ignorieren, zwingt es mich jetzt beinahe in die Knie.

Splitternackt und vollkommen ausgelaugt stehe ich da

und weiß zum ersten Mal seit sehr, sehr langer Zeit nicht mehr, was ich tun soll.

Es war Sex.

Ja klar, guter, wenn nicht sogar fantastischer, Sex.

Aber nie zuvor hat mein Herz auf diese Weise geschlagen, wenn ich mit einem Mann geschlafen habe.

Nie zuvor war mir heiß und kalt zugleich.

Und niemals bin ich mir hinterher so dermaßen fehl am Platz vorgekommen.

»Komm schon«, flüstere ich mir selbst zu. »Du hast das schon oft genug gemacht. Reiß dich zusammen.«

Mit geschlossenen Augen atme ich ein paarmal tief ein und aus.

Bilder drängen sich ungewollt in meinen Kopf. Skorpione auf den Westen der Männer, gebeugt über meine Mom. Es ist ein grauenvoller Film, der sich hinter meinen geschlossenen Lidern abspielt. Mein persönlicher Horrorfilm, aus dem ich nicht entfliehen kann. Er schlägt sie, sie demütigen sie.

Ein zweites Mal donnere ich mit dem Hinterkopf gegen die Tür, doch es hört nicht auf, egal wie sehr mein Schädel bereits dröhnt. Ich höre ihre Schreie. Sehe ihr Blut.

»Amaia?«

Erschrocken reiße ich die Augen auf.

»Was ist?«, blaffe ich und wische mir hastig die feuchten Wangen trocken.

»Bist du okay?«

»Ich bin keins deiner Beverly-Hills-Zuckerpüppchen, also hör auf, mich zu nerven, Clayton.«

Hass ist stark. Hass zu empfinden, ist leicht. Viel leichter als alles andere.

»Schön.« Ich höre sein genervtes Stöhnen durch die Tür meines Schlafzimmers. Sicher gebe ich ein trauriges Bild ab, wie ich noch immer nackt dastehe und sein Sperma an meiner Haut hinabläuft. »Dann sieh zu, dass du fertig wirst. Wir sollten hier verschwinden, ehe jemand Licht bemerkt.«

Ich lege beide Hände vors Gesicht und atme noch ein letztes Mal tief durch.

»Gib mir zehn Minuten«, fauche ich. Dabei drücke ich mich von der Tür ab und stapfe zu meinem Schrank.

Mit einem alten Shirt, das auf dem Boden liegt, wische ich mir als Erstes seine Spuren vom Körper, dann werfe ich wahllos irgendwelche Klamotten in eine Reisetasche, bis ich das Gefühl habe, halbwegs die Kontrolle über mich zu haben. Immer wieder achte ich auf meine gleichmäßige Atmung, während ich in Unterwäsche, Jeans und einen schwarzen Hoodie schlüpfe.

Es ist alles in Ordnung.

Mein Gehirn weiß das.

Mir kann nichts passieren.

Ich bin stark.

Stark und unabhängig.

Niemand kann mir etwas tun.

Seufzend lasse ich mich auf mein Bett plumpsen. Meine Hände fahren über die Blümchendecke meiner Mom.

»Er passt auf mich auf«, flüstere ich ganz leise vor mich hin.

Unwillkürlich sehe ich zur Tür. Mit Sicherheit steht Caiden noch immer davor und wartet. So leicht lässt er sich nicht abwimmeln, das kann ich mir beim besten Willen nicht vorstellen.

Ohne es zu wollen, streiche ich mit einer Hand über meinen Oberkörper bis zu meinem Schritt. Dabei zupft ein winziges Lächeln an meinen Mundwinkeln.

Ich kann mir einreden, so lange ich will, dass mir von den gestrigen Verletzungen schwindelig ist. Aber im Grunde weiß ich es besser. Es liegt an diesem grauenvollen Gefühlschaos, das ich nicht im Geringsten gewohnt bin.

Noch ehe weitere Emotionen weiter auf mich einstürmen können, hole ich die kleine Pistole aus meinem Nachtschrank. Hätte Caiden sich tatsächlich meinen Vibrator angesehen, wäre er wohl eher auf die Glock aufmerksam geworden, die ich dort ebenfalls aufbewahre.

Hastig stecke ich sie in meine Tasche. Man kann schließlich nie wissen.

Als ich die Schlafzimmertür öffne, lehnt er wie erwartet an der Wand in meinem Flur.

Caiden öffnet den Mund, doch ich komme ihm zuvor.

»Ist es okay, wenn ich meine Maschine mitnehme? Es fühlt sich falsch an, sie hierzulassen.«

Fragend zieht er die Augenbrauen kraus.

»Ähm ... sicher«, stammelt er und schiebt dabei seine großen Hände in die Hosentaschen. Dieser Bewegung zu folgen und auf seinen Schritt zu sehen, war keine gute Idee. Es bringt mich erneut aus dem Konzept.

»Okay.« Ich weiß nicht, ob ich es zu ihm oder zu mir selbst sage. »Dann bin ich so weit«, bringe ich leise nickend hervor.

Ich bemühe mich, ihn nicht zu lange anzusehen und seufze erleichtert, als er sich endlich in Bewegung setzt und wir schweigend nebeneinanderher gehen.

Keine Ahnung, welches Gefühl am Ende dieses Tages überwiegt. Seit er hier aufgetaucht ist, läuft alles aus dem Ruder, und nichts ist mehr dort, wo es hingehört – rein gefühlsmäßig betrachtet. Ja, er sorgt dafür, dass ich mich sicher fühle, und das ist etwas, das ich derzeit mehr brauche, als ich zugeben möchte. Aber ich kann nicht vergessen, wer er ist. Caiden Clayton ist durch und durch ein Scorpion. Er ist alles, wofür der MC steht. Immerhin trägt er ihr Symbol für den Rest seines Lebens unter die Haut gestochen.

Dass er heute Abend hier ist und diesen Tag mit mir verbracht hat, liegt nicht daran, dass er mich mag oder ihm mein Wohlbefinden wichtig ist. Er tut es für Big Brown.

Allein bei dem Gedanken an meinen Onkel wird mir übel. Ich hasse ihn. So sehr. Und ausgerechnet ihm gebührt Caidens Loyalität. Was macht es aus mir, dass ich mich ihm trotzdem bereitwillig hingegeben habe? Und noch schlimmer, es nicht mal wirklich bereue ...

Kapitel Sechzehn

CAIDEN

Ich weiß bereits, dass ich allein bin, noch bevor ich die Augen öffne.

So sehr ich es gewohnt bin, Frauen zu verführen und ihre Nähe beim Sex zu genießen, genauso fremd ist es für mich, mit jemandem die Nacht zu verbringen. In der Regel schlafe ich allein. Oder nein – ich schlafe grundsätzlich allein. Immer.

Amaia hat jetzt bereits die zweite Nacht in meinem Bett verbracht und somit habe ich mich die zweite Nacht Stunde um Stunde auf der Couch hin und her gewälzt und mir den Kopf zerbrochen.

Über sie.

Über mich.

Über die Vergangenheit, die Zukunft.

Im Prinzip über Gott und die Welt, doch am Ende ist jeder Gedanke wieder bei ihr gelandet. Bei ihren vollen Lippen, von denen ich nur allzu gern wüsste, ob sie sich genauso weich anfühlen, wie sie aussehen. Bei ihrem unfassbaren Körper, dessen weibliche Kurven sich perfekt in meine großen Hände schmiegen. Alles an ihr fasziniert mich. Die wilde, ungehemmte Seite genauso wie die Verletzlichkeit, die sie versucht, vor mir zu verbergen.

Gestern Abend haben wir kein Wort mehr miteinander

gesprochen. Ich habe es das ein oder andere Mal versucht, aber sie hat all meine Anläufe ungespitzt in den Boden gerammt. Es ist zermürbend. Wir machen einen Schritt vor, nur um anschließend zwei zurück zu machen. Ich verstehe sie einfach nicht.

Der Sex war gut. Er war wild und recht stupide, aber er war verdammt gut. In ihr zu sein, war der Wahnsinn und, bei Gott, es gibt nichts, was ich lieber noch einmal erleben möchte. Nur leider liege ich allein auf meiner Couch, während sie offensichtlich nicht gerade davon träumt, noch einmal Sex mit mir zu haben.

Genervt schlage ich die Augen auf und lege eine Hand auf meinen harten Schritt. Vielleicht sollte es mir Kummer bereiten, dass sie nicht bei mir ist, aber ich bin mir mehr als sicher, dass sie nicht weglaufen wird. Und wenn, ist das ihre Entscheidung. Ich kann sie nicht zwingen, hier zu sein, und ich möchte es auch gar nicht. Nach vorgestern hat sie kapiert, wie ernst die Lage ist, und wenn sie sich dennoch der Gefahr aussetzen will, ist das ihr Problem.

Was für ein Bullshit, der sich da versucht in meinen Kopf einzupflanzen!

Seufzend und mit schmerzendem Rücken richte ich mich auf dem Sofa auf. Man sollte meinen, Luxusmöbel seien etwas bequemer.

Erschöpft lasse ich mich gegen die Rückenlehne sinken und streiche mir die Haare aus dem Gesicht, um sie mit dem schwarzen Band von meinem Handgelenk zu einem Zopf zu binden.

Natürlich wäre es mir nicht egal, wenn sie weg wäre. Deswegen vergewissere ich mich auch zum dritten Mal über meine Schulter, dass ihre Tasche noch immer neben dem Bett steht. Ihre Sachen liegen verteilt auf dem Sessel und lassen mich ein bisschen entspannter durchatmen.

Ich habe ihr angeboten, sich frei im Hotel zu bewegen und alle Annehmlichkeiten wahrzunehmen, die das Claytons zu bieten hat. Immerhin ist sie keine Gefangene, die ich mit Wasser und Brot in mein Zimmer sperre. Das Restaurant, die Bar und sämtliche andere Bereiche haben die Anweisung bekommen, ihr kostenlos alles zur Verfügung zu stellen, worum sie bittet. Bestimmt wird sie einfach am Pool liegen oder in der Tiefgarage auf einem meiner Bikes sitzen. Bei dem Gedanken daran, muss ich grinsen.

Ihre Freude über das, was ich ihr außer den Motorrädern hier bieten kann, war zwar nicht gerade bahnbrechend, aber das schiebe ich auf ihren gestrigen Zustand. Ich kann sie noch förmlich vor mir sehen, wie sie mit ihrem schwarzen Hoodie auf meinem Bett gehockt und mit gesenktem Kopf lediglich genickt hat.

Seit dem Moment, als ich auf ihr gekommen bin, hat sie mir nicht mehr in die Augen gesehen. Kein einziger verfluchter Blickkontakt.

Und dabei wollte sie es. Sie hat es deutlich ausgesprochen. Niemals würde ich eine Frau anfassen, die das nicht will. Sie hat nicht nur wörtlich zugestimmt. Sie hat es auch überaus deutlich gezeigt. So etwas kann man nicht vorspielen.

Was danach also genau ihr Problem war, kann ich mir beim besten Willen nicht vorstellen, und sie hat offensichtlich nicht vor, es mir zu sagen.

Trotzdem komme ich mir seitdem mit jeder weiteren Minute wie ein Riesenarschloch vor. Es fühlt sich an, als hätte ich sie zu etwas gedrängt, zu dem sie nicht bereit war. Nicht zuletzt, weil sie sich die ganze Nacht im Bett herumgewälzt und dabei wirklich gequälte Laute von sich gegeben hat. Sie wirkte nicht gerade entspannt und zufrieden und das kotzt mich an der Geschichte, ehrlich gesagt, am meisten an.

Stöhnend stehe ich auf und fasse mir an den unteren Rücken. Scheißsofa.

Nachdem Amaia mich nicht mal eines müden Blickes gewürdigt hat, habe ich mich freiwillig auf die Couch zurückgezogen, aber das werde ich sicher nicht noch eine Nacht machen. Heute stelle ich sie zur Rede. Dieses Hin und Her geht mir langsam auf die Nerven.

Vor mich hin knurrend mache ich mich auf den Weg zur Dusche. Heute liegt neben dem Rodriguez-Drama einiges an. Ich muss mich im Büro um das Wichtigste kümmern, Cy seinen wöchentlichen Bericht abliefern, im MC vorbeischauen und mit Colby die Termine für die Woche durchgehen. Aber zuerst brauche ich eine Dusche, einen Kaffee samt Zigarette und vor allem die Gewissheit, dass mein kleiner Schützling keinen Mist gebaut hat. Denn bevor ich sie nicht live und in Farbe gesehen habe, gehe ich nirgendwohin.

~

»Okay. Kann ich sonst noch irgendetwas für dich tun?«

Nathalie, meine Assistentin, die ich mir mit Colby teile, lächelt mich freundlich an. Ihre roten langen Haare trägt sie heute offen und jedes Mal, wenn sie den Kopf bewegt, atme ich den fruchtigen Duft ihres Shampoos ein. Sie ist hübsch. Keine Frage. Lange Beine, nette Brüste. Durchaus eine sexy Frau. Rein objektiv betrachtet. Für mich allerdings ist sie vollkommen uninteressant. Langweilig, um es auf den Punkt zu bringen. Brave Frauen reizen mich nicht. Ja klar, ich besorge es ihnen im Club. Gebe den Ton an und zeige ihnen, was ich will, aber so rein privat, würde ich mir niemals die Mühe machen, eine Frau wie Nathalie anzusprechen.

»Danke«, antworte ich im selben freundlichen Ton und erwidere ihr Lächeln. Da ich kein sexsüchtiges Arschloch bin wie mein großer Bruder, mag ich durchaus auch Menschen, denen ich nicht an die Wäsche will. Cy ist nur nett zu denen, die er auch vögeln möchte. »Du kannst dich den Rest des Tages mit Colby rumschlagen. Ich muss noch mal weg.«

Sie entblößt eine Reihe schneeweißer Zähne und strahlt mich nickend an.

»Dann sehen wir uns morgen, Caiden«, trällert sie. Dabei packt sie alle ausgebreiteten Schriftstücke wieder zusammen, die sie mir zur Unterschrift vorgelegt hatte. »Ich erledige die Rechnungen noch heute und überweise alles.«

Während sie mit ihrem tiefen Ausschnitt vor mir herumzappelt, kommt mir eine Idee.

»Ach«, sage ich und lehne mich in meinem Bürosessel nach hinten. Mein Büro ist nicht sonderlich groß, aber ich bin auch nicht so ein Vorzeigekasper wie Cyrus. »Eins gäbe es da vielleicht noch.« Nathalie hält in ihrer Bewegung inne. Sie bekommt nicht wirklich oft Aufträge von mir. »Haben wir die Möglichkeit, die Bankdaten einer Dame in Erfahrung zu bringen?«

»Hm, das müsste ich erfragen, aber ich glaube, es kommt ganz drauf an, für welchen Zweck.«

Die Stoppeln auf meinen Wangen kratzen, als ich darüberstreiche.

»Ich würde gern einer gewissen Amaia Rodriguez, wohnhaft Mariposa Avenue, zehntausend Dollar überweisen. Denkst du, das kriegst du irgendwie hin?«

Nathalie ist die Professionalität in Person, aber da ich sie recht clever einschätze, gehe ich davon aus, dass sie ahnt, was meine Brüder und ich alles so abseits des Hotellebens treiben. Dennoch legt sie ein möglichst neutrales Gesicht auf.

»Ich werde mein Bestes geben«, singt sie lächelnd.

Einen Augenblick denke ich darüber nach, sie außerdem zu bitten, einen Flug zu buchen. Aber da ich beim besten Willen nicht weiß, wohin, und mir zudem nicht vorstellen kann, dass Amaia darüber freudig in die Hände klatschen wird, verwerfe ich den Gedanken.

Mir ist durchaus bewusst, dass sie sich nicht gerade wohl in meiner Nähe fühlt. Sie aus dem Land zu schaffen, wäre das Beste für alle Beteiligten. Ich bin nur nicht sicher, ob es das Beste für mich ist. Denn ich will nicht, dass sie weggeht.

Es macht mich ja schon verrückt, dass ich selbst hier im Hotel nicht weiß, wo sie ist. Vor ungefähr einer Stunde bin ich kurz durch den Wellnessbereich geschlichen, konnte sie aber auf Anhieb nirgends entdecken.

Nathalie, die noch immer auf eine Reaktion meinerseits wartet, hebt fragend eine Augenbraue.

»Das wäre super«, sage ich hastig. »Danke. Und sag mir Bescheid, wenn du was erreicht hast.«

»Mach ich, Caiden.« Strahlend sucht sie in meinem Gesicht nach etwas, das ich ihr nicht geben kann.

Erst als sie mich endlich in meinem gläsernen Büro allein lässt, seufze ich gequält. Mein Blick fällt hinüber in das Chefbüro, das seit Wochen leer steht. Ich gebe es nicht gern zu, aber Cyrus fehlt mir. Ich habe noch nie den Rat meines großen Bruders gebraucht, aber es wäre momentan einfach ein gutes Gefühl, ihn hier zu haben.

Ein Lachen entweicht mir, das ich schnell unterdrücke, weil ich mir dämlich vorkomme, ganz allein vor mich hin zu kichern wie ein Idiot. Cy wüsste in jedem Fall, wo Amaia sich versteckt. Der Kontrollfreak hat jeden Winkel mit Kameras ausgestattet und lässt Harper seit ihrem ersten Tag keine Sekunde aus den Augen. Wenn sie das wüsste, würde sie ihm höchstwahrscheinlich die Haut vom Leib kratzen. Wobei es auch durchaus möglich ist, dass sie für ihn vor den Kameras eine Striptease-Show hinlegen würde. Unterm Strich ist meine Schwägerin nämlich genauso durchtrieben wie Cy.

Was die kleine Miss Rodriguez wohl zu unserem Club sagen würde? Stünde sie dem Ganzen genauso offen gegenüber?

Ich schüttle den Kopf, um wieder zu klaren Gedanken zu kommen und nicht länger darüber nachzudenken, wie ich Amaia auf einem Podest fessle.

»Oh wow! Du hier. Das ist ja wie Weihnachten!«

Colbys Anblick vertreibt mit dem ersten Schritt über die Schwelle sämtliche unanständigen Gedanken.

»Sehr witzig, Kleiner. Wirklich.«

»Ich wollte nur kurz sehen, ob du noch heil bist.«

Fragend falte ich die Hände vor dem Bauch. Für Außenstehende mache ich sicher einen tiefenentspannten Eindruck, aber innerlich bin ich kurz vorm Durchdrehen.

»Was meinst du?«

Wenn Colby von den neuesten Salazar-Drohungen weiß, checkt er definitiv auch, dass ich sie mit Amaia förmlich anlocke. Davon wird er sicher nicht begeistert sein.

»Na, dein kleines Kätzchen scheint durchaus Krallen zu haben«, stößt er lachend aus und lehnt sich mit einer Schulter gegen die Glaswand, die an Cyrus' Büro grenzt.

Seine immer länger werdenden blonden Locken kringeln sich um sein amüsiertes Gesicht. Er sieht lächerlich gut aus in seiner weißen Hose und dem hellbeigen Hemd. Wie ein typisches L. A. Model. Aber das ist es nicht, was mich gerade dazu bringt, auf meinem Stuhl nach vorne zu schnellen und aufzustehen. Es ist das, was er gesagt hat.

»Du hast sie gesehen?«, frage ich und stütze mich ungeduldig mit beiden Fäusten auf meinen Schreibtisch.

»Ich habe sie gesehen. Mit ihr einen Kaffee getrunken und sie anschließend in den Fitnessraum gebracht.«

»In den Fitnessraum«, wiederhole ich wie ein dummer Junge. Wahrscheinlich starre ich ihn auch mit dem passenden Gesichtsausdruck an.

»Gott, Caiden. Du hast echt keine Ahnung, wie man dieses Freundinnen-Ding durchzieht, oder?« Lachend stößt er sich von der Wand ab und lässt sich vollkommen entspannt in einen der Sessel vor meinem Arbeitsplatz sinken. »Vielleicht sollte ich dir ein bisschen Nachhilfe geben.« Mein Schnauben wird vom Klingeln eines Handys in seiner Hand unterbrochen. »Oder du fragst direkt den Meister persönlich.« Colby nimmt den Anruf entgegen und strahlt dabei über das ganze Gesicht. »Cy. Gut, dass du anrufst. Unser Bruder hat eine Frau angeschleppt und keine Ahnung, was er mit ihr anstellen soll.«

Zu meinem Glück kann ich weder Cyrus' Gesichtsausdruck sehen noch seine mit an Sicherheit grenzender Wahrscheinlichkeit fiese Antwort hören. Stattdessen plumpse ich zurück in meinen bequemen Chefsessel und vergrabe das Gesicht in den Händen.

Colby lacht über irgendetwas, das unser großer Bruder sagt.

»Haltet doch beide einfach die Klappe«, murmle ich leise, aber der Hosenscheißer lässt sich nicht im Geringsten davon beeindrucken.

»Hier.« Durch zwei Finger sehe ich, wie Colby mir lachend sein Smartphone hinhält. »Der Boss will wissen, wer sie ist.« Ich nehme meine Hände herunter, doch er zieht das Telefon zurück. »Und er kann dir auch erklären, wo du ihn reinstecken musst, damit deine Kleine nicht schon morgens so unentspannt ist.«

Im Hintergrund kann ich nicht nur Cy, sondern auch Harper lachen hören.

»Boah, ihr seid echt kacke!«, knurre ich. Statt Colby das Handy abzunehmen, stehe ich auf und gehe an ihm vorbei. Nicht, ohne selbst ein bisschen über den eigenartigen Humor meiner Familie zu lachen. »Sag Cy, er kann mich mal. Wenn er nicht aufpasst, zeige ich seiner Frau, wozu ein Clayton wirklich in der Lage ist, sobald sie wieder da sind.« Im Vorbeigehen schlage ich ihm brüderlich auf den Hinterkopf. »Und du hüte deine Zunge, du kleiner Penner.« Warnend sehe ich ihn an, verkneife mir aber einen dummen Spruch über Savannah. Die Wunden sind noch zu tief, um Scherze darüber zu machen. Ich bin schließlich kein völliger Idiot.

Ohne auf seine Reaktion zu warten, verlasse ich mein Büro und gehe mit großen Schritten auf den Fahrstuhl zu. Denn bei allem, was Colby von sich gegeben hat, frisst sich ein Gedanke durch alle anderen.

Amaia ist unentspannt.

Wenn mein nichtsnutziger Bruder das schon checkt, dann muss es wirklich schlimm sein.

Ohne groß nachzudenken, drücke ich die Dreiundzwanzig. Ich kann mir nicht vorstellen, dass Colby sie in den Fitnessraum für die Gäste geschickt hat. Ganz sicher ist sie in unseren privaten Trainingsräumen.

Obwohl unser Fahrstuhl ein High-End-Teil ist, dauert

es für mein Empfinden viel zu lange, bis ich endlich auf dem weichen Teppich durch den Gang getreten bin und vor der Glastür stehe, die in unser privates Sportparadies führt. Bislang habe ich mich immer für einen überaus geduldigen Mann gehalten, aber langsam zweifle ich daran. Wahrscheinlich stoße ich die Tür nur deshalb viel zu fest auf und muss mich zwingen, ruhig zu atmen, während ich den Geruch von Gummimatten und Saunaaufgüssen rieche.

Noch bevor ich um die Ecke biege, höre ich das gleichmäßige Schlagen gegen den Boxsack und verlangsame meine Schritte. Ohne ein Geräusch zu verursachen, schleiche ich um die Ecke und bleibe wie angewurzelt stehen.

Da ist sie.

Die Haare am Hinterkopf zusammengesteckt, nur einzelne verschwitzte Locken fallen ihr in die Stirn.

Sie trägt eine hautenge Leggings und einen Sport-BH. Und sie drischt verdammt noch mal mit bandagierten Fäusten auf meinen Boxsack ein, als wäre er ihr größter Feind.

Die bodentiefen Fenster lassen sie in der Vormittagssonne glänzen wie eine verfluchte Göttin. Ihre Haut schimmert feucht im Schein des Tageslichtes.

Links, rechts. Links, links, rechts.

Immer wieder schlägt sie in gleichmäßigem Rhythmus auf den Sandsack ein, der trotz seiner erheblichen Größe unter ihren Fäusten kräftig zuckt.

Ihr Atem geht hastig. Sie dreht sich, schwingt ihr Bein bis auf Kopfhöhe und verpasst dem Sack mit ihrem Fuß einen kräftigen Tritt.

Dummerweise fällt ihr Blick dabei direkt auf mich und sie erstarrt in ihrer Bewegung.

Traurig, dass die Show vorbei ist, setze ich mich mit langsamen Schritten in Bewegung und schlendere auf sie zu. Gemächlich einen Fuß nach dem anderen.

»Du kämpfst gut.« Meine Stimme klingt fremd und viel

zu laut in der Stille des hohen Raumes. »Ich glaube, das habe ich dir bisher nicht gesagt, oder?«

Ohne mich aus den Augen zu lassen, wischt sie sich mit dem Handrücken den Schweiß von der Oberlippe.

»Deine blutige Nase war Beweis genug, oder nicht?«, kontert sie in neutralem Tonfall. Dennoch meine ich, eine Spur Belustigung in ihrem Gesicht zu entdecken.

So richtig weiß ich nie, wie sie reagieren wird, wenn ich etwas sage oder tue. Amaia ist absolut unberechenbar.

»Stimmt«, bringe ich lachend hervor und halte den Boxsack mit beiden Händen fest. »Du hast feste Schläge drauf, daran gibt es keine Zweifel. Wer hat dir beigebracht, so zu kämpfen?«

Noch einmal wischt sie sich mit dem Unterarm über das Gesicht.

»Ich habe mit Selbstverteidigung angefangen, als ich vierzehn war.«

Ich beobachte sie mit Argusaugen, während ich langsam nicke. Verdammt, sie sieht verflucht sexy aus in ihren engen Sportklamotten und mit verschwitzter Haut.

»Respekt. Davon sollte sich jede Frau eine Scheibe abschneiden.«

»Wenn es keine Arschlöcher auf dieser Welt geben würde, müssten wir das gar nicht, oder?«

Sie nimmt Position ein und platziert ihre Rechte so fest im Boxsack, dass ich kräftig dagegenhalten muss.

»Da gebe ich dir vollkommen recht. Hast du deswegen damit angefangen? Weil es zu viele Arschlöcher gibt, die Mädchen wehtun?«

Knurrend wie ein wildes Tier schlägt sie noch einmal zu, ehe sie den Sack mit einer Schulter streift und an mir vorbeistapft.

»Wird das ein Verhör zu meiner Jugend? Glaub mir, darin gibt es nichts, was für dich und deinen Job relevant ist.« Allein die Art, wie sie redet und das Wort *Job* betont, lässt alle meine Alarmglocken schrillen. Ich möchte wetten, dass ich genau ins Schwarze getroffen habe.

»Okay. Dann lass uns über etwas anderes reden. Gestern zum Beispiel.«

Die Hände in die Hosentaschen vergraben, folge ich ihr in den offen gehaltenen Umkleidebereich. Da nur Cy, Colby und ich das Studio nutzen, gibt es hier keine Türen oder Ähnliches.

Der kleine, geflieste Raum verfügt über zwei Duschplätze und eine Bank zum Ankleiden.

Amaia bewegt sich, als wäre sie schon hundertmal hier gewesen. Auf der Bank liegen frische Sachen und ein Handtuch des Hotels. Offensichtlich war Colby mit der Führung schneller als ich.

»Was gibt es da zu reden?«, fragt sie über ihre Schulter. Dabei löst sie die Spangen aus ihrem Haar und schüttelt die wilde Mähne aus. Es juckt mich in den Fingern, an einer ihrer Locken zu spielen. Stattdessen grabe ich meine Hände noch fester in die Hosentaschen und lehne mich an die geflieste Wand. »Wir hatten Sex. Na und? Ich nehme nicht an, dass du noch Jungfrau warst und ich ein schlechtes Gewissen haben muss, oder?« Ihr Lachen klingt nicht wirklich echt. Gerade als ich den Mund öffnen will, um etwas zu erwidern, greift sie in ihren Rücken und löst den BH. »Also.« Ich kann mich kaum auf ihren Mund konzentrieren, weil ihre Brüste Erinnerungen an gestern Abend lebendig werden lassen. »Keine große Sache.«

»Keine große Sache?«, wiederhole ich. Ob das langsam zur Gewohnheit wird, dass ich wie ein Papagei alles nachplappere? Allerdings bleibt gerade keine Zeit, länger darüber nachzudenken, denn ich bin viel zu sehr damit beschäftigt, Amaia zu beobachten, wie sie – den Rücken zu mir gewendet – langsam aus ihrer Sportleggings steigt und mit anmutigen Schritten unter die Duschvorrichtung tritt. Nackt.

Heilige Scheiße!

»Ach herrje, du bist nicht wirklich eine Jungfrau gewesen, oder? Du siehst mich an, als wäre ich die erste Frau, die du jemals angefasst hast, Clayton. Habe ich deine Gefühle verletzt, weil wir hinterher nicht gekuschelt haben? Das ist einfach nicht so mein Ding.«

Ich weiß nicht, ob es die Art und Weise ist, wie sie sich über mich lustig zu machen versucht, oder die Dreistigkeit, mit der sie ihre Gefühlslage von gestern Abend überspielt. Ganz egal, was es ist, irgendetwas bringt meine Beherrschung zum endgültigen Erliegen.

Meine teuren Dior-Lackschuhe klackern auf dem gefliesten Boden, während ich, ohne zu zögern, auf sie zugehe.

Splitterfasernackt weicht Amaia zurück, nur um bereits nach einem Schritt von den weißen Fliesen in ihrem Rücken gestoppt zu werden.

»Denkst du, ich lasse mich von dir verarschen, Sweetheart?«, knurre ich und nehme ihr Kinn zwischen meine Finger.

Ihr Atem wird schneller und ihre Lider flattern kaum merklich. Sie hat Angst. Und so sehr ich es verabscheue, eine Frau zu verängstigen, so sehr genieße ich, die Oberhand für den Moment zurückzuerlangen.

»Wenn du die Kämpferbraut raushängen lassen willst – meinetwegen. Du willst die ganze Welt hassen und auf dem Motorrad für immer davonfahren? Auch gut. Aber«, hole ich aus und drücke ihren Kopf etwas weiter in den Nacken, sodass sie mich ansehen muss. »Wag es ja nicht, mich zu verarschen. Darauf stehe ich nämlich überhaupt nicht, Süße.«

Ein teuflisches Grinsen schleicht sich auf ihr Gesicht.

»Bist du dir da sicher?«

Ich beiße lediglich meine Kiefer zusammen. Der Rest von mir bleibt regungslos, als ich ihre Hand in meinem Schritt spüre.

Meinem harten Schritt! Was nicht zuletzt der triumphierende Ausdruck in ihrem Gesicht verrät.

»Wer weiß«, presse ich zwischen zusammengepressten Zähnen hervor. »Vielleicht habe ich einen Fetisch für zickige, kleine Biester.«

Mit meiner ganzen Größe presse ich ihren nackten Körper gegen die Wand. Ihre Haut löst den Sensor für die

Dusche aus und im nächsten Moment prasselt heißes Wasser über uns. Ich zucke nicht mal zusammen, lasse mich nicht im Geringsten stören und fixiere ihren Blick.

Wenn ihre Brust sich nicht viel zu schnell heben und senken würde, könnte man meinen, meine Nähe ginge spurlos an ihr vorbei. Aber dem ist ganz sicher nicht so. Dazu pulsiert das Blut viel zu kräftig in ihren Adern. Ihre Halsschlagader pocht in kräftigen Stößen gegen ihre süße Haut.

»Ich könnte dir noch einmal die Nase brechen«, droht sie, während das Wasser von ihren vollen Lippen perlt. Langsam werde ich das Gefühl nicht los, dass sie den Mund umso weiter aufreißt, je unsicherer sie ist.

Deshalb grinse ich sie breit an.

»Du könntest dich auch einfach ein weiteres Mal von mir ficken lassen. Ich bin sicher, das ist es, was du eigentlich willst. Du bist nur zu dumm, es zuzugeben.«

»Du nennst mich dumm, erwartest aber gleichermaßen, dass ich dich ranlasse?« Sie weicht meinem Blick aus. »Pah! offensichtlich bist du der Dumme von uns, Clayton.«

Statt auf diesen Blödsinn einzugehen, schiebe ich eines meiner Beine zwischen ihre.

»Sollen wir wetten, ob deine hübsche Pussy schon Spuren auf meiner scheißteuren Anzugshose hinterlässt, weil du es kaum erwarten kannst?«

Wütend wendet sie ihr süßes Gesicht ab. Die Verfärbungen an ihrer Lippe sind blasser geworden und auch das Jochbein schimmert nur noch schwach lila.

Wir wissen beide, dass ich recht habe. Sie turnt das hier genauso an wie mich. Fasziniert beobachte ich, wie das Wasser über ihre Brüste fließt.

»Ich wette nicht mit einem Scorpion, ihr spielt sowieso nicht mit fairen Mitteln.«

»Ah ja.« Ihre Provokation zu ignorieren, ist das einzig Sinnvolle. Stattdessen lege ich den Kopf in den Nacken und lasse das Wasser über mein Gesicht rinnen. »Vielleicht sollte ich dich dann einfach stehenlassen.« Meine Hand fährt ebenfalls zwischen uns. Ihre ruht noch immer auf meinem Ständer. Mit dem Mittelfinger fahre ich zart über ihre Spalte, ohne den nötigen Druck auszuüben. »Dann kannst du es dir selbst machen. Würde dir das besser gefallen, als von einem Scorpion genommen zu werden?«

Mit einem Grinsen im Gesicht schiebe ich mich zwischen ihre unteren Lippen und reize ihre Perle.

»Würde es«, keucht sie. Die Worte kommen nur gepresst zwischen erregtem Stöhnen über ihre Lippen. »Alles ist besser, als sich auf einen Scorpion einzulassen.«

»Sicher?«, bin dieses Mal ich es, der fragt, und gleite in ihre süße Pussy. Sie ist klatschnass auch ganz ohne die Dusche, was mich nur noch breiter grinsen lässt. Gekonnt krümme ich meinen Finger und finde den Punkt in ihr, der ihren Kopf vor lauter Lust nach hinten kippen lässt. Ich beobachte, wie die Tropfen sich einen Weg über ihren hübschen Körper suchen und mir helfen, sie zu liebkosen. Mein Daumen zieht währenddessen kleine Kreise über ihre Perle. »Ich denke, du weißt genau, was du willst. Aber du bist zu stolz, es zuzugeben.« Mit der freien Hand schiebe ich ihr die nassen Haare aus dem Gesicht und ziehe ihren Kopf zurück, um das Wasser vermischt mit dem Salz von ihrer verschwitzten Haut lecken zu können.

»Ich ... verflucht.«

Amaia stockt und außer ihrem hastigen Atem ist nur noch mein leises, triumphierendes Lachen zu hören, weil ich einen zweiten Finger hinzugenommen habe. Statt mir weiter etwas vorzuspielen, schlingt sie ein Bein um meine Hüften und macht es mir leichter, in sie einzudringen.

Ich ficke sie mit zwei Fingern gegen die Fliesen in der Dusche und versuche in ihrem Gesicht etwas anderes zu finden außer Begierde. Vielleicht Zuneigung oder Reue. Verzweiflung oder Angst.

Aber in ihren dunklen Augen steht nichts außer Erregung.

Wütend darüber, dass sie ihre Schutzmauern weiterhin aufrechterhält, dränge ich sie noch fester gegen die Wand und schiebe mich immer dringlicher in sie. Inzwischen bin ich komplett durchnässt, aber das ist mir scheißegal.

»Fuck, Clayton«, bringt sie flehend hervor und krallt sich eher widerwillig an meinen Schultern fest.

Mit jedem Laut, den sie von sich gibt, kocht die Wut in mir höher, und als sie schließlich zuckend an meinen Fingern kommt, bin ich stinksauer. Auf sie. Auf diese zickige, störrische Frau, die sich die größte Mühe gibt, wie ein Eisblock zu erscheinen. Aber vor allem bin ich wütend auf mich selbst. Weil ich meine verdammten Finger nicht von ihr lassen kann.

Zornig sehe ich sie an, sobald ihre Augen sich öffnen.

In dem Blick, den wir uns schenken, liegt so viel Unausgesprochenes. Emotionen, die wir beide offensichtlich nicht bereit sind, zu akzeptieren. Denn wenn ich ehrlich bin, weiß ich nicht, was ich machen sollte, würde sie mir am Rockzipfel hängen und mich anflehen, für sie da zu sein. Wäre ich tatsächlich bereit, eine Frau in meinem Leben zu haben? Bin ich der Typ Mann, der sich überhaupt um eine Frau kümmern könnte?

Die Wahrheit ist – ich weiß es nicht.

Langsam ziehe ich meine Finger aus ihr heraus. Der Orgasmus zuckt dabei noch in ihren Muskeln.

Ohne sie aus den Augen zu lassen, stecke ich mir meinen Mittelfinger in den Mund und lecke ihre Lust von meiner Haut.

Am liebsten würde ich genießerisch die Augen schließen und seufzen, doch ich verbiete es mir.

Stattdessen funkle ich sie böse an.

»Lüg. Mich. Nie. Wieder. An«, warne ich in leisem, aber eindringlichem Ton. »Wenn ich eins nicht ausstehen kann, sind das Frauen, die mir etwas vormachen.«

Und mit diesen Worten drehe ich mich um und lasse sie einfach stehen.

Befriedigt.

Nackt.

Nass.

Aber sicher genauso mies gelaunt, wie ich es selbst bin.

Was für ein Scheißtag!

Wenn ich doch einfach genug Kraft besitzen würde, um sie in einen verdammten Flieger ans Ende der Welt zu setzen.

Kapitel Siebzehn

AMAIA

Es fühlt sich an, als habe ich es verkackt.

Natürlich tut es das. Denn am Ende bin es in der Regel immer ich, die die Notbremse zieht. Und zwar völlig egal, ob ich damit einen kräftigen Auffahrunfall verursache oder nicht.

Meine Mundwinkel schmerzen schon, so sehr bemühe ich mich mit meinem falschen Lächeln um Schadensbegrenzung, als ich am Abend in dem schicken Restaurant des Claytons sitze. Erschöpft schiebe ich das rosige Stück Fleisch auf meinem Teller hin und her.

Die Situation scheint vollkommen surreal. Ich, in meinem engen weißen Jerseykleid zwischen den Claytons, die beide in Hemd und Anzughose wirken wie Armani-Models.

Caiden sieht mich während des Dinners nur an, wenn ich woanders hinschaue, aber ich spüre seine strafenden Blicke dennoch auf mir. Dabei kann ich es ihm nicht mal wirklich verdenken. Ich benehme mich wie eine zickige Bitch, und das, obwohl er im Grunde alles richtig macht. Immerhin ist er derjenige, der mich beschützt, und er ist derjenige, der immer wieder den Weg zu mir findet. Zum Dank habe ich nichts Besseres zu tun, als ihm die toughe Oberzicke vorzuspielen und alle Brücken zu zerschlagen, die er bereit ist zu bauen.

Wenn mir seine Nähe nur nicht solche Angst einjagen würde. Aber das tut sie. Weil ich in seiner Gegenwart etwas tief in mir drin spüre, an das ich niemals geglaubt habe und das ich auch nicht haben will. Etwas, das mich verletzlich macht. Mich klein und schutzlos zurücklässt, sobald das hier vorbei sein wird.

Nach gestern Abend habe ich mit aller Macht versucht, Caiden zu hassen. Ich habe es wirklich versucht, aber ich bin kläglich daran gescheitert.

Es fällt mir schwer, es zuzugeben, aber es macht mich fertig, dass er mich den ganzen Tag ignoriert hat. Wir sind uns im Laufe des Tages ein paar Mal über den Weg gelaufen, aber sein Blick war jedes Mal so eiskalt, dass ich mich schnell wieder verzogen habe. Das wiederum befeuert meine eigene Verzweiflung.

Und da ich leider nicht in der Lage bin, mit Emotionen umzugehen, verwandelt sich alles mit jeder weiteren verstrichenen Minute in Wut.

Mit Wut kann ich umgehen.

Wut kenne ich.

Wut ist mein ständiger Begleiter.

»Also«, sagt Colby und klatscht euphorisch in die Hände. Im Gegensatz zu Caiden hält er nicht eine Minute die Klappe. Wenn er nicht so witzig wäre, würde ich ihn ehrlich gesagt ziemlich nervig finden. »Was machst du sonst so, wenn du nicht gerade meinem großen Bruder den Kopf verdrehst?« Mit schief gelegtem Kopf wie ein verspielter Welpe sieht er auf meinen Teller. »Fleisch essen gehört offensichtlich nicht zu deinen Leidenschaften.«

»Colby«, warnt Caiden, doch ich ignoriere ihn. Schließlich macht er mit mir den ganzen Tag dasselbe. Gleiches Recht für alle.

»Ich stehe nicht gerade auf rohes Fleisch«, sage ich und lege mein Besteck endgültig nieder. Ich hatte nicht mal die Chance, einen Blick auf die Speisekarte zu werfen. Der Teller wurde mir einfach so vor die Nase gestellt. »Aber man bekommt im Leben wohl nicht immer das, was man will.«

Caiden stößt schnaubend die Luft aus, während Colby zwischen uns hin und her sieht.

»Oh, oh … ziehen etwa schon dunkle Wolken auf im Paradies? Das ging schnell. Aber in Anbetracht eures Zustandes vorgestern Nacht …«

»Halt einfach die Klappe.« Caiden winkt einen Kellner herbei, der unweit von uns auf seinen Einsatz wartet, um unsere Teller abzuräumen.

Colby scheint genauso gern gegen seinen Bruder zu rebellieren wie ich, denn er denkt offensichtlich gar nicht dran, sich an die lächerliche Drohung zu halten.

»Und woher kommst du, Amaia?«

»Ist es so unwahrscheinlich, zu glauben, dass ich aus Los Angeles komme?«, stelle ich eine Gegenfrage.

»Was sie dir eigentlich sagen will, ist, dass ihre Mutter Mexikanerin war. Aber sie ist so darauf fixiert, dass jeder Mensch, insbesondere die Männer, rassistisch veranlagt ist, dass sie es gar nicht in Erwägung zieht, dass du nur aus reiner Freundlichkeit fragst.«

»Ähm.«

Ich lasse Colby keine Chance, zu reagieren.

»Ich bin also auf rassistische Menschen fixiert?« Ein hysterisches Lachen meinerseits sorgt dafür, dass das Pärchen am Nebentisch sich zu uns umdreht. »Das sagt ausgerechnet der Kerl, der die Drecksarbeit für einen Rassisten erledigt.« Wütend sehe ich Colby an. »Die Drecksarbeit in dem Fall bin übrigens ich.«

Caidens zorniges Knurren fühlt sich nicht so nach Genugtuung an, wie ich es mir vorgestellt habe.

»Wenn du weiter so rumzickst, wird es tatsächlich zur Drecksarbeit.« Die Worte kommen erstickt über seine Lippen.

»Wenn du dich weiter benimmst wie ein Riesenarschloch, entpuppt Salazar sich definitiv als die bessere Wahl«, keife ich.

Das hat zur Folge, das Caiden seufzend die Augen schließt und ein »Fuck« murmelt. Colby hingegen reißt die Augen weit auf und starrt mich an.

»Was hast du mit dem Kartell zu schaffen?«

»Ich? Gar nichts, im Gegensatz zu euch.«

»Cai?«, fragt er. Ihm ist jegliche Gesichtsfarbe entwichen.

Caiden holt tief Luft, dann sieht er mich mit einem Blick an, der sagt ›schönen Dank auch‹.

»Sie ist Big Browns Nichte. Delgado hat sich offensichtlich zur Aufgabe gemacht, seine Familie zu killen. Also passe ich auf sie auf, bis es vorbei ist.«

Wie die Brüder sich auf diese Weise ernst ansehen, erkenne ich zum ersten Mal die Ähnlichkeit zwischen ihnen. Zwar wirkt alles an Caiden düster und mysteriös, wohingegen Colby der lustige Hampelmann ist, aber sie können ihre gemeinsame Herkunft nicht verleugnen.

»Warum?«

»Das ist eine ausgezeichnete Frage«, sage ich mit einem viel zu schrillen Lachen.

Die Männer sehen mich nicht an. Stattdessen scheinen sie stumm eine Diskussion zu führen, an der ich nicht teilhaben darf.

»Er fordert von Brown meinen Kopf.«

»Fuck!«, brüllt Colby laut und lässt sein Gesicht verzweifelt in die Hände sinken. Alle Blicke im Restaurant sind auf uns gerichtet.

»Moment«, gehe ich leise dazwischen. »Was? Was meinst du mit, er fordert deinen Kopf?«

Beinahe in Zeitlupe wendet sich Caiden mir zu. Wut und Zorn dominieren seine Augen, die jetzt gerade viel dunkler wirken als sonst.

»Delgado. Er will mich. Brown soll mich ausliefern oder er fängt an, alle Frauen des MCs kaltzumachen.«

»Und das sagst du erst jetzt?«

Mit geballten Fäusten starrt er mich an.

»Du wusstest das. Ich habe es dir gesagt.«

»Du sagtest, wir sitzen im selben Boot. Nicht, dass ich deinetwegen untergehe.«

Erschöpft streicht Caiden sich über das Gesicht.

»Ich wiederhole mich nur ungern, Sweetheart. Aber je weniger du weißt, desto besser für dich.«

»Hallo?« Colby geht zwischen unseren Schlagabtausch. Seine Nasenflügel beben bei jedem Atemzug. »Du sagst mir jetzt sofort, was da los ist.«

Ergeben schüttelt Caiden den Kopf. »Delgado fordert meinen Kopf von den Scorpions. Und er gibt sich offensichtlich nicht mehr nur mit leeren Drohungen zufrieden. Sie waren es, die Amaia vorgestern angegriffen haben. Sie wollen Köpfe sehen und am liebsten unsere.«

»Wow«, flüstere ich. Keine Ahnung, was ich mit dieser Information anfangen soll. Ja, ich wusste, dass er in der Sache mit drinhängt, aber nicht, dass der gesamte MC sich möglicherweise gegen ihn stellen könnte. Damit wäre er so gut wie tot.

Die Gedanken preschen aus allen Richtungen auf mich ein.

Beschützt er mich also nur, um seine eigene Haut zu retten?

Er schwebt also wirklich in Gefahr. Wahrscheinlich sogar mehr.

Ändert das irgendetwas?

Könnte ich damit leben, wenn ihm etwas zustößt?

»Und das alles meinetwegen«, jammert Colby und seine Augen glänzen verdächtig.

»Du kannst nichts dafür.« Caiden klopft seinem Bruder auf die Schulter. »Mach dir keinen Kopf, Kleiner. Ich krieg das hin.«

Nun sehe ich zwischen den beiden hin und her. Sein Bruder hatte offensichtlich keine Ahnung von alldem.

Großartig. Ein weiterer Punkt auf der Liste von Dingen, wegen deren ich ein schlechtes Gewissen haben sollte.

»Weiß Cy davon? Wenn er das hört ...«

»Er weiß es nicht.« Wütend blitzt Caiden kurz in meine

Richtung. »Und das bleibt auch so. Ich kriege das auch ohne ihn hin.«

Entgeistert sehe ich ihn an.

»Und wie? Du hast gesagt, dieser Typ ist ein Geist.«

»Ist er«, bestätigt Colby. »Und wenn er auftaucht, dann ist er so gut bewacht, dass niemand auch nur eine Chance hat, in seine Nähe zu kommen. Wer es versucht, ist tot. Da helfen auch die Biker nichts.«

So wie er das Gesicht verzieht, teilen wir die Antipathie gegen den MC, was ihn mir gleich viel sympathischer macht.

»Okay. Es ist weder die Zeit noch der Ort, um uns darüber Gedanken zu machen. Ich werde einen Weg finden. Bis dahin ist Amaia hier sicher und du auch. Ich habe das Security-Team angewiesen, noch einmal die Sicherheitsmaßnahmen zu verschärfen. Hier kommt niemand rein, der nicht per Personalausweis ein Zimmer gebucht hat und überprüft wurde.«

»Und im Club?«

Ich sehe zu Colby, der von Caidens Worten noch nicht überzeugt zu sein scheint.

»Die Leute werden langsam misstrauisch, aber noch läuft der Laden. Wir müssen einfach noch vorsichtiger sein. Nur noch ausgewählte Gäste und mehrfach überprüftes Personal.«

»Was für ein Club?«, frage ich, weil ich kurz dachte, sie reden von den Scorpions.

Colby presst die Lippen aufeinander und sieht zwischen uns hin und her.

Caiden funkelt mich an. Der Ausdruck in seinen Augen lässt keinen Zweifel daran, wie wütend er gerade ist.

»Wir haben im Keller einen exklusiven Club. Nur für geladene Gäste«, antwortet Colby, doch mein Blick bleibt bei seinem großen Bruder.

Ich weiß nicht, ob ich es mir einbilde, aber ich meine, die Spur eines diabolischen Grinsens in seinem Gesicht gesehen zu haben. Es ist genauso schnell wieder weg, wie es gekommen war.

»Sex«, sagt er, ohne eine Miene zu verziehen. »Wir bieten dort vor allem Sex. Angestellte, Freiwillige und wir selbst ebenfalls. Die Frauen bezahlen ein Vermögen, um die Clayton Brüder ficken zu dürfen.«

Ich weiß nicht, ob Colby nach Luft schnappt oder das Geräusch von mir kommt.

»Was denn?«, stößt Caiden amüsiert aus und nimmt einen Schluck aus seinem Kristallglas. »Es ist doch nur Sex, nicht wahr? Keine große Sache. Oder doch?«

»Was? Nein. Nein!«, antworte ich viel zu hastig. »Sex ist gut. Ich mag Sex. Sex ist super. Ich …«

»Okay. Wow. Ihr zwei seid echt schräg«, unterbricht Colby mich mit einer Spur Abscheu in der Stimme. »Keine Ahnung, was da zwischen euch abläuft, aber es ist eindeutig schräg.«

»Da gebe ich dir vollkommen recht.«

»Ihr erzählt mir, ihr zwei seid Stricher, aber ich bin schräg?«

»Erstens, Schätzchen, ich sagte *ihr* seid schräg, und zweitens, nenn mich nie wieder einen Stricher. Du hast keine Ahnung, was wir dort unten auf die Beine gestellt haben.«

Einen Augenblick sehe ich ihn an, dann kommt mir eine Idee. Dieses Mal bin ich diejenige, die teuflisch grinst.

»Nein«, sagt Caiden, bevor ich überhaupt den Mund aufmachen kann.

Ich ignoriere ihn.

»Dann zeig es mir.« Euphorisch grinse ich Colby an. »Ich will es sehen.«

»Du willst in den Club?«, fragt er und sieht skeptisch zu seinem Bruder.

»Nein«, wiederholt dieser. Seine Hände formen riesige Fäuste.

»Wenn dein Bruder mich einladen will, ist das nicht

deine Entscheidung«, halte ich dagegen. »Außerdem, was hast du für ein Problem? Es ist schließlich nur Sex.«

Ohne jegliche Vorwarnung prescht er vor und legt seine große Hand in meinen Nacken. Grob zieht er mich vor sein Gesicht. Wahrscheinlich sollte es mir Angst einjagen, doch alles, was durch meine Adern fließt, ist Aufregung. Und Erleichterung, weil er mich endlich wieder so ansieht wie gestern.

»Erstens«, warnt er mit dunkler Stimme, »ist es meine Entscheidung. Mein Club. Meine Entscheidung. Und zweitens – wenn du glaubst, dass ich dabei zusehe, wie du für meinen kleinen Bruder die Beine breitmachst, dann hast du keine Ahnung, wer ich bin.«

Statt mich gegen ihn zu wehren, drücke ich mich enger an ihn. Es ist mir egal, dass vermutlich alle um uns herum starren und sein Bruder mit am Tisch sitzt.

»Aber wenn ich für dich die Beine breitmache, ist es okay?«, frage ich zickig. »Gestern hast du dich über meine Bereitschaft nicht beschwert.«

»Wow. Eindeutig zu viele Informationen, Leute.« Im Augenwinkel sehe ich, wie Colby ergeben die Hände hebt.

»Wenn du in den Club willst, wirst du dort unten nur einen Schwanz in dir spüren, und das ist meiner«, droht Caiden und ich spüre, wie mein Unterleib sich sehnsüchtig zusammenzieht. Leider ist mein Kopf nicht ganz so fix in seiner Entscheidung.

»Und du denkst, das ist deine Entscheidung?«

»Ich denke, dass du dich längst entschieden hast«, knurrt er. Sein Blick wandert zwischen meinen Lippen und meinen Augen hin und her. »Du bist nur viel zu blockiert, um es zuzugeben.« Obwohl mein Mund staubtrocken ist, schlucke ich.

Mein Atem beschleunigt sich. Ich weiß, dass er mich gleich küssen wird. Ich sehe es an der Art, wie er mich ansieht. An der Weise, wie er seinen Kopf leicht schief legt und seine Lippen sich langsam meinen nähern.

Und ich will es.

Wirklich.

Aber ich ... ich habe ...

Nichts mehr.

Denn als sein Mund sich fest auf meinen presst, sind all meine Gedanken ausgeknipst. Da sind nur noch seine Lippen und meine, die aufeinanderliegen. Unsere Münder, die sich finden und zusammenpassen wie lang gesuchte Puzzleteile. Mein Unterbauch krampft sich voller Sehnsucht zusammen, als seine Zunge sich einen Weg in meinen Mund bahnt und mich vollkommen willenlos macht. Dieser Kuss ... er macht mich schwach. Er nimmt mir alle Energie und doch gibt er mir alles, was ich brauche. Alles, was ich gebraucht habe, ohne es überhaupt zu wissen.

Geborgenheit.

Zuneigung.

Wärme.

Seufzend schiebe ich mich enger an Caiden, was ihm ein entzücktes Brummen entlockt.

Meine Zunge nähert sich seiner. Macht sich mit ihr vertraut und geht eine Verbindung ein, die ich verbal niemals zustande bringen könnte. Weil mich tatsächlich etwas blockiert. Mein Leben.

Als seine großen Hände mein Gesicht umfassen, schließe ich die Augen, um die Gefühle auszusperren, die diese intime Geste in mir auslöst. Stattdessen kralle ich mich an seinen Schultern fest und küsse ihn um den Verstand.

»Ich sag ja ...«, höre ich Colby wie durch Nebel, »... total schräg.«

Ich glaube, dass er aufsteht und seinem Bruder im Vorbeigehen auf die Schulter klopft, doch dieser scheint sich nicht im Geringsten davon ablenken zu lassen, einen verbotenen Tanz mit meinem Mund zu vollführen, den ich bis in die Zehenspitzen spüre.

Wie zwei Teenager sitzen wir da und knutschen. Ich weiß nicht, wie viel Zeit währenddessen vergeht. Minuten, vielleicht länger. Ich weiß nur, dass die Monster in meinem

Inneren sich schlafen gelegt haben, als Caiden sich schließlich von mir löst.

Seine Lippen sind gerötet und glänzen feucht im Licht des schicken Restaurants.

Sanft schiebe ich ihm eine Strähne aus dem Gesicht, senke jedoch anschließend schnell den Blick, weil ich das Gefühl habe, dazu kein Recht zu haben.

Mit einem Finger unter meinem Kinn, bittet er mich stumm, ihn anzusehen. Seine Stimme klingt belegt, als er irgendwann zu sprechen anfängt.

»Willst du den Club wirklich sehen?«

Ich muss nicht lange darüber nachdenken.

Ja, es war keine Lüge, als ich sagte, es sei nur Sex. Ich musste niemals lernen, Sex von Gefühlen zu trennen, da ich nur das eine ohne das andere kenne. Und der Sex mit Caiden ist verdammt gut. Außerdem scheinen wir ohne Worte wesentlich besser miteinander klarzukommen. Solange er es schafft, mein Hirn auszuschalten, habe ich keine Chance, darüber nachzudenken, wer er ist und wo all das hinführen soll. In dieser Zeit kann ich es tatsächlich genießen. Immerhin könnte derzeit jeder Tag mein letzter sein. Egal, wie lange ich gegen den Boxsack schlage oder im Pool Bahnen ziehe. Ich werde diese unterschwellige Nervosität einfach nicht los. Vielleicht ist dieser ominöse Club der Schlüssel zu meiner Entspannung.

Ich wusste vom ersten Moment an, dass Caiden wie eine Droge auf mich wirkt. Tja, ich befürchte nur, für Vernunft ist es zu spät. Denn wenn ich ganz ehrlich bin, bin ich doch längst abhängig von ihm.

Deswegen verziehen sich meine Lippen zu einem breiten Grinsen, als ich nicke.

Wenn die Mexikaner meinem trostlosen Leben ein Ende bereiten sollten, dann habe ich vorher wenigstens noch einmal so richtig gelebt.

Kapitel Achtzehn

CAIDEN

Ich bin mir nicht sicher, ob das eine gute Idee war.

Der Gedanke macht sich mehr und mehr in mir breit, dass mir diese ganze Scheiße schon bald um die Ohren fliegen wird und ich nichts, aber auch rein gar nichts dagegen tun kann.

Colby weiß Bescheid.

Er hat nur so locker getan, um sich nichts anmerken zu lassen, aber ich bin sicher, noch bevor die Sonne wieder aufgeht, liegt er vollgekokst in irgendeiner Ecke und heult sich wie ein Baby die Augen aus. Dieser ganze Mist ist zu viel für ihn. Ich wollte ihn davor bewahren. Trotzdem kann ich Amaia keine Schuld geben. Zum einen, weil ich von Anfang an nicht mit völlig offenen Karten gespielt, zum anderen, weil ich ihr Verhalten ja quasi provoziert habe. Mein eigenes Benehmen heute war eine Katastrophe. Es hat lediglich bewiesen, dass ich mit Cy verwandt bin.

Während ich nun den silbernen Vorhang zur Seite schiebe und Amaia mit einer Hand auf dem unteren Rücken in den Barbereich des Clubs führe, wird mir erst vollständig bewusst, was ich hier tue. Ich bringe eine völlig Fremde her und weihe sie in unsere strengsten Geheimnisse ein. Und das kein Jahr nachdem eine Frau, die angeblich nur auf Sex aus war, unsere Familie sabotiert hat.

Herzlichen Glückwunsch, Caiden. Damit geht der Preis für grenzenlose Dummheit heute wohl an dich.

Das Problem des ganzen verdammten Abends ist, dass ich nicht mehr klar denken kann. Nicht, wenn *sie* in der Nähe ist, und schon gar nicht mehr, seit wir uns geküsst haben. Dieser Kuss war so viel mehr als nur Sex. Er war voll Gefühl. Bis auf den grenzenlosen Zorn und die Freude über meine Suzuki, war es die erste menschliche Regung, die Amaia mir gegenüber zugelassen hat. Und ich vertraue ihr.

»Das sieht nicht gerade wie ein Sexclub aus«, murmelt sie leise vor sich hin, als ich sie ansehe.

Ich lege mir die Faust auf die Lippen, um mein amüsiertes Grinsen zu überdecken.

»Ungeduldig?«, frage ich und nehme meine Hand herunter, um sie an meinem Lächeln teilhaben zu lassen.

»Ich habe mir einfach ... ich weiß nicht ... mehr vorgestellt.«

»Okay.« Wissend schmunzle ich in mich hinein. »Du willst mehr?« Ich deute mit dem Kinn den dunklen Gang entlang, der aus der Bar führt. »Du kriegst mehr.«

Ihr Lächeln wirkt unsicher, aber mutig, wie sie ist, schreitet sie mit großen Schritten voraus. Ihr Look hebt sich komplett von dem der anderen weiblichen Gäste ab. Anstelle von schicken Pumps oder High Heels trägt sie Bikerstiefel, deren Schnürsenkel sie nicht mal gebunden hat. In Kombination mit dem weißen Kleid, das nichts von dem, was darunter liegt, offen lässt, sieht sie für mich aus wie die perfekte Frau. Sie ist so verdammt sexy. Aber vor allem echt. Sie versucht nicht, etwas darzustellen, das sie nicht ist, und damit ist sie selbst mir um Längen voraus.

Sobald sie in den Showroom tritt, stocken ihre Schritte und ich löse meinen Blick zum ersten Mal von ihrem Hintern, um ihre Reaktion zu beobachten.

Ihre Lippen sind leicht geöffnet und ihre prallen Brüste heben sich in dem engen Stoff hastig unter jedem Atemzug.

»Gefällt dir das?«, flüstere ich von hinten in ihr Ohr, was sie sichtlich zum Erschauern bringt. »Ich habe immerhin schon ein Steak bestellt, ohne dich zu fragen, was du magst. Diesen Fehler werde ich sicher nicht wiederholen.«

Ihre Augen scheinen förmlich an dem hohen Podest festzukleben, auf dem gerade eine Show gezeigt wird. Amy-Sue und Dennis sind beliebt auf den Podesten. Weil sie kaum Grenzen kennen.

In diesem Moment hängt die hübsche Blondine in einer Schaukel fixiert, während Dennis sie an den Rand des Wahnsinns bringt. Ihre Hände und Füße sind mit Stachelbändern fixiert, die Augen verbunden, in ihrem Mund steckt ein Knebel.

»Ich weiß nicht«, antwortet Amaia leise und zeitverzögert auf meine Frage. Sie legt den Kopf leicht schief, als Dennis einen Analplug in Amy-Sues hübschen Hintern einführt.

»Komm. Setzen wir uns«, schlage ich vor und deute auf ein freies Sofa etwas abseits der Bühne.

Amaia folgt mir, doch ich bemerke an ihrer Haltung, dass die Show sicher auch nicht das ist, was sie erwartet hat.

»Amy-Sue ist alleinerziehende Mutter. Das hier bringt ihr mehr Geld als jeder Job, den sie tagsüber leisten könnte.«

Etwas verstört sieht sie mich an.

»Sie ist eine Prostituierte.«

»Ist das eine Frage?« Amüsiert nehme ich ihre Hand in meine, weil sie die ganze Zeit am Saum ihres Kleides spielt. »Keine Ahnung, ob sie sich offiziell als Prostituierte betiteln möchte. Sie hat gern Spaß. Sie und Dennis sind auch im normalen Leben ein Paar und sie macht fast tausend Dollar die Nacht.«

»Tausend Dollar?«, kreischt Amaia. Ein älterer Herr in der Reihe vor uns dreht sich zu uns um. Ich winke ihm entschuldigend zu.

»Es ist nur Sex«, benutze ich ihre Worte von heute Morgen schon zum zweiten Mal.

»Tust du … das auch?«

Lächelnd sehe ich hoch auf das Podest. »Meinst du, Amy-Sue fisten oder tausend Dollar verdienen?«

Neugierig sieht sie zurück zur Bühne, ehe sie mit einer Schulter zuckt.

»Äh … beides?«, fragt sie und wendet zum ersten Mal ihren Blick von der Bühne ab.

Es ist entspannend, zur Abwechslung mal über etwas anderes zu reden als die Scorpions, die Mexikaner oder das Dilemma, in dem wir stecken. Die Musik und das über Lautsprecher klingende Stöhnen übertönt unser Gespräch für die anderen Zuschauer.

Lachend rutsche ich ein bisschen näher an sie heran.

»Wer einen von uns will, muss wesentlich mehr hinlegen als tausend Dollar, Sweetheart. Und nein. Ich habe keinen Sex mit den Frauen, die hier arbeiten, und auch nicht auf der Bühne. Wir drei Brüder sind … sagen wir … exklusiver. Und meist auch nur zu zweit zu bekommen. Früher zu dritt, aber Cy ist raus aus der Nummer, seit er Harper hat. Dafür treiben die beiden es inzwischen gern zusammen auf der Bühne.«

»Du hast deine Brüder schon beim Sex gesehen?«

Um nicht laut loszulachen, lege ich mir eine Hand auf den Mund und streiche über meine Bartstoppeln.

»Es ist …«

»Nur Sex. Jaja, ich weiß.«

Noch immer recht amüsiert darüber, dass ich es geschafft habe, ihr den Wind etwas aus den Segeln zu nehmen, ziehe ich sie zu mir.

»Es gibt eine Menge Räume, in denen man ungestört ist und alles ausprobieren kann, wonach einem der Sinn steht. Zudem eine Spielwiese, auf der die Leute es wild durcheinander treiben.«

»Einfach so? Zum Spaß?«

»Einfach so. Zum Spaß.«

Neugierig dreht sie ihren Kopf in alle Richtungen.

Währenddessen lasse ich meinen Zeigefinger langsam über ihren nackten Oberschenkel fahren. Den ganzen verdammten Tag schon kann ich nur an ihren Geschmack auf meiner Zunge denken.

»Ich will dir im übertragenen Sinn nicht wieder das falsche Essen bestellen. Du musst mir schon sagen, was du willst, aber wenn du mich fragst, dann macht mich die Vorstellung, dich gefesselt und wehrlos vor mir zu haben, verdammt scharf.«

Es war kein Versehen, dass ich das Wort wehrlos gewählt habe. Mir war klar, dass es sie aus ihrer Schockstarre holen würde. Schutzlos zu sein, ist aus irgendeinem, mir noch unklaren, Grund ein Trigger für sie.

»Das wird niemals passieren«, schnaubt sie. Ihr Blick fällt auf meine Hand, die langsam unter ihrem Kleid verschwindet. »Wie wäre es, wenn stattdessen ich dich in Fesseln lege?«

»Hm«, brumme ich und lehne mich vor, um meine Nase ihren Hals entlanggleiten zu lassen. »Das klingt ebenfalls durchaus reizvoll.«

Sie drückt mich bei den Schultern zurück, um mir ins Gesicht zu sehen. »Ist das dein Ernst?«

»Ja.« Meine Fingerspitzen streicheln über ihren Slip und ich kann spüren, wie feucht sie darunter bereits ist. »Ich bin nicht eins dieser Kontrollarschlöcher, die sagen müssen, wo es lang geht.« Was ich eigentlich sagen will ist: Ich bin nicht wie Cyrus. Aber das verkneife ich mir. Amaia kennt meinen großen Bruder nicht und ich fürchte, sie wären nicht gerade Freunde.

»Dann würdest du zulassen, dass ich dich fessle? Nackt und hilflos? Ich könnte mit dir machen, was ich will?«

Zum Beweis halte ich ihr beide Handgelenke hin.

»Ich gehöre ganz dir, Baby.«

Etwas lodert in ihren Augen auf. Ich zögere keine Sekunde und ziehe sie mit mir in den Stand. Offensichtlich haben wir etwas gefunden, das ihr mehr Freude bereitet als ein blutiges Stück Angus.

Meine Finger fest mit ihren verschränkt, steuere ich schon fast im Laufschritt das erste freie Zimmer an.

Es ist ein gut ausgestatteter Playroom ohne Publikum oder anderen Schnickschnack.

Das Licht ist gedimmt, leise Musik erfüllt den Raum und die Temperatur ist angenehm.

»Das hier ist …«

Ich komme nicht dazu, weiterzusprechen, denn Amaia überrumpelt mich vollkommen. Schwungvoll drückt sie mich gegen die Wand und presst ihren Mund auf meinen.

Es dauert einen Moment, bis ich schalte, aber dann lege ich meine Arme sofort um ihren sexy Körper und ziehe sie noch enger an mich.

»Ich will das«, bringt sie erstickt hervor, sobald unsere Münder sich kurz voneinander lösen. »Das, was du gesagt hast.«

»Du willst mich«, präzisiere ich grinsend. Wahrscheinlich sollte mich diese Erkenntnis nicht derart freuen.

»Gefesselt. Nackt. Ausgeliefert«, keucht sie und fummelt dabei hektisch an meinem Gürtel herum.

»Und dann? Was hast du mit mir vor, Sweetheart? Sag es mir.«

Verdammt, ich stehe auf Dirty Talk. Sehr sogar.

Ich sehe dabei zu, wie sie meine Hose öffnet und sie mir samt Shorts bis in die Kniekehlen schiebt.

»Ich weiß nicht«, haucht sie.

Meine Lider flattern, als ihre warmen Finger sich um meinen Schwanz legen. Ich bin schon jetzt so verdammt hart, dass ich keine Ahnung habe, wie lange ich dieses Spiel durchhalte.

»Sag es«, fordere ich und streife ihr in einem Rutsch das Kleid über den Kopf. »Heilige Scheiße«, keuche ich.

Sie folgt meinem Blick und schaut an sich herunter. In der weißen Spitzenunterwäsche und den Bikerstiefeln sieht sie aus wie eine Göttin. Eine Göttin für jeden Mann, der schon mal auf einer Harley gesessen hat.

Als sie wieder aufblickt, liegt etwas Verdorbenes in ihren dunklen Augen.

»Ich will dich anfassen, ohne dass du mich anfassen kannst.« Ihre Finger lösen sich von meinem Schwanz und fahren unter mein Shirt. »Und ich will dich reiten. Ich will …«

»Die Kontrolle«, vervollständige ich ihren Gedanken, nachdem sie nicht weiterspricht.

Die Vorstellung, wie sie sich von mir nimmt, was sie braucht, macht mich verdammt scharf. Meinetwegen kann sie mich in Ketten legen.

»Ja«, stößt sie keuchend aus.

Unsere Blicke treffen sich und offenbar haben wir einen Deal. Unsere hastigen Bewegungen schaffen es in Rekordgeschwindigkeit, mich vollständig auszuziehen.

Ich dränge Amaia küssend in den Raum herein, bis sie mit dem Hintern gegen die Kommode stößt, in der sämtliche Utensilien für unsere gemeinsame Fantasie zu finden sein sollten.

»Hier«, sage ich und schiebe sie auf die Seite, um die oberste Schublade aufzuziehen. »Wähle weise«, warne ich mit einem Lächeln auf den Lippen.

»Ich will auf jeden Fall die.« Siegessicher greift sie nach einem Paar klassischer Handschellen. »Die hättest du schon vor Tagen verdient.« Nachdem unser Lachen verklungen ist, sieht sie etwas verunsichert auf die Schließen aus Metall und schüttelt leicht den Kopf. »Ich …« Unsere Blicke treffen sich erneut. »Ich habe so etwas noch nie gemacht. Keine Ahnung, wie das funktioniert.«

»Im Prinzip ist es ganz einfach. Siehst du.« Ich drücke die Handschellen vor ihren Augen einmal zu und öffne sie mit dem noch steckenden Schlüssel.

Als ich sie ihr in die Hand gebe, lasse ich meine Finger über ihre Nippel wandern, die durch den feinen Spitzenstoff hindurch schimmern.

»Gott, du bist wunderschön«, murmle ich vor mich hin. Als sie nicht weiter reagiert, halte ich ihr meine Handgelenke hin. »Es wird ein Geschenk sein, sich von dir benutzen zu lassen.«

Seit sie auf der Hayabusa gefahren ist, habe ich sie nicht mehr richtig lächeln gesehen. Kein Wunder, immerhin versucht ein Kartell, sie auszulöschen, und dass ich nicht gerade ihre Nummer eins unter den Menschen bin, ist mir inzwischen auch klar. Sie hat keine Gelegenheit ausgelassen, das zu verdeutlichen. Vielleicht empfinde ich deshalb eine Art tiefliegenden Stolz, als ihre Lippen sich zu einem zarten Grinsen verformen, das immer breiter wird, als ich ihr die Handschellen zurück in die Hand drücke.

»Leg dich hin«, befiehlt sie.

Ihre schlanken Finger finden den Weg zu meinem Oberkörper und schieben mich so weit, bis ich den Rand des Podests an meinen Beinen spüre, das sich anstelle eines Bettes in der Raummitte befindet.

Ohne sie aus den Augen zu lassen, sinke ich langsam auf die weiche gepolsterte Oberfläche. Der warme Stoff fühlt sich vertraut an auf meiner Haut. Ich kenne diese Räume wie meine Westentasche. Allerdings habe ich noch nie zuvor jemandem die Kontrolle überlassen. Vielleicht gab es das ein oder andere Mal, bei dem Cy die Führung übernommen hat, aber niemals hat eine Frau frei nach ihrem Ermessen über mich verfügen dürfen.

Das ist neu.

Und ich kann es kaum erwarten, herauszufinden, was mein kleiner Ninja-Kämpfer mit mir anstellen wird.

Kapitel Neunzehn

AMAIA

Ich hatte schon viele Männer.

Es waren hübsche dabei und weniger hübsche. Einige schienen klug zu sein, andere konnten nicht mal zwei zusammengehörige Sätze herausbringen. Mir war das egal. Schließlich wollte ich niemals mehr als ihre Körper. Für Minuten oder maximal Stunden.

Hin und wieder war der Sex fast zärtlich, meistens aber grob und wild. Ich bin nicht immer gekommen. Manchmal ja, manchmal nein. Um ehrlich zu sein, war es öfter nein als ja.

Von einem Mann wie Caiden genommen zu werden, ist schon an sich etwas ... sagen wir Besonderes. Schlichtweg, weil er eine enorme Erscheinung darstellt. Er ist wesentlich größer als die meisten Männer, die ich hatte, und diese Wildheit in seinen Augen ist absolut einzigartig. Von seinem wirklich perfekten Körperbau mal ganz zu schweigen.

Ihn aber vor mir liegen zu sehen. Nackt und erregt, nur darauf wartend, dass ich seine Hände in Handschellen lege, ist wie ein sexueller Traum, den jede Frau einmal erlebt haben sollte.

Unter all den Männern, mit denen ich Sex hatte, gab es eine Gemeinsamkeit: Es ging ihnen niemals um mich. Sie alle hatten nur ein Ziel – ihre eigene Befriedigung. Es wurde wilder, wenn sie kurz davor waren, und es war vorbei in dem Moment, in dem sie gekommen sind.

Heute bestimme ich, wann wir anfangen und wann es vorbei sein wird.

Die Macht, entscheiden zu können, wohin unsere Reise geht, ist an sich schon ziemlich erregend. Zusammen mit Caiden aber, ist es ein Fest der Sinne.

Hungrig sehe ich auf seine Härte, die nach oben ragt, nachdem er sich der Länge nach auf das schwarze Podest gelegt hat.

»Streck die Arme über den Kopf«, weise ich ihn an. Am oberen Ende des Podestes habe ich einen Griff entdeckt, an dem ich ihn ideal fixieren kann.

»Ich mag diesen Befehlston irgendwie.« Auf Caidens Wange erscheint ein winziges Fältchen, so breit grinst er. »Zumindest, solange du deine Fäuste bei dir behältst.«

»Mal sehen, ob du mich gleich immer noch magst«, schnurre ich und führe die Handschellen durch den Griff, um seine Hände zu jeder Seite in das kalte Metall einrasten zu lassen.

Das Gefühl, als ich den Schlüssel aus dem kleinen Schlüsselloch ziehe und ihn außerhalb seiner Reichweite lege, ist mächtig. Es fühlt sich unglaublich an, langsam, Schritt für Schritt, rückwärts zu gehen und ihn gefesselt vor mir zu betrachten.

Da ist Macht.

So viel Macht.

Und Kontrolle.

Aber auch eine wohlige Welle der Dankbarkeit.

»Als Erstes könntest du den Rest von dem da loswerden, dann würde ich dich definitiv mögen.« Mit dem Kinn deutet Caiden auf meine Unterwäsche.

»Könnte ich.« Schelmisch funkle ich ihn an. Langsam lasse ich meine Finger über die Träger meines BHs fahren, streiche über meine Brüste und meinen Bauch.

Caidens Augen folgen den Bewegungen meiner Hände.

Frustriert knurrt er auf, weil ich immer nur knapp am Saum meines Slips entlanggleite.

Mit einem funkelnden Grinsen sieht er mir wieder in die Augen. Wie jedes Mal, wenn unsere Blicke sich treffen, läuft mir ein winziger Schauer über den Rücken.

»Du wirst mich quälen, habe ich recht?«

»Und es wird uns beiden gefallen.« Mein Lachen klingt fremd in seiner Gegenwart. Es ist nicht so, dass ich dauerhaft unglücklich bin, aber bislang hat sich in Caidens Gegenwart nicht oft die Gelegenheit zur Freude ergeben.

»Daran habe ich keinen Zweifel.« Seine Hände zerren leicht an den Handschellen, als er versucht auf eine Schublade zu zeigen. »Vielleicht solltest du da mal hineinsehen.«

Ich sehe kurz hinüber zum Schrank und dabei wird mir bewusst, dass ich mich in aller Ruhe bewegen kann. Es ist nicht nötig, ihn im Blick zu behalten. Diese Gewissheit verschafft mir einen inneren Frieden, wie ich ihn selten verspürt habe.

Lächelnd und mit entspannten Bewegungen entledige ich mich meiner Schuhe und Socken und gehe geräuschlos über den weichen Teppich im Zimmer umher. Ich nehme mir Zeit, all die Gerätschaften zu begutachten, die der Raum bietet. An den dunkel gestrichenen Wänden hängen Peitschen, Seile und mit Federn verzierte Teile, die ich nie zuvor gesehen habe.

Zaghaft lasse ich meine Finger über eine lederne Gerte gleiten. Nicht ohne dabei Caiden teuflisch zuzuzwinkern.

Sein Gesichtsausdruck ist eine steinharte Miene. Selbst wenn ihm die Situation Unbehagen bereiten sollte, zeigt er es nicht.

»Na, dann schauen wir doch mal, was wir hier haben«, singe ich beinahe und öffne den Schrank, den er mir empfohlen hat. »Hm«, säusle ich und streiche über die Auswahl an glänzenden Vibratoren verschiedenster Größe und Form. »Das würde dir also gefallen, ja?«

Ich nehme einen silbernen heraus und versuche mit

aller Macht mein Grinsen zu vertuschen, weil ich den größten gewählt habe.

Während ich mich in Zeitlupe zu Caiden herumdrehe, schalte ich den Vibrator ein und lasse ihn zwischen meinen Brüsten nach unten wandern.

»Ich bin nicht sicher«, gesteht er mit einer Stimme, die an seiner Ehrlichkeit keinen Zweifel lässt. Sein Blick folgt dem Metallspielzeug, das ich über den Spitzenstoff meines Höschens schiebe. »Einerseits will ich unbedingt sehen, wie du es dir selbst besorgst. Andererseits macht mich die Vorstellung verrückt, dass ich nicht entscheiden kann, ab wann ich übernehme.«

»Ab hier ist nichts mehr deine Entscheidung, Clayton«, stöhne ich leicht, weil der kühle Vibrator durch meinen Slip hindurch an meiner Perle kitzelt. Mit unschuldigem Augenaufschlag hake ich meine Daumen in mein Höschen und schiebe es hinunter. Dann klettere ich mit meinem nackten Hintern auf die Kommode.

Ich habe die Macht.

Nicht nur über ihn, sondern auch über mich, über unsere Lust und den Verlauf dieses Abends. »Ich tue das, was mir gefällt.« Während ich mit ihm spreche, achte ich auf seine Erektion, die sehnsüchtig zuckt, weil ich meine Beine spreize. Ich stütze meine Füße auf die noch leicht geöffnete Schublade und gewähre ihm einen Blick auf meine feuchte Mitte. Die Hilflosigkeit, mit der ich ihn zurücklasse, fühlt sich noch besser an, als ihm die Faust ins Gesicht zu rammen.

»Heiliger.« Caiden versucht sich aufzurichten, aber ganz gleich, wie deutlich seine straffen Bauchmuskeln sich zusammenziehen, er kommt nicht weit. Seine Beine werden unruhig, was mich dazu führt, mein kleines Spiel auszuweiten.

Stöhnend schiebe ich das kalte Material über meinen Kitzler. Die Vibration fühlt sich verdammt gut an. Besser als das uralte pinke Ding, das tatsächlich in meiner Nachttischschublade verstaubt. Ich lecke mir übertrieben lasziv über die Lippen, befeuchte meinen Mund und stelle mir dabei vor, wie es sich anfühlen würde, seinen prallen Schwanz in meinen Rachen zu schieben.

»Du bist so feucht, Sweetheart. Turnt dich das hier an?«

Als Antwort versenke ich den Vibrator so tief wie möglich in mir. Dabei lasse ich meinen Kopf nach hinten fallen und zögere nicht, laut und ungehemmt zu stöhnen.

Mit sanften kreisenden Bewegungen ziehe ich ihn wieder heraus und wiederhole das Ganze. Quälend langsam.

Erst nachdem ich mich an das Gefühl der Vibration gewöhnt habe, hebe ich den Kopf und sehe ihn an. Ein diabolisches Grinsen auf den Lippen.

»Stell dir vor, du wärst es, der gerade in mich eindringt.« Zur Untermalung stoße ich etwas fester in mich hinein. »Kannst du dir vorstellen, wie es sich anfühlt?«

»Fuck, ja. Komm her, dann zeig ich dir, wie es sich anfühlt.«

»Und was, wenn nicht?« Mein Atem kommt immer schneller, weil der Vibrator wirklich verdammt gut ist. »Was, wenn ich es hier zu Ende bringe und dich dort liegen lasse?«

Caiden schiebt seine Hüfte nach vorne. Sein Schwanz ragt steinhart in die Höhe und ich für meinen Teil kann mich noch ziemlich exakt daran erinnern, wie er sich in mir anfühlt. Nämlich geradezu perfekt.

»Ich glaube nicht, dass es das ist, was du willst.« Obwohl er unbeweglich auf dem Podest liegt, kommt auch sein Atem stoßweise.

»Nein?«, frage ich. Ohne ihn aus den Augen zu lassen, ziehe ich das Metall aus mir heraus und präsentiere ihm meine geweitete Pussy. Mit dem Vibrator in der Hand, rutsche ich von der Kommode und schlendere zu ihm hinüber. »Bist du dir da so sicher?«

Ich klettere neben ihn. Immer fester zerrt er an den Handschellen. Metall klappert auf Metall und ich grinse noch breiter, weil er nicht loskommt, egal wie fest er daran reißt. Und egal, was ich jetzt mit dem Dildo machen würde.

Gerade als er etwas erwidern will, fahre ich mit dem noch immer zitternden Vibrator über seine Brust.

Seine Brustwarzen richten sich unter dem feuchten Stab auf. Inzwischen sind seine Hände zu Fäusten geballt. Die Sehnen an seinen Unterarmen treten deutlich hervor. Ebenso die an seinem Hals und der Schläfe, weil er sich gegen die Fixierung aufbäumt.

Siegessicher fahre ich über sein definiertes Sixpack und schließlich über sein markantes Kinn, bis der Vibrator seine Lippen berührt.

»Willst du schmecken, wie erregt ich bin?«

Er dreht den Kopf leicht zur Seite.

»Setz dich auf mein Gesicht und ich zeige dir, wie erregt du wirklich bist.« Allein bei der Vorstellung krampft sich mein Unterleib vor lauter Sehnsucht zusammen. Ich ziehe scharf die Luft ein, was ihm ein triumphierendes Grinsen entlockt. »Das würde dir gefallen, habe ich recht, Sweetheart? Ich mag vielleicht gefesselt sein, trotzdem weiß ich, was du brauchst.«

Ich könnte lügen.

Ich könnte es leugnen und weiterspielen.

Aber das wäre dumm.

Denn verdammt, er hat so was von recht.

Zum ersten Mal, seit wir diesen Raum betreten haben, mache ich, was er von mir erwartet, und lege den Vibrator zur Seite.

»Ich gebe dir wirklich nur ungern recht.« Ich lächle ihn an. »Aber in diesem Fall bin ich durchaus bereit, eine kleine Ausnahme zu machen.«

Sein Oberkörper entspannt sich und er lässt den Kopf zurück auf die Matratze sinken.

Meine Knie zittern, als ich ein Bein hebe und über ihn schwinge. Meine Unterschenkel liegen direkt neben seinen Ohren.

Vorfreudig leckt er sich über die Lippen.

»Komm zu mir«, bittet er, doch ich bleibe regungslos über ihm. Es macht einfach zu viel Spaß, ihn weiter zu quälen. Meine Mitte schwebt dicht über seinem Mund, aber nicht dicht genug. »Amaia«, knurrt er. Die Handschellen klappern, weil er frustriert daran reißt.

Spielerisch kreise ich mit den Hüften über seinem Gesicht. Die Vorstellung, dass seine Zunge jeden Moment auf meine Perle trifft, macht mich ebenso verrückt wie ihn.

»Willst du mich, Clayton?«, frage ich und streichle meinen Bauch, über meine Brüste, bis zum Hals. Schließlich fasse ich mir in den Rücken und öffne meinen BH.

»Scheiße, ja verdammt. Ich will alles von dir. Mir ist nur noch nicht klar, was ich dringender brauche. Dass ich dich lecke, bis du schreiend zusammenbrichst, oder, dass du deinen süßen Arsch auf meinen Schwanz sinken lässt, damit ich dich endlich ficken kann.«

»Hm«, schnurre ich und befreie meine Brüste. Es ist komisch, dass es meine Hände sind, die sie in dieser Position streicheln und massieren, während er fast regungslos vor mir liegt. »Schwere Entscheidung.«

Ich sehe ihm tief in die Augen und senke langsam meinen Unterleib, bis ich für ihn erreichbar bin. Ohne unseren Blickkontakt zu lösen, reckt er sich vor und gleitet mit seiner Zunge unverblümt in mich hinein.

Mein Kopf kippt nach hinten, ich stöhne, kneife die Augen zu und sinke noch tiefer auf sein Gesicht.

Mit letzter Kraft bringe ich die Worte heraus. »Wie wäre es, wenn wir beides machen?«

Caiden antwortet mit einem wilden Knurren, das er ausstößt, während seine Zunge über meine Perle schnellt und mich binnen weniger Sekunden in den Wahnsinn treibt.

Verdammt. Er kann das wirklich gut. Dieser Mann weiß auch ohne seine Hände ganz genau, was er tut.

Halt suchend stütze ich mich nach vorne gegen die Wand am Kopfende. Ich reite auf seinem Gesicht. Kontrolliere, wie tief er mich mit seiner Zunge reizen darf und wann ich eine Pause brauche.

»O Scheiße, das ist gut«, keuche ich. Es ist berauschend. Die Kontrolle zu besitzen und sie gleichermaßen zu verlieren, entpuppt sich als absolut aphrodisierend.

Es dauert nicht lange, dann beginnen meine Beine zu zittern und ich stürze in die Schwerelosigkeit.

Ich stöhne die Erlösung hinaus. Lasse alle Anspannung mit diesem Laut heraus und sacke in mich zusammen. Caiden zieht seine Zunge zurück, zögert aber nicht damit, meine Oberschenkel auf den Innenseiten mit zarten Küssen zu übersähen. Eine derart intime und liebevolle Geste, dass ich es nicht ertragen kann.

Ohne ihm ins Gesicht zu blicken, schwinge ich mein Bein auf eine Seite, nur, um im gleichen Moment wieder über ihn zu klettern. Dieses Mal habe ich ihm meinen Hintern zugedreht und sitze rittlings auf seinem Bauch.

»Es sieht so aus, als wolltest du mich immer noch ficken, Clayton.« Meine Stimme klingt belegt und fremd, aber ich lasse mich davon nicht irritieren.

»Und ob ich das will.« Seine klingt mindestens genauso kratzig wie meine. »Mach mich los und ich zeige es dir.«

»Niemals«, keuche ich. Wenn ich ihn jetzt befreie, übernimmt er die Kontrolle. Und das ist das Letzte, was ich gerade gebrauchen kann. Nicht jetzt, da ich kurz davor bin, meine eigene zu verlieren. Mit Caiden zusammen zu sein, ist verdammt intensiv. Es fällt mir schwer, den Sex von dem zu trennen, was sich in meinem Herzen abspielt. Umso besser, dass ich diejenige bin, die das Zepter in der Hand hält.

Mit geschlossenen Augen und verschlossenen Gefühlen rutsche ich ein bisschen tiefer, hebe meine Hüften und lasse mich auf seine Erektion sinken. Dabei presse ich die Lippen fest aufeinander.

Caidens Stöhnen erfüllt den Raum, vibriert in meinem Bauch und stellt dort verrückte Dinge an.

Ihn ohne jegliches Hindernis in mir zu spüren, macht mich verrückt. Seine heiße Haut in meiner Feuchte fühlt sich schlichtweg perfekt an.

Ich nehme die Pille, seit ich sechzehn bin. Auch wenn

ich immer auf ein Kondom bestanden habe, jetzt gerade will ich es nicht. Wenn er etwas dagegen hat, ohne Schutz in mir zu sein, muss er den Mund aufmachen. Sonst entscheide ich. Allerdings wirkt er auch nicht gerade, als würde er sich daran stören. Ganz im Gegenteil. Er stellt seine Füße auf das Podest und schiebt sich von unten noch fester in mich hinein.

Die machtgierige Variante von mir ist kurz davor, seine Beine ebenfalls zu fixieren. Aber ein noch größerer Teil von mir genießt es, wie er, ohne seine Hände zu benutzen, die Kontrolle an sich reißt und über Geschwindigkeit und Intensität bestimmt.

Caiden Clayton gehört definitiv nicht zu den Männern, die sich gern sagen lassen, was sie tun sollen. Und das wiederum turnt mich mehr an, als es wahrscheinlich sollte.

Daher halte ich meine Hüfte knapp über ihm still und lasse zu, dass er mich von unten unnachgiebig fickt, wie es ihm gefällt.

»Amaia!« Er stößt meinen Namen zwischen zusammengebissenen Zähnen aus.

Wie ein Gebet. Wie ein Fluch. Wie ein Versprechen.

Ich beuge mich nach vorn und stütze mich mit den Händen auf der Matratze ab. Noch immer die Augen fest geschlossen.

Es fühlt sich zu gut an.

Zu echt.

Zu nah.

»Fick mich einfach, Clayton«, zische ich im Befehlston und drücke ihn dabei mit meiner Mitte etwas weiter nach unten.

Seine Stöße werden dringlicher. Sie sprechen für ihn. Pressen Frustration und Erregung gleichermaßen in mich hinein. Jedes Mal, wenn er sich tief in mir versenkt, trifft er einen Punkt in mir, der mich weiter abdriften lässt. In einen Zustand der Willenlosigkeit und der Irrationalität.

Mein Atem geht schneller, mein Puls rast, und ich spüre, wie meine Haut von einem leichten Schweißfilm bedeckt wird. Ich presse die Augen noch fester zusammen und stöhne alles heraus. Die grenzenlose Lust, aber auch den Druck, die Gefühle und Caidens Nähe, die ich mit jedem Stoß weniger ertragen kann, aber auf die ich auch mit jedem Stoß weniger verzichten will.

Seine Größe füllt mich aus. Ich spüre seine Härte in mir pulsieren.

Jeder. Stoß. Bringt. Mich. In. Den. Himmel. Und. Die. Hölle.

»Wenn du nicht damit aufhörst, werde ich nicht mehr lange durchhalten«, warnt Caiden mit letzter Kraft, weil ich ihm meinen Hintern im gleichen Rhythmus entgegenschiebe. Inzwischen habe ich mich aufgerichtet und meine Hand findet von ganz allein den Weg zu meinem Kitzler. An den Fingerspitzen zu spüren, wie er in mich eindringt, gibt mir den Rest.

»Ja!« Ich bringe nicht mehr heraus, aber Caiden scheint zu wissen, was ich meine, denn er wird noch einmal schneller.

Schließlich kommen wir gemeinsam. Es geht alles so schnell. Seine Hüfte presst sich in einem Moment noch in mich hinein, im nächsten sacken wir gemeinsam auf die weiche Matratze.

Nichts ist zu hören außer unserem flachen Atem.

Ich habe den Kopf nach vorn fallen lassen und kann fühlen, wie meine Brust sich hektisch hebt und senkt.

Eine ganze Zeit hocke ich auf Caidens Mitte. Ich merke deutlich, wie sein Schwanz in mir langsam abschwillt und unsere Feuchtigkeit sich vermischt.

Die Augen habe ich noch immer fest zugekniffen.

»Mach mich los.«

Es sind nur drei leise Worte, mit denen er den Bann bricht, der noch immer über uns schwebte.

Ich wage es nicht, mich zu bewegen.

Wage es nicht, die Lider zu heben und die Realität zuzulassen.

»Amaia«, warnt Caiden, weil ich mich noch immer nicht bewege. »Alles klar? Sieh mich an.«

Am liebsten würde ich lachend ›auf keinen Fall‹ schreien.

Stattdessen ziehe ich mich langsam von ihm zurück und klettere herunter. Den Blick auf den Boden gerichtet, gehe ich ohne einen Ton ans Kopfende und stecke den kleinen silbernen Schlüssel ins Schloss. Ich bringe es nicht über mich, ihn anzusehen.

Sobald die Handschellen aufspringen, wende ich mich ab und suche meine Unterwäsche zusammen.

Mein Herz schlägt wie wild.

Da ist so vieles, das ich möchte.

Ich möchte mit ihm sprechen.

Ich möchte, dass er mich in den Arm nimmt und meine Stirn küsst.

Ich möchte, dass die quälenden Gedanken in meinem Kopf schweigen.

Und ich möchte ihn betrachten.

Meine weiße Spitzenunterwäsche so fest in die Hände gekrallt, wie eben möglich, hole ich einmal tief Luft und drehe mich zu ihm um.

Die versöhnlichen Worte bleiben mir im Hals stecken.

Genau in dem Moment, in dem ich beschließe, einen Schritt nach vorne zu machen, hat Caiden mir den Rücken zugedreht, um auch seinen zweiten Arm aus den Handschellen zu befreien.

Alles, was ich also zu sehen bekomme, ist der riesige Skorpion.

Er verhöhnt mich für meine Dummheit.

Für die grenzenlose Dummheit, einen Augenblick geglaubt zu haben, es könne anders sein, als mein verkorkstes Inneres mir zuflüstert.

Wie erstarrt stehe ich da und sehe auf das Tier, das ich so sehr verachte.

Ich hasse den Skorpion.

Und dadurch auch den Mann, der ihn trägt.

Kapitel Zwanzig

CAIDEN

Es dauert eine Weile, bis mein Gehirn die Führung wieder übernimmt und ich darüber hinwegsehen kann, dass ich gerade einen unfassbar guten Fick erlebt habe, der im Grunde nichts weiter als ein Glas Whisky und eine Zigarette zum Dessert bekommen sollte.

Allerdings verrät Amaias Haltung deutlich, dass die Aussicht darauf recht gering ist, weswegen auf einen Schlag alle meine Alarmglocken angehen.

So schnell wie möglich befreie ich auch meine zweite Hand und gehe auf sie zu.

»Amaia?«, frage ich, weil sie mich noch immer wie erstarrt ansieht. »Alles okay?«

Hastig wendet sie ihren Blick ab und bückt sich zu ihrem Kleid.

»Was soll nicht okay sein?« Weil sie mich weiter ignoriert, entgeht ihr, dass ich fragend den Kopf schief lege.

»Du wirkst nicht gerade entspannt.«

Ihre Sachen an den Bauch gepresst, dreht sie mir weiterhin den Rücken zu.

Ohne zu zögern, trete ich hinter sie und lege meine Hände an ihre Oberarme.

»Sieh mich an, Amaia.« Doch sie schüttelt nur hektisch den Kopf.

»Bitte«, fleht sie und versucht, mich abzuschütteln. »Lass es gut sein. Es war nett. Ende der Geschichte.«

Mein Atem geht schwer.

»Ende der Geschichte?«, wiederhole ich fragend.

»Komm schon, Clayton. Das ist es doch, was du hier unten tust, oder nicht? Muss ich erst tausend Dollar zahlen, damit du mich in Frieden lässt?«

Wahrscheinlich sollte ich ihre Arme loslassen und mich von ihr distanzieren. Aber mir ist klar, dass sie genau das mit ihrer provokanten Art zu erreichen versucht.

»Da ich so gut wie nichts gemacht habe, wird es nicht so teuer«, erwidere ich mit ruhigem Tonfall, auch wenn jede Faser meines Körpers zum Zerreißen gespannt ist.

Mit jeder Sekunde, die vergeht, kann ich dabei zusehen, wie sie weiter dichtmacht. Sie zieht die Mauern wieder hoch, die es ihr verbieten, mich oder irgendwas anderes an sich heranzulassen.

»Dann kann ich mich ja glücklich schätzen.« Ihre Stimme hat an Kraft verloren. Ich festige meinen Griff um ihre Oberarme.

»Wie wäre es, wenn du aufhörst, mir etwas vorzumachen? Hier geht es gerade um etwas ganz anderes, habe ich recht?«

»Ich wollte einfach nur einen Fick. Den hatte ich.« Noch immer sieht sie mich nicht an. »Kein Grund, direkt wieder rührselig zu werden. Das ist schon das zweite Mal für heute, dass du mir nach einem Orgasmus auf den Wecker gehst. Vielleicht sollte ich mir langsam einen anderen suchen. Oder weißt du was, vielleicht ist es an der Zeit, noch mal über die Sache mit dem Flugticket zu sprechen.«

Ich muss mich bemühen, ihre Oberarmknochen nicht zu zerquetschen.

Mir ist klar, dass sie eine Riesenshow abzieht, um ihr wahres Ich vor mir zu verbergen. Irgendetwas geht hier gerade vor sich, das ich noch nicht kapiere. Und dennoch verletzen ihre Worte mich mehr, als sie es sollten.

»Das ist doch Bullshit!«, halte ich halbherzig dagegen.

»Hier geht es gerade nicht im Geringsten um Sex oder deine Orgasmen. Was ist wirklich das Problem, hm? Du willst, dass ich dich weiterhin ficke? Gut. Das mache ich. Dann sieh mich dabei an. Komm her und sieh zu, wie ich in dich eindringe.«

»Zu spät«, lacht sie eine Spur zu schrill. »Ich habe langsam echt keinen Bock mehr auf dich. Los, Clayton. Zahl mich aus, dann verschwinde ich endlich von hier.«

Die Vorstellung, dass sie endgültig gehen könnte, macht mich so wütend, dass ich mich von ihr löse, so ruckartig, als könnte ihre Haut mich verbrennen.

Zornig stelle ich mich neben sie und zeige mit dem Finger auf ihr versteinertes Profil.

»O nein. Weißt du was? Das ist zu spät. Die Sache mit dem Ticket ist vom Tisch. Du wirst in meiner Suite sitzen und warten. Und zwar während ich es mir von einer anderen hier unten besorgen lasse. Ich bin es leid. Dieses ganze beschissene Theater.« Meine Stimme wird mit jedem Wort lauter. »Ich mache das nicht mehr mit!« Erschrocken über die Lautstärke meiner Worte sieht Amaia mit geweiteten Augen zu mir herüber. »Wenn ich sage, hier geht es nicht nur um Sex, dann meine ich das auch so. Mir geht es nicht um Sex. Ja verdammt, ich mag dich. Warum fällt es dir so verdammt schwer, das zu glauben, hm? Ich bin dieses Hin und Her leid, und ob du es glaubst oder nicht, ich bin mir zu schade, dich lediglich zu ficken wie eine Hure. Und verflucht, Amaia! Du solltest dir dafür auch zu schade sein.«

Schritt für Schritt taumelt sie rückwärts, von mir weg. Die Unterwäsche vor sich an den Bauch gepresst, die Lippen fest aufeinander gedrückt.

Keine Ahnung, warum mich das gerade so sauer macht, aber es reicht einfach.

Zornig nehme ich meine Jeans vom Boden und steige hinein.

»Ich habe die Schnauze voll! Du hast eine Scheißwut auf den MC? Meinetwegen. Brown ist dein größter Feind? Juckt mich nicht. Aber ich werde nicht länger dabei zusehen, wie du mich mit dieser Abscheu in den Augen ansiehst, gleichzeitig um Sex bettelst, nur um mich anschließend nicht mehr ertragen zu können. Fick dich, Rodriguez!«, brülle ich allen Ärger einfach aus mir heraus. »Brown findet jemand anderen, der auf dich aufpasst. Oder soll er es doch ganz lassen. Mir scheißegal.« Ich deute mit dem Zeigefinger auf sie. »Ich bin fertig mit dir!«

Wütend drehe ich mich um und stapfe zur Tür.

»Caiden!«

Den Türgriff schon in der Hand, halte ich inne.

Es ist das erste Mal, dass sie mich beim Vornamen nennt. Und es ist das erste Mal, dass Verletzlichkeit in ihrer Stimme zu hören ist.

Ihr weiterhin den Rücken zugedreht, warte ich regungslos ab.

»Ich ... ich«, stottert sie. Niemals klang ihre Stimme so gebrochen und zittrig. Weder als ich in ihr Haus eingebrochen bin, noch als sie gegen mich gekämpft hat. Ihre Mauern sind gefallen. Ich kann es an ihrer Stimme hören. Wie Glas sind sie in Millionen Scherben zerbrochen.

»Was?«, frage ich nach wie vor barsch. Die Wut und die Verzweiflung kochen noch in meiner Brust, aber das Mitleid bringt mich dazu, mich erneut umzudrehen.

Mein Atem stockt, als ich ihr ins Gesicht sehe.

Ihre Augen sind rot. Eine einzelne Träne rollt über ihre Wange. Hastig wischt sie sie fort.

»Ich habe Angst«, gesteht sie und zusammen mit ihren Worten dringt ein erbärmlicher Laut über ihre Lippen.

Meine Füße wollen mich zu ihr tragen. Meine Arme wollen sie an mich drücken. Doch mein Kopf hält mich noch zurück.

Mit bebendem Kinn steht sie da.

»Wovor?«

Das hier ist ihre letzte Chance. Nicht meine. Oder ja, vielleicht auch meine. Denn im Grunde will ich nicht, dass sie geht.

Mit Tränen in den Wimpern hebt sie traurig lachend die Schultern.

»Vor allem«, gesteht sie. Ihre Arme und Knie beginnen zu zittern. »Ich habe Angst vor den Mexikanern. Vor dem MC und dem, was passieren wird. Ich habe Angst davor, dass du mich nicht beschützen kannst, und genauso davor, dass sie dir etwas antun. Aber ...« Sie stockt, weil neue Schluchzer sie erbeben lassen. Mit aller Macht hält sie weitere Tränen zurück.

Erschöpft kippt ihr Kopf Richtung Brust.

Es sind nur wenige Schritte, dann stehe ich direkt vor ihr. Mit einem Finger hebe ich ihr Gesicht wieder nach oben.

»Aber?«, fordere ich. Sie so zu sehen, fühlt sich nicht an wie ein Sieg. Ja, ich wollte, dass sie ehrlich ist. Aber niemals wollte ich sie brechen.

»Am meisten Angst habe ich vor dem, was du in mir auslöst. Ich fürchte mich vor den Emotionen, die ich nicht zurückhalten kann, wenn du in der Nähe bist. Ich fürchte mich davor, wie sehr ich mich zu dir hingezogen fühle, und vor der Tatsache, dass ich nichts dagegen tun kann.«

»Aber das musst du doch auch gar nicht.«

Ohne noch länger abzuwarten, ziehe ich sie an meinen Körper. Zitternd drückt sie sich an mich und schlingt ihre Arme so fest wie noch nie um meinen Bauch.

»Ich kann das Tattoo auf deinem Rücken nicht ertragen«, gesteht sie weinend und mit einem Mal wird mir so einiges klar.

Gestern Abend in ihrem Haus hat sie den Skorpion zum ersten Mal gesehen. Danach hat sie dicht gemacht. Genau wie gerade eben.

So sanft wie möglich, bette ich ihren Kopf an meine Brust und halte sie. Ich streiche ihr über das Haar und lasse sie weinen. Ich weiß nicht viel über Amaia Rodriguez, aber ich bin mir sicher, dass es nicht oft vorkommt, dass diese starke Frau in Tränen ausbricht.

»Es tut mir leid«, flüstere ich. »Was auch immer es ist, das dich dermaßen quält. Es tut mir leid.«

Schniefend wischt sie sich mit dem Handrücken die Nase ab und sieht zu mir auf.

Mit meinen Daumen fange ich die Tropfen auf ihren Wangen auf. »Ich kann dich nicht zwingen, dich mir zu öffnen, und das habe ich auch nicht vor, aber ich kann dir eins versichern.«

»Was?«, fragt sie mit belegter Stimme.

Während ich sie wieder zurück an meine Brust drücke, lächle ich traurig.

»Mir macht es auch Angst. Das, was ich empfinde, wenn du wütend auf mich bist. Oder das Gefühl, wenn ich deinen Körper an meinem spüre. Da ist etwas, das anders ist als je zuvor, und das macht mir eine Scheißangst. Vor allem, weil ich weiß, dass es die Situation nur verkompliziert. Immerhin wurde mein großer Bruder angegriffen, mein kleiner Bruder stürzt vollkommen ab und die Mexikaner wollen unsere Köpfe am liebsten aufgespießt an der Grenze stehen sehen. Da kann ich es nicht auch noch gebrauchen, dass sie versuchen, die Frau zu töten, in die ich mich gerade verliebe. Das ist beängstigend.« Amaia verspannt sich spürbar unter meinen Worten. »Jap. Seltsames Gefühl, nicht wahr?« Ich schiebe sie an den Schultern ein Stück zurück, sodass wir uns erneut ansehen. »Aber so ist es nun mal, und ich bin nicht bereit, das länger zu leugnen. Ich mag dich. Sehr. So viel ist sicher. Allerdings fürchte ich, dass nicht meine Gefühle das Problem dieser Geschichte sind.«

»Ich ... ich weiß nicht, was ich fühle. In den letzten Tagen ist alles so schrecklich kompliziert geworden.«

»Es war ja auch nicht gerade ein Spaziergang. Das alles ist ganz schön viel auf einmal. Klar, dass dich das aus der Bahn wirft. Immerhin haben sie versucht, dich umzubringen. Das geht an niemandem spurlos vorüber.«

»Das ist gar nicht das Problem«, lacht sie traurig und wischt sich die feuchten Wangen trocken. »Das hier ist es.« Sie hält mir ihre feuchten Handflächen hin. »Ich habe seit der Beerdigung meiner Mutter nicht geweint. Ich fühle so etwas nicht. Ich fühle gar nichts.« Verwirrt ziehe ich die Stirn kraus. »O Gott! Ich höre mich an wie eine Verrückte, nicht wahr?«

Das Nein bleibt mir im Hals stecken. »Rede mit mir«, bitte ich sie stattdessen. Meine Hände fahren über ihren Hals und legen sich auf ihre Schultern. »Bitte.« Verzweifelt sehe ich einmal kurz zur Decke und hole tief Luft. »Hilf mir, es zu verstehen. Hilf mir, dich zu verstehen.«

Ihre Schultern heben sich unter meinen Händen, weil sie tief einatmet. Noch immer weicht sie meinem Blick aus, sieht sich stattdessen im Raum um.

»Können wir uns vielleicht etwas anziehen und nach oben gehen? Ich kann das hier gerade nicht.«

»Klar«, erwidere ich, ohne zu zögern. Bedacht darauf, ihr nicht noch einmal meinen Rücken zuzudrehen, greife ich nach meinem Shirt.

Im Augenwinkel beobachte ich, wie sie sich anzieht. Langsam. Fast zu langsam. Vielleicht, um Zeit zu schinden, vielleicht, weil ihre Kraft sie verlassen hat.

Als sie sich wieder aufrichtet, ist von der toughen Frau in den Bikerstiefeln und dem sexy Kleid nur noch eine Hülle geblieben. Ihre Augen scheinen leer zu sein. Der kämpferische Glanz darin ist verschwunden. Sie wirkt müde und gebrochen.

Alles in mir möchte sie in den Arm nehmen, sie trösten, beschützen und die Dämonen für immer vertreiben, die sie daran hindern, zur Ruhe zu kommen.

Stattdessen halte ich ihr schwach lächelnd meine Hand entgegen und bin erleichtert, als sie ihre Finger in meine legt.

Ich kann nur hoffen, dass sie es schafft, sich mir zu öffnen. Ich möchte wirklich verstehen, was sie umtreibt.

Denn auch, wenn ich wirklich etwas für sie empfinde, hat die ganze Sache keine Zukunft, solange sie mich mit dieser Verachtung in den Augen ansieht.

Kapitel Einundzwanzig

AMAIA

Meine Hände schwitzen.

Eigentlich nicht nur meine Hände. Der Angstschweiß frisst sich durch all meine Poren. Außerdem zittern meine Knie, meine Finger, und ich habe das Gefühl, mich jeden Augenblick übergeben zu müssen.

»Möchtest du etwas trinken?«

Caiden schlendert noch immer barfuß durch seine Suite.

Seit meinem Geständnis, das unkontrolliert aus mir herausgeschwappt ist, wirkt er unruhig und irgendwie nervös, was ihn wirklich süß macht. Dieser riesige Kerl mit den großen Händen und dem stechenden Blick ist aufgeregt. Meinetwegen. Vielleicht ist es das, was mir die Kraft gibt, wieder zu meiner normalen Stimme zu finden.

»Gern«, sage ich und nicke ihm dabei mit einem schwachen Lächeln auf den Lippen zu.

Seit die Worte im Keller meinen Mund verlassen haben, gibt es kein Zurück mehr. Wir schleichen wie Fremde umeinander herum. Und trotzdem bin ich froh, dass es so ist. Die Zeit ist gekommen, endlich zu dem zu stehen, was in mir vorgeht. Ich kann nicht länger schauspielern. Das geht einfach nicht. Nicht bei ihm.

»Tja«, stößt Caiden aus. »Ich weiß nicht mal, was du

gern trinkst außer schwarzem Kaffee. Das ist schon irgendwie verrückt, oder? Ich meine, ich habe für dich getötet, dich gefickt, du hast mir beinahe die Nase gebrochen, zwei Mal in meinem Bett geschlafen und ich weiß weder, was du gern isst, noch, was du trinkst. Das ist irgendwie scheiße.«

Unruhig stehen wir einander gegenüber.

»Ich mag nichts, was süß ist. Beim Trinken zumindest. Essen tue ich schon gerne süß, aber ich mag nicht besonders gern Fleisch. Dafür umso lieber Fisch.«

Ich schlinge die Arme um meinen Körper und reibe mir selbst die nackten Oberarme.

»Ist gespeichert.« Caiden tippt sich gegen die Schläfe, ehe er auf mich zukommt und mir eine Decke hinhält, die auf der Sofalehne lag. Ohne zu zögern, schlinge ich sie um meine Schultern.

»Danke«, hauche ich und lasse mich zittrig auf die weiche Couch sinken.

»Also«, holt er mit Blick in seinen Kühlschrank aus. »Bier oder Milch? Das sind neben Wasser die beiden einzigen nicht süßen Getränke in meiner Wohnung.«

»Bier«, stoße ich lachend aus und langsam, aber sicher beruhigt sich mein Körper wieder. Seit Jahren bin ich nicht auf diese Weise zusammengebrochen. Etwas anderes zu fühlen als Zorn, ist anstrengend. Anstrengend und ermüdend. Ich komme mir vor, als wäre ich einen Marathon gelaufen.

Es fällt mir schwer, Caiden in die Augen zu blicken, als er mit zwei Budweisern in der Hand auf mich zukommt.

Nicht nur wegen der Dinge, die ich gesagt habe, sondern weil ich mir in seiner Gegenwart defekt vorkomme.

Er ist so verdammt perfekt. Alles, was er tut. Die Art, wie er mit mir redet. Die Weise, wie er mich anfasst. Der Klang seiner Stimme, wenn er mich beruhigt. Von seinem unfassbaren Auftreten mal ganz abgesehen.

Aber das Problem liegt darin, wer er ist, nicht wie er ist.

Zumindest solange man das Problem überhaupt bei ihm

sucht. Denn dass ich die Verkorkste in dieser Geschichte bin, ist klar.

»Weißt du, du bist die erste Frau auf diesem Planeten, die in meinem Bett geschlafen hat.« Sofort zuckt mein Blick zu der geöffneten Flügeltür, durch die ich die perfekt ausgebreiteten Laken sehen kann. »Keine Ahnung, warum ich dir das erzähle, aber ich ...« Seufzend unterbricht er sich selbst. »Ich schätze mal, ich bin nicht besonders gut in diesen Dingen.«

Ich schaffe es nicht schnell genug, mein hohl klingendes Lachen zu verbergen.

»Echt jetzt? Ich bin vollkommen kaputt, benehme mich wie die letzte Bitch, und du denkst, du bist nicht gut in diesen Dingen?« Ich trinke einen Schluck von meinem Bier und ziehe mir die Decke noch enger um die Schultern. »Das ist schon fast wieder lustig.«

Caiden reagiert nicht wirklich auf meinen schlechten Witz. Stattdessen dreht er die Bierflasche in seinen Händen hin und her. An seinem Ringfinger prangt ein silberner klobiger Ring, in den ein C eingearbeitet ist. Regelmäßig klirrt er leise gegen das Glas.

Erst als er langsam den Blick hebt und mich ansieht, wird mir klar, dass es nur noch eine Richtung gibt, in die diese ganze Situation ab hier gehen kann.

Ich muss ihm die Wahrheit sagen.

Es gibt keinen anderen Ausweg. Zum ersten Mal bin ich nicht länger fähig, mich gegen das zu wehren, was ich fühle.

Es muss einfach aus mir heraus.

Hier und heute.

»Kanntest du meinen Vater gut?«, frage ich, um langsam aufs Eis zu schreiten. Keine Ahnung, welche Antwort ich mir erhoffe. Das kleine, verletzte Mädchen in mir wünscht sich, dass er ihn gehasst hat. Genau wie ich.

»Na ja ... gut ist übertrieben. Ich war Prospect und noch ziemlich jung, als er starb. Ich erinnere mich daran, dass er ein respekteinflößender Kerl war. Wir Jungs haben zu ihm aufgesehen.«

Den Blick auf den Boden gerichtet, nicke ich.

»Ich nehme mal an, du bist anderer Meinung?«

Ich kann ihn nicht ansehen. Es geht einfach nicht. Am liebsten möchte ich die Augen zukneifen und mich unter dem Bett verstecken. Aber aus guter Erfahrung weiß ich, dass das nichts bringt. Alles, was ich erlebt habe, verfolgt mich bis an den Rand der Welt. Unter jedes Bett, bis in die dunkelsten Nächte und die hellsten Tage. Und jetzt ist es hier, in der schicken Hotelsuite des Claytons, und es tut noch genauso weh wie damals.

Mit aller Kraft, die meinem kümmerlichen Ich geblieben ist, hole ich Luft.

»Der Tag, an dem mein Vater starb war ein Mittwoch. Ich erinnere mich, dass die Sonne schien. Meine Mom und ich haben Tacos gemacht und den ganzen Abend auf der Veranda gesessen. Keiner von uns hat nach dem Anruf ein Wort gesprochen. Wir saßen bis spät in die Nacht auf unserer Schaukel und haben schweigend die Mariposa Avenue hinabgesehen. Es war so … friedlich. Das war der glücklichste Tag, an den ich mich erinnern kann.«

Ich höre, wie Caiden tief seufzt.

»Willst du mir erzählen, was passiert ist?«

Mit bebenden Lippen sehe ich ihn an. »Tja«, schnaube ich. »Wo fange ich da an?« Ich kralle mich an der Flasche Bier fest, als hinge mein Leben davon ab. »Ich war es gewohnt, einen Vater zu haben, der nicht zu Hause lebt. Das war okay. Es war auch okay, niemals etwas zu Weihnachten zu bekommen. Ohne Vater auf die Schulfeste zu gehen oder allein mit meiner Mom meine Geburtstage zu feiern.« Mit dem Daumennagel knibble ich an dem Papier der Bierflasche, damit meine Finger irgendetwas zu tun haben.

»Nur um das klarzustellen, alle diese Dinge sind ganz und gar nicht okay. Ich trage zwar den Patch der Scorpions, aber das ist nicht das, was ich als in Ordnung erachte.«

Weil ich die Befürchtung habe, erneut zusammenzubrechen, wenn ich Caiden noch einmal ansehe, richte ich meinen Blick weiter auf mein Bier und sammle all meinen Mut, um das Kind beim Namen zu nennen.

»Er hat sie geschlagen, weißt du?« Ich kneife kurz die Augen zusammen, um die Erinnerungen in Schach zu halten. »Er war nicht oft bei uns, aber wenn, dann hat er seine Wut an ihr ausgelassen. Er ist besoffen aufgetaucht und hat alles kurz und klein geschlagen. Er hat sie für seine mexikanische Herkunft bestraft. Dafür, dass sie ihm eine Mischlingstochter beschert hat. Ich frage mich bis heute, warum er uns nicht einfach vergessen hat, das wäre für uns alle besser gewesen.«

»Fuck«, murmelt Caiden, der keine Ahnung hat, dass die Pointe noch weit entfernt ist.

»Das war schlimm, keine Frage. Ich habe keine Freundinnen mehr zu mir nach Hause eingeladen, weil man nie wissen konnte, wann er plötzlich auf der Matte stand. Manchmal hatte er einige Member im Schlepptau, die es sich tagelang in unserem Haus bequem machten. In der Nachbarschaft wollte mit der Zeit niemand mehr was mit uns zu tun haben, weil alle Angst vor den Scorpions hatten. Ed ist bis heute der Einzige, der sich nicht von den Bikern hat einschüchtern lassen. Ich glaube, ohne ihn hätten wir es nicht geschafft.«

Ich bin mir nicht sicher, ob Caiden tief Luft holt, um mir zu widersprechen, oder ob er etwas sagen wollte, aber ich bin ehrlich gesagt erleichtert, dass er sich offensichtlich dagegen entschieden hat. Stattdessen setzt er die Flasche an und trinkt einen großen Schluck.

»All diese Dinge mögen fies klingen, und das sind auch alles Gründe, warum ich rein gar nichts mit dem MC zu tun haben will.« Unsere Blicke treffen sich flüchtig und etwas blitzt in seinen Augen auf, das ich nie zuvor darin gesehen habe. »Aber die Ursache für alles, was seither mit meinem Leben schiefgegangen ist, ist eine andere.«

Ich trinke ebenfalls einen Schluck Bier und sehe auf den dunklen Teppich. Vielleicht sollte ich es einfach zügig hinter mich bringen. So, wie man ein Pflaster abreißt. Der

Schmerz soll angeblich weniger schlimm sein, wenn man es kurz und kräftig abzieht.

Mit wild klopfendem Herz schaue ich auf. »Mein Vater wollte mich vergewaltigen, als ich dreizehn war.« Die Worte sprudeln einfach so aus mir heraus. Elf Jahre lang habe ich die Ereignisse jenes Tages für mich behalten und nun verlassen sie so spielend leicht meinen Mund. »Er hat es versucht, aber meine Mom ist dazwischen gegangen. Er hat sie geschlagen. Immer und immer wieder hat er auf sie eingedroschen mit allem, was ihm in die Finger gekommen ist. Dann hat er sie vor meinen Augen genommen. Zum Schluss hat er ihren leblosen Körper auf den Boden geworfen wie Müll und auf sie uriniert. Dabei hat er mich angegrinst. Meine Mom lag eine Woche lang im Krankenhaus. Eine Woche. Dann waren ihre körperlichen Wunden weitestgehend verheilt. Aber im Grunde sind wir beide nie wieder ganz gesund geworden.« Meine Stimme wird mit jedem meiner Worte leiser. Als ich etwas Feuchtes auf meiner Wange spüre, wische ich es hastig weg. Ich will nicht weinen.

Nicht seinetwegen.

Mein Vater hat meine Tränen nicht verdient.

Er hat nichts als die Ewigkeit in der Hölle verdient.

»Amaia«, keucht Caiden. Bevor er auf die Idee kommen kann, mich in den Arm zu nehmen, rutsche ich ein Stück von ihm weg.

»Er wollte mich, Caiden. Verstehst du das? Er wollte seine eigene Tochter ficken. Wie krank muss ein Mensch sein?«

Entsetzt schüttelt er den Kopf.

Die Erinnerungen schlagen endgültig über mir zusammen. Anstatt sie zu verdrängen oder weiterhin zu verstecken, lasse ich sie hinaus.

»Es war Sommer. Ich hatte mir eine Decke auf die Wiese hinterm Haus gelegt und mich im Bikini gesonnt. Als ich ins Haus ging, um mir etwas zu trinken zu holen, sah ich als erstes den Skorpion auf seinem Rücken. Er stand mir abgewandt an der Arbeitsplatte und holte sich ein Bier aus dem Kühlschrank. Ich erinnere mich daran, wie er mich entdeckt hat. Zuerst dachte ich, er meinte es nett, als er auf mich zuging und die Arme ausstreckte. Ich war dreizehn. Ich habe mir nichts dabei gedacht, außer vielleicht, dass mein Dad mich eventuell doch lieb hat, anstatt sich immer nur für mich zu schämen. Ich habe mir nichts dabei gedacht …«

Caiden stellt seine Bierflasche ab und steht auf. Sein ganzer Körper wirkt angespannt. Seine Hände sind zu Fäusten geballt, seine Schultern hochgezogen.

Während er vor mir auf und ab geht, lasse ich zu, dass die Vergangenheit ihre eisige Hand um mein Herz schließt.

»Er war nicht allein, weißt du?«

Abrupt bleibt er stehen und dreht sich zu mir um. Ich kann nichts dagegen tun, dass mein Kinn anfängt zu zittern. Viel zu lange habe ich die Erinnerungen weggeschoben.

»Die anderen haben gelacht, als er mir das Bikini-Oberteil am Rücken geöffnet hat und es mir wegnahm. Ich hatte ja nicht mal Brüste«, stoße ich traurig aus. »Ich weiß noch, wie ich geweint und gebettelt habe, er möge aufhören. Ich erinnere mich noch genau an seine Finger in meinem Schritt. Es war so falsch. Alles daran war einfach nur falsch. Je mehr ich versucht habe, mich zu wehren, umso gröber hat er mich angefasst. Kurz bevor er seine Hose öffnen konnte, kam meine Mom.«

Regungslos steht Caiden da und sieht mich an. Seine Augen glänzen bedrohlich und wirken dunkler als je zuvor.

»Sie war so mutig«, bringe ich mit tränennassen Wimpern hervor. Ich kann die Trauer nicht länger zurückhalten. »Wie eine Löwin hat sie sich vor mich gestellt. Aber sie war zu schwach. Sie hatte keine Chance, sich zu wehren. Die anderen mussten ihm nicht mal helfen. Selbst betrunken war er viel stärker als sie.«

»Ich weiß nicht, was ich sagen soll.«

Traurig lächle ich ihn an.

»Es gibt nichts, was du sagen könntest, das es besser macht.«

»Ich weiß«, seufzt er. »Und trotzdem tut es mir unendlich leid.«

»Einer eurer Member hat mich festgehalten, sodass ich es mitansehen musste. Es war erniedrigend. Selbst Monate später habe ich noch den Skorpion auf seiner Weste gesehen, wenn ich die Augen schloss. Immer wieder sah ich das Bild, wie er sich über sie beugte und ihr mitten ins Gesicht pinkelte. Es war nicht mal die Vergewaltigung an sich. Ich habe keine gestörte Beziehung zu Sex oder so. Das, was mich wirklich fertiggemacht hat, war der Hass und die Erniedrigung, mit der er sie behandelt hat. Die Schläge, die ein normaler Mensch nicht mal einem Tier antun könnte. Diesen abgrundtiefen Hass, wie er sie vollgepisst hat. Als er sich anschließend zu mir herumdrehte, kniff er mir lächelnd in die Wange und sagte, dass uns das nächste Mal sicher niemand stören würde.«

Ein lauter Knall lässt mich zusammenzucken. Scherben fliegen zu Boden und hell schäumende Rinnsale färben die edle Tapete dunkel.

Erst jetzt realisiere ich, dass Caiden sein Bier gegen die Wand geschleudert hat.

»Wenn er nicht tot wäre, würde ich ihn auf der Stelle umbringen«, knurrt er mit dunkler Stimme. »Wer war noch dabei, Amaia? Wer?« Doch ich schüttle nur den Kopf. Es würde ihn zerstören. »Du musst es mir sagen. Vielleicht kann ich ...« So sehr ich ihm glauben will, entweicht mir dennoch ein ungläubiges Schnauben. »Amaia. Big B wird von alldem nichts wissen. Wenn er es erst erfährt, dann ...« Mein Kopf schnellt in seine Richtung. Ich presse die Lippen so fest aufeinander wie es geht. »Was?«, fragt er. »Ich sage dir, Big Brown hat ...« Er hält inne, sobald er mein zitterndes Kinn bemerkt. Es bebt voller Zorn und Trauer, aber vor allem, weil die Wahrheit mit aller Macht aus mir herauswill. »Nein«, stößt Caiden aus, der mich auch ohne Worte durchschaut hat.

»Er weiß es«, bestätige ich müde. Es macht keinen Sinn, es noch länger zu leugnen.

Wie erstarrt bleibt Caiden stehen. Der Schock steht ihm ins Gesicht geschrieben.

»Dein President war einer der Männer, die an jenem Nachmittag dabei waren. Außer ihm noch zwei weitere, deren Namen ich nicht kenne. Das sind die Männer, denen deine Loyalität gilt.«

Ich kann regelrecht dabei zusehen, wie alle Kraft aus Caiden weicht. Der riesige Kerl sackt in sich zusammen und sinkt beinahe in Zeitlupe auf einen der Stühle, die um den Tisch herumstehen. Er hat die Hand an den Mund gelegt und schüttelt unaufhörlich den Kopf.

»Weißt du, welche Ängste ich in den Monaten danach durchstanden habe? Wie viele Nächte ich im Schlaf ins Bett gemacht habe, weil ich dachte, er würde wiederkommen? Monate. Monatelang habe ich gezittert und gebangt bei jedem Motor, den ich in der Ferne habe aufheulen hören. Neun Monate, Caiden. Neun Monate hat es gedauert, bis er wieder aufgeschlagen ist. Mit Blumen für meine Mutter und einer Puppe für mich. Er hat kein Scheißwort verloren über das, was passiert ist. Und wir auch nicht. Am Tag danach habe ich mit Kampfsport angefangen. Ich wollte nie wieder schwach sein. Nie wieder Angst haben. Ich habe jeden Tag bis zum Umfallen trainiert, weil ich ihn töten wollte. Aber die Straße ist mir zuvorgekommen.«

Caiden steht auf und kommt auf mich zu. Dieses Mal zögert er nicht. Er lässt sich auch nicht aufhalten.

Ehe ich mich versehe, sitzt er neben mir und ich liege in seinen Armen.

»Es tut mir leid«, flüstert er. »Ich habe davon nichts gewusst. Von alldem.«

Genau wie er lasse ich die Tränen zu, die hinter meinen Augen lauern. Wir weinen gemeinsam um etwas, das schon lange vergangen ist und mich doch niemals loslassen wird.

»Weißt du, was das Schlimmste ist?«, schniefe ich in seine Halsbeuge.

Er streicht mir die Haare aus dem Gesicht und gibt mich gerade so weit frei, dass ich ihn ansehen kann.

»Sag es mir.«

»Sie konnte es nicht genießen. Die Zeit, nachdem er tot war, meine ich. Es waren nur acht Monate, dann kam die Diagnose. Von diesem Augenblick an bestand unser Leben wieder nur aus Angst und Schmerz. Sie hat gekämpft, aber auch gegen den Krebs war sie nicht stark genug.«

»Das ist nicht fair.« Caidens Stimme ist leise und dünn.

»Nein. Das ist es nicht. Nichts davon. Nicht nur, dass meine Mom so gelitten hat. Mein Leben war auch am Ende. Ich konnte weder aufs College gehen, noch eine Ausbildung machen. Mein einziger Job bestand darin, ihre Behandlung zu finanzieren.«

Ich rücke ein Stück von Caiden ab und wische mir die Wangen trocken.

»Ungefähr ein Jahr bevor sie starb, bin ich ins Clubhaus gegangen und habe Brown um Geld angefleht.«

»Er hat dir nichts gegeben«, bringt er zu Ende, was ich nicht über die Lippen bekomme.

»Du willst nicht wissen, was er zu mir gesagt hat.«

Langsam schüttelt er den Kopf und streicht sich mit beiden Händen die Haare zurück.

Als unsere Blicke sich erneut treffen, wird mir klar, dass diese Geschichte nicht nur mein Leben zerstört hat. Sie hat das, an was er bislang geglaubt hat, kaputt gemacht. Und ich bin mir nicht sicher, ob er bereit ist, den Preis zu bezahlen, den sein Gewissen fordert.

Kapitel Zweiundzwanzig

CAIDEN

Zum ersten Mal in meinem Leben bin ich komplett überfordert.

Ich bin überfordert mit dem, was ich gerade erfahren habe.

Ich bin überfordert mit Amaias Schmerz, der so übermächtig ist, dass nicht mal ich ihn aushalten kann.

Und ich bin überfordert mit meinen Gefühlen.

In meinem Innern geben sich Mitleid und Wut gerade im Minutentakt das Zepter in die Hand.

Ich zweifle keinen Augenblick an Amaias Geschichte. Sie hat keinen Grund, sich eine solche Story auszudenken. Aber das, was sie mir anvertraut hat, ändert einfach alles.

Am liebsten würde ich mir gerade die Haut vom Rücken reißen, so sehr schäme ich mich für das, was ich bin.

Ein Scorpion.

Ein Member eines Clubs, in dem nicht nur Ausländerfeindlichkeit und Homophobie herrschen, sondern in dem geduldet wird, wenn Männer ihre eigene Familie vergewaltigen und demütigen.

Ich möchte niemals in meinem Leben ein solcher Mensch sein.

Niemals.

Aber ich habe keine Ahnung, wie ich ihr das begreiflich machen kann. Für sie bin ich einer von ihnen.

Ich verstehe ihre Abneigung gegen den Patch so gut. Und ich verstehe ihre Abneigung mir gegenüber. Endlich verstehe ich die Kälte in ihren Augen und die Bereitschaft, mir jederzeit die Fresse zu polieren. Ich verstehe es.

Es gibt nichts, was ich sagen, nichts, was ich tun könnte, um etwas an der Situation zu ändern.

»Ich verstehe es jetzt«, bringe ich schwach hervor und presse mir dabei die Handballen auf die Augen. Als ich die Hände sinken lasse, sieht mich Amaia fragend an. »Dass du mich hasst. Dass du unsere Hilfe nicht wolltest, und warum es noch ungerechter ist, dass Delgado seinetwegen hinter dir her ist. Ich kann all das jetzt so gut verstehen.«

»Ich hasse dich nicht«, hält sie schwach dagegen, aber im Grunde wissen wir es beide besser.

Erschöpft schüttle ich den Kopf.

»Es muss furchtbar für dich gewesen sein, mich in deinem Haus zu sehen.« Gott, ich bin so ein Idiot. Ich senke den Kopf, um sie nicht länger ansehen zu müssen. »Ich wollte dir niemals etwas Böses. Niemals. Zumindest das kannst du mir glauben. Wenn ich das alles auch nur geahnt hätte, wenn ich gewusst hätte …«

»Ich bin auch in dich verliebt.« Amaia unterbricht mich so hastig, dass ich nicht sicher bin, ob ich sie wirklich richtig verstanden habe.

»Was?«, frage ich deshalb und richte mich auf. Entgeistert sehen wir uns an. Ich weiß nicht, wer von uns beiden gerade erstaunter wirkt.

»Ich bin auch in dich verliebt«, wiederholt sie und eine dicke Träne kullert über ihre zarte Wange. Ich wage es nicht, sie aufzufangen. Dafür erscheint sie mir viel zu bedeutsam. »Ich glaube, das war in den letzten Tagen mein größtes Problem. Dass ich dich nicht hassen kann. Und ich habe es weiß Gott versucht.« Mit geröteten Augen und feuchten Lippen lächelt sie mich traurig an. »Ich erzähle dir das alles nicht, weil ich dich hasse, sondern weil ich dich nicht hassen kann. Und um ehrlich zu sein, will ich es auch gar nicht mehr. Aber …«

»Ja?«

Mein Herz springt mir jeden Moment aus der Brust.

»Es tut weh. Die Erinnerungen, die du in mir auslöst. Du bist wie ein wandernder Trigger für mich. Und gleichzeitig alles, was ich mir immer so sehr gewünscht habe. Als wir auf dem Motorrad saßen. Zusammen. Das war …«

»Perfekt«, keuche ich. »Es war einfach perfekt.«

»Ja«, weint sie inzwischen richtig. »Ja, es war perfekt und es ist das, was ich will. Du bist, was ich will. Aber ich habe Angst, Caiden.«

»Ich weiß, Baby«, bringe ich stotternd über die Lippen und ziehe sie in einer fließenden Bewegung auf meinen Schoß. »Ich weiß, und es tut mir unendlich leid. Sie werden dafür bezahlen«, flüstere ich in ihr dichtes Haar. Ich liebe den Geruch nach Kokos und Vanille. »Ich werde jeden einzelnen büßen lassen, der dir je wehgetan hat. Das schwöre ich.«

Laut schluchzend schlingt sie ihre Arme um mich und weint gegen meine Halsbeuge. Sie teilt ihr Leid mit mir.

Es zerreißt mir mein Herz.

Ihr Schmerz wird zu meinem.

Ihre Feinde werden meine Feinde.

Und wenn die ganze Welt brennen wird. Ich werde nicht zulassen, dass ihr je wieder jemand zu nahe kommt.

»Es tut mir leid, wenn ich gemein zu dir war. Ich weiß, dass du nichts dafür kannst.«

»Hör auf, dich zu entschuldigen.« Ich ziehe ihren bebenden Körper noch näher an mich. Ich möchte sie am liebsten vom Rest der Welt abschotten. »Es gibt nichts, wofür du dich entschuldigen müsstest. Du bist so verdammt stark. Ich hatte ja keine Ahnung. Aber ab heute kämpfst du nicht mehr allein.«

»Was, wenn sie dir auch etwas tun? Was, wenn ich das hier zulasse und du auch weggehst? Alle lassen mich früher oder später allein. Alle.«

»Sch«, flüstere ich und streichle ihr über den Kopf. Ich bringe es nicht übers Herz, etwas zu versprechen, das ich womöglich nicht halten kann. Vor allem nicht, da ich gerade nichts sehnlicher will, als ins Clubhaus zu fahren und Brown die Eier abzureißen. »Alles wird wieder gut.«

Am liebsten würde ich mir selbst eine knallen für eine solch leere Phrase, aber mir will beim besten Willen nichts Besseres einfallen.

»Glaubst du das wirklich?«, schluchzt Amaia und ich meine, ein leises Lachen gedämmt durch den Stoff meines Shirts zu hören.

»Nein«, lächle ich ebenfalls und drücke meine Lippen auf ihren Scheitel. »Aber ich habe nicht die geringste Ahnung, was ich sagen kann, damit du dich besser fühlst. Ich sage ja, ich bin mies in so was.«

»Bist du nicht.« Sie klammert sich so fest an mich, als wolle sie in mich hineinkriechen.

Eine ganze Zeit sitzen wir so da. Meine Finger fahren über ihren Rücken, ihren Kopf und die Arme, bis ich das Gefühl habe, dass sie langsam ruhiger wird.

Ich allerdings werde mit jedem Ticken der Wanduhr unruhiger.

Keine Ahnung, ob es in der Natur der Männer liegt, es genetisch bedingt ist, oder ich es schlichtweg nicht anders kenne, aber mich dürstet es nach Rache. Jeder Schmerz ist leichter zu ertragen, wenn es einen Sündenbock gibt. Und wenn ich den Prinzipien meines Bruders glauben kann, dann ist Rache keine Sünde. Allerdings scheiße ich gerade auf jegliche Prinzipien. Ich will Blut sehen. Ob ich dafür in der Hölle lande, ist mir vollkommen gleichgültig. Wenn es so sein sollte, habe ich dort wenigstens genug zu tun.

Irgendwann ist es Amaia, die sich von mir löst.

Ihre Augen sind gerötet und geschwollen, als sie mich ansieht.

»Ich wollte das heute wirklich. Die Sache mit den Handschellen. Das hat mir gefallen. Keine Ahnung, warum ich ausgerechnet danach so ausgeflippt bin.«

Im ersten Moment erschrecke ich mich, als ein Lachen

aus mir herauskommt. Dann lasse ich es zu und nehme ihr Gesicht in beide Hände.

»Nach allem, was du mir gerade erzählt hast, ist das die Sache, an die du gerade denkst?«

Ertappt zuckt sie mit den Schultern. Die starke und toughe Amaia ist echt sexy, aber die schüchterne, unsichere Version ihrer selbst ist einfach nur zum Knutschen. Und genau das tue ich.

Ich küsse sie.

Zärtlich, aber auch irgendwie verzweifelt. Bei jeder meiner Bewegungen versuche ich, sie mir nicht als junges Mädchen vorzustellen. Verängstigt, allein.

Knurrend schließe ich die Augen und lege meine Stirn an ihre.

»Denkst du, du kommst ein paar Stunden ohne mich klar?«

Fast hätte ich durch einen Spalt geblinzelt, um ihre Reaktion zu sehen.

»Tu das nicht«, haucht sie und legt ihre eiskalten Finger an mein Gesicht. »Ich weiß genau, was du vorhast, und es ist keine gute Idee. Bitte lass es.«

Seufzend mache ich mich von ihr los.

Mein Blick lässt keine Widerrede gelten, als ich die Lider hebe.

»Ich muss. Ich kann das nicht einfach ignorieren und das wusstest du, als du mir davon erzählt hast.«

»Was, wenn er dir etwas antut?«

»Das kann er nicht. Ich bin ein Member.« Ich fixiere ihren Blick. »Einer von ihnen.«

Amaias Brust, die sich im schnellen Takt ihres Atems hebt und senkt, ist die einzige Reaktion auf diese Tatsache.

»Leg dich ein bisschen hin und versuch zu schlafen. Noch bevor du mich vermisst, bin ich wieder da.«

Ich gebe ihr einen hauchzarten Kuss auf die Nasenspitze, dann schiebe ich sie von mir herunter, ehe ich es mir anders überlegen kann.

Aber ich muss in den Club. Ich werde Brown zur Rede stellen. Was danach passiert, wissen nur die Götter.

Amaia schlingt die Decke um ihre Schultern, die heruntergerutscht war. »Bitte tu das nicht.«

Flehend sieht sie mich an. Der Zwiespalt in mir ist riesig, aber ich kann nicht klar denken, solange ich diese Wut in mir nicht herausgelassen habe.

»Mach dir keine Sorgen«, besänftige ich sie. Mit großen Schritten gehe ich zu meinem Schreibtisch und hole eine Visitenkarte heraus. »Hier. Das ist Colbys Nummer. Wenn irgendwas nicht in Ordnung ist, ruf ihn an.« Eindringlich schaue ich ihr in die Augen. »Und sei nicht zu stolz, um ihn anzurufen. Er hilft gern.«

»Nach heute Abend?«, fragt sie und schlingt die Decke noch enger. »Außerdem ist doch schon jetzt nichts in Ordnung. Dann kann ich ihn ebenso gleich anrufen.«

Ich stütze mich auf die Sofalehne und küsse sie auf die Stirn.

»Es wird sicher schnell gehen. Stell bitte nichts Dummes an.«

»Irgendwie fürchte ich, das sollte lieber ich sagen.« Ihr Grinsen wirkt nicht echt und der Schmerz in ihren Augen reißt mir beinahe den Boden unter den Füßen weg. Ich sollte sie nicht allein lassen. Mir ist klar, dass ich mich gerade wie ein Arschloch aufführe, weil ich sie genau in dem Augenblick zurücklasse, in dem sie mich am meisten braucht.

Seufzend lasse ich alle Luft entweichen.

»Alles kommt in Ordnung«, gebe ich eine weitere dämliche Floskel zum Besten.

Als ich hinüber zum Stuhl gehe und meine Kutte in die Hand nehme, fühlt sich alles daran falsch an. Es kommt mir vor, als würde ich mich an dem Ding verbrennen.

Voller Abscheu blicke ich auf die Lederweste in meinen Händen. Noch nie zuvor habe ich mich dermaßen geschämt, ein Scorpion zu sein, wie heute Abend.

Ohne Amaia noch einmal anzusehen, verlasse ich meine Suite und gehe auf den Fahrstuhl zu.

Heute hat sich alles verändert.

Ich habe mich verändert. Meine Denkweise. Meine Einstellung zum MC, aber auch meine Zuneigung zu Amaia. Und es war nicht gelogen, als ich sagte, dass ich für sie kämpfen werde. Und ich weiß genau, wer mein erster Gegner sein wird.

Kapitel Dreiundzwanzig

CAIDEN

Der Motor meiner Maschine ist längst abgekühlt.

Regen tropft von meiner Nasenspitze und rinnt mir den Hals hinunter.

Ich lege den Kopf in den Nacken und schließe die Augen. Ich sehe Amaia. Es ist immer nur sie.

Ich sehe ihr zorniges Gesicht, als sie, die Gartenschere in der Hand, auf mich zu gestapft kommt.

Furchtlos. Entschlossen und so abgebrüht.

Ich sehe die Abscheu, die regelrecht aus ihr sprudelte, als ich in ihr Haus eingedrungen bin. Ich kann die Adern an ihrem Hals hervortreten sehen, als sie mir in den Arsch getreten hat.

Und ich sehe vor mir, wie sie weint. Wie dicke Tränen der Trauer und der Angst über ihre Wangen kullern.

Unseretwegen.

Wegen dieses Clubs.

Knurrend steige ich von der Harley. Mein Plan war, erst etwas runterzukommen, ehe ich hineingehe, aber egal, wie lange ich hier sitze, meine Wut wird nicht weniger.

Nass bis aufs Hemd stoße ich wütend die Tür zum Clubhaus auf. Irgendein alter Countrysong klingt bis nach draußen und dichter Qualm steigt mir entgegen.

Mein Herz klopft unnatürlich schnell, als ich im Eingangsbereich stehe.

Es ist alles wie immer.

Ein paar Member sitzen an der Theke. Der dicke Dwane steht dahinter und bedient die Zapfanlage. Auf einem der Sofas, die im hinteren Bereich platziert sind, fällt mir Dons weißer Arsch ins Auge, weil er wie ein Karnickel irgendeine Hure rammelt. Ein paar Jungs spielen Dart, andere lassen sich von billigen Weibern betatschen.

Big Brown kann ich nirgends entdecken.

Ich komme mir vor wie ein Außenseiter, als ich durch den Raum gehe, in dem ich in den letzten Jahren unzählig viele Stunden verbracht habe. Das Clubhaus ist zu meinem Zuhause geworden, doch jetzt gerade fühlt es sich eher fremd an. Der Geruch. Die Menschen. Einfach alles.

»Hey, Dwane«, stoße ich aus und klopfe dabei zweimal auf den Tresen, um seine Aufmerksamkeit zu bekommen.

»Caiden. Lange nicht gesehen«, brummt der Kerl, der mindestens siebzig ist. Er fährt schon seit Jahren nicht mehr mit. Und weil mich die Erkenntnis wie ein Schlag trifft, dass ich nie wieder zusammen mit diesen Jungs auf der Straße fahren werde, halte ich mich am Tresen fest, um die Fassung nicht zu verlieren.

»Ich suche Brown. Ne Idee, wo er steckt?«

Mit verzogener Miene deutet er nach oben.

Bislang habe ich mir nie Gedanken darüber gemacht, wie ich es finde, dass der Pres sich irgendwelche Huren ins Bett holt, wenn seine Old Lady nicht da ist. Es hat mich nie gejuckt. Es hat in meinem Leben nie eine Rolle gespielt, wie ich zu diesen ganzen Beziehungsdingen stehe. Heute aber bietet sich damit noch ein Grund mehr, ihn zu verabscheuen. Wenn ich darüber nachdenke, was für ein Mensch man sein muss, um denjenigen zu betrügen, mit dem man sein Leben teilt, läuft mir ein Schauder über den Rücken. Ich werde niemals so ein Mann sein.

»Danke«, erwidere ich nickend und stoße mich vom Tresen ab.

Zeit für die schonungslose Wahrheit. Zeit für die Abrechnung.

Noch ehe irgendjemand sonst mitkriegt, was ich vorhabe, nehme ich immer zwei Stufen auf einmal nach oben und stürme auf sein Zimmer zu. Ich halte nicht mehr an. Denke nicht mehr nach. Meine Wut hat die Kontrolle über mein Denken übernommen. Ich handle instinktiv.

Es ist Amaia, die ich vor mir stehen sehe, als ich aushole und mit einem einzigen Tritt die Tür zu Browns Zimmer eintrete.

Weder der schrille Schrei der Hure noch das Krachen der Tür gelangen wirklich in meine Ohren. All meine Sinne sind auf meinen President gerichtet. Auf den Mann, den ich als Vorbild gesehen habe. Den Mann, von dem ich dachte, er wäre mehr mein Vater als mein eigener Dad.

Fluchend packt er seinen schrumpeligen Schwanz in seine Hose und richtet sich auf.

»Bist du irre, Clayton?«

Es fühlt sich an, als würde Feuer durch meine Adern schießen. Jede Faser meines Körpers ist angespannt und wartet nur darauf, sämtliche Spannung loszuwerden.

»Darauf kannst du Gift nehmen«, raune ich.

Ich werfe einen kurzen Blick auf die Frau, die sich einen Fetzen Stoff vor den Oberkörper presst und mich ängstlich ansieht.

»Verschwinde!«, fordere ich, aber nicht ohne sie noch einmal am Handgelenk aufzuhalten. »Wenn du da unten jemandem auch nur ein Wort hiervon erzählst, bist du die Nächste, die meine Wut zu spüren bekommt.«

So schnell sie kann, dackelt sie in ihren billigen High Heels davon.

»Du machst einen gewaltigen Fehler«, warnt Brown.

»Oh, ganz sicher mache ich das, aber weißt du was? Das ist mir scheißegal.« Ich werfe ihm meine Kutte auf den Schoß, die ich noch immer in der Hand halte. »Wir zwei sind fertig miteinander. Aber nicht, bevor du für deine Taten gebüßt hast.«

»Und was soll das sein?« Er stößt meine Kutte beiseite und kommt auf die Füße. Sein Oberkörper ist nach wie vor nackt und der Skorpion auf seiner Brust kotzt mich gerade richtig an.

Ohne zu zögern, hole ich aus und ramme ihm meine Faust so fest es geht in die Fresse.

Stöhnend sackt Brown zurück aufs Bett. Er hat nicht damit gerechnet, dass ich ihn schlagen würde, und ehrlich gesagt hätte ich das bis vor einer Stunde auch für unmöglich gehalten.

»Du bist tot, Clayton«, ächzt er. Blut rinnt aus seiner Nase und bahnt sich einen Weg über sein Kinn.

Lachend gehe ich auf ihn zu. Da ist kein rationales Denken mehr in meinem Kopf. Er ist derjenige, der sich wünschen wird, tot zu sein.

Noch ehe er sich aufrichten kann, werfe ich mich auf ihn und drücke ihm die Kehle ab.

»Du bist es. Du bist tot. Genauso wie dein dreckiger Bruder.« Brown röchelt und zappelt mit den Beinen, was mich nur anregt, fester zuzudrücken. »Ihr werdet zusammen in der Hölle schmoren für das, was ihr ihr angetan habt. Du beschissener …«

Im ersten Moment sehe ich nur Sternchen. Ich kann Browns Kehle nicht länger fixieren und kippe zur Seite.

»Mann, Cai, was soll der Scheiß?«, höre ich Dons Stimme.

Der Wichser hat mir eine übergezogen. Ich schüttle den Schmerz und den Schwindel ab und komme auf die Beine. So leicht lasse ich mich nicht kleinkriegen.

Also drehe ich mich herum und schlage meinen Kumpel, so fest es geht, mitten ins Gesicht. Er taumelt, doch im nächsten Moment stürmen noch weitere Member ins Zimmer. Ich nutze die Zeit, bis sie die Situation vollends erfasst haben und trete Brown, der noch immer vor mir auf dem Bett liegt mitten in die Rippen.

Dann bricht die Hölle los. Die Jungs brüllen wild durcheinander. Sie zerren an meinen Armen und Beinen und versuchen, mich zu fixieren. Erst gelingt mir noch der ein oder andere Schlag, aber als sie mindestens zu viert sind, bin ich endgültig chancenlos.

Sie reißen an mir, wuchten mich aus dem Raum und bringen mich in den Clubraum. Im Vorbeigehen spucke ich auf den Tisch und schreie dabei wie ein wildgewordenes Tier.

»Verdammt, Cai! Was soll der Scheiß?«, brüllt Don erneut.

»Ich werde den ganzen verfluchten Club niederbrennen!« Meine Stimme donnert durch das kahle Zimmer. Kalte abgestandene Luft legt sich auf meinen feuchten Körper. Nasse Strähnen kleben mir auf der Stirn und versperren mir die Sicht und doch sehe ich zum ersten Mal klar. »Die Scorpions werden brennen«, drohe ich und sehe dabei auf das eingerahmte Foto von Max Brown. *The Thunder*. Amaias Vater.

»Bist du jetzt vollkommen irre, Bro?« Daniel, Louis und McCollister halten mich fest, während Don mir eine Hand auf die Schulter legt. »Was ist hier los, verflucht?«

Mir bleibt keine Chance, zu erklären, welcher Teufel mich antreibt, weil in dem Moment unser Pres den Raum betritt. Humpelnd, mit Blut unter der Nase kommt er auf mich zu.

»Das hättest du nicht tun sollen, Caiden.« Seine Stimme ist ruhig und kontrolliert. »Du weißt, was das bedeutet.«

Ja.

Ja, ich weiß, was jetzt kommt.

Out in bad standing.

Ich werde rausgeschmissen und bin vogelfrei. Die Member sämtlicher Chapter dürfen mich prügeln, mich jagen, mich sogar töten, wenn sie es schaffen.

»Lieber bin ich tot, als noch einen Tag länger hinter dir herzufahren«, spucke ich mein eigenes Todesurteil mitten in sein Gesicht.

»Lasst uns das am Tisch besprechen«, schlägt Don vor. Er war mir immer der Liebste im Club. Aber die Vorstellung, dass er oder andere dabei waren, als Max versucht hat, seine eigene Tochter zu vergewaltigen, widert mich an.

»Es gibt nichts mehr zu besprechen.« Ich fixiere Brown. »Ich bin nicht länger ein Scorpion. Waffen, Drogen, Prügeleien. Meinetwegen. Aber niemals in meinem Leben fahre ich für einen Kinderficker.«

Die anderen Member schnappen nach Luft und dann sehe ich die Erkenntnis in den Augen des Pres.

»Die kleine Schlampe hat also gesungen.«

»Die kleine Schlampe hat einen Namen.« Ich sehe mich einmal im Raum um. Sollen sie es alle hören. »Wer von euch war noch dabei, hm? Wer hat es einfach hingenommen, dass der große Max Brown seine eigene Tochter vergewaltigen wollte? Du?«, frage ich und sehe McCollister ins Gesicht. Er gehört zu den Älteren und war einer der engsten Verbündeten von Amaias Vater. Die Schuld steht ihm ins Gesicht geschrieben. Er muss nicht mal antworten.

Brown nickt seinem Handlanger Kellerman zu. Ohne zu zögern, holt der bullige Rocker aus und schlägt mir in die Rippen.

Ich heiße den Schmerz willkommen. Er lenkt mich ab von den Höllenqualen, die ich erleide, seit Amaia in meinen Armen zusammengebrochen ist.

»Du weißt nicht, wovon du sprichst.« Brown zieht ein Päckchen Zigaretten aus der Tasche. Der Schein eines Feuerzeugs erhellt seine geschundene Nase und er kommt so nah, dass er mir den ersten Rauch geradewegs ins Gesicht pusten kann. Als Antwort hole ich Luft und spucke ihm mitten ins Gesicht.

Grinsend wischt er sich mit dem Unterarm meinen Speichel von der Wange. Dann tritt er zurück und überlässt Kellerman erneut das Feld. Dieses Mal trifft er mein rechtes Auge. Doch ich lache noch lauter als Brown.

»Sie war erst dreizehn!«, brülle ich.

Der nächste Schlag landet genau in meinem Magen. Ich keuche und huste.

»Lass mich los, dann zeige ich dir, was ich von dir halte.«

»Das ist also deine Dankbarkeit, ja, Caiden? Ich rette dir den Arsch. Wir nehmen dich hier auf und so zeigst du deine Loyalität? Indem du irgendeiner dahergelaufenen Mexiko-Schlampe ein Märchen abkaufst? Dafür verrätst du deinen Club?«

»Ich verrate niemanden. Dein Bruder war es, der seine Frau vergewaltigt und krankenhausreif geschlagen hat. Er hat versucht, seine Tochter zu missbrauchen, und ihr habt einfach nur dagestanden.« Mit aller Kraft zerre ich an meinen Armen. »Ihr seid feige Wichser. Ist es das, was die Scorpions sein wollen? Kinderficker und Vergewaltiger? Dann bin ich nicht länger einer von euch.«

»Das bist du sowieso nicht. Du bist tot.«

Die Member reden durcheinander. Immer mehr tauchen auf, um die Show nicht zu verpassen. Jungs, mit denen ich Monate, teils Jahre gefahren bin. Wir haben Jobs erledigt, Zeit zusammen verbracht. Auf der Straße, im Clubhaus. Ich dachte, diese Leute seien meine Familie. Aber ich habe mich getäuscht.

Erschöpft höre ich auf, mich gegen den Griff der anderen zu wehren.

»Töte mich, wenn es dich glücklich macht«, bringe ich müde hervor.

Statt einer Antwort nickt Brown noch einmal zu seinem Handlanger und im nächsten Moment spüre und höre ich, wie meine Nase knackt. Mein Kopf kippt nach vorne und ich sehe wie paralysiert auf das Blut, das in regelmäßigem Rhythmus auf den Boden tropft.

Ich habe mich getäuscht. Diese Männer hier sind nicht meine Familie.

Sie sind meine Feinde.

»Ich wusste schon damals, wann man sich einmischt und wann man besser die Klappe hält. In dieser Lektion, mein Junge, hättest du besser aufpassen müssen.«

Mit fletschenden Zähnen hebe ich den Blick.

»Ich. Bin. Nicht. Dein. Junge.«

»Stimmt. Du bist nichts mehr. Nur noch ein reicher Pisser, den die Straße sich holen wird.«

»Warum bringst du es nicht gleich hinter dich, hm?« Ich spucke das Blut aus meinem Mund aus. »Oder bist du dafür auch zu feige?«

Kellerman tritt mit seinem fetten Bauch unter der offenen Kutte erneut vor mich. Ich wappne mich innerlich für den nächsten Schlag und kneife die Augen zu.

»Fuck!«, brüllt der Prospect und ich sehe abrupt auf, nur um mich im Chaos wiederzufinden.

»Die Bullen!«, schreit irgendjemand anderes und sofort rennen alle aus dem Raum. Die drei an meinen Seiten lassen mich los und ich taumle nach vorn, nur um unsanft auf den Knien zu landen.

Rotes und blaues Licht flutet abwechselnd durch die Fenster.

»Scheiße, Cai. Komm schon. Komm hoch.«

Es ist Don, der seinen Arm um mich legt und mir hilft, auf die Füße zu kommen.

Wir sehen uns an, doch es bleibt keine Zeit für Erklärungen.

»Hinten raus«, schlage ich vor und huste dabei, weil mir kurz die Luft wegbleibt, während ich mich aufrichte. Don stützt mich und wir eilen gemeinsam bis zum Hinterausgang, der geradewegs über eine Eisentreppe ans Nachbargrundstück grenzt. Ein altes Diner, das seit Jahren leer steht.

Den Türgriff schon in der Hand, hält Don sich zurück.

»Geh. Ich werde ihnen sagen, dass ich dich nicht mehr gesehen habe.«

Er presst die Lippen zusammen und mir ist klar, in welchem Zwiespalt er steckt. Wenn er mir hilft, ist er genauso fällig wie ich. Aber er ist auch mein Freund. Das hat er oft genug bewiesen.

Daher lege ich ihm eine Hand in den Nacken und ziehe ihn zu mir.

»Danke, Mann.«

Anstatt etwas zu erwidern, klopft er mir lediglich auf die

Schulter und schiebt mich im nächsten Augenblick durch die Hintertür.

Meine Beine zittern und mein Kopf dröhnt, aber ansonsten bin ich fit genug, um die Treppe nicht direkt hinunterzufallen. So schnell es meine Rippen zulassen, schleiche ich mich um das Diner. Im Hintergrund bricht lautes Gebrüll los und die Bullen rufen immer wieder Anweisungen über ein Megaphon.

Meine schmerzenden Rippen verhindern ein tiefes Seufzen, aber dennoch bin ich mehr als erleichtert, als ich es unbemerkt durch den kaputten Bauzaun auf den Pico Boulevard geschafft habe.

Von hier sind es keine zwei Meilen bis zum Hotel. Ich stecke mir eine Zigarette an und ignoriere den Schmerz in meiner Lunge, als ich fest daran ziehe.

Zwei Meilen.

Zwei Meilen, auf denen mir klar wird, dass ich gerade meinen Tod besiegelt habe. Denn wenn Salazar mich nicht kriegt, werden es die Member tun, die nur darauf warten, einen Abtrünnigen zu erledigen.

Zwei Meilen, auf denen ich erkenne, dass ich einen Teil meines Lebens verloren habe.

Zwei Meilen, auf denen ich versuche zu begreifen, dass ich mich viele Jahre in etwas verrannt habe, ohne genau hinzusehen.

Zwei Meilen, bis ich endlich zu Hause bin.

Denn nicht die Scorpions sind meine Familie.

Vielleicht konnte ich mich niemals mit dem Hotel und allem, was damit zu tun hat, identifizieren. Aber meine Brüder sind meine echte Familie. Sie würden für mich sterben. Und ich würde meine Hände für sie ins Feuer legen.

Zwei Meilen, die mir deutlich machen, was gerade passiert ist. Ich habe für Amaia gekämpft. Ich bin für sie eingestanden und habe sie verteidigt. Denn das ist es nun mal, was man tut, wenn man jemanden liebt, oder nicht? Vollkommen egal, wie surreal es klingen mag, eine Frau nach so kurzer Zeit zu lieben. Ich tue es. Tief in meinem Inneren wusste ich es vom ersten Moment.

Ihr Leben lang war sie allein. Stark und unabhängig. Eine echte Kämpferin. Aber jetzt ist sie mein Mädchen. Wenn ich sterben sollte, weil ich für sie kämpfe, dann tue ich das mit hocherhobenem Haupt.

Ob durch Delgado oder die Scorpions. Wenigstens war mein Tod dann von Bedeutung.

Kapitel Vierundzwanzig

AMAIA

Negative und positive Gefühle liegen dicht beieinander. So bin ich einerseits glücklich und erleichtert über den seltsamen Verlauf dieses Abends, andererseits ärgere ich mich über mich selbst.

Wenn ich nicht so schwach gewesen wäre und Caiden nicht alles erzählt hätte, dann würde er sich nicht kopfüber einer sinnlosen Gefahr aussetzen. Und ich bin mir sicher, dass er genau das getan hat. Er hat versucht es zu vertuschen, aber die Wut in seinen Augen war nicht zu übersehen. Wenn mich meine Intuition nicht vollkommen täuscht, ist dieser Holzkopf geradewegs zum Chapter gefahren, um Brown eine reinzuhauen.

Die Minuten wollen einfach nicht schneller verstreichen, ganz gleich wie hastig ich von einer Seite der Suite zur anderen stapfe. Unentwegt setze ich meine Wanderung durch den Raum fort und warte darauf, dass er zurückkommt. Ich warte darauf, dass er hält, was er versprochen hat, und alles gut wird. Mir ist klar, wie naiv und kindisch dieser Gedanke ist. Niemand muss mir erklären, dass dieser Wunsch vollkommen surreal ist, aber das heißt nicht, dass ich ihn nicht aus ganzem Herzen hege. Seit heute pocht tief in meinem Inneren eine dumpfe Hoffnung. Die Hoffnung auf ein neues Leben. Auf Gefühle. Echte, markerschütternde Gefühle wie Freude und vor allem Liebe.

Am Tag, als meine Mom starb, habe ich mir selbst geschworen, den Rest meines Lebens allein zu bleiben. Der Schmerz, sie zu verlieren, war zu übermächtig. Niemals würde ich so etwas noch einmal durchstehen. Mein Vater hat schon vor langer Zeit dafür gesorgt, dass mir dieses Vorhaben nie schwergefallen ist. Da waren immer diese stechenden Gedanken in mir.

Du bist nicht gut genug. Nicht liebenswert. Niemand möchte an deiner Seite sein. Sie alle werden dich verlassen.

Meinem erwachsenen Ich ist klar, dass meine Mom mich nicht aus mangelnder Liebe verlassen hat. Sie hat mich geliebt. Das weiß ich. Aber dem kleinen Mädchen in mir ist egal, warum sie nicht mehr hier ist. Sie verletzt es nur, allein zu sein.

Aber ich habe mich damit arrangiert und eigentlich dachte ich auch, ich komme gut ohne den ganzen Gefühlskram klar.

Bis Caiden plötzlich in mein Leben getreten ist. Ich wollte ihn so sehr hassen, dass ich den Moment verpasst habe, in dem ich mich in ihn verliebt habe. Aber das habe ich. Das allein beweist die Angst, die ich seit den letzten zwei Stunden empfinde. Und ich hasse sie.

Ich hätte ihn nicht gehen lassen dürfen. Ich war dermaßen abgelenkt von meinem inneren Chaos und all diesen Emotionen, die auf einmal hinauswollten, dass ich nicht klar denken konnte.

Als die Tür zur Suite sich öffnet, sprinte ich aus dem Schlafzimmer in den Hauptraum und bleibe abrupt stehen.

Negative und positive Gefühle liegen dicht beieinander. O ja, das tun sie. Denn so erleichtert ich bin, dass er hier ist, genauso gern möchte ich ihm eine donnern, weil er dumm ist.

Allerdings hat das offensichtlich schon jemand vor mir übernommen.

»Hey, Sweetheart.«

»Du bist so ein verdammter Idiot«, keife ich. Mein Herz trommelt bei seinem Anblick wie wild in meiner Brust.

Die Haare kleben ihm nass im Gesicht. Regen hat sich mit jeder Menge Blut vermischt und das weiße Shirt rosa gefärbt. Er hält sich mit einer Hand den Bauch und hat offensichtlich Schmerzen.

»Ich freue mich auch, dich wiederzusehen.« Vor Ironie triefend versucht er ungeschickt die Schuhe von den Füßen zu kicken.

»Am liebsten würde ich dir eine reinhauen! Was hast du dir dabei gedacht?«

Wütend stapfe ich hinüber und helfe ihm dabei, die Schuhe loszuwerden.

»Es sieht schlimmer aus, als es ist. Ein bisschen Eis und schon ist alles wieder heil.«

Sein amüsierter Tonfall bringt mich dazu, frustriert zu fauchen wie eine Raubkatze.

Nachdem ich die Stiefel zur Seite gestellt habe, richte ich mich zornig auf.

Ich beiße mir auf die Zunge, um alle Beleidigungen bei mir zu behalten. Stattdessen begutachte ich die Wunden in seinem Gesicht.

»Könnte sein, dass das genäht werden muss«, stelle ich tonlos fest.

Seine Augenbraue ist aufgeplatzt. Blut sickert aus der Wunde. Auch unter der Nase kleben dunkle bereits getrocknete Reste, aber die Braue sieht schlimmer aus.

Caiden streicht mir eine Strähne aus der Stirn.

»Wie geht's dir? Hast du dich ein bisschen ausgeruht?«

»Sag mal«, kreische ich fast hysterisch und verpasse ihm einen Boxer gegen die Schulter. »Geht's noch? Du tauchst hier so auf und fragst mich, wie es mir geht? Bist du verrückt?«

»Verrückt nach dir.« Er macht sich eindeutig über mich lustig.

Irgendwo zwischen Zorn und Erleichterung schiebe ich den riesigen Kerl in das kleine Badezimmer direkt neben der Tür.

»Ich bin nicht sicher, ob sie dir zu fest auf den Kopf geschlagen haben oder besser noch ein bisschen fester zugehauen hätten«, meckere ich vor mich hin. »Setz dich.«

»Aye aye, Ma'am.«

Ächzend lässt er sich auf den Badewannenrand sinken. Ich halte eins der schicken weißen Handtücher unters Wasser.

»Wir müssen das saubermachen, und wenn es nicht aufhört zu bluten, lässt du dich nähen.«

»Kannst du nähen?«

Ich ignoriere seine Frage und trete zwischen seine Beine, um das Blut aus seinem Gesicht zu wischen. Caiden verzieht nicht eine Miene, während ich über die geschundene Haut fahre.

Ich tupfe über seine Augenbraue und drücke einen Moment lang ein Stück der trockenen Handtuchseite auf die Wunde.

Dabei legt er den Kopf leicht in den Nacken und unsere Blicke treffen sich.

Meine Finger zittern, während ich versuche, die Blutung zu stoppen.

Je länger er mich ansieht, umso mulmiger wird es mir.

»Hey.« Caidens tiefe Stimme hallt in dem kleinen Bad wider.

»Siehst du«, schimpfe ich nicht mehr ganz so nachdrücklich. »Das ist das Problem. Da lasse ich einen Abend lang zu, dass du mehr bist, als ein gewöhnlicher Fick und schon denkst du, du kannst mich mit diesem durchdringenden Sex-Blick und der tiefen Stimme um den Finger wickeln.«

»Funktioniert es?«

Am liebsten möchte ich ihm sein süffisantes Grinsen aus dem Gesicht schlagen.

Stattdessen streichle ich mit den Fingern vorsichtig über die blaue Haut an seinem Jochbein.

»Sieh dir das an. Jetzt können wir im Partnerlook gehen.« Ich ignoriere seine blöde Frage, um ihm nicht auch noch recht geben zu müssen. Beim flüchtigen Blick in den

Spiegel neben uns, ist zwar von meinem Veilchen kaum noch etwas zu sehen, dafür schockt mich kurz der Anblick, der sich mir stattdessen bietet. Wie ich zwischen Caidens Beinen stehe. Seine Hände auf meinen nackten Oberschenkeln. Ich in nichts anderem als einem seiner Shirts, das auf dem Bett lag.

Wir sehen aus wie ein echtes Paar.

»Keiner wird dir je wieder wehtun.«

»Du tust mir weh, wenn du so dämliche Aktionen bringst.« Frustriert sehe ich zurück in sein verwundetes Gesicht. Ein weiteres Mal schlage ich ihm gegen die Schulter. Allerdings nicht so fest wie beim ersten Mal.

»Was hast du denn erwartet? Hätte ich morgen im Club aufschlagen sollen, als wäre nichts passiert? Verflucht, Amaia. Ich bin doch kein Roboter.«

Seufzend nehme ich das Handtuch runter. Die Wunde hat beinahe aufgehört zu bluten.

Es dauert ein paar Atemzüge, bis ich mich ebenfalls beruhigt habe.

»Wie ist es gelaufen?«

Ehrlich gesagt will ich es gar nicht wissen. Andererseits macht es mich total kirre, es nicht zu wissen.

»Na ja. Wir sind aneinandergeraten, wie du siehst.«

Caiden presst die Lippen zusammen und ich bin mir sicher, da ist noch mehr. Ich war lange genug die Tochter eines Members, um zu wissen, dass niemand einfach so den President vermöbelt und ungeschoren davonkommt.

»Und weiter?«

Caiden lässt seine Stirn gegen meine Brust sinken.

»Sagen wir mal so. Wir konnten unsere kleine Unterhaltung nicht abschließen. Die Bullen kamen dazwischen.«

»Ach«, stoße ich aus und mir entweicht doch tatsächlich ein mädchenhaftes Kichern. »Was für ein Zufall.«

Abrupt sieht Caiden auf.

Ich kriege das dumme Grinsen nicht so schnell aus dem Gesicht gewischt, wie unsere Blicke sich treffen.

»Nein.« Nie zuvor habe ich diese Art jugendliche Euphorie in seiner dunklen Stimme gehört.

Hektisch drehe ich mich um und werfe das blutbeschmierte Handtuch ins Waschbecken.

»Denkst du wirklich, nur weil ich heute Abend einmal geweint habe, bin ich jetzt das kleine, wehrlose Mädchen, das traurig im Bett sitzt und auf seinen Freund wartet? Dann kennst du mich aber wirklich schlecht.«

Damit meine Hände etwas zu tun haben, fange ich an, das Blut aus dem Handtuch zu waschen. Das Wasser verfärbt sich rosa und rinnt über das weiße Porzellan.

Es dauert nicht lange, dann spüre ich Caidens Arme um meinen Bauch und sein Kinn auf meiner Schulter.

Ich blicke in den Spiegel und sehe sein schelmisches Grinsen.

»Jetzt bin ich also schon dein Freund?«

Genervt ziehe ich die Brauen zusammen, doch sein Grinsen wird nur noch breiter, während er sanft mit seinen Lippen über meinen Hals streicht. »Ich möchte alles von dir kennen, Sweetheart.«

»Dann solltest du vielleicht Zeit mit mir verbringen, anstatt dich in der Gegend herumzuprügeln.«

Seine Lippen berühren zart meinen Hals.

»Danke, dass du die Cops gerufen hast.«

Ich halte in meiner Bewegung inne und lege meinen Kopf zur Seite, damit er mich weiter liebkosen kann. Dabei beobachte ich im Spiegel, wie seine großen Hände über meinen Bauch streicheln und seine langen, feuchten Haare mich am Kinn kitzeln.

Um nicht schon wieder loszuheulen, senke ich den Blick.

»Danke, dass du dich für mich eingesetzt hast«, bringe ich krächzend über die Lippen. »Das musstest du nicht tun.«

»Musste ich nicht?«, fragt er und sieht in den Spiegel. Ich tue es ihm gleich und verliere mich direkt in dem tiefen Grün.

»Ich bin nicht schwach, Caiden. Ja, ich habe all das lange Zeit heruntergeschluckt. Aber ich bin nicht schwach.« Meine Hände krallen sich von ganz allein in den getränkten Frotteestoff. »Ich kann selbst für das einstehen, was ich möchte. Und das habe ich nicht gewollt. Dass du meinetwegen in Schwierigkeiten gerätst, ist das Letzte, was ich gebrauchen kann.«

»Ich weiß, dass du stark bist, Sweetheart.« Sein Seufzen untermalt diesen blöden Kosenamen. »Aber du musst jetzt nicht mehr allein kämpfen.«

»Das mag ja sein.« Ich drehe mich herum und nehme sein großes sexy Gesicht in meine Hände. Selbst blutverschmiert und vollkommen fertig sieht er perfekt aus. »Aber dann musst du dich auch daran halten. Wenn du glaubst, dass das eine Beziehung wird, in der du den Obermacker spielst, während ich dir das Essen koche, dann können wir es direkt lassen.«

»Dann sind wir jetzt in einer Beziehung?«

Er strahlt mich an wie ein junger Welpe, der auf seine Belohnung wartet.

»Clayton«, schimpfe ich. Als ich dieses Mal aushole, fixiert er mein Handgelenk und gibt einen Kuss darauf.

»Ich habe es kapiert«, lacht er. »Wenn ich das nächste Mal in den Krieg ziehe, verkleiden wir dich als Lara Croft und gehen Seite an Seite in die Schlacht.«

»Du machst dich lustig über mich.«

Er kauft mir meinen gekünstelten Schmollmund sowieso nicht ab.

»Das würde ich mich niemals wagen.« An den Schultern zieht er mich zu sich heran. »Bist du eine gute Krankenschwester und hilfst mir unter die Dusche?«

»Ich sollte dich lieber windelweich prügeln.« Kopfschüttelnd greife ich nach seinem Shirt und schnappe im nächsten Moment nach Luft, weil seine gesamte Flanke blau unterlaufen ist. »Fuck«, rutscht es mir heraus. Gleichzeitig fahren meine Fingerspitzen hauchzart über seinen harten Oberkörper.

»Hm«, summt er und schließt genießerisch die Augen. »Vielleicht überspringen wir die Dusche.« Er zwinkert durch den Spalt seines rechten Auges, was fast schon komisch aussieht, weil es geschwollen ist. »Habe ich dir übrigens schon gesagt, wie unfassbar scharf ich dich in meinem T-Shirt finde?«

»Du bist verletzt«, versuche ich wieder auf das Wesentliche zu lenken.

»Hör auf, dir Sorgen zu machen, Baby. Es geht mir gut.« Seine Hände gleiten unter mein, beziehungsweise sein, Shirt und ziehen es mir über den Kopf. »Und schon geht es mir noch etwas besser.«

Als seine Daumen über meine harten Brustwarzen streifen, schnappe ich erneut nach Luft.

»Du solltest dich ausruhen.«

»Hm«, knurrt er und legt seine Lippen auf meine. Der Kuss schmeckt nach Blut und Schmerz. »Später.« Die Silben wandern auf direktem Weg aus seinem Mund in meinen.

Bedacht darauf, den Bluterguss an seiner Seite nicht zu berühren, schiebe ich ihn langsam rückwärts unter die Dusche. Ich kann den Gedanken nicht ertragen, dass es womöglich Browns Blut ist, das noch an seinem Körper klebt.

An meinem Mund spüre ich, wie er grinst, weil ich zwischen uns greife und anfange, seine Hose zu öffnen.

Mein Vorhaben wird unterbrochen, weil ich plötzlich einen spitzen Schrei ausstoße.

Eiskaltes Wasser strömt auf uns hinab, noch bevor ich seine Jeans auch nur herunterziehen konnte.

»Sorry.« Caiden zieht lediglich entschuldigend eine Schulter hoch, als ich ihn wütend anfunkle. Wir kennen uns erst wenige Tage, und doch ist es bereits das zweite Mal, dass wir vom Wasser einer Dusche überrascht werden.

Der Schock weicht schnell einem anderen Gefühl, während ich das Wasser beobachte, das von seinen Lippen perlt und sich einen Weg über sein Sixpack bahnt. In den feinen Härchen, die von seinem Bauchnabel in den Saum seiner

Hose verschwinden, verfängt es sich und ich lecke mir unwillkürlich die Lippen.

Langsam finden meine Finger den Weg zurück zu seinem Schritt. Ich öffne Knopf für Knopf, ohne meine Augen von seiner Haut zu nehmen.

Caiden stützt sich an beiden Seiten der bodentiefen Dusche ab. Außer seiner schweren Atmung bleibt er regungslos. Auch als ich auf die Knie gehe und ihm helfe, aus der Hose und den Socken zu steigen. Mein Herz klopft wie wild, als ich seine Shorts schließlich ebenfalls herunterziehe und seine Erektion mir quasi direkt ins Gesicht springt.

Es ist anders.

Als ich meine Finger um seine Härte lege, fühlt es sich anders an.

Bedeutsamer.

Intimer.

Ich fühle mich schutzlos.

Und doch ist es besser als je zuvor.

Genießerisch lasse ich die Augen zufallen, als ich meine Zunge um seine Spitze kreisen lasse und ihn schließlich tief in mich aufnehme. Sehr tief.

»Fuck«, knurrt Caiden. Meine Hände finden den Weg zu seinen angespannten Oberschenkeln.

Meine Zunge schließt sich um seine Spitze und ich sauge seinen harten Schwanz unter meinen Gaumen. Bei jedem Mal, wenn ich ihn etwas aus mir herausgleiten lasse, nur um ihn direkt danach tief in meinen Rachen zu ziehen, flucht Caiden stöhnend. Das inzwischen heiße Wasser der Dusche rinnt über meinen Rücken und mein Gesicht und vermischt sich mit meinem Speichel. Es hat mir nie etwas ausgemacht, Männern einen zu blasen, allerdings habe ich dabei nie so viel Hingabe und Freude empfunden wie bei ihm.

»Amaia«, keucht Caiden. Seine Hände legen sich an meinen Kopf.

Ich sauge noch heftiger, pumpe meinen Mund noch

schneller auf seinem Schwanz und blase ihn um den Verstand.

»Amaia«, wiederholt er und ich spüre, wie er sich zurückzieht. »Warte. Verdammt. Fuck.«

Grinsend lasse ich seine Härte aus meinem Mund gleiten und sehe zu ihm hoch.

»Es ist okay«, hauche ich, aber er zieht mich trotz meiner Worte auf die Füße.

»Glaub mir, es gibt nicht vieles auf dieser Welt, das ich mehr will, als in deinen süßen Mund zu kommen. Aber nicht heute.« Er legt seine Hände um mein Gesicht und küsst mich sanft auf den Mundwinkel. »Wir haben den Rest unsere Lebens Zeit zu ficken, aber das hier. Das sollte etwas anderes werden.«

»Ich ... ich«, stottere ich. Mit einem Mal fühle ich mich wie eine Sechzehnjährige, die es noch nie getan hat. »Ich kann nichts anderes.«

Caiden zieht meinen, bis auf einen schwarzen Spitzenslip, nackten Körper zu sich heran. Ich spüre seine Erektion an meinem Bauch und mein Unterleib zieht sich sehnsüchtig zusammen.

Fragend sieht er mich an und ich habe das dringende Bedürfnis, mich ihm zu erklären.

»Ich habe niemals mit einem Mann geschlafen. Ich hatte Männer. Viele. Aber für keinen von ihnen hatte ich je Gefühle.«

Seine Lippen verziehen sich allmählich zu einem breiten Grinsen.

»Vielleicht sollte es das nicht, aber das gefällt mir.«

»Weil ich eine verkorkste Tussi bin?«

»Nein.« Sanft streicht er mir die nassen Haare aus dem Gesicht. Durch das Duschwasser rinnt erneut Blut aus seiner Braue. »Weil es mir genauso geht. Ich habe niemals eine Frau geliebt. Nie.«

Ich weiß nicht genau, was es ist, das sich verändert, aber irgendetwas im Raum scheint nicht mehr so zu sein wie vorher. Wir scheinen nicht mehr die Gleichen zu sein.

Caiden greift nach einem weiteren Handtuch und tupft sich vorsichtig das Gesicht trocken, ehe er meine Hand ergreift und mich aus dem Bad führt.

Meine Knie zittern, als er das Schlafzimmer ansteuert. Ich komme mir vor wie eine hypernervöse Jungfrau. Alle Lust auf ihn verfliegt, weil ich mich nur noch damit beschäftigen kann, ob ich wirklich verdiene, was hier gerade vonstattengeht. Ob es clever ist, das zu fühlen, was ich fühle. Wie ich es mir verbieten könnte oder warum er überhaupt ausgerechnet mich lieben sollte. Das macht überhaupt keinen Sinn.

Ich bin ein Nichts. Ein Niemand. Nur eine einsame Frau mit einer ätzenden Vergangenheit. Ohne es zu wollen, brechen alte Muster aus mir hervor. Ich lege meinen Panzer an. Sperre mich gegen alles, was da an Gefühlen in mir hochkommt.

»Hör auf, nachzudenken, Sweetheart.«

»Mach ich doch gar nicht«, lüge ich und klinge dabei viel zu hohl.

Ein leichtes Lächeln umspielt Caidens Mund. Ich habe nicht mal mitbekommen, dass er mich bis zur Kante seines Bettes geschoben hat. Erst jetzt spüre ich die Matratze in meinen Kniekehlen.

Caiden wischt sich noch ein letztes Mal über das Gesicht, dann wirft er das Handtuch auf den Boden. Seine Nase ist sauber. Seine Braue blutet nur noch minimal. Es ist das erste Mal, dass seine Haare offen sind.

»Ich wünschte, du könntest dich durch meine Augen sehen.« Viel zu zärtlich für meine Verhältnisse schiebt er mich aufs Bett. Er zieht mir den Slip von den Beinen und streift mit seinen Fingern meine Mitte. Mein Körper reagiert instinktiv. Lieber Lust als alles andere. Mit Lust kann ich umgehen. »Du bist wunderschön.« Sein Mittelfinger teilt meine Schamlippen. »Und so stark.« Mein Rücken biegt sich durch, als er einen Finger in mich hineinschiebt. »Und feucht«, bringt er grinsend hervor. Sein Blick wandert zwischen meine Beine.

Ich lasse den Kopf zur Seite kippen und schließe die Augen.

»Ts, ts, ts«, macht Caiden und mit der freien Hand holt er mein Gesicht zurück in sein Blickfeld. »Nicht doch. Hör auf, dich dagegen zu wehren. Ich will dich nicht ficken, Amaia. Ganz oder gar nicht.«

Ich versuche meine Angst herunterzuschlucken.

»Ganz«, flüstere ich, nicht sicher, ob ich bereit bin für diese Welle an Intimität und Emotionen.

»Es ist okay, wenn es uns Angst macht.« Caiden schiebt sich zwischen meine Beine. Im Gegensatz zu mir wirkt er nicht gerade, als würde ihm das hier Angst einjagen. Jedes seiner Worte klingt perfekt. Jede seiner Berührungen wirkt selbstsicher.

Weil ich einfach nicht weiß, was ich tun soll, fasse ich zwischen uns und platziere seine Härte an meinem Eingang.

Langsam dringt er in mich ein. Aber nicht nur seine Erektion ist es, die sich in mich drängt. Seine Augen bohren sich geradewegs in meine Seele. Sein Herz bahnt sich einen Weg in mein eigenes und ich kneife vor lauter Verzweiflung die Augen zu.

Was, wenn er mich irgendwann auch verlässt?

Was, wenn ihm etwas zustößt?

Oder viel schlimmer noch, was wenn ich ihn enttäusche?

»Sieh mich an, Amaia.« Seine tiefe Stimme klingt wie ein jämmerliches Flehen. Entschlossen nimmt er mein Kinn zwischen seine Finger, zwingt mein Gesicht in seine Richtung.

»Ich kann nicht.« Es ist nicht mehr als ein dünnes Hauchen, das über meine bebenden Lippen kommt.

Jahrelang habe ich fremde Männer gefickt. Auf jede mir erdenkliche Weise. Doch noch nie habe ich Liebe gemacht. Ich bin niemals auf diese Weise geliebt worden. Mit dem Herz und dem Körper zugleich. Und es ist überwältigend.

»Du kannst!« Caidens Knurren holt mich zurück aus meinen Gedanken. Bringt mich wieder ins Hier und Jetzt, in dem ich ihn noch immer nicht auf die Weise spüre, die ich brauche.

Er drückt mein Kinn noch fester nach oben, während ich meine Fingernägel in seine Schultern bohre.

Ich kann nichts dagegen tun, dass ich Tränen auf meinen Wangen spüre.

»Sieh mich an, Sweetheart. Lass es zu.«

»Ich habe Angst, Caiden«, flüstere ich und öffne zaghaft die Augen.

In dem Moment, in dem unsere Blicke sich treffen, dringt er mit einem kräftigen Stoß in mich ein.

Ich bäume mich auf unter der Erregung, der Erleichterung und dem Gefühl, das sich endlich nicht mehr falsch anfühlt. Ihn zu wollen, ist mit einem Mal kein Fehler mehr.

Stöhnend lasse ich die Augen zufallen und schlinge meine Arme um seinen Hals. Ich presse mein tränennasses Gesicht in Caidens Halsbeuge und genieße, wie er mich mit langsamen, aber kräftigen Stößen liebt. Nie zuvor hat ein Mann mich auf diese Art genommen.

»Ich bin da«, verspricht er, beinahe als könne er meine Gedanken und meine Ängste hören, weil ich ihm so nah bin. »Ich gehe nicht weg.«

Als er sich aus mir zurückzieht und unsere Oberkörper sich voneinander lösen, möchte ich am liebsten laut aufheulen.

»Ich will sehen, wie du kommst. Schau mich an. Wehr dich nicht. Nicht gegen mich.«

»Caiden«, flehe ich, ohne zu wissen, worum ich bitte. Um Erlösung. Erleichterung. Um Verständnis und Respekt. Und am Ende vor allem um seine Liebe.

»Ich bin da«, wiederholt er noch einmal wie ein Gebet. Und ich glaube ihm.

Ich möchte ihm glauben.

Seine Stöße werden drängender. Unser Atem kommt stoßweise im Gleichtakt und ich verliere endgültig den Draht zur Realität.

Schwebend treibe ich davon in eine andere Galaxie.

Caiden spießt mich auf. Trifft den einen besonderen Punkt, der mich an den Rand treibt.

Ich bin so kurz davor.

Bis ein ohrenbetäubender Knall meine Gefühle in Tausende, Abertausende Scherben explodieren lässt. Klirrend fliegen sie durch den Raum gemeinsam mit Möbeln, Wänden und der Decke.

Ich sehe Caiden an. Sein Körper wird schwer auf meinem.

Seine Augen schließen sich.

Warte ... denke ich, doch schon eine Sekunde später ist es zu spät.

Er scheint nicht mehr bei mir zu sein.

Und das Letzte, was mir durch den Kopf geht ist: Es war doch gerade alles gut.

Kapitel Fünfundzwanzig

CAIDEN

»Es geht mir gut.« Mit aller Kraft, von der nicht viel geblieben ist, versuche ich die Krankenschwester abzuschütteln. Sie lässt sich nicht davon abbringen, irgendwas in den Schlauch zu spritzen, der in meinem Handrücken steckt. »Ich. Sagte. Es. Geht. Mir. Gut«, wiederhole ich mit etwas mehr Nachdruck. Die Schärfe in meiner Stimme lässt sie innehalten. Sie räuspert sich ungehalten und stemmt eine Hand in die Hüfte.

»Sie müssen sich ausruhen, Mister Clayton. Sie brauchen dringend ein Antibiotikum gegen mögliche Infektionen und eine weitere Dosis Schmerzmittel.«

»Ich brauche nur eine Zigarette und muss nach meinem Bruder und meiner Freundin sehen. Also sehen sie zu, dass wir hier fertig werden.« Trotz der Lage, in der wir uns befinden, bemerke ich, wie seltsam es klingt Amaia als meine Freundin zu betiteln. Aber das ist sie. Sie ist die erste Frau, mit der ich wirklich zusammen sein will. Und ich habe eine Scheißangst um sie. Daher schaffe ich es nicht, die totale Verzweiflung aus meiner Stimme fernzuhalten.

Dafür ist sie zu mächtig. Sie bricht über mir zusammen, genau wie die Decke des Hotels es getan hat.

Die letzten Stunden waren ein Albtraum. Mit einem riesigen Knall ist meine Welt einfach zusammengebrochen. Buchstäblich. Herumfliegende Möbel, eingestürzte Decken und Wände. Dieser ohrenbetäubende Knall und dann … Stille. Das ist das Schlimmste, an das ich mich erinnere.

Die Minuten, bis das das Chaos in Form von Rettungsleuten ausgebrochen ist, herrschte eine grauenvolle Ruhe.

Totenstille.

Ich weiß nicht, wie lange ich ohne Bewusstsein war, aber als ich wach wurde, war da nichts. Kein Weinen, kein Schreien, kein Ton. Nur Amaias schlaffer Körper unter mir und das permanente Sausen in meinen Ohren. Ich bin es noch immer nicht losgeworden. Genauso wie die Panik, die mich in diesem Moment beschlichen hat. Wie Gift ist sie durch meine Adern gesickert und hat mich verpestet.

Wenn ich die Augen schließe, erinnere ich mich an Amaias Gesicht. Unnatürlich weiß und so ruhig. Kein skeptischer Blick, keine hochgezogenen Augenbrauen. Regungslos lag sie da. Ich habe mich von ihr heruntergerollt und versucht sie zu wecken, aber sie hat sich einfach nicht bewegt.

»Entspannen Sie sich, gleich wird es besser.«

Die Stimme der Krankenschwester reißt mich aus meiner Trance und gleichzeitig überspannt sie den Bogen meiner Geduld.

»Ich entspanne mich, wenn ich bei meiner Familie bin«, meckere ich sie an und zögere keine weitere Sekunde. Es ist schon viel zu viel Zeit vergangen. Wütend stiere ich sie an, während ich gleichzeitig den Schlauch aus meiner Hand ziehe. »Es reicht jetzt.«

»Mister Clayton«, empört sie sich, schweigt aber, sobald sie den tödlichen Ausdruck in meinen Augen sieht.

»Wo sind sie?«

Drei simple Wörter, die ich nun schon mehrfach ausgesprochen habe, die aber anscheinend erst Wirkung zeigen, wenn ich dabei laut werde.

»Eine junge Frau wird im Zimmer nebenan behandelt. Außer ihnen beiden gab es nur Leichtverletzte, die sich in der Notaufnahme im Erdgeschoss befinden.«

Eine Zentnerlast fällt von mir ab und beinahe hätte ich

mich wieder auf die Liege sinken lassen, von der ich mich gerade erst erhoben habe.

»Danke«, bringe ich leise hervor. Mein Puls rast noch immer und in meinem Kopf dröhnt es schlimmer als nach jeder durchzechten Nacht.

Ich ignoriere den entsetzten Blick der Schwester genauso wie die Tatsache, dass ich lediglich ein dünnes Krankenhaushemd trage. Auch, dass pausenlos Blut aus meinem Arm tropft, ist mir scheißegal.

Entschlossen marschiere ich aus dem Zimmer und sehe mich kurz um. Rechts von mir entdecke ich ein Schwesternzimmer und einen Wartebereich. Daher trete ich, ohne zu klopfen, in das Zimmer zu meiner Linken.

»Caiden.«

Die darauf empörten Rufe der Ärzte und Schwestern gehen gänzlich an mir vorbei. Ich habe nur Augen für sie.

»Amaia«, stoße ich aus und gehe auf sie zu. Sie trägt das gleiche Hemd wie ich und liegt mit blassem Gesicht in einem Krankenhausbett. Mit einem flüchtigen Blick versuche ich zu erfassen, wie schwer verletzt sie ist, doch ich kann mich kaum von ihrem Gesicht losreißen.

Erschrocken starrt sie mich an. »Bist du verletzt?« Keuchend beobachtet sie, wie Blut unaufhörlich aus meiner Hand auf den Boden tropft.

»Ich ... was? Nein!« So gut es geht, schüttle ich meine Hand ab, was die Sache nur noch schlimmer macht. »Es geht mir gut.« Endlich erwache ich aus meiner vorübergehenden Schockstarre und hechte zu ihr. »Was ist mit dir?«

Die Ärzte, die sie behandeln, schauen zwischen uns hin und her.

»Was ist mit ihr?«, richte ich mich an sie. Herrgott, wenn ich nicht bald erfahre, dass es meiner Familie gut geht, erleide ich noch einen Herzinfarkt.

»Es ist nichts«, mahnt Amaia, doch der ältere Arzt mit dem weißen Haar und den faltigen Händen schüttelt den Kopf.

»So würde ich das nicht nennen, Miss Rodriguez. Ihre

Elle ist gebrochen. Wir müssen schauen, ob eine Operation notwendig ist und zudem können wir noch nicht abschließend davon ausgehen, dass sie keine inneren Verletzungen haben.«

»Es ist nichts?«, frage ich sie wütend und blicke zurück auf ihren Arm. Erst jetzt fällt mir auf, dass sie ihn seltsam am Körper hält. »Heilige Scheiße.«

Seit Stunden werde ich behandelt. Ich habe Medikamente bekommen, man hat mir Schnittwunden auf dem Rücken genäht und mir meine Schulter wieder eingerenkt. Nichts davon hat mir körperlich und seelisch so dermaßen wehgetan, wie mein Mädchen, das meinetwegen verletzt wurde. Und zwar ausgerechnet in dem Augenblick, in dem sie sich endlich geöffnet hat.

»Es ist nicht viel«, hält sie trotzig dagegen.

Sanft drücke ich meine Lippen gegen ihre Schläfe.

»Scheiße, Sweetheart. Es tut mir leid«, flüstere ich. Selbst wenn die Ärzte mich gehört haben, lassen sie es sich nicht anmerken. »Ich wünschte …«

»Hey«, unterbricht sie mich. Ihre warmen Finger auf meinem Gesicht zu spüren, nimmt mir einen kleinen Teil meiner Schmerzen. »Es war nicht deine Schuld, okay?« Seufzend richtet sie sich an die Krankenschwester, die eine kleine Schürfwunde an ihrer Wade betupft. »Könnten Sie bitte.« Dabei deutet sie auf meine noch immer blutende Hand.

Hastig nickt die zierliche Blondine und sammelt von einem Materialwagen einen kleinen Tupfer und eine Mullbinde ein.

Ohne mich auch nur einen Millimeter von Amaia zu lösen, halte ich ihr meine Hand hin.

»Sie beide haben riesiges Glück gehabt.«

»Gab es außer uns wirklich niemanden, der ernsthaft verletzt wurde?« Amaias dunkle Augen sehen mich fragend an. »Was ist mit Colby? Und was ist da überhaupt passiert? Ich erinnere mich nur daran, dass es einen Knall gegeben hat und auf einmal war alles schwarz.«

»Und den atemberaubenden Sex davor hast du vergessen?« Keine Ahnung, ob es zu früh zum Scherzen ist, aber ich kann die Worte nicht mehr zurücknehmen.

Der ältere Arzt räuspert sich, die beiden Krankenschwestern kichern vor sich hin, aber ich kriege leider keine Antwort, weil in dem Moment, in dem die Schwester mit meiner Hand fertig ist, im Türrahmen ein kleiner Tumult ausbricht.

»Hören Sie, Sie können hier nicht einfach rein. Es gibt …«

»Mir scheißegal, was es gibt. Wissen Sie überhaupt, wen Sie vor sich haben?«

»Colby!«, unterbreche ich das Spektakel zwischen einer zickigen Krankenschwester und meinem Bruder.

Sofort richte ich mich auf. Ein Wunder, dass die Anspannung und die Angst, die in diesem Augenblick von mir abfällt, nicht die nächste Zimmerdecke zum Einsturz bringt.

»Colby«, wiederhole ich. Dieses Mal voller Erleichterung und falle meinem Bruder in der nächsten Sekunde um den Hals.

»Fuck, Cai. Ich dachte, du bist tot!« Er schlingt seine Arme um meinen Rücken und ich halte kurz die Luft an, weil der Schmerz mich ebenfalls umklammert.

»Das Gleiche habe ich von dir gedacht. Verdammt, Bruder. Was zur Hölle ist da passiert?«

»Ich komme jetzt gerade erst vom Polizeipräsidium.« Sein Blick gleitet über meine Schulter. »Oh! Hi, Amaia. Hoffe, es ist noch alles dran?« Mit seinem Sonnyboy-Grinsen strahlt er an mir vorbei, doch ich sehe das Zittern an seinem Kinn trotz der Maske, die er aufgelegt hat.

»Colby«, mahne ich und tätschle ihm das Gesicht. »Erzähl mir, was passiert ist.« Ich wende mich noch einmal an den freundlichen Arzt. »Denken Sie, Sie könnten uns einen winzigen Augenblick allein lassen?«

Missmutig sieht er erst zu Amaia, dann zu Colby und mir. Er holt tief Luft, ehe er die Krankenschwestern ins Visier nimmt. »Fünf Minuten.« Sein Blick ist scharf, als er sich wieder an mich richtet. »Wir müssen den Arm falls nötig noch heute operieren und ihre Freundin muss dringend ins CT.«

»Fünf Minuten«, wiederhole ich seufzend und halte anschließend so lange die Luft an, bis wir endlich ungestört sind.

Erst dann fällt mir Amaias schockierter Gesichtsausdruck auf.

»Alles okay?«

»Du hast gesagt, du bist nicht verletzt.« Ihre Stimme klingt dünn und zittrig.

»Bin ich nicht. Das sind nur Kratzer.«

Es ist sinnlos, versuchen zu wollen, den Kittel hinten zu schließen. Sie hatte freien Ausblick auf das Massaker, seit ich Colby begrüßt habe.

»Sind es nicht«, presst sie erbittert heraus.

»Was ist mit dir, Cai? Oh, fuck!«, raunt Colby, sobald ich ihm den Rücken zugedreht habe.

»Sieht schlimmer aus, als es ist.« Meine Füße bringen mich ganz von allein zu Amaia, die mich mit bebendem Kinn anstarrt.

»Du hast mich geschützt. Sieh mich an. Ich habe nur einen einzigen Kratzer. Und du?« Hastig wischt sie sich eine Träne von der Wange. »Was sollte das, Clayton? Du hättest dabei draufgehen können.« Frustriert wendet sie den Kopf ab. »Und dann diese Heulerei. Ständig bringst du mich zum Heulen. Boah, langsam geht mir das echt alles ziemlich auf die Nerven.«

Grinsend lasse ich mich auf ihre Bettkante sinken.

»Dass ich dich abgeschirmt habe, war reiner Zufall. Immerhin war ich bis zu den Eiern in dir versunken, was streng genommen ein wirklich schöner Tod gewesen wäre.« Mit meiner nicht blutenden Hand, drehe ich ihr Gesicht zurück in meine Richtung. »Und die Heulerei ist okay. Ich möchte wetten, Colby hat auch geheult.«

Ihre Schultern beben unter einem freudlosen Lachen, doch sie zuckt sofort schmerzerfüllt zusammen.

»Habe ich nicht«, murmelt Colby.

»Geht es dir wirklich gut?« Die Finger ihrer gesunden Hand legen sich um meine. »Ganz ehrlich.«

»Es geht mir gut. Der Skorpion war eh in letzter Zeit nicht mehr das, was er sein sollte.«

Ich beuge mich vor, doch ehe meine Lippen ihre berühren können, unterbricht mich ein Räuspern von hinten.

»Ich freue mich ja, dass ihr euch so einig seid, Leute. Aber ich fürchte, es war nicht euer grandioser Sex, der unser Zuhause zum Einsturz gebracht hat.«

Sofort drehe ich mich wieder zu meinem Bruder.

Die Finger in seine dunkelblonden Locken vergraben wirkt er vollkommen verloren.

»Fuck!«, murmle ich und lasse Amaia nur widerwillig los. Ich bin vollkommen überfordert mit der Situation. Das Hotel ist womöglich zerstört. Colby am Boden und Amaia verletzt. Ich selbst stehe da, barfuß nur in einem lächerlichen Krankenhaushemd, wie der letzte Loser.

»Was weißt du?«, frage ich Colby und führe ihn zu dem einzigen Stuhl im Zimmer.

»Es war eine Explosion. Die Vierundzwanzigste ist fast vollständig eingestürzt. Die Sprengladung war …« Seine Brust hebt und senkt sich hastig. Er sieht aus, als würde er mir jeden Moment vor die Füße kotzen.

Ich beuge mich ein Stück zu ihm hinunter und lege ihm eine Hand auf die Schulter.

»Schon gut«, beruhige ich ihn. »Ganz ruhig. Was war die Sprengladung, Colby?«

In Zeitlupe hebt er seinen Kopf und sieht mich aus feuchten Augen an.

»Sie war in meinem Schlafzimmer platziert, Cai. Wenn ich mich nicht in letzter Minute umentschieden hätte, um auf diese bescheuerte Party zu gehen …«

Sein ganzer Körper bebt und er krallt sich an meinem Unterarm fest.

»Schon gut, Kleiner. Dir ist nichts passiert. Uns allen geht es gut.« Ich werfe einen kurzen Blick zu Amaia. »Es geht uns allen gut«, wiederhole ich. Für sie, aber auch für mich. Denn in meinem Inneren fliegen noch immer die Fetzen wild durcheinander.

»Wie konnten die in meine Suite kommen?«

»Das frage ich mich allerdings auch«, schnaube ich.

»Ihr denkt, das waren die Mexikaner?«

»Wer sollte es sonst gewesen sein?«, erwidert Colby. Völlig kraftlos stützt er die Ellbogen auf die Knie und verbirgt das Gesicht in den Händen.

Ich richte mich auf und sehe Amaia an, die mich fragend mustert. Die Worte sind ihr ins Gesicht geschrieben.

Die Scorpions.

Aber ich kann mir beim besten Willen nicht vorstellen, dass Big Brown zu so etwas fähig ist. Abgesehen davon, wäre die Zeit schon reichlich knapp gewesen von dem Übergriff der Bullen auf den MC bis zu der Detonation. Es muss Delgado gewesen sein. Alles andere ist nicht möglich.

»Wie schlimm ist es?«, will ich wissen.

Colby lässt die Hände sinken.

»Können sie noch nicht genau sagen. Die Feuerwehr meinte, es sei ein Glück, dass es das vorletzte Stockwerk erwischt hat. Die Etagen unterhalb der Suiten sehen so weit gut aus. Aber sie müssen die Statik prüfen. Alle Gäste wurden evakuiert. Wir mussten bis auf Weiteres schließen. Wir können nur hoffen. Den größten Schaden haben die Trümmer und das Wasser vom Pool angerichtet. Die Gutachter sind beauftragt, die Feuerwehr vor Ort.« Mit Tränen in den Augen sieht er an die Decke. »Cy wird uns umbringen.«

»Cy wird froh sein, dass uns nichts passiert ist«, tröste ich ihn.

»Cy wird euch die Eier abtrennen, wenn ihr euch nicht langsam zusammenreißt und da raus geht und euch um alles Nötige kümmert.«

»Cy?« Colby und ich stoßen die Silbe gleichzeitig aus und unsere Blicke schießen zur Tür.

Nie in meinem ganzen Leben war ich so froh, meinen großen Bruder zu sehen.

»Euch kann man echt nicht eine Minute aus den Augen lassen«, schimpft er und kommt mit großen Schritten auf uns zu. Wie immer sieht unser Hotelchef aus wie ein Supermodel. Schwarze Hose, schwarzes Hemd. Die Pilotenbrille auf den perfekt gegelten Haaren.

»Gott, tut das gut, dich zu sehen, Bro«, seufze ich erleichtert, sobald seine Arme sich um meinen Körper schlingen. Er legt seine große Hand auf meinen Hinterkopf.

»Ihr habt mir eine Scheißangst eingejagt«, flüstert er in mein Ohr und tätschelt meinen dröhnenden Kopf.

Sobald er sich von mir gelöst hat, zieht er Colby in eine feste Umarmung.

»Komm her, du kleiner Scheißer.« Ich weiß nicht, ob es Lachen oder Heulen ist, aber niemals habe ich meinen Bruder so emotional erlebt. Und ich kann ihn gut verstehen. Als wir damals den Anruf erhielten, er sei angeschossen worden, war es einfach nur die Hölle.

Erst jetzt entdecke ich Harper im Eingang zum Zimmer. Sie kommt mit großen Schritten auf mich zu und fällt mir ungebremst um den Hals.

»Schön dich zu sehen. Wir haben uns grauenvolle Sorgen gemacht. Wir sind sofort in den Jet gestiegen, als Colby uns angerufen hat«, weint sie an meiner Halsbeuge. Einen Augenblick schließe ich die Augen und genieße ihren Duft nach frischer Meeresluft. Ich streiche ihr beruhigend über den Rücken und drücke sie noch enger an mich. Die Frau meines Bruders gehört für mich zur Familie. Harper hat in den vergangenen Monaten genauso viel durchstehen müssen wie wir alle. »Caiden«, flüstert sie so leise wie möglich. »Warum sieht mich die Frau in dem Bett dahinten an, als wolle sie mich gegebenenfalls umbringen?«

Ob ich es mir eingestehen will oder nicht – für den Moment habe ich Amaia vollkommen ausgeblendet. Hastig löse ich mich von meiner Schwägerin und führe sie ans Krankenbett.

»Harper. Das ist Amaia. Mein ... meine ...«, stottere ich vor mich hin.

»O mein Gott, schön dich kennenzulernen«, prescht Harper dazwischen und erlöst mich aus der Situation.

Amaia starrt uns alle mit großen Augen an.

Kurz bevor Harper sich ihr an den Hals werfen kann, hält Cy sie am Arm zurück.

»Das ist sie also.« Sein Tonfall lässt die Temperatur im Raum direkt um einige Grad sinken.

»Cy?«, frage ich und stelle mich vor Amaia. Die Art, wie er sie ansieht, passt mir ganz und gar nicht.

»Komm schon, Caiden. Du bist schlauer als das hier. Die Mexikaner wollen unsere Köpfe rollen sehen und ganz zufällig, nachdem du eine von ihnen in dein Bett holst, fliegt mein verfluchtes Hotel in die Luft? Ihr könnt nicht so blöd sein, um das als Zufall abzustempeln.« Voller Wut sieht er auf die Frau hinter mir. Die Frau, die ich liebe. Die Frau, die zusammen mit uns knietief in der Scheiße steckt. »Ich dachte nicht, dass du die Fehler deines kleinen Bruders wiederholst und den Feind in dein Bett holst.«

Langsam drehe ich mich um und sehe Amaia ins Gesicht. Und dann wird es so deutlich wie noch nie.

Sie hat ihre Rüstung übergezogen und ist bereit zu kämpfen.

Gegen meinen Bruder.

Vielleicht sogar wieder gegen mich.

Wenn es sein muss, wird sie gegen die ganze verfluchte Welt kämpfen. Denn das ist es, was sie ihr Leben lang tun musste.

Kapitel Sechsundzwanzig

AMAIA

Wenn man sich im Leben nur um sich selbst kümmern muss, kommt man irgendwann an einen Punkt, an dem andere Menschen anstrengend werden können. Ich bin diesen Zustand durchaus gewohnt. Jedoch ist das nichts im Vergleich zu dem, was sich gerade vor meinen Augen und zusätzlich in meinem Kopf abspielt.

Ich bin vollkommen überfordert.

Und das nicht mal, weil ich vor wenigen Stunden von einer Explosion im Hotel verschüttet wurde. Es ist vor allem das Krankenhaus, das mich nervös macht. Die Ärzte, der Geruch, die kahlen weißen Wände und die Erinnerungen an den Tod meiner Mom, die mich zu erdrücken scheinen.

Tja, und dann wäre da noch Caidens Familie, die anscheinend noch nie etwas von Privatsphäre gehört hat. Das alles fliegt mir um die Ohren wie noch vor wenigen Stunden die Einzelteile von Caidens Suite.

Seufzend schließe ich kurz die Augen und versuche mich zu beruhigen. Ich bin stark genug, über all das hinwegzusehen, was in der letzten Woche geschehen ist, aber dass Cyrus Clayton mich für die Zerstörung des Hotels verantwortlich macht, ist einfach zu viel.

»Cyrus!« Caiden spricht seinen Namen wie eine Drohung aus. Ich öffne die Augen und sehe, wie er sich schützend vor mich stellt. Seine Loyalität tröstet leider nicht darüber hinweg, dass die anderen drei im Raum mich noch immer ansehen, als sei ich das Problem ihres Lebens.

»Sei nicht dumm, Bruder. Dir ist genauso klar wie mir, dass niemand unbemerkt in unsere Etage hätte kommen können. Ich habe von unterwegs die Videobänder gecheckt. Außer euch und dem Personal war niemand auf der Etage.«

»Das ist wohl ein Scherz.« Ich lasse diesen aufgeblasenen Kerl mit dem Mafialook nicht aus den Augen. Wenn er denkt, dass er mir Angst einjagen kann, wird er bald eines Besseren belehrt. »Weißt du was, vielleicht solltest du dir deine Märchen lieber woanders zurecht spinnen. Du hast in meinem Zimmer nichts verloren.«

»Pass mal auf.« Cyrus zeigt mit dem Zeigefinger an seinem Bruder vorbei, mit dem er wirklich so gar nichts gemeinsam hat. »Vielleicht schaffst du es, meinen Bruder mit deinen hübschen Titten und den dunklen Augen um den Finger zu wickeln, aber die Nummer läuft bei mir nicht.«

»Cy!« Dieses Mal ist es seine Frau, die ihn erschrocken anstarrt.

»Du kannst froh sein, dass ich hier liege, sonst würde ich dir deine aufgeblasenen Eier abreißen«, keife ich. Für den Moment sind das Hotel, mein Arm und alles andere vergessen. Alles, was in mir vorgeht, kanalisiert sich auf die Wut, die ich für diesen Cyrus empfinde.

»Leute.« Caiden hebt beschwichtigend die Hände. »Es reicht. Wirklich.«

Colby tritt einen Schritt vor. Angst steht in seinen hellgrünen Augen. Von dem Sonnyboy-Auftreten ist nichts mehr übrig geblieben. Voller Verzweiflung sieht er mich an. »Stimmt das?« Sein Blick huscht zwischen Caiden und mir hin und her. »Hast du was mit der Explosion zu tun?«

»Ist das dein Ernst?« Erschöpft schüttle ich den Kopf.

»Sie leugnet es ja nicht mal«, raunt Cyrus. Wuterfüllt sehe ich ihn an.

»Raus hier!«, brülle ich. »Verpiss dich aus meinem Zimmer, du Scheißkerl!«

Keiner bewegt sich.

»Du hast ihn nicht benutzt, oder? Bitte sag mir, dass das nicht wahr ist.« Ich sehe Colby nur noch verschwommen, weil sich Tränen in meinen Augen sammeln.

»So, meine Herrschaften.« Ich habe keine Möglichkeit, mich zu rechtfertigen, weil mein Arzt hereinschneit, dessen Geduld wohl genauso aufgebraucht ist wie meine. Zielstrebig kommt er ins Zimmer und löst die Bremsen meines Krankenhausbettes. »Diese kleine Party ist jetzt vorbei. Miss Rodriguez wird jetzt erst mal zum CT gefahren und dann sehen wir weiter.«

»Ich komme mit«, wirft Caiden ein und legt seine Hand auf meinen Unterarm. Seit sein Bruder diese dämliche Unterstellung ausgesprochen hat, wage ich es nicht, ihm in die Augen zu sehen. Ich habe ehrlich gesagt eine Scheißangst, er könnte dasselbe denken.

»Nein.« Anscheinend sind Cyrus Clayton und ich ausnahmsweise einer Meinung, denn das Wort kommt gleichzeitig über unsere Lippen.

»Wollt ihr mich verarschen?« Caidens Griff um meinen gesunden Unterarm wird fester, als er seinen Bruder fixiert. »Verdammt, Cy! Krieg dich wieder ein und hör auf mit dem Bullshit.« Schnaubend sieht er seine Schwägerin an. Harper, soweit ich weiß. Sie ist hübsch. Ihre Augen leuchten unnatürlich blau und die dunklen Haare sind zu einem unordentlichen Knoten auf dem Kopf gebunden. Sie passt kein bisschen zu Caidens bescheuertem Bruder. »Sieh zu, dass er runterkommt, und du«, befiehlt er Colby, »reiß dich zusammen und besorg mir lieber was zum Anziehen. Es muss nicht das ganze verdammte Krankenhaus meinen Arsch zu sehen kriegen.«

Unwillkürlich fällt mein Blick auf seinen Rücken. Er ist übersäht von Schnittwunden. Manche wurden verbunden und vermutlich genäht, andere sind lediglich mit Jod betupft. Es sind so viele, dass ich sie nicht mal zählen kann. Er hat mich mit seinem Körper abgeschirmt und sämtliche Trümmer und Scherben mit dem Rücken abgefangen.

Ohne dass ich es will, erwischt mich eine Welle der Emotionen. Auch wenn es mehr oder weniger scherzhaft zur Sprache kam, erinnere ich mich sehr genau an die Minuten vor der Explosion.

Ich habe Caiden geliebt. Und er mich. Wir haben Liebe gemacht und uns dabei in die Augen gesehen. Es war ein unglaublich schöner, aber auch äußerst anstrengender Moment für mich. Es war fast magisch.

Für diesen einen kurzen Augenblick hatte ich Hoffnung.

Hoffnung auf ein anderes Leben.

Hoffnung auf ... Liebe.

Aber diese Hoffnung scheint mit dem Rest in die Luft geflogen zu sein.

Zurückgeblieben bin ich und eine verdammte Scheißangst.

Vielleicht hätte ich das Flugticket nehmen sollen, als er es mir angeboten hat. Dann säße ich womöglich jetzt an irgendeinem traumhaften Sandstrand und würde Cocktails schlürfen. Es wäre so viel leichter gewesen.

Aber egal, was ich mir all die Zeit versucht habe einzureden. Ich wollte nicht weg.

Seit ich Caiden begegnet bin, wollte ich in seiner Nähe sein. Weil er mich akzeptiert und respektiert. Weil er meine Grenzen kennt und sie nicht versucht einzureißen, und vor allem, weil er mir Sicherheit gegeben hat. Zum ersten Mal seit vielen Jahren war da ein helles Licht in all der Dunkelheit meiner Welt. Und ich bin nicht bereit, mich wieder in mein Loch zu verkriechen. Nicht heute und nicht morgen. Nie wieder.

Deshalb schlucke ich meine Verzweiflung zusammen mit den Tränen herunter, die hinter meinen Augäpfeln lauern und meine Schwäche für alle sichtbar präsentieren wollen.

Während die Krankenschwestern herbeigeeilt kommen und anfangen mich aus dem Zimmer zu schieben, sehe ich Caiden an. Endlich treffen sich unsere Blicke und ich versuche ihm ohne ein Wort alles zu sagen, was bei seinem Anblick in meinem Kopf herumschwirrt.

Ich habe Angst.

Glaub ihm nicht.

Ich ...

»Ich ...«, versuche ich, es auszusprechen, aber meine Kehle ist wie zugeschnürt.

»Ich werde hier sein, wenn du wiederkommst.« Das Grün seiner Augen ist so voller Gefühle. Aber ich kann sie nicht deuten.

Mühsam blinzle ich die letzten Tränen weg und lasse die Lider sinken.

Ich liebe dich.

Das ist es, was ich ununterbrochen denke.

Das ist es, was ich sagen wollte.

Aber diese bedeutungsschweren Worte wollen meinen Mund einfach nicht verlassen.

Ich liebe Caiden Clayton.

Ganz gleich, wie gern ich ihn auch weiter hassen möchte und auch völlig egal, was seine Brüder über mich denken.

Ich liebe ihn. Und wenn auch nur irgendwas von dem echt ist, was er mir von sich gezeigt hat, dann wird er die Wahrheit erkennen.

Ich habe keine inneren Verletzungen. Mir war das auch schon vor dem bescheuerten CT klar. Zwar halte ich mich selbst keinesfalls für eine Medizinexpertin, aber ich bin sicher, man spürt es, wenn die eigenen Innereien verletzt sind.

Wahrscheinlich sollte ich erleichtert sein. Aber die Untersuchung hängt mir in Form von zitternden Knien und wild pochendem Herzen nach. Die Kontrolle abzugeben und mich in eine viel zu enge Röhre zu legen, gehört anscheinend nicht gerade zu meinen Spezialitäten.

Die Krankenschwester hat mich zurückgelassen, damit ich mich – ihre Worte, nicht meine – ankleiden kann. Dass ich nur ein dämliches OP-Hemd trage, weil ich unangenehmer Weise splitternackt war, als ich eingeliefert wurde, scheint sie getrost zu ignorieren. Ich habe nicht mal ein verdammtes Höschen und bei all meiner mentalen Stärke, reicht dieser Fakt schon aus, um mich zum Weinen zu bringen.

»Verdammte Kacke«, fluche ich vor mich hin, weil ich es unmöglich mit einem Arm schaffe, dieses blöde Teil in meinem Nacken zuzubinden. Allein bei der Vorstellung, die rechte Hand zu heben, wird mir schon schlecht.

Ein Räuspern lässt mich herumfahren.

»Brauchst du Hilfe?«

Hastig wische ich mir die Wangen trocken und wende mich wieder ab.

»Wenn du gekommen bist, um die falschen Beschuldigungen deines Mannes auszuschmücken, kannst du direkt wieder gehen. Ich brauche euch nicht. Keinen von euch.«

Ohne Aufforderung kommt sie näher.

»Auch nicht Caiden?«

Seufzend bindet sie das blöde Krankenhaushemd in meinem Nacken zusammen. Ihre kalten Fingerspitzen berühren dabei meine Haut und lassen mich frösteln.

Ich bleibe ihr eine Antwort schuldig. Was sollte ich auch sagen? Ich habe das Gefühl, dass alles, was ich sage oder tue, am Ende falsch sein wird.

»Mir ist nicht entgangen, wie ihr euch anseht«, spricht sie weiter und zupft an meinem Hemd herum, bis ich auch von hinten vollständig bedeckt bin.

»Dein Mann ist ein Idiot.« Es kostet mich eine Menge Mühe, nicht vollständig in Tränen auszubrechen.

Statt wie erwartet dagegenzuhalten, erklingt Harpers weiches Lachen in dem sterilen Raum.

»Natürlich ist er das. Daran werden du und ich niemals etwas ändern. Aber hey, er hat gesagt, du hast schöne Brüste. Das spricht doch für ihn, oder nicht?«

Entgeistert starre ich sie an.

Cyrus war so schnell mit seinen Vorwürfen, dass keine Zeit blieb, mir Gedanken darüber zu machen, wie ich seine Frau finde. Aber als Harper sich einen Stuhl von der Wand nimmt und sich neben mein Bett setzt, glaube ich fast, sie ein bisschen zu mögen.

»Er meint es nicht so«, versucht sie die Situation schönzureden. Dabei stützt sie die Ellbogen auf mein Bett.

»Na ja. Seine Worte haben nicht gerade viel Spielraum gelassen.«

Schnüffelnd hält sie die Nase in die Nähe ihrer Achseln und verzieht angewidert das Gesicht. Sofort nimmt sie die Arme wieder herunter und richtet sich auf.

»Ja, ich weiß. Wie du schon sagst: Er ist ein Idiot. Aber du musst dich in seine Lage versetzen. Seit Savannah ihn angeschossen hat, ist er permanent nervös. Seine Brüder und das Hotel bedeuten ihm alles. Er hat nicht richtig nachgedacht.«

»Er wurde angeschossen?«

Harpers Augen werden groß.

»Du weißt gar nichts davon? Was hat Caiden dir erzählt?«

Langsam kehrt Ruhe in meinen Körper ein und ich lehne mich gegen das erhöhte Kopfteil des Bettes. Ich habe eine Scheißangst vor der Operation meines Armes. Die Vorstellung, dass mir jemand Schrauben in meine Knochen dreht, macht mich ultranervös. Daher tut es gut, sich einen Moment lang mit etwas anderem zu beschäftigen.

»Nicht viel. Ich weiß nur, dass dieses mexikanische Kartell hinter ihm her ist, weil sein Bruder irgendwas mit einem Mädchen hatte.«

»Savannah.« Harper sieht aus, als beiße sie auf eine Zitrone, als sie den Namen ausspricht. »Sie war meine beste Freundin, als ich nach L. A. kam. Das ist eine lange Geschichte. In der Kurzversion hat sie sich an Colby rangemacht, ihn ziemlich übel hintergangen und schließlich die Seiten zum Salazar gewechselt.«

»Und dann hat sie deinen Mann angeschossen?«

So ganz will diese Geschichte nicht zusammenpassen.

»Tja.« Sie vergewissert sich in alle Richtungen, ob wir allein sind, ehe sie sich etwas näher zu mir herüber lehnt. »Nicht sofort. Dazwischen ist einiges passiert. Aber ja. Am Ende hat sie versucht, Cy zu töten. Und seither ist sie verschwunden.« Ich zucke zusammen, als sie ihre Hand auf meine legt. »Er meint es nicht böse, wenn er dich beschuldigt. Die Jungs sind, was das angeht, nur ziemlich gebrannte Kinder. Sie haben einiges durchgemacht.«

Trotz allem Mitgefühl kann ich mein Schnauben nicht vollständig unterdrücken.

»Hör mal«, seufze ich und entziehe ihr meine Hand. »Ich habe mit all dem nichts zu tun. Ich kenne weder diesen Delgado, noch stehe ich in irgendeinem Kontakt zu den Scorpions. Ich bin da in etwas reingeraten, was im Grunde nichts mit mir zu tun hat. Aber ich habe Caiden niemals hintergangen. Erstens bin ich nicht so und zweitens …« Ich schlucke, als die Gefühle in meiner Kehle hinaufkriechen und durch einen dicken Kloß aufgehalten werden.

»Du liebst ihn«, ergänzt Harper.

Mit letzter Kraft hebe ich den Blick und sehe in ihre himmelblauen Augen.

»Ja. Du hast recht. Ja. Ich liebe ihn.«

»Und ich liebe dich.«

Erschrocken sehe ich zur Tür.

Da steht er.

Caiden Clayton.

In schlichter dunkelblauer Jogginghose und einem grünen T-Shirt mit dem Krankenhauslogo des Good Samaritan Hospitals.

Im Augenwinkel sehe ich, wie Harper sich erhebt und auf ihn zugeht. Sanft tätschelt sie ihm die Brust.

»Ich freu mich für dich, Großer«, murmelt sie und geht auf die Zehenspitzen, um ihm einen Kuss auf die Wange zu geben. Er lässt es über sich ergehen, ohne unseren Blickkontakt zu unterbrechen.

Dann verschwindet Harper ohne ein weiteres Wort und endgültig brechen all meine Dämme.

Dicke Tränen kullern über meine Wangen und zum ersten Mal spreche ich offen und ohne zu zögern mit ihm, was meine Gefühle betrifft.

»Ich hatte Angst, du glaubst ihm diesen Mist.«

Seine Lippen verziehen sich zu einem breiten Grinsen.

»Ich bin sicher, wenn du mich tot sehen wolltest, hättest du dir etwas Blutigeres ausgesucht, als eine langweilige Explosion.«

Schluchzend strecke ich meine gesunde Hand nach ihm aus.

Sofort kommt er zu mir und schon in der nächsten Sekunde liege ich in seinem Arm.

Schniefend ziehe ich die Nase hoch.

»Das wäre ein guter Moment, um mir vorzulügen, dass alles gut wird.«

Sein dunkles Lachen vibriert in meiner Brust.

»Es wird alles gut, Baby. Das verspreche ich.«

Ich vergrabe mein Gesicht noch dichter an seiner Haut.

Ganz gleich, wie naiv und dumm mich das wahrscheinlich erscheinen lässt, jetzt gerade, da glaube ich ihm.

Kapitel Siebenundzwanzig

CAIDEN

»Heilige Scheiße!«

Der Anblick meiner Suite raubt mir den Atem. Ich stütze die Hände auf die Knie und habe das Gefühl, jeden Moment mitten in die Trümmer zu kotzen.

»Es ist ein Wunder, dass euch nichts Ernsteres passiert ist.« Cy tätschelt mir aufmunternd den Hinterkopf, was mir die Stärke gibt, mich langsam wieder aufzurichten.

»Das war definitiv nicht nur ein Warnschuss.« Meine Füße knirschen auf den Scherben, als ich näher an die Stelle trete, an der sich noch vor wenigen Tagen die Wand zu meinem Schlafzimmer befand. Die Splitter der Flügeltür liegen überall verteilt und die schwülwarme Luft des Tages strömt durch die nicht mehr vorhandenen Fenster.

Es ist eine Katastrophe.

An einigen Stellen ist die Decke des vierundzwanzigsten Stocks heruntergekommen. Die Discokugel der Rooftop-Bar liegt auf meinem Balkon, genau wie Teile der Einrichtung.

»Meinst du, sie wussten, dass die Bar in der Nacht geschlossen hatte?« Cy folgt meinem Blick auf die Gegenstände aus dem obersten Stockwerk. »Ich meine, es ist schon seltsam, dass der Anschlag genau an dem Abend stattgefunden hat, an dem oben so gut wie niemand anwesend war.

Woher sollten sie wissen, dass das Personal um diese Uhrzeit nicht mehr oben war und auch sonst niemand im Weg stand? Selbst wenn sie es wussten, ich hätte unsere mexikanischen Freunde nicht für so rücksichtsvoll gehalten.«

Obwohl die riesige Sonnenbrille sein Gesicht halb verdeckt, bin ich sicher, dass aus seinen Augen beinahe Funken fliegen.

»Lass es«, warne ich. Noch immer hält er an der Theorie fest, Amaia könne etwas mit der Sache zu tun haben.

»Na ja. Sie war hier. Sie wusste Bescheid.« Mit seinen schicken Lackschuhen kickt er eine Obstschale zur Seite.

»Sie ist vorgestern zwei Stunden lang operiert worden, weil sie in diesem gottverdammten Scheiß verschüttet wurde, genau wie ich. Wenn dir das nicht Beweis genug ist, solltest du mir vielleicht einfach vertrauen.«

Er schiebt sich die Sonnenbrille auf die Haare. Mit verschränkten Armen sieht er aus dem ehemaligen Fenster, das im Grunde genommen nur noch ein riesiges Loch in der Wand ist. Das Hotel wurde nach der Explosion komplett evakuiert. Alle Gäste mussten abreisen und die obersten Etagen dürfen nicht mal mehr betreten werden. Mein Bruder und ich waren niemals die, die sich an Regeln gehalten haben.

»Ich habe noch nie erlebt, dass du dich so für eine Frau einsetzt. Dich hat's schwer erwischt, hm?«

Seufzend trete ich neben ihn. Mein Rücken schmerzt beim Anblick der vielen Scherben in meinem Bett noch mehr als ohnehin schon.

»Ja, Mann. Und ich habe echt gerade keine Nerven für deine Paranoia. Sie ist nicht Savannah. Das solltest du langsam kapieren.«

Cyrus dreht seinen Kopf in meine Richtung.

»Bist du dir da ganz sicher? Ich meine, nicht aus deinem Gefühl heraus, sondern hast du das nachgeprüft?«

»Spionierst du Harper nach, ob sie noch Kontakt zu Savannah hat? Immerhin waren die beiden jahrelang beste Freundinnen.«

»Mach dich nicht lächerlich.« Es ist nicht zu übersehen, wie sein ganzer Körper sich verspannt.

»Siehst du. So etwas nennt man Vertrauen, Cy. Außerdem ergibt das keinen Sinn. Selbst wenn man deiner dämlichen Theorie glauben würde, sie hat nicht mal ein verfluchtes Motiv. Amaia kennt Delgado nicht und sie verachtet den MC und alles, was auch nur im Geringsten damit zu tun hat.«

»Nur dir fällt sie rein zufällig um den Hals?« Er zieht so gekonnt eine Augenbraue nach oben, dass ich schmunzeln muss.

»Glaub mir, so einfach und rein zufällig war das sicher nicht.«

»Dann erzähl es mir. Erklär mir, warum ich ihr vertrauen soll. Mann, ich war gefühlte fünf Minuten weg und auf einmal vertraust du ihr blind. Sie ist eine völlig Fremde und noch dazu eine verdammte Mexikanerin! Du musst mich auch verstehen, Cai.«

Mein Blick schweift noch einmal durch die Trümmer meiner Suite.

»Lass uns von hier verschwinden. Es sind noch drei Stunden Zeit, ehe ich Amaia aus dem Krankenhaus holen kann. Lass uns irgendwo einen Kaffee trinken, dann erzähle ich dir alles.« Dieses Mal bin ich derjenige, der ihm auf die Schulter klopft.

Ich bin nicht sicher, ob Amaia es gutheißen wird, wenn ich Cy ihre Geschichte erzähle. Aber ich vertraue meinem Bruder genauso wie ich ihr vertraue. Und ich möchte vor allem, dass er ihr glaubt. Andernfalls habe ich noch ein viel größeres Problem als einen MC, der meinen Kopf will, und ein rachsüchtiges Kartell. Wenn jetzt auch noch meine Familie zerbricht, ist da nichts, was bleibt. Und das würde nicht nur mich zerstören, sondern auch meine Brüder.

~

»Nein, Caiden. Einfach nein. Das geht zu weit.«

Mein Kopf dröhnt wie ein Presslufthammer und doch habe ich das Bedürfnis, ihn irgendwo gegen eine Wand zu hämmern.

»Komm schon, Sweetheart. Es ist das Beste für uns alle. Wir müssen nachdenken und uns um ein paar Dinge kümmern. Ich bin müde.«

»Du kannst dich bei deinem Bruder ausruhen. Ich erwarte nichts von dir. Aber ich habe bereits ein Zuhause. Ich werde nicht in irgendeine protzige Villa ziehen, in der ich nicht mal willkommen bin.«

»Du bist willkommen«, wiederhole ich zum hundertsten Mal und lasse mich auf die Bettkante sinken.

»Er hasst mich.«

»Das tut er nicht.« Erschöpft streiche ich mir über das Gesicht. Die letzten Tage waren so verdammt anstrengend. Colby verfällt zurück in alte Muster und ist quasi durchgängig auf Koks. Cyrus und ich haben versucht zu regeln, was zu regeln ist, aber der Berg, der sich vor uns auftürmt, wird einfach nicht kleiner. Unser Vater hat selbstredend einen Tobsuchtsanfall bekommen, als er von der Sache gehört hat. Es war ein Kampf, ihn davon zu überzeugen, nicht herzukommen. Cy und ich planen, Colby in den nächsten Tagen zu ihm nach Europa zu schicken. Er braucht dringend einen Tapetenwechsel. Und wir können uns bei all dem Drama nicht auch noch Sorgen um seine Verfassung machen.

Neben alldem habe ich versucht, jede freie Minute im Krankenhaus zu sein. Amaia gibt es nicht zu, aber ich sehe, wie sehr es ihr zu schaffen macht, hier zu sein. Sie hat die Operation gut überstanden und ihr Kreislauf ist stabil, weswegen wir ihre Entlassung vorgezogen haben. Ich darf sie heute mit nach Hause nehmen.

Tja, und genau da ist das Problem. Ich habe kein Zuhause mehr. Kein Hotel. Keine Suite. Kein Clubhaus, in dem ich vorübergehend unterkommen kann. Nichts und niemanden.

»Cyrus und Harper nehmen uns auf, bis wir eine bessere Lösung gefunden haben«, sage ich, nachdem Amaia nicht weiter auf meine Worte reagiert. Seit der Explosion bin ich bei meinem Bruder untergekommen und nach unserem Gespräch heute, ist er bereit, auch Amaia bei sich wohnen zu lassen. Keine Ahnung, ob er ihr endgültig vertraut, aber zumindest konnte ich ihn vorerst von dieser irren Idee abbringen, sie könnte hinter der Explosion stecken.

»Eine andere Lösung? Kommst du mir jetzt gleich wieder mit einem Flugticket und deinem Geld um die Ecke? Ich habe dir schon einmal gesagt, dass ich das nicht will.«

So hart ihre Worte auch klingen mögen, ich erkenne den verzweifelten Tonfall in ihrer Stimme und bemerke, wie sie die ganze Zeit nervös an ihren Haaren spielt.

»Nein, natürlich nicht.« So schnell, wie ich die Worte hervorpresse, kann ich sie nicht mehr zurücknehmen, als mir plötzlich etwas einfällt.

»Was?« Amaia sieht mich aus zusammengekniffenen Augen an.

»Ich habe dir möglicherweise Geld überwiesen. Aber das … das war davor.«

»Du hast mir Geld überwiesen?« Ihre Kinnlade klappt herunter und sie starrt mich aus großen Kulleraugen an.

»Ja.« Ich versuche das Thema herunterzuspielen, indem ich abwinke. Wie ein Häufchen Elend hockt sie auf der Kante ihres Krankenbettes und lässt die Schultern hängen. »Nicht viel. Es war nur so ein Gedanke, weil du nicht arbeiten gehen konntest. Ich weiß, dass es dir schwerfällt, aber du kannst nicht zurück in deine Jobs. Noch nicht jedenfalls. Außerdem bist du verletzt. Keine Ahnung, was du für Tanzunterricht gibst, aber mit einem Arm sollte das sowieso schwer sein in nächster Zeit, oder nicht?«

»Wieviel?«

»Das ist nicht wichtig. Gib es mir einfach wieder, wenn du es nicht brauchst oder kauf dir was. In der Bar kannst du auch nicht arbeiten, solange deine Verletzung nicht vollständig geheilt ist.«

»Wieviel, Caiden?«

»Komm.« Ich stehe vom Bett auf und gehe hinüber zu ihrem Schrank. »Lass uns deine Sachen packen, damit wir hier verschwinden können.«

»Wieviel?«, wiederholt sie mit Nachdruck.

Ich öffne die Schranktür. Wahrscheinlich mehr, um mich dahinter zu verstecken, als ihre Sachen zu packen.

»Zehntausend«, nuschle ich dabei und bete, dass sie es nicht gehört hat.

Eine ganze Weile passiert nichts und ich wage schon fast zu hoffen, meine Gebete wurden erhört. Doch dann donnert etwas laut gegen die Schranktür und ich zucke doch tatsächlich zusammen.

»Was zum ...?«

Ich lehne die Tür an und starre auf einen Turnschuh, den meine verrückte Freundin nach mir geworfen hat.

»Zehntausend Dollar?«, kreischt sie. »Bist du vollkommen übergeschnappt?«

»Tja«, seufze ich und fahre mir durch die offenen Haare. »Ich denke, darüber lässt sich nach wie vor streiten.«

»Kein Wunder, das dein Bruder mich für eine falsche Kuh hält, wenn du mich auch noch bezahlst wie eine Hure.«

»Also«, sage ich und lasse den Schrank laut zurück ins Schloss krachen. Dieses Mal zuckt sie zusammen. »Erstens – habe ich dich niemals wie eine Hure bezahlt. Ich wollte lediglich, dass du keine Schwierigkeiten bekommst. Das war nur eine Idee. Etwas so Niederträchtiges solltest du nicht einmal denken. Zweitens – gehen meine Finanzen Cy einen Scheiß an. Und auch auf die Gefahr hin, mich zu wiederholen: Er hat kapiert, dass du nichts mit alldem zu tun hast.«

Sie öffnet den Mund, um etwas zu erwidern, aber ich bin schneller.

»Glaub mir, ich bin genauso wenig scharf drauf, bei ihnen zu wohnen, aber ich bin auch clever genug, die Vorteile zu erkennen.« Langsam gehe ich auf sie zu. »Ich verstehe, wenn du nach Hause willst. Das tue ich wirklich. Aber es ist einfach nicht sicher dort. Cy hat nach dem Überfall von Savannah sein Haus in eine Festung verwandelt. Dort kommt niemand rein oder raus, und wir können in Ruhe überlegen, was wir als Nächstes tun.« Amaia lässt zu, dass ich ihre gesunde Hand in meine nehme und fest drücke. »Ich habe keinen MC mehr, der hinter mir steht. Und ich werde nicht zulassen, dass so etwas noch einmal passiert. Ich will dich nie wieder so sehen, hast du verstanden?!« Bei dem Gedanken an den Anblick meiner Suite verhindert ein dicker Kloß in meinem Hals, dass ich weitersprechen kann. Von ganz allein schließen sich meine Augen.

Ich öffne sie erst wieder, als ich Amaias Wange an meiner Schulter spüre.

»Es tut mir leid. Ich habe keine Vorstellung davon, wie schwer es für dich sein muss.«

Ihre wilden Haare unter meinen Fingerspitzen zu spüren, beruhigt mich auf wundersame Weise. Ihre Nähe fehlt mir. Obwohl ich jeden Tag viele Stunden hier war, fehlt es mir, mit ihr allein zu sein. Sie zu spüren, sie zu trösten oder einfach nur zu halten. Die letzten Tage flogen mit der Geschwindigkeit eines Düsenjets und langsam bekomme ich wirklich Probleme mit dem Jetlag.

Ich wünsche mir von ganzem Herzen, wir könnten noch mal an die Stelle zurückspulen, an der sie mir die Wahrheit über ihren Vater erzählt hat. All diese grauenvollen Dinge sind noch nicht in meinem Verstand angelangt und seither läuft alles vollkommen aus dem Ruder.

»Schon okay.« Meine Stimme klingt jämmerlich leise.

»Nein. Ist es nicht. Du hast eine Menge verloren und ich sollte für dich da sein, anstatt dir das Leben schwer zu machen.«

»Es gibt eine Menge Scheiße, die mir mein Leben derzeit schwer macht. Du, Sweetheart, gehörst sicher nicht dazu.«

Mit einem leichten Lächeln im Gesicht, lehnt sie den Kopf in den Nacken, um mich anzusehen.

»Langsam gewöhne ich mich an diesen dämlichen Spitznamen.«

Ich umfasse ihr Kinn und beuge mich vor, um sie sanft zu küssen.

»Dann gehst du mit zu Cy und Harper?«

Seufzend lässt sie ihre Stirn gegen meinen Oberarm sinken.

»Ja. Ich wohne ab heute bei Cyrus Clayton.« Ich muss beim Klang ihrer Stimme lachen. Bedacht darauf, ihr nicht wehzutun, ziehe ich sie vor mich und lege meine Hände sanft auf ihre Schultern. »Aber vorher muss ich ein paar Dinge regeln. Ich kann nicht noch länger einfach von der Bildfläche verschwinden.«

Meine Fingerspitzen fahren über ihre zarte Wange.

»Möglicherweise war ich diesbezüglich etwas voreilig.«

»Was meinst du?«

Verlegen sehe ich über ihre Schulter. »Ich habe dir ein paar Sachen aus deinem Haus geholt und Ed Bescheid gegeben. Er erwartet deinen Anruf. Und ich war in dieser Bar und habe mit diesem komischen Typ geklärt, dass du nach deinem Urlaub wiederkommen kannst.« Sie öffnet den Mund, aber ich bin schneller. »Sofern du das willst, natürlich.«

»Äh ...« Völlig perplex sieht sie mich an. »Danke?«

Weil es sich mehr anhört wie eine Frage, breitet sich ein kleines Lächeln auf meinem Gesicht aus.

»Ich weiß, wie sehr dich all das ankotzt, aber glaub mir, wenn das alles vorbei ist, dann kannst du wieder zurück in dein Leben. Ich gehöre nicht zu der Sorte Mann, die von einer Frau erwartet, dass sie ihr eigenes Leben und Denken aufgibt, sobald sie mit mir zusammen ist. Ich will keine Entscheidungen für dich treffen oder dich bevormunden.« Meine Daumen finden den Weg an ihre Wangen. »Ich will dich nur beschützen.«

Es macht mich stolz, dabei zuzusehen, wie sie alle Schutzmechanismen ablegt und mich aus emotionserfüllten Augen anblickt.

»Ich weiß«, seufzt sie und krallt sich mit der gesunden Hand am Saum meines T-Shirts fest. »Und allein deswegen gehen wir zu deinem Bruder. Ich hab's kapiert, Caiden.«

»Danke.« Ich streichle ihr ein letztes Mal über das wunderschöne Gesicht. »Und hey, vielleicht wird es ja sogar ganz nett.«

Stöhnend vergräbt sie ihre Nase in meinem Shirt.

»Gott, allein bei dem Gedanken daran möchte ich kotzen. Ganz ehrlich.«

Ich bringe sie erneut dazu, mich anzusehen. Bei ihrem verkniffenen Gesichtsausdruck muss ich lachen.

»Es wird halb so schlimm. Du wirst sehen. Cy ist gar nicht so mies, wenn er einen nicht gerade umbringen will, und Harper wird dir sicher jeden Wunsch von den Lippen ablesen.« Zur Belohnung küsse ich sie noch einmal. Das Herunterbeugen bereitet mir Schmerzen, aber ich versuche, mir nichts anmerken zu lassen. »Außerdem bin ich ja auch noch da.«

Sanft streichelt sie über mein unrasiertes Kinn. In den letzten Tagen sehe ich dauerhaft aus wie ein Penner.

»Hast du starke Schmerzen?«

»Ich kann wohl nichts vor dir verheimlichen, hm?« Tief atmend löse ich mich von ihr und gehe wieder zurück zum Schrank. »Es ist halb so schlimm.«

»Sicher?«

»Ganz sicher. Und jetzt lass uns endlich von hier verschwinden.«

Amaia muss nicht auch noch unter meinen Schmerzen leiden. Und wenn ich ehrlich bin, sind meine Schulter und der zerfetzte Rücken das kleinere Problem. Mein Leid liegt viel tiefer in mir drin. Denn ich habe keine Ahnung, wie es weitergehen soll. Um genau zu sein, bin ich ziemlich am Ende.

Das Hotel liegt in Trümmern. Meine Zeit im MC ist Geschichte und dieser verfluchte Delgado hört nicht auf, meine Familie töten zu wollen. Also nein, meine körperlichen Schmerzen sind nicht schlimm. Nur seelisch bin ich überforderter denn je.

Aber wenigstens weiß ich Amaia in Sicherheit. Völlig egal, wie dämlich Cy sich möglicherweise benimmt. Wenn er mir verspricht, dass sie bei ihm sicher ist, vertraue ich ihm zu hundert Prozent.

Es ist gut, wenn wir alle unter einem Dach sind. Und dann brauchen wir dringend einen Plan. Eine Lösung, die uns allen Frieden bringt.

Die Frage ist nur ... wie soll das gehen?

Kapitel Achtundzwanzig

AMAIA

Caiden hatte recht. Es ist halb so schlimm, wie ich angenommen habe.

Seit nun mehr zwei Wochen wohnen wir alle in Cyrus ' Villa am Strand von Santa Monica und ich gebe zu, die Entscheidung, herzukommen, war richtig.

Es ist zwar komisch, so eng mit anderen Menschen zusammen zu leben, und ich glaube, ich werde mich niemals vollständig an die Sitten reicher Leute gewöhnen, aber allem anderen voran fühle ich mich sicher. Und mir wird erst jetzt mit jedem Tag bewusster, wie sehr ich dieses Gefühl gebraucht habe. Es ist eine ganz ungewohnte neue Art, sich fallenzulassen, in dem festen Wissen, niemand kann kommen, um diese Ruhe zu stören. Es droht keine Gefahr.

Zusätzlich werde ich mit Essen und Trinken vollgestopft und genieße die Vorzüge eines solchen Lebens. Die Zeit hier macht mich träge und schläfrig und irgendwie verschwimmen die Grenzen zwischen Tag und Nacht zu einer nicht endenden Masse an Stunden des Nichtstuns.

Harper und ich sind inzwischen etwas geworden, das einer Freundschaft wohl recht nahekommt. Keine Ahnung, ob wir unter anderen Umständen je einen Draht zueinander gefunden hätten, aber gemeinsames Leid schweißt offensichtlich zusammen. Ich bin nicht sehr erfahren darin, wie es ist, Freundinnen zu haben. Anfangs hatte ich immer

Angst, sie würden meinen Dad kennenlernen. Später war ich viel zu sehr mit der Pflege meiner Mom beschäftigt und danach ... tja ... in den letzten Jahren habe ich mehr oder weniger einfach nur jeden Morgen da weitergemacht, wo ich am Abend zuvor aufgehört habe.

Diese Zeit scheint Lichtjahre entfernt.

Denn jetzt verbringe ich täglich mehrere Stunden mit Harper. Wir spielen Brettspiele, ärgern Cy, indem wir hässliche Deko in Onlineshops bestellen und im Haus verteilen, und kochen gemeinsam. Mit ihr fühlt sich diese Zwangsisolation nicht ganz so langatmig an. Sie ist unterhaltsam und eine wirklich interessante Gesprächspartnerin. Harper nimmt kein Blatt vor den Mund und das mag ich an ihr am meisten.

Seit fünf Tagen ist Colby nun fort. Soweit ich weiß, ist er zu Clayton Senior gereist. Mit den Details wollte niemand so recht in meiner Gegenwart rausrücken und ich habe auch nicht nachgehakt.

Es geht mich nichts an und eigentlich ist es mir auch egal, was Colby tut und was nicht.

Dafür nervt mich die Skepsis in Cys Augen nach wie vor. Ich bin sicher, er traut mir noch immer nicht. Eigentlich könnte mir das egal sein, aber das ist es nicht. Ob da das kleine, traumatisierte Mädchen durchkommt, das einfach nur akzeptiert werden will? Oder es mir schlichtweg auf den Zwirn geht, dass er denkt, ich sei zu so einem Hinterhalt fähig? Keine Ahnung. Jedenfalls nervt er. Ja klar, objektiv betrachtet ist er ein grandioser Gastgeber. Der Tisch ist stets reich gedeckt – auch wenn ich keine Ahnung habe, wie er das hinkriegt, ohne das Haus zu verlassen – und mir mangelt es wirklich an nichts.

Ich sehe ihn, genau wie Caiden auch, meist nur zu den Mahlzeiten, weil die beiden alle Hände voll zu tun haben. Aber die wenigen Stunden, die ich in seiner Gegenwart verbringe, nerven mich tierisch. Sie machen mich ultranervös.

Allerdings ist Cy mit seiner Skepsis mir gegenüber nicht wirklich der Grund für meine eher bescheidene Laune. Es liegt auch nicht daran, dass Caiden und er sich seit Tagen im Büro der Villa verschanzen.

Mein Problem ist der große, sexy Typ, der zwar jede Nacht neben mir schläft, und bei jeder Mahlzeit an meiner Seite sitzt, ansonsten aber eher den Eindruck erweckt, als sei er gar nicht mehr da. Und nicht nur das – Caiden sieht mich an, als sei ich aus Glas. Er schaut mir zwar ins Gesicht, aber es fühlt sich an, als sähe er geradewegs durch mich hindurch.

So bitter die Pille der Wahrheit auch schmecken mag, er hat sich verändert.

Ich weiß nicht, ob es an der Explosion liegt, oder er seinen kleinen Bruder vermisst, aber es ist nicht von der Hand zu weisen, dass er sich komisch verhält. Nicht nur mir gegenüber. Auch in Harper und Cyrus ' Gegenwart ist er nicht mehr derselbe.

Keine dummen Sprüche, keine Anmachversuche. Keine ernsten Gespräche. Von seiner Seite aus kommt gar nichts, und langsam weiß ich nicht mehr, was ich tun soll.

In der ersten Woche war noch alles beim Alten. Wir waren müde von den Geschehnissen. Haben viel geschlafen, hatten zwei oder drei Mal Sex und er hat mich wie ein rohes Ei behandelt. Er war exakt so, wie ich es mir vorgestellt hatte. Er hat sich den ganzen Tag um mich gesorgt und ist mir nicht von der Seite gewichen.

Doch seit Cy und er Colby zum Flughafen gefahren haben, hat sich etwas verändert.

Umso erstaunter war ich, als er heute Mittag den Vorschlag machte, wir sollten am Abend gemeinsam zum Strand gehen. Nicht nur ein Spaziergang, den ich mir ohnehin schon so lange wünsche, der mir aber aufgrund der Sicherheitsmaßnahmen verboten ist, sondern so richtig datemäßig. Mit schickem Kleid und Kerzenschein.

Zu hundert Prozent traue ich dem Braten jedoch noch nicht, als ich jetzt vor dem Spiegel in dem riesigen Bad stehe. Ich wirke beinahe verloren in dem luxuriösen Raum, der direkt an unser Schlafzimmer grenzt.

»Brauchst du schon wieder meine Hilfe?«

Meine Lippen verziehen sich nach oben, als Harper in meinem Sichtfeld auftaucht. Im grellen Licht des Spiegels sieht sie blass aus, trägt aber wie meistens ebenfalls ein Lächeln auf dem Gesicht.

»Das wäre toll«, seufze ich dieses Mal erleichtert. Unser Verhältnis ist viel vertrauter als noch vor wenigen Wochen im Krankenhaus. Ich gebe es endgültig auf, den Neckholderverschluss meines Kleides allein schließen zu wollen, und drehe ihr den Rücken zu. Auch wenn mein Arm kaum noch Schwierigkeiten bereitet, bin ich mit der Unterarmschiene recht eingeschränkt.

»Das ist ein hübsches Kleid. Blau steht dir.«

»Danke.« Ich senke etwas verlegen den Blick. Es fühlt sich immer noch komisch an, Komplimente von einer anderen Frau zu bekommen.

»Und weißt du schon, was ihr heute Abend vorhabt? Hat unser Softie was Romantisches geplant?« Nachdem sie mir mit dem Kleid geholfen hat, lehnt Harper sich mit der Hüfte gegen die Waschtischplatte.

Unsere Blicke treffen sich im Spiegel.

»Ich weiß nicht genau.« Statt einer Ausschmückung, zucke ich lediglich mit einer Schulter.

»Er ist komisch, oder?« Sie kneift die Augen leicht zu Schlitzen. »Ich bilde mir das nicht nur ein, richtig?«

Abrupt drehe ich mich in ihre Richtung.

»Total«, pflichte ich ihr bei. »O Gott. Ich bin so froh, dass du das auch so siehst.«

»Seit sie Colby weggefahren haben, stimmt doch irgendwas nicht.« Sie verschränkt die Arme vor der Brust und tippt sich mit einem Finger gegen die Lippen. »Cy meint, ich bilde mir das alles nur ein und würde übertreiben. Aber irgendwas läuft doch da. Er ist noch schweigsamer als sonst, und ich bin sicher, er hat seit Nächten nicht geschlafen.«

»Jap. Ist mir nicht entgangen. Caiden ist in den letzten Tagen nicht mehr er selbst. Er kommt mir vor wie ein Gespenst.«

»Hast du ihn drauf angesprochen?«

Ich wende mich wieder meinem Spiegelbild zu und checke mein unauffälliges Make-up. Ich war nie der Typ Frau, der sich bis zur Unkenntlichkeit schminkt.

»Gott bewahre, nein«, seufze ich. »Ich dachte, ich warte den heutigen Abend ab. Wer weiß, vielleicht setzt es ihnen einfach mehr zu, als gedacht, dass sie das Hotel schließen mussten und Colby weg ist.«

»Hm.« Harper sieht nicht sehr überzeugt aus. »Ich bin nicht sicher.«

»Wobei bist du dir nicht sicher?«

Caidens Stimme lässt uns beide herumfahren.

Mit angehaltenem Atem starre ich Harper an.

»Ob Amaia blau oder rot besser steht.« Ihr Pokerface sitzt lückenlos.

Caiden sieht mich an und zum ersten Mal seit Tagen habe ich das Gefühl, dass er es wirklich tut. Die Leere in seinen Augen ist verschwunden und dem Glanz gewichen, den ich so sehr mag und den ich vermisst habe.

»Nackt ist sie mir sowieso am liebsten.«

»Das hast du jetzt gerade nicht laut ausgesprochen«, keuche ich. Aber Harper kichert nur und klopft ihm im Vorbeigehen auf die Brust. Die Situation erinnert mich so sehr an den ersten Tag unserer Begegnung. Damals allerdings war Harper die Fremde und ich habe Caiden blind vertraut. Nicht, dass sich an Letzterem etwas geändert hätte, aber ein Gefühl tief in meinem Inneren warnt mich, es nicht mit dem Glücklichsein zu übertreiben.

»Was sonst? Er ist schließlich ein Clayton«, schnaubt Harper lachend.

Kichernd möchte ich ihr hinterher sehen, aber mein Blick wird abgefangen.

Von dem Mann, den ich liebe.

Denn das tue ich nach wie vor aus ganzem Herzen.

Ich habe es ihm seit dem Tag im Krankenhaus nicht mehr gesagt. Die ganze Zeit über wollte ich es, aber die

Worte kamen mir einfach nicht über die Lippen ... weil ich unsicher bin.

»Blau steht dir auch ausgezeichnet.« Der sanfte Klang in seiner tiefen Stimme hat mir mindestens genauso gefehlt wie das Strahlen seiner Augen. In den letzten Tagen ging es bei allen Gesprächen fast ausschließlich um den Wiederaufbau des Hotels, das Abendessen, das seiner Meinung nach versalzen war, oder irgendwelche anderen Sachen, die ihn nerven.

»Danke.« Ich möchte bei ihm nicht schüchtern oder zurückhaltend sein, aber das Problem ist: Ich habe eine Scheißangst. Was, wenn ich sein Störfaktor bin? Wenn er es bereut, mich mitgenommen zu haben, oder nicht das für mich empfindet, was er dachte zu empfinden?

Unsicherheit. Das ist es, was neben der physischen Sicherheit in meinem Herzen herrscht. Und diese macht mich schwach und verletzlich. Ich komme mir vor wie eine Sechzehnjährige, die ihrem Freund jeden Wunsch von den Lippen abliest, nur damit er seine mögliche Abneigung nicht zeigt, weil er sonst ein schlechtes Gewissen empfinden würde. Teenager sind so und langsam werde ich das Gefühl nicht los, dass ich mich zurückentwickle. Das wiederum macht mich rasend vor Wut.

Alles in allem nicht gerade ein optimaler Zustand für ein romantisches Date am Strand.

»Bist du bereit?«

»Immer«, erwidere ich dennoch, ohne zu zögern. Denn auch wenn Caiden möglicherweise Zweifel hegt oder ihn andere Sorgen belasten, würde ich ihm blind folgen.

Er hat inzwischen mehr als einmal unter Beweis gestellt, dass er zu den Guten gehört. Und vor allem ändert sein Verhalten nichts an den tiefen Gefühlen, die ich für ihn hege. Ich liebe ihn. So oder so. Ganz gleich, ob er der perfekte Gentleman ist oder ein verzweifelter Mann. Die Sache mit dem MC hat ihn nicht kaltgelassen. Mir ist klar, dass er Brown und die anderen bewusst nicht anspricht. Es verletzt ihn, kein Scorpion mehr zu sein. Und das wirklich Tragische ist – mich verletzt es auch. Weil ich es nicht ertragen kann, dass er meinetwegen traurig ist. Jeden Tag sehe ich den vollkommen massakrierten Skorpion auf seinem Rücken. Die Schnitte und Schürfwunden haben sein Tattoo nicht bis zur Unkenntlichkeit gezeichnet, aber das Bild hat viele Risse und Unebenheiten bekommen. Ein Symbol, das nicht aussagekräftiger sein könnte. Vor ein paar Wochen hätte mich der Anblick gefreut. Heute stimmt er mich traurig. Weil ich alle Seiten an ihm liebe.

Deswegen lege ich meine Hand bestimmt in seine, sobald er sie mir hinhält und begleite ihn. Wortlos durchqueren wir Cys Villa, treten durch das schmiedeeiserne Tor, das das Grundstück vom Strand trennt, bis wir endlich den Sand unter den Füßen spüren.

Seit Tagen habe ich diesem Moment entgegengefiebert. Bei aller Gastfreundschaft, ich fühle mich eingesperrt und damit komme ich nur schlecht zurecht.

Mit einem breiten Grinsen im Gesicht und seinen Fingern fest um meine geschlungen, führt Caiden mich zu einem wunderschönen Pavillon unweit des Aufgangs zu Cys Villa.

»Wow.« Ich betrachte den seidigen Stoff, der sich über einer Decke ausbreitet und mit Hunderten LED-Lichtern verziert ist.

»Gefällt es dir?« Seine Hand schließt sich noch etwas fester um meine. »Ich dachte, wir machen eine Flasche Wein auf und genießen die klare Nacht.«

»Das ist wunderschön. Du hast dich definitiv selbst übertroffen.« Es kostet mich etwas Mühe, mich von der Brandung und dem Zelt zu lösen, um Caiden anzusehen, doch als unsere Blicke sich treffen, habe ich nur noch Augen für ihn. »Es ist schön, hier unten zu sein.« Ich überwinde die letzte Lücke zwischen uns und küsse ihn sanft auf den Mundwinkel. »Mit dir.«

»Tut mir leid, dass wir nicht früher herkommen konnten. Ich weiß, wie sehr du es dir gewünscht hast, ans Meer zu gehen.«

»Kein Problem.« Das Lächeln, das ich ihm schenke, ist ehrlich gemeint. »Ich verstehe, dass es schwer für euch war. Du machst dir Sorgen um unsere Sicherheit.«

»Ich mache mir Sorgen um deine Sicherheit.« Während er seine Lippen erneut auf meine legt, kann ich spüren, wie er sanft lächelt.

»Aber ich bin sicher, wenn ich bei dir bin«, hauche ich direkt in seinen Mund hinein.

Statt einer Antwort vertieft er unseren Kuss. Fast schon verzweifelt erobert er meine Zunge und nimmt mir all die Sorgen, die ich noch vor wenigen Minuten gespürt habe. So küsst man niemanden, den man nicht liebt. Da bin ich ziemlich sicher. Denn ich habe eine Menge Küsse erhalten und gegeben in meinem Leben. Sie alle waren lieblos. Nicht von Belang.

Caidens Kuss ist pure Magie.

Er ist alles.

Sehnsüchtig nach dem Gefühl seiner Haut auf meiner fahren meine Finger unter sein olivgrünes T-Shirt und tasten seine harten Bauchmuskeln entlang.

Ich möchte ihm sagen, wie sehr ich ihn vermisst habe. Wie sehr ich ihn liebe.

Und ich möchte ihn bitten, mich nicht zu verlassen.

Ich möchte ihn fragen, was ihn derart belastet. Doch ich habe keine Chance.

Sobald meine Lippen sich von seinen lösen wollen, nimmt er mich erneut in Besitz und ich werde einen Teufel tun, mich dagegen zu wehren.

Wenn jemand weiß, dass Sex ein super Heilmittel ist, dann ich. Es mag vielleicht nur kurz währen, aber zumindest funktioniert diese Taktik. Außerdem fühlt es sich viel zu gut an, von ihm gewollt zu werden ... geliebt zu werden.

Als wir schließlich beide Luft holen müssen, findet so die einzige Frage ihren Weg nach draußen, die für diesen Moment Relevanz hat.

»Machst du Liebe mit mir, Caiden?«

Seine grünen Iriden bohren sich im letzten Licht der

untergehenden Sonne in meine. Er taucht geradewegs in meine Seele ein und ich habe Angst davor, dass wieder alles über uns zusammenstürzen wird, weil meine Gefühle für ihn so dermaßen schwerwiegend sind. Doch der Himmel bleibt, wo er ist, und hüllt uns ein in diese kleine Blase der Realitätslosigkeit. Es ist schön hier drin. Sicher.

Caidens Hände finden meinen Hintern. Mühelos hebt er mich hoch und ich schlinge meine Beine um ihn.

»Ja, Sweetheart. Ich mache Liebe mit dir.«

Ich ignoriere den Kummer, der aus seiner Stimme schwappt, und ich verschließe die Augen vor dem, was mir aus seinem Inneren entgegenprallt.

Ich will es nicht sehen. Das, was er vor mir zu verbergen versucht.

Solange ich ihn noch fühle, ist doch alles gut.

Richtig?

Kapitel Neunundzwanzig

CAIDEN

Das war so nicht geplant.

Nichts von alldem hier.

Amaia sollte nicht hier sein.

Sie sollte ihr Leben behalten dürfen. Tun und lassen, was sie will. Sie ist wie ein wunderschöner, bunter Schmetterling, und ich habe sie in einem Glas gefangen. Ich mag ihr Löcher in den Deckel gebohrt und sie ans Sonnenlicht gestellt haben. Aber dennoch nehme ich ihr ihre Freiheit.

Das hat heute ein Ende.

Eigentlich hatte ich mir fest vorgenommen, sie nicht mehr anzurühren. Ich wollte mit ihr reden, ihr alles erklären und ... mich verabschieden.

Aber ich bringe es nicht übers Herz, sie abzuweisen. Sie in den letzten Tagen auf Abstand zu halten, war das Schwerste, was ich je tun musste. Und ich habe schon eine Menge Scheiße machen müssen.

Die Versuchung, ihr nahe zu sein, ihren Körper unter meinen Fingerspitzen zu fühlen, ist einfach zu groß.

Ein allerletztes Mal.

Sanft, aber bestimmt presse ich ihr Gesicht in meine Halsbeuge, damit sie die Emotionen in meinen Augen nicht sehen kann.

»Das hier hat mir so sehr gefehlt.« Ihr Stöhnen ist wie Musik in meinen Ohren. Ich hatte mir die Worte so genau zurechtgelegt, doch jetzt wollen sie meinen Mund nicht verlassen.

Stattdessen trage ich sie unter den weißen Stoff, der leicht in der schwachen Brise des Abends weht.

»Ich muss in dir sein.« Ich gestehe ihr die Wahrheit, die tief in meinem Herzen verborgen bleiben sollte. Aber es ist zu spät. An diesem Punkt gibt es kein Zurück. Nicht, wenn ich ihre warme Mitte an meinem Schritt spüre und ihre Finger durch meine Haare fahren.

Fieberhaft dränge ich mich an sie. Gehe mit ihr auf meinen Armen in die Knie und schiebe mich über ihren perfekten Körper. Diesen Körper, den ich mir selbst verwehrt habe in den vergangenen Tagen. Weil ich es uns nicht noch schwerer machen wollte. Ich dachte, wenn ich sie Schritt für Schritt auf Abstand halten würde, wäre es leichter. Aber ich habe mich getäuscht. So sehr getäuscht.

Meine Finger finden wie von allein in ihren Nacken und lösen die Träger ihres Kleides. Der einzige Stoff, der mich von ihren wunderschönen Brüsten trennt. Ihre steifen Nippel recken sich mir entgegen, sobald ich ihnen den Platz verschaffe, und ich zögere nicht und nehme sie zwischen die Zähne. Erst die eine, während ich die andere mit meiner Hand massiere, dann wechsle ich die Seite.

Amaia krallt sich in meinen Haaren fest und biegt den Rücken jedes Mal durch, wenn ich an ihren Brustwarzen knabbere.

»Caiden«, stöhnt sie. Ihre Stimme klingt fast schon verzweifelt. Als stünde sie allein am Ende eines Weges und sei nicht bereit, ohne mich über die Klippe zu gehen. Sie hat ja keine Ahnung, wie richtig sie damit liegt. Nur, dass ich derjenige bin, der sich in die Tiefe stürzen wird. Sie bleibt in Sicherheit. Ich werde nie wieder zulassen, dass ihr meinetwegen etwas zustößt. In der kurzen Zeit, die wir hatten, habe ich sie viel zu oft verletzt erlebt. Und jedes verfluchte Mal hatte es etwas mit mir zu tun. Das werde ich mir niemals verzeihen.

»Ich bin da, Sweetheart.« Die Worte kommen nur stoßweise über meine Lippen.

Das hier mag nicht der Plan gewesen sein, aber ich bin ihr das schuldig.

Liebe.

Kein Sex. Keine reine Befriedigung.

Echte, alles andere in den Schatten stellende Liebe.

Denn ich liebe sie.

Am liebsten möchte ich es in die Welt hinausschreien und es ihr jeden Tag hundert Mal sagen. Aber ich schweige. Eben weil ich sie liebe.

Amaia zieht mir das T-Shirt über den Kopf, doch sobald ihre Fingerspitzen meinen Rücken berühren, verspanne ich mich. Nicht vor Schmerz. Die Wunden sind längst verheilt. Vielmehr, weil ich diese Seite von mir vor ihr verbergen möchte.

Sofort gleiten ihre geschickten Hände über meine Schultern zu meinen Wangen und zwingen mich, sie anzusehen.

»Ich brauche dich.«

Der traurige Ausdruck in ihren Augen kostet mich die letzte Überwindungskraft. Ich lege das Kinn auf die Brust und öffne meine Hose.

Es ist wie ein unbändiger Drang, endlich Erlösung zu finden. Wie ein Brand, der dringend gelöscht werden muss. Ich wage es erst wieder aufzublicken, genau in dem Moment, in dem ich ihr den Slip vom Leib gerissen habe und mich in sie dränge.

Es ist Lust.

Es ist blanke Begierde.

Es ist Leid und Schmerz.

Und es ist Liebe.

Vor allem ist es Liebe.

Ohne sie aus den Augen zu lassen, kreise ich sanft meine Hüften. Gebe ihr einen Moment, im Hier und Jetzt anzukommen.

Es ist, als ob eine Zeitmaschine uns zurückversetzt hätte an den Abend der Explosion.

Wir beide.

Keine Hindernisse.

Nur Liebe. Als Amaia mir sehnsüchtig ihre Hüften entgegenschiebt, fange ich an, mich in langsamen Rhythmen zu bewegen. Dabei sinke ich auf sie hinab und meine Lippen finden ihre.

Das hier hätte unser erstes Mal sein sollen. Nicht unser letztes.

Das Gefühl ihrer engen, feuchten Pussy um meinen Schwanz. Die Gewissheit in meinem Herzen, dass ich derjenige bin, den sie will.

Es ist perfekt.

»Ich liebe dich.«

Die Worte haben meine Lippen verlassen, noch ehe ich sie zurückhalten kann.

Zu sehen, wie ihre Augen sich mit Tränen füllen, die sie geübt wie eh und je zurückhält, zerstört mich. Doch ich höre nicht auf, sie zu lieben. Ich gebe ihr alles, was mein Körper ihr zu geben hat.

Ich gebe ihr mein Leben.

»Und ich liebe dich«, sagt sie und bricht damit endgültig mein Herz.

Mit einer Dringlichkeit, die ich nie zuvor in meinem Leben verspürt habe, ficke ich sie mit langsamen intensiven Stößen. Wir lassen uns keinen Moment aus den Augen. Sehen einander keuchend an, bis wir es nicht mehr aushalten können.

Amaia ist die erste von uns beiden, die den Kampf gegen die Besinnungslosigkeit verliert und schreiend den Kopf in den Nacken wirft. Allein ihr dabei zuzusehen, wie sie zum Höhepunkt kommt, gibt mir den Rest. Meine Finger krallen sich in ihren prallen Arsch und ziehen sie mir entgegen, während ich meine Zähne in ihren Hals vergrabe und heftiger komme denn je.

Mit meinem Orgasmus scheint schlagartig alles zum Erliegen zu kommen. Ich kann nicht mal mehr die Wellen rauschen hören. Alles, was noch von Bedeutung ist, sind Amaia und ich. Ihr Herzschlag, dicht an meinem. Ihr Atem, der sich mit meinem vermischt.

Eine ganze Weile liegen wir so da und geben uns dem Moment der Stille hin.

Trügerisch.

Denn nach jeder Stille zieht früher oder später wieder ein Sturm auf.

»Redest du nun endlich mit mir?«

Amaia ist auch die erste von uns, die das Schweigen bricht. Mir fehlt zum ersten Mal in meinem Leben der Mut dazu.

Ich muss sie nicht fragen, was sie meint. Sie ist clever genug. Natürlich ist ihr aufgefallen, dass etwas nicht stimmt.

»Dafür sind wir hier«, antworte ich. Ich richte meinen Oberkörper etwas auf und schiebe ihr eine Locke hinters Ohr. »Es gibt etwas, worüber ich mit dir reden muss.«

Mit einem wissenden Nicken presst sie die Lippen zusammen.

Ich ziehe mich vorsichtig aus ihr zurück und lasse mich auf den Rücken rollen. Schwer atmend sehe ich durch die Öffnung des Stoffs in den Himmel. Die Sonne ist beinahe untergegangen. Eigentlich ist es ein wunderschöner Abend.

»Irgendetwas sagt mir, dass es mir nicht gefallen wird, was du zu sagen hast.«

Amaia setzt sich auf und ich zögere keine Sekunde, ihr beim Verschließen ihres Kleides zu helfen. Anschließend lege ich meine Lippen auf ihre nackte Schulter und schließe die Augen.

»Langsam machst du mir Angst, Caiden. Nun sag schon. Was ist in den letzten Tagen los mit dir?« Sie dreht sich aus meiner Berührung und sieht mich fragend an. Wie gern würde ich etwas sagen wie: ›Mach dir keine Sorgen. Es ist nichts.‹ Aber das wäre eine Lüge.

Stattdessen hole ich einmal tief Luft und zwinge die Wahrheit aus mir heraus.

»Du hast recht. Es wird dir nicht gefallen.« Seufzend ziehe ich meine Hose nach oben. Ich stelle die Füße in den Sand und lege die Ellbogen auf die Knie. Es bringt nichts, es noch weiter hinauszuzögern. »Ich werde weggehen.«

»Du wirst weggehen«, wiederholt sie monoton.

Ich kann sie nicht ansehen. Wie ferngesteuert sehe ich auf das Meer.

»Ja. Es geht nicht anders. Du wirst die erste Zeit bei Cy und Harper bleiben. Danach kannst du tun und lassen, was du möchtest. Ich habe dir noch mehr Geld überwiesen, damit du über die Runden kommst und …«

»Stopp!« Amaia springt auf und reißt den Stoff zur Seite, der über uns gespannt ist. »Was redest du denn da?«

»Bitte«, flehe ich, noch immer den Blick in den Sand und aufs Wasser gerichtet. »Lass mich ausreden. Ich habe einige Dinge vorbereitet.«

»Caiden. Was soll das bedeuten? Du kannst …«

Sie unterbricht sich mitten im Satz. Nachdem sie auch Sekunden später nicht weiterspricht, sehe ich sie an. Unsere Blicke treffen sich und sie erkennt die Wahrheit ohne eine weitere Silbe

»Nein.« Sie stößt das Wort aus und presst sich die Faust gegen die Brust. »Du willst ihn töten. Nicht wahr? Diesen Delgado. Du spielst den Märtyrer.«

Noch immer sitze ich vor ihr im Sand.

»Es ist unsere einzige Chance.«

»Nein«, wiederholt sie. »Nein. Du wirst ganz sicher keine Kamikazeaktion starten. Das werde ich nicht akzeptieren.« Ihre Stimme wird mit jedem Wort lauter. »Und Cy auch nicht. Er würde niemals zulassen, dass …«

»Er weiß es.« Erschöpft sehe ich zu ihr auf. »Der Plan stammt von uns beiden und wir haben uns das wahrhaftig nicht leichtgemacht.«

»Vergiss es, Clayton.« Sie spuckt mir die Worte regelrecht vor die Füße und stapft barfuß davon.

Einen kurzen Augenblick lasse ich den Kopf nach vorne fallen und knurre frustriert den Sand an. Es ist nur dieser eine Moment, den ich mir gönne, dann bin ich blitzschnell auf den Füßen, werfe mir mein Shirt über und folge Amaia die natürlich angelegten Stufen hinauf zu Cys Villa.

Mir war klar, dass sie nicht begeistert sein würde. Es ist auch nicht gerade mein Wunschtraum, mich zusammen mit Delgado in die Hölle zu begeben. Aber wenn ich auf diesem Weg meine Familie retten kann, ist es das einzig Richtige.

Kapitel Dreißig

AMAIA

Meine alte Freundin, die Wut, ist zurückgekehrt. In den letzten Wochen haben sich so viele neue und ungewohnte Gefühle in mein Inneres geschlichen, dass ich vollkommen vergessen habe, wie mächtig sie sein kann.

Mit jedem Schritt, den ich die unebenen Stufen hinaufnehme, schlägt sie ihre eisernen Klauen mehr und mehr in mein geschundenes Herz, sodass ich fast außer mir bin vor Zorn, als ich das Tor zu Cyrus 'Garten erreiche.

»Mach auf«, blaffe ich den Sicherheitsmann an, der die Rückseite des Hauses sichert.

Ich rede mir ein, dass es an meinem hasserfüllten Blick liegt, dass er nicht zögert. Wahrscheinlicher ist aber, dass Caiden mir dicht auf den Fersen ist, und er deswegen nicht hadert.

Schon von Weitem erkenne ich Cy und Harper, die auf dem Außensofa der schicken Terrasse sitzen. Harper hält ein zerknülltes Taschentuch in den Händen und ihre Augen sind rot unterlaufen. Aber ich habe weder die Zeit noch die Kraft, mich um sie zu kümmern. Ich fixiere Cy, der so todesmutig ist und aufsteht, kurz bevor ich bei ihnen angekommen bin. Abschätzend sieht er über meine Schulter, dann wieder zu mir.

Tja, und offensichtlich hat er keine Ahnung, mit wem er

es zu tun hat, denn meine Faust landet so blitzschnell in seinem Gesicht, dass er nicht die geringste Chance hat, zu reagieren.

»Fuck!«, brüllt er und hält sich die blutende Nase. »Was zur Hölle!«

Harper springt auf und stößt ein hysterisches »Amaia!« aus, aber das ist mir gerade scheißegal.

»Denkst du ehrlich, ich lasse das zu? Weil du dir selbst zu schade bist, deiner Familie zu helfen, oder was?« Heiße Tränen sammeln sich in meinen Augenwinkeln, aber ich zwinge sie zurück. »Fick dich, Cyrus. Der Plan ist Geschichte. Nicht mit mir.«

Gerade als ich ausholen will, um ihm einen weiteren Schlag zu verpassen, schlingen sich starke Arme von hinten um mich.

»Sch«, flüstert Caiden in mein Ohr. So sehr ich mich auch gegen seinen Griff wehre, ich habe keine Chance. Mit nur einem brauchbaren Arm und gebrochenem Herzen bin ich machtlos. Sämtliche Selbstverteidigungstechniken sind wirkungslos bei ihm, weil er meine Mauern längst durchbrochen hat.

»Das war nicht meine Idee, verflucht.« Cy spuckt Blut auf die schicken Terrassenplatten. Harper ist ins Haus geeilt und kommt mit Papiertüchern und Eis zurück. Auf ihrem Gesicht liegt ein tadelnder Ausdruck. Aber er gilt nicht mir allein.

»Das ist doch vollkommener Irrsinn. Er wird sterben. Und dann hat niemand was davon.«

»Doch.« Caiden drückt seine Wange gegen meine. Seine Arme schlingen sich so fest um mich herum, dass ich vollkommen gefangen bin. »Ihr. Ihr habt etwas davon, weil ihr dann frei sein werdet. Alle.«

»Nein«, halte ich inzwischen heulend dagegen. »Du kannst nicht gehen. Du hast es mir versprochen. Du hast mir versprochen, mich nicht allein zu lassen.«

»Und ich habe versprochen, dich mit meinem Leben zu

beschützen. Es tut mir leid, Sweetheart, aber ich kann nur eins von beiden einhalten.«

»Nein«, jammere ich. »Soll *er* doch gehen.« Meine ganze Wut kanalisiert sich auf Cyrus. Wie kann er das zulassen?

»Das kann er nicht.« Caiden seufzt so tief, dass ich das Heben seiner Brust in meinem Rücken spüre. »Kann ich dich loslassen? Dann reden wir. In Ruhe.«

Es bedarf noch einiger Atemzüge, bis mein Herzschlag sich einigermaßen normalisiert. Schließlich nicke ich.

»Okay«, haucht Caiden zusammen mit einem Kuss auf meine Wange und lockert seinen Griff.

Sofort befreie ich mich daraus und bringe ein paar Schritte Abstand zwischen uns. Cy weicht zurück, was mir ein bisschen innere Genugtuung verschafft. Allerdings verfliegt diese schnell, als er sich schützend vor Harper stellt und diese sich hinter ihrem Mann versteckt.

Vor mir.

Caiden ist der Erste, der das Wort in dieser surrealen Situation wieder ergreift.

»Zunächst einmal: Es tut mir leid. Ich wollte es dir vernünftig und in Ruhe erklären, statt mit dir zu schlafen. Das war nicht fair.«

»Dein Ernst, Cai?«, schnaubt Cy, was ihm einen tödlichen Blick meinerseits einbringt.

»Was hast du denn gedacht, he?« Trotz der Schiene verschränke ich die Arme umständlich vor der Brust. »Dass du mit mir an den Strand gehst und ich mit Sand zwischen den Zehen lockerer reagiere, wenn du in ein Selbstmordkommando ziehen willst? Ich raffe das nicht.« Ich spüre, wie die Wut noch immer Besitz von mir ergriffen hat. »Ihr habt zig Deppen in eurem Sicherheitsteam. Niemand von euch muss so eine Scheiße selbst erledigen. Verdammt, ihr habt sogar die Polizei auf eurer Seite. Ich. Verstehe. Es. Nicht.«

Verzweifelt werfe ich die Arme in die Höhe, ehe ich sie erneut um meinen Körper schlinge.

»Die Polizei hat keinerlei Beweise oder Anhaltspunkte.

Glaub mir. Wir haben das hundertmal durch. Außerdem wissen sie nicht, warum Delgado so eine unendliche Wut auf uns hat. Es ist schwierig, die Behörden ins Boot zu holen, ohne ihnen die ganze Wahrheit zu erzählen.«

»Die da wäre?«

Verzweifelt sehe ich Caiden an, doch er beißt nur die Zähne aufeinander, bis seine Kiefermuskeln zucken.

»Die Wahrheit ist, dass ich seinen Sohn umgebracht habe.«

Schockiert drehe ich mich zu Cyrus, der mich unnachgiebig ansieht, noch immer das Tuch fest unter seine Nase gepresst.

»Du hast seinen Sohn ermordet? Deswegen all das? Ihr wart diejenigen, die diesen Krieg begonnen haben?«

»Nein«, geht Caiden sofort dazwischen.

»Es war wegen Savannah.« Harper tritt hinter ihrem Mann hervor. Genau wie ich hat sie die Arme um ihren Körper geschlungen und heult. »Sie hat Colby fix und fertig gemacht, aber das war nicht ausschlaggebend. Dass Alejandro sterben musste, war ein Unfall.«

»Aber dann will er dich.« Ein hysterisches Lachen verlässt meine Kehle. »Warum badest du den Mist nicht aus, den du allen eingebrockt hast, hm?«, richte ich mich erneut an Cy.

»Das habe ich versucht. Mehrfach.«

»Amaia«, geht Caiden dazwischen. »Ich weiß, du suchst nach einem Sündenbock für all das hier. Weil es immer leichter ist, wenn jemand schuld ist. Aber Cy kann nichts dafür. Genauso wenig wie ich oder Colby. Wir sind da einfach in etwas ganz Übles reingeraten und es wird Zeit, dem ein Ende zu setzen.«

»Ja, aber warum du?«, bringe ich nur noch schluchzend über die Lippen. Es ist mir scheißegal, dass Cy und Harper mich so sehen. Ich bin nicht länger bereit, meine Gefühle zu unterdrücken. Das habe ich lang genug getan.

»Weil es die einzige Möglichkeit ist.« Caiden kommt auf mich zu und führt mich eine Hand in meinem unteren Rücken zu dem Außensofa. Es fühlt sich falsch an, sich gemütlich auf das weiche Polster sinken zu lassen. Viel lieber möchte ich etwas kaputtschlagen. »Cyrus wird hier gebraucht.« Er nimmt meine Hände in seine und fährt beruhigende Kreise über meine Handrücken. »Er muss das Hotel wieder aufbauen und am Laufen halten. Außerdem ...« Ich folge seinem Blick über meine Schulter.

»Ich bin schwanger«, weint Harper. Dicke Tränen rollen über ihre Wangen. Mit großen Schritten kommt sie zu uns und setzt sich neben mich. »Und bitte glaub mir. Ich wusste von diesem grandiosen Plan bis eben auch nichts. Ich finde diese Lösung genauso bescheuert wie du.«

Meine Sicht verschwimmt, weil meine Augen sich erneut mit Tränen füllen. Ich wende mich wieder Caiden zu. Er strahlt die innere Ruhe aus, die ich in den letzten Tagen so vermisst habe.

»Cy muss für seine Familie da sein. Ein Baby! Das ist etwas Wundervolles. Aber das allein ist nicht der Grund. Wir dürfen nicht vergessen, dass ich auch ohne das Kartell nicht sicher bin. Ich kann nicht für euch sorgen, Sweetheart. Kein Kind sollte mit einem MC im Nacken großwerden. Und es gibt niemanden, der das besser weiß als du.«

»Nein«, weine ich und schüttle vehement den Kopf.

»Es ist das Beste. Und hey.« Ihm entschlüpft ein freudloses Lachen. »Es besteht noch immer die Chance, dass ich lebend aus alldem rauskomme und wir uns irgendwann wiedersehen.«

»Nein.« Ich kann einfach nichts anderes sagen. Stattdessen falle ich ihm um den Hals. »Nein. Nein, nein, nein«, wiederhole ich immer und immer wieder.

Caiden drückt mich fest an sich und streichelt mir über die Haare, den Rücken und die Oberarme.

»Hör zu«, sagt er, nachdem ich mich etwas gefangen habe. »Ich weiß, du willst das alles nicht hören, aber es gibt ein paar Dinge, die ich dir sagen muss.«

Schniefend löse ich mich von ihm.

»Bitte lass uns noch mal in Ruhe darüber reden. Das ist

doch alles total irre. Wir müssen das nicht heute entscheiden.«

Er senkt den Blick zuerst auf den Boden, dann sieht er über meine Schulter.

»Was?«, frage ich und wische mir mit dem gesunden Arm die Nase trocken. Dabei blicke ich skeptisch zwischen Caiden und seinem Bruder hin und her.

Caiden holt tief Luft, doch schließlich ist es Cyrus, der mir den Todesstoß verpasst.

»Wir haben einen Tipp, wo Delgado sich heute Nacht befindet. Das ist die beste Gelegenheit.«

Mein Blick schießt sofort zu Caiden.

»Heute Nacht?«

»Wir haben das alles durchgeplant. Heute Nacht.«

»Das kann nicht dein Ernst sein.«

»Bitte, Amaia. Du musst mir jetzt zuhören.«

»Nein.« Ich springe auf. »Nein. Einfach nein. Ihr seid doch total bescheuert. Das war das also eben? Ein Abschiedsfick? Verdammt, Caiden!«

»Das war so nicht geplant«, presst er hervor. »Und ich habe mich entschuldigt.«

»Es muss eine andere Lösung geben.«

»Baby.« Mit einem tiefen Seufzer steht er ebenfalls auf und richtet seinen Blick kurz gen Himmel. Beinahe, als hoffe er, dort die richtigen Worte zu finden. »Es gibt ab hier kein Zurück mehr.«

»Und das entscheidest du ganz allein, ja?«

»Ja. Ich entscheide das. Weil ich dich liebe, verflucht. Und jetzt hör auf, mit deinem Dickschädel durch die Wand zu wollen, und lass mich ausreden.«

Ich schlinge die Arme um meinen Körper und versuche, nicht in Panik auszubrechen. Er tut das wirklich. Es ist alles geplant, und ich bin machtlos gegen das, was sich hier gerade abspielt. Diese Machtlosigkeit lässt mich vollkommen verrückt werden.

Um nicht zu hyperventilieren, drücke ich meine gefalteten Hände an die Lippen und konzentriere mich auf meine Atmung.

Caiden kommt auf mich zu und reibt mir beruhigend die Oberarme. »Ich habe dir eine Menge Geld überwiesen«, erklärt er. Unwillkürlich schüttle ich den Kopf. Ich will all das nicht hören. Und ich will sein Geld nicht. Ich will doch nur ihn. Das Hotel, der MC, der Luxus. Das ist mir alles scheißegal. Ich will nur, dass er mich nicht verlässt. »Außerdem ist die Hypothek für das Haus bezahlt, und ich habe dir meine Suite im Hotel überschrieben, wenn sie denn wieder aufgebaut ist. Was du damit machst, ist dir selbst überlassen.«

»Ich kann das nicht ohne dich.«

»Das ist Quatsch. Du bist viel stärker als all das hier. Komm schon, du bist meine kleine Ninja-Kämpferin. Du kanntest mich nur gefühlte fünf Minuten deines Lebens, Sweetheart. Auch wenn es sich anfangs komisch anfühlen mag, du wirst darüber hinwegkommen und dir ein neues Leben aufbauen. Und es wird bunt und fröhlich und wunderbar.«

»Ich will das alles nicht hören, Caiden. Ich will es nicht.«

Wie ein Kind halte ich mir lächerlicherweise die Ohren zu.

Caiden lächelt sanft, dann greift er nach meinen Händen und nimmt sie in seine.

»Du schaffst das. Daran habe ich keinen Zweifel. Und du bist auch nicht länger allein. Cy mag vielleicht ein Arsch sein. Aber es ist wichtig, dass du verstehst, dass er für dich da sein wird. Er. Vertraut. Dir.«

Tränen rinnen über meine Wangen. Seine Worte gelangen nicht in meinen Verstand.

Das kann nicht das Ende sein. Wir kennen uns noch nicht mal richtig. Ich weiß nicht, was seine Lieblingsfarbe ist, und auch nicht, in welche Länder er reisen möchte. Das hier darf kein Abschied werden.

»Wir sind für dich da.« Ich glaube, es ist Harpers

Stimme, die wie durch einen dichten Nebel des Schmerzes in mein Ohr dringt.

Unwillkürlich schüttle ich die ganze Zeit den Kopf.

Nein.

Nein, nein, nein.

»Amaia.« Caidens Griff um meine Hände verfestigt sich. Mit einem gequälten Stöhnen zieht er mich an seine Brust. »Ich glaube fest daran, dass wir uns irgendwann wiedersehen. Aber ich möchte nicht, dass du die ganze Zeit an einer Hoffnung festhältst und damit dein ganzes Leben verpasst. Lebe. Vergiss mich. Sollte das heute Nacht wider Erwarten glattlaufen, tauche ich erst mal eine Zeit lang unter. Big B wird nicht ewig Pres sein. Es kommen andere nach ihm und dann kann ich neu verhandeln. Ich werde dich finden, ganz egal, wo du bist.«

»Ich kann doch noch mal mit Brown reden«, schluchze ich und wehre mich nicht länger gegen seine Umarmung. Wenn das hier wirklich unser Abschied ist, dann muss ich ihn noch einmal festhalten. Muss den Geruch seines Shirts einatmen und alles in mich aufsaugen. Doch mein Kopf wehrt sich nach wie vor gegen den Gedanken, ihn gehen zu lassen.

»Du wirst nie wieder in die Nähe dieses Wichsers kommen. Dafür wird Cy sorgen.« Caiden nimmt mein Gesicht in seine Hände. »Lass es uns nicht schwerer machen, als es ohnehin schon ist. Du hast alles, was du brauchst. Geld, deinen freien Willen und eine Welt, die dir offensteht. Löse dich von diesem ganzen Scheiß hier und mach was draus, Baby. Versprich mir das.«

Ich komme mir vor wie eine Irre, weil ich nach wie vor unaufhörlich den Kopf schüttle.

»Bitte lass uns noch mal darüber reden.«

Caidens Lippen ziehen sich zu einem breiten Grinsen.

»Es ist alles gesagt. Am Ende siegt die Gerechtigkeit. Ein Scorpion für einen Salazar. Vor wenigen Wochen hättest du nichts dagegen gehabt. Das solltest du nicht vergessen.«

»Aber jetzt ist doch alles anders.« Flehend kralle ich meine Hände in sein Shirt.

Caiden beugt sich in seiner vollen Größe zu mir hinunter und küsst mich flüchtig.

»Vergiss mich und lebe dein Leben. Du hast es verdient.«

Einen Moment lang verstehe ich nicht, was passiert, als er über meine Schulter nickt und sich anschließend von mir löst.

»Nein!«, schreie ich und will mich an ihm festklammern. Aber Cyrus, dieser Wichser, hält mich von hinten fest an seine Brust gepresst. Ich trete und schlage, so fest es geht, um mich, aber er ist unbarmherzig.

Und dann bleibt mir nichts, als in den Armen eines anderen dabei zuzusehen, wie mich der einzige Mann, den ich je geliebt habe, verlässt.

Er geht, so wie alle es früher oder später getan haben ...

Kapitel Einunddreißig

CAIDEN

Es ist das Beste.

Das ist mir klar, aber trotzdem fühlt sich meine Brust an, als würde sie in eine Million Teile zerfetzt, als ich die Auffahrt der Villa hinabgehe und in den schwarzen Range Rover steige, mit dem Russell mich wie vereinbart abholt.

Natürlich stürze ich mich nicht blindlings in eine Kamikazeaktion. Cy und ich haben tagelang einen Plan ausgeklügelt, wie wir die Sache am sinnvollsten angehen. Wir haben die besten Männer zusammengetrommelt und sind stärker bewaffnet als manche Armee auf dieser Welt. Dennoch muss ich die Sache schlussendlich selbst zu Ende bringen. Es führt zu nichts, wenn wir irgendwen zu Delgado schicken, dessen Motivation nur aus einem Bündel Scheine besteht. Irgendwann kommt jeder an eine Grenze, an der es nur noch ums eigene Überleben geht.

Ich nicht.

Weil die Menschen in dem wunderschönen Haus im Rückspiegel mein Leben sind. Ich würde alles für sie tun. Auch sterben.

»Also. Alles wie besprochen?«

Ich sehe flüchtig hinüber zu Russell. Er ist ein ehemaliger Soldat und Chef unseres Sicherheitsteams.

»Jap. Es bleibt dabei. Ihr bringt mich rein, den Rest erledige ich ohne euch.«

Russell gibt keine Widerworte, aber es ist dennoch kaum zu übersehen, dass er mit dem Plan ebenfalls nicht glücklich ist. Aber Cy und ich waren uns einig. Es müssen nicht noch mehr Menschen unnötig sterben oder sich auch nur in Gefahr bringen. Wild umher schießend die Villa zu stürmen ist vollkommener Irrsinn. Damit erreichen wir nur, dass Delgado versuchen wird, zu fliehen. Und das ist nicht das Ziel.

Die Jungs haben die klare Anweisung, mir mit Feuerschutz und Rammbock den Weg zu ebnen. Den Rest erledige ich selbst. Ich muss in Ruhe mit Delgado sprechen. Ich werde Alejandros Tod auf meine Kappe nehmen und ihm verklickern, dass der MC mich rausgeworfen hat. So liegt sein Problem einzig und allein bei mir. Er kann seine Rachegelüste an mir ausleben und lässt die Menschen in Ruhe, die ich liebe.

So zumindest meine eigene Theorie. Nach Russells und Cys Variante, nutze ich die erste Gelegenheit und mache den Wichser kalt. Klar, diese Option habe ich im Hinterkopf. Aber nicht, ohne ihm klarzumachen, wer für sein Unheil verantwortlich ist. Denn vorrangig ist es wichtig, seine Wut auf mich zu kanalisieren, damit die anderen in Frieden leben können. Wenn sich die Chance bietet, werde ich selbstredend nicht zögern und ihn trotzdem umbringen.

Allerdings bin ich Realist und glaube nicht wirklich daran, Delgados Anwesen lebend zu verlassen. Und selbst wenn, habe ich mir geschworen, nicht zurück zu meiner Familie zu gehen.

Ich würde sie allein durch mein *out in bad standing* in Gefahr bringen. Selbst wenn ich mich von Cy, Harper und dem Baby fernhalten würde. Niemals könnte ich es mit meinem Gewissen vereinbaren, dass Amaia noch einmal Angst vor den Scorpions haben müsste. Allein das genügt als Grund, um so schnell nicht zurückzukehren.

Tief in meinem Inneren flüstert mir ein kleiner Teil meiner selbst zu, dass es okay ist. Immerhin war ich nie wirklich vollständig. Ich habe in keine meiner Welten gepasst. Weder ins Hotel noch zu den Scorpions. Ich war gefangen zwischen den Leben, die verschiedener nicht sein konnten, und am Ende bin ich keinem von beiden gerecht geworden.

Sollte ich diese Nacht überleben – und ich glaube wirklich nicht daran, dass es so sein wird – dann bin ich in gewisser Weise frei. Ich werde mir die Maschine schnappen, die ich unweit von Delgados Villa versteckt habe, und abhauen.

Ein Mann auf dem Motorrad.

Das war es doch, was ich immer sein wollte.

Dabei gibt es nur ein einziges Problem: Amaia Rodriguez.

Diese wunderschöne, charakterstarke Frau und meine Liebe zu ihr, die mich so verdammt schwach werden lässt.

Mit jeder Meile, die wir uns aus Santa Monica entfernen, habe ich das Gefühl, sie weiter zu verlieren. Es ist, als würde mir jemand die Eingeweide herausreißen.

Ich lehne mich an die Kopfstütze und schließe die Augen, um noch einmal ihr Gesicht vor mir zu sehen. Strahlend, neugierig und provokant. Ich stelle mir vor, wie ich ihre Stimme in meinem Ohr höre und wie ihre dichten Locken mich dabei an der Nase kitzeln.

»Alles okay, Mann?«

»Hm«, murmle ich, ohne die Augen zu öffnen. »Bringen wir es einfach hinter uns.« Sie soll es besser haben als ihre Mutter. Ein freies Leben. Selbstbestimmt. Glücklich. Friedlich. Voller Zorn schlage ich die Lider auf. »Es wird Zeit, diesen Wichser endlich in die Hölle zu schicken.«

Das Anwesen von Delgado erhebt sich wie ein altertümlicher Palast aus der kargen Steppe. Lichter wechseln sich mit Überwachungskameras auf den Pfosten des riesigen Metallzauns ab, der das Anwesen weitläufig umzäunt. Hier kommt niemand ungesehen auch nur in die Nähe des Grundstücks.

»Scheiße. Das war auf den Satellitenbildern nicht deutlich zu erkennen.« Russell lehnt sich nach vorne übers Lenkrad, um besser aus der Windschutzscheibe sehen zu können. Wir stehen noch in sicherer Entfernung, aber es wird nicht lange dauern, bis jemand auf uns aufmerksam wird. Eine Reihe dunkler Geländewagen, die sich dem Grundstück nähern, lassen nicht viel Raum für Spekulationen. »Ich würde vorschlagen, wir fahren von der Hinterseite an das Anwesen heran.« Er deutet in die Ferne, in der ich nichts weiter erkenne als Dunkelheit.

Mit wild klopfendem Herzen sehe ich auf die gigantische Villa und mehrere Nebengebäude. Dann fällt mein Blick unwillkürlich in den Seitenspiegel des Rovers. Zähneknirschend betrachte ich die Autos hinter uns, in denen weitere Männer nur auf mein Kommando warten.

»Lass mich fahren«, fordere ich knapp und deute mit dem Kinn auf die Fahrertür. Ohne Erklärung öffne ich die Beifahrertür und springe aus dem SUV.

Weil ich streng genommen sein Boss bin und er mir zudem vertraut, tut er es mir gleich und verlässt den Wagen.

Jetzt oder nie.

Blitzschnell umrunde ich das Auto und klettere auf den Fahrersitz. Bevor Russell auch nur an der Beifahrerseite ankommen kann, verriegle ich die Türen von innen.

»Was soll der Scheiß, Caiden?« Seine Stimme klingt nur gedämpft durch die geschlossenen Scheiben.

Ich lasse das Fenster ein Stück herunter und werfe ihm durch den Schlitz sein Handy zu.

»Hier ist Endstation für euch, Kumpel. Fahr mit den anderen zurück nach Santa Monica und pass auf meine Familie auf.«

»Alter. Caiden.« Er macht einen Schritt auf das Auto zu. »Lass den Scheiß.«

Grinsend fahre ich das Fenster nach oben.

»Der Wichser gehört allein mir!« Ich habe keine Ahnung, ob er mich noch hört und im Grunde ist es auch egal. Denn ich sage die Worte ebenso zu mir selbst.

Mit schweißnassen Händen umklammere ich das Lenkrad und halte den Blick geradeaus gerichtet.

Und dann tue ich es.

Ich trete aufs Gas und fahre auf die Villa von Delgado zu. Ich bremse weder ab, als die ersten Wachen in Sicht kommen, noch als ein paar Warnschüsse fallen.

Erst unmittelbar bevor meine Stoßstange das Tor berührt, bleibe ich stehen und schalte den Wagen ab.

»Hi, Arschloch«, murmle ich zu einem hässlichen, kleinen Mexikaner, der neben meinem Fenster auftaucht. Auf den ersten Blick entdecke ich mindestens vier weitere Sturmgewehre, die auf mich gerichtet sind. Ein falsches Lächeln im Gesicht, winke ich den Wichsern zu, die auf mich zielen.

Dann lasse ich das Fenster herunter.

»Danke für die nette Begrüßung. Caiden Clayton für Mister Delgado, bitte.«

»Du bist tot«, schreit der kleine Hässliche und ballert mit seiner Waffe wild durch die Gegend. Einige Kugeln landen im Dach des Range Rovers und ich ducke mich, die Hände schützend über dem Kopf.

»Schon klar.« Sobald er aufhört, wie ein Irrer zu schießen, lehne ich mich wieder aus dem Fenster. »Aber vielleicht möchte euer Boss erst noch erfahren, wer seinen Sohn auf dem Gewissen hat. Also spar dir die Munition und bring mich zu ihm.«

Offensichtlich habe ich das Richtige gesagt, denn noch bevor ich bis drei zählen kann, sind mehrere Männer bei mir und fordern mit vorgehaltener Waffe, dass ich aussteige.

Natürlich tue ich diesen Dreckskerlen den Gefallen.

Nur mit einer Glock in einem meiner Stiefel und meinem Messer im anderen, betrete ich das Grundstück des wohl gefährlichsten Mafiabosses der Vereinigten Staaten. Sie machen sich nicht mal die Mühe, mich zu durchsuchen. Es reicht ein zu lautes Räuspern und die Kugeln werden aus allen Richtungen meinen Körper durchlöchern.

Mit jedem Schritt, den ich setze, und jeder Waffe, die entlang der Kieseinfahrt auf mich gerichtet ist, wird mir klarer, dass heute der Tag ist, an dem ich sterben werde.

Und es ist okay, denn ich tue es für sie.

Wahrscheinlich spüre ich deshalb die Tritte kaum, die man mir auf dem Weg ins Haus verpasst. Genauso wenig wie die Schläge, die sie mir mit dem Waffenlauf immer wieder in die Rippen zufügen. Nichts davon dringt in mein Bewusstsein.

Alles, was ich vor Augen habe, ist mein Ziel. Wenn ich heute in die Hölle komme, dann werde ich diesen Dreckskerl mitnehmen.

Ich werde es beenden.

Ein für alle Mal.

Ich werde dafür sorgen, dass meine Familie frei ist.

Delgados Männer geizen nicht, neben Schlägen, spanische Schimpfwörter auf mich hageln zu lassen, während sie mich zu einem altmodischen Haus führen. Zwei seiner Lakaien öffnen die schwere Flügeltür im Eingang und ich werde in die Eingangshalle geschubst. Überall verzieren scheußliche Leuchter und antike Gemälde die hohen Wände. Wir gehen an der breiten Treppe vorbei, die ins erste Stockwerk führt, und treten schließlich in ein riesiges Büro, das schon mehr an eine Bibliothek erinnert. Allerdings habe ich keine Gelegenheit, mich groß umzusehen, denn all meine Sinne sind auf den Mann vor mir gerichtet.

Delgado.

Seit dem Abend des Herbstballes in der Doheny Hall habe ich ihn nicht mehr gesehen. Damals hielt er Harper ein Messer an den Hals, um Cy zu provozieren. Nicht nötig, zu erwähnen, dass das super funktioniert hat.

Aber ich bin bei Weitem nicht so impulsiv wie mein großer Bruder. Ich weiß genau, was ich hier tue. Und ich bin die Ruhe selbst.

»Ich nehme an, Sie wissen, wer ich bin?«

Delgado sitzt, die Hände vor dem Bauch gefaltet, in einem riesigen roten Sessel hinter seinem Schreibtisch und lächelt mich so breit an, dass ich das Gefühl habe, seinen fauligen Atem bis hierher riechen zu können.

Ohne mich aus den Augen zu lassen, hebt er seine faltige Hand, um seinen Wachhunden ein Kommando zu geben. Die Männer ziehen sich ein Stück zurück, lassen aber ihre Waffen im Anschlag auf mich gerichtet.

Ein falscher Schachzug und es ist vorbei.

Mein Herz schlägt trotzdem gleichmäßig und ruhig.

Ich bin vollkommen cool.

Oft ist es im Leben so, dass man viele Dinge fürchtet, bevor sie überhaupt stattfinden. Man hat Angst vor dem Moment und Angst vor der Angst. Aber wenn das Schicksal klar ist, wenn es keine *Vielleichts* oder *Wenns* mehr gibt, dann bleibt einem nichts anderes übrig, als die Situation anzunehmen, wie sie ist. Das fällt meistens leichter, als vorher gedacht.

»Und ob ich das weiß, Mister Clayton.« Er spricht mit spanischem Akzent und der gleichen Ruhe in der Stimme, die ich empfinde. »Die Frage ist nur, was Sie hier wollen. Ich habe Sie bisher eigentlich nicht für einen dummen Mann gehalten.«

»Tja. Männer tun dumme Dinge, wenn ihr Haus in die Luft gejagt und ihre Frauen belästigt werden.«

Delgado greift nach einer Zigarre, die halb verbraucht in einem Glasaschenbecher liegt. Nickend schiebt er sie sich zwischen die Lippen und benutzt ein Streichholz, um sie erneut anzuzünden.

Das Licht des Feuers erhellt sein narbenzerfressenes Gesicht, ehe es im Qualm der Zigarre unscharf wird.

»Ich habe davon gehört.« Sein Blick zuckt zu mir. »Von ihrem Hotel, meine ich. Wirklich tragisch. Aber was habe ich damit zu tun?«

Schnaubend trete ich einen Schritt vor, was dazu führt, dass alle bewaffneten Männer ebenfalls nach vorn zucken. Mit erhobener Hand hält Delgado sie zurück.

»Ich hatte gehofft, wir könnten die Spielchen sein lassen, Delgado. Ich bin hier, um Klartext zu reden.«

Grinsend breitet er die Arme zu den Seiten aus.

»Oh, das höre ich gern, Mister Clayton. Aber ich muss Sie dennoch enttäuschen. Ich bin nicht verantwortlich für die Explosion.« Er zieht einmal tief an der Zigarre und pafft den Qualm in meine Richtung. »Schöne Gebäude zu sprengen, ist nicht wirklich meine Art. Wenn ich Sie hätte angreifen wollen, hätte ich mir etwas ...« Er wedelt mit der Zigarre durch die Luft, als suche er nach den richtigen Worten. »Ich hätte mir wohl etwas Persönlicheres ausgesucht.«

Ich beiße die Zähne aufeinander. Damit meint er wohl Folterei, Vergewaltigung, Mord und dergleichen.

Einige Sekunden ziehen ins Land, in denen ich versuche, abzuwägen, ob er die Wahrheit sagt.

»Und was ist mit den Drohungen gegen den MC? Wollen Sie die auch leugnen?«

Mit zusammengekniffenen Augen beobachtet er mich.

»Ich habe keine Probleme mit den Scorpions. Mister Brown und ich sind alte Geschäftspartner. Warum sollte ich ihm drohen? Das müssen Sie mir wohl etwas genauer erklären.«

»Hören Sie zu, Delgado. Die Sache ist ganz einfach. Lassen Sie uns offen reden.« Erneut mache ich einen Schritt auf ihn zu. »Sie erzählen mir, wie Sie in unser Hotel gekommen sind, ich liefere Ihnen den Mörder Ihres Sohnes.«

Der Ausdruck in seinem Gesicht verändert sich abrupt von gleichgültig zu wutentbrannt. Mit verbissener Miene scheucht er mit nur einer Handbewegung seine Männer ein weiteres Mal davon.

In meinem Sichtfeld befindet sich nur noch der Mafiaboss persönlich, aber ich bin mir sicher, hinter mir hält noch immer irgendwer seine Waffe auf mich gerichtet.

»Was wissen Sie über meinen Sohn?«

»Nein, nein, nein. So läuft dieses Spiel nicht. Zuerst geben Sie zu, dass Sie derjenige sind, der das Hotel zerstört und unsere Frauen bedroht hat.«

»Sie stellen hier keine Forderungen, Clayton!«, brüllt er und ballt die Hände so fest zu Fäusten, dass seine Knöchel hervortreten. »Was denken Sie, wer Sie sind, dass Sie in mein Haus kommen können, um mir zu drohen?«

»Die Sache ist ganz einfach, Arschloch. Sag mir die Wahrheit oder du wirst niemals erfahren, wer Alejandro umgebracht hat.«

Mit langsamen Bewegungen steht er auf und kommt auf mich zu. Delgado ist locker einen Kopf kleiner als ich und nur halb so breit. Ihn mit bloßen Händen umzubringen, wäre ein Leichtes. Allerdings wäre ich sicher schneller tot, als meine Hände sich um seinen Hals legen könnten.

»Ich sage Ihnen die Wahrheit. Was auch immer Sie dachten, hier zu erfahren, Sie liegen falsch, Clayton. Seit dem Abend der Gala habe ich nichts mehr mit ihrer Familie zu schaffen gehabt.«

Fragend beobachte ich ihn mit Argusaugen.

Er lehnt sich mit dem Hintern gegen seinen Schreibtisch. »Ich habe Informationen erhalten, dass Sie nichts mit dem Tod meines Sohnes zu tun hatten. Glauben Sie mir, und ich sage das wirklich nicht gerne. Aber wenn ich etwas anderes denken würde, wären ihre Frauen bereits auf einem Containerschiff Richtung Europa und Sie und Ihre Brüder lägen ausgeweidet begraben in meinem Garten.«

Ich beiße so fest die Kiefer aufeinander, dass es schmerzt. Dabei starre ich ihn entgeistert an.

Da steht etwas in seinen Augen, das ich nicht habe kommen sehen, und das mich einen Schritt zurückweichen lässt.

»Sie sagen die Wahrheit.« Die Worte verlassen nur abgehackt meinen Mund.

»Ich sage die Wahrheit«, wiederholt er. »Wen auch immer Sie sich dieses Mal zum Feind gemacht haben, ich bin es nicht.« Langsam, aber sicher verziehen seine schmalen Lippen sich wieder zu diesem ekelhaften Grinsen. »Aber es spielt ohnehin keine Rolle. Niemand wird je von unserer kleinen Plauderei erfahren, denn Sie, Mister Clayton, verlassen diesen Ort nicht lebend.«

»Da wäre ich mir nicht so sicher.«

Gleichzeitig sehen Delgado und ich zu der breiten Eingangstür.

Stahlgraue, müde Augen treffen auf meine.

Jetzt verstehe ich gar nichts mehr.

Kapitel Zweiunddreißig

AMAIA

Irgendwann in den letzten Stunden hat sich eine Leere in meinem Kopf gebildet.

Vielleicht sind es die gleichmäßigen Streicheleinheiten, die Harper auf meinem Kopf verteilt. Vielleicht aber auch einfach die Tatsache, dass ich keine Kraft mehr habe.

Caiden ist weg.

So richtig will das immer noch nicht in meinem Verstand ankommen.

Er ist weg, und es fühlt sich an, als hätte er einen Teil von mir für immer mitgenommen.

Die ersten Stunden habe ich gekämpft. Ich habe um mich geschlagen und mit allen Mitteln versucht, mich gegen Cyrus zu wehren, um Caiden nachzulaufen.

Vergeblich.

Irgendwann hat Cy mich in seinem Wohnzimmer eingesperrt. Der einzige Raum in diesem Haus ohne Fenster. Es gibt lediglich eine kleine Glaskuppel an der Decke, an die ich unmöglich herankommen kann.

Keine Ahnung, wie lange es gedauert hat, aber ich habe die komplette Möblierung auseinandergenommen. Mit den schweren, gusseisernen Kerzenständern habe ich auf den Fernseher und die Gemälde eingeschlagen und anschließend alles kurz und klein gehauen, was nicht unzerstörbar war.

Als Harper irgendwann durch die massive Schiebetür kam, war nur noch das riesige Sofa heil.

Sie hat sich wortlos neben mich gesetzt.

Genau dort, wo ich kraftlos und heulend auf dem Boden zusammengebrochen war. Sie hat keinen Ton von sich gegeben, nur meinen Kopf auf ihre Oberschenkel gebettet und mich stumm getröstet.

Inzwischen sind keine Tränen mehr übrig, die ich noch weinen könnte.

»Ich wollte es dir sagen. Das mit dem Baby, meine ich. Aber Cy und ich waren uns einig, dass wir alle momentan genug durchmachen.« Harpers weiche Stimme klingt tatsächlich irgendwie tröstlich in meinen Ohren. Eine schwangere, liebevolle Frau inmitten der Trümmer, die beweisen, was für ein Mensch ich bin. »Ich hatte wirklich keine Ahnung, was die beiden da für einen Mist ausgeheckt haben.« Sie holt einmal tief Luft. »Ich hätte es dir gesagt. Das musst du mir glauben.«

Ich schließe kurz die Augen. Kann nicht länger daran denken, was geschehen ist. Es würde mich umbringen.

»Wie …«, ich muss mich räuspern, um mehr als nur ein Krächzen hervorzubringen. »Wie fühlt es sich an?«

Ihre Fingerspitzen fahren fortwährend über meinen Kopf.

»Was meinst du?«

»Ein Kind in sich zu tragen. Fühlt es sich gut an?«

Ich kann spüren, wie sie mit der Schulter zuckt.

»Ich weiß nicht. Eklig irgendwie.«

»Eklig?« Trotz der grauenvollen Situation entweicht mir ein seltsames Glucksen.

»Das hört sich furchtbar an, oder?« Auch Harper bringt ein freudloses Lachen zustande. »Aber mir ist ständig schlecht, alles riecht ätzend, inklusive mir selbst, und ich habe das Gefühl, permanent zu schwitzen.«

»Das klingt wirklich eklig.« Wie ein Embryo kauere ich auf dem Fußboden und habe beide Hände fest an die Stelle meines Herzens gedrückt.

Denk nicht an ihn.
Denk nicht an ihn.
Denk nicht an ihn.

»Das mit eurem Wohnzimmer tut mir leid«, schiebe ich leise hinterher.

Im Augenwinkel sehe ich, wie Harper den Blick durch den Raum schweifen lässt.

»Der Fernseher war ganz nett, aber ansonsten mochte ich den Raum nie besonders. Und Cy kommt sowieso nicht hierher.« Mit dem ausgestreckten Fuß kickt sie einen zertrümmerten Beistelltisch zur Seite. »Da. Siehst du? Dort hat Savannah ihn angeschossen.« Mit der Fußspitze deutet sie auf einen dunklen Fleck im Holzboden.

Ich presse die Augen ein weiteres Mal fest zusammen und versuche, das schlechte Gewissen zu verdrängen, das in mir aufsteigt. In den letzten Stunden habe ich Harper und Cyrus gehasst. Ich habe sie für mein Unglück verantwortlich gemacht. Das war nicht fair. Denn eigentlich bin ich froh, dass sie da sind. So viele Jahre war ich allein, aber jetzt kann ich es mir nicht einen weiteren Tag vorstellen, ohne jemanden an meiner Seite zu sein.

»Ich kann einfach nicht glauben, dass er nicht mehr da ist.«

»Es tut mir so leid, Süße.« Harper greift vor meinen Körper und nimmt meine Hände in ihre. »Wenn es bloß irgendetwas gäbe, wenn ich irgendetwas tun könnte … Ich … ich habe das nicht gewollt.«

Ich kann an ihrer Stimme hören, dass sie schon wieder weint.

»Das weiß ich.« Ich lasse meine Augen geschlossen, um die neuen Tränen zu verdrängen. »Ich verstehe nicht, warum es so beschissen wehtut. Es waren doch nur Wochen, die ich ihn kannte. Nur Wochen …«

»Aber das ändert nichts daran, dass du ihn liebst. Liebe kennt keine Fristen oder feste Daten. Wenn du jemanden wirklich liebst, ist es vollkommen egal, wie lange du bei ihm warst. Das kann man nicht beeinflussen.«

»Er hätte nicht gehen sollen.«

Harper stößt ein eigenartiges Lachen aus. »Er hat es aus dem gleichen Grund getan, aus dem du dich so schrecklich fühlst. Weil er dich liebt. Dich und seine Brüder. Caiden ist der selbstloseste Typ, dem ich je begegnet bin.«

Ich drücke Harpers Finger etwas fester und fasse den Mut, mich aufzusetzen. Aus tränenverhangenen Wimpern sehe ich sie an.

»Ich weiß einfach nicht, wie es jetzt weitergehen soll.«

So entsetzlich viele Jahre habe ich Gefühle gemieden. Und jetzt, da ich in Harpers mitleidserfüllte Augen sehe, weiß ich auch wieder warum.

Gefühle machen schwach.

Sie machen einen angreifbar und verletzlich.

»Die Zeit«, flüstert Harper und wischt mir die Wangen trocken. »Die Zeit wird es irgendwann leichter machen.«

Zaghaft nicke ich und zwinge mich dazu, ihr ein klägliches Lächeln zu schenken. Ich will sie nicht enttäuschen. Nicht schon wieder. Sie ist selbst so traurig. Und schwanger.

Aber ich weiß es besser. Die Zeit heilt keine Wunden.

Die Zeit sorgt nur dafür, dass sich die schmerzhaften Erinnerungen in deinem Inneren einnisten können. Sie machen es sich bequem und warten nur darauf, dir die Zukunft zu zerstören.

~

Als ich das nächste Mal die Augen öffne, scheint die Sonne durch das Glas an der Decke mitten in mein Gesicht. Es muss sicher schon später Nachmittag sein. Ich habe keine Ahnung, wie lange ich geschlafen habe und wie ich überhaupt einschlafen konnte.

Ich richte mich auf dem breiten Sofa auf und stelle beide Beine auf den Boden. Erst dann entdecke ich Cy, der, die Ellbogen auf die Knie gestützt, auf den Stufen sitzt, die in den Raum führen.

Er sieht beschissen aus.

»Hast du was gehört?« Ich reibe mir mit beiden Händen über das Gesicht. Es hat nicht mal eine Sekunde nach dem Aufwachen gedauert und all die Angst ist mit einem Schlag wieder zurück.

Verfluchte Gefühle.

Cyrus schüttelt nur knapp den Kopf, aber ich sehe etwas in seinen Augen aufblitzen, das mir nicht gefällt. Nach wie vor sitze ich mitten in den Trümmern seines Wohnzimmers, was ihn nicht im Geringsten zu jucken scheint.

»Du würdest mich nicht anlügen, oder? Sag mir die Wahrheit, Cy.«

Einen Moment lang scheint er nachzudenken, dann richtet er sich etwas auf. Seine Augen sind rot. Genau wie ich trägt er noch immer dasselbe wie gestern Abend.

»Das Team, das mit ihm gefahren ist, kam in der Nacht ohne ihn zurück.«

Nein.

Nein, nein, nein.

»Wie meinst du das?«

»Laut unserem Sicherheitschef hat er sie weggeschickt, um allein in Delgados Villa zu fahren.«

Ich starre Cy an.

Seine Worte wollen einfach nicht in meinen Kopf.

»O Gott«, flüstere ich vor mich hin und falte die Hände vor den Lippen.

»Das muss noch nichts heißen.«

Je länger ich ihm in die Augen blicke, umso deutlicher wird mir, dass er genauso leidet wie ich. Er hat auch jemanden verloren, den er liebt. Und er hat immerhin ein ganzes Leben an der Seite seines Bruders verbracht.

Das Veilchen an seinem rechten Auge und die geschwollene Nase hat er nicht verdient. Er hat nur gemacht, worum Caiden ihn gebeten hat.

»Nein«, sage ich deshalb etwas überzeugter. »Das muss noch nichts heißen, Cy. Wir haben immer noch Hoffnung, oder?«

Ein schwaches Grinsen zupft an einem seiner Mundwinkel. Ich glaube, er versteht mein Friedensangebot.

»Ja. Wir haben noch Hoffnung.« Langsam lässt er seinen Blick durch den Raum schweifen. »Mein Bruder hat nicht untertrieben, als er meinte, du würdest dich sicherlich wehren.«

»Tut es sehr weh?« Ich deute mit meinem gesunden Arm auf sein Gesicht. Den kranken wage ich seit gestern nicht zu bewegen. Ich fürchte die Aktion war nicht gerade hilfreich für den Heilungsprozess.

»Geht schon.« Zum ersten Mal, seit ich Cyrus kenne, wird der Ausdruck in seinem Gesicht weich. Mit dem Kinn deutet er auf mich. »Du musst etwas essen und ein Arzt sollte sich deinen Arm ansehen.«

»Geht schon«, benutze ich seine Worte und zucke dabei mit einer Schulter. »Lässt du mich heute raus oder muss ich noch länger hier drin bleiben?«

»Versprichst du mir, keine Dummheiten anzustellen?«

»Nein. Denn das wäre eine absolute Lüge.«

Schnaubend schüttelt er den Kopf.

»Natürlich nicht. Mein Bruder musste mir ausgerechnet den stursten Menschen der Welt hinterlassen.«

Wir lächeln uns knapp an, werden aber vom Klingeln seines Smartphones unterbrochen.

Sofort ist Cyrus auf den Beinen und zückt das Handy aus der Hosentasche.

»Colby«, murmelt er knapp beim Blick aufs Display und all die Hoffnung, die ich für den Bruchteil einer Sekunde in seinem Gesicht sehen konnte, zerfällt zu Asche. »Colby. Was gibt's?«

Ich atme tief durch und werfe einen ersten prüfenden Blick auf meinen Arm. Die Finger sind dicker als gewöhnlich, und es ist nicht zu leugnen, dass das Handgelenk bläulich verfärbt ist.

»Nein! Wo?«, raunt Cy in sein iPhone und ich sehe abrupt auf. Er gestikuliert wild, dass ich ihm folgen soll. Ohne zu zögern, hechte ich hinter ihm her und ignoriere das Zittern meiner Beine bei jedem Schritt.

»Warte. Ich schalte gerade erst den Fernseher an.«

Cyrus zappt wie wild durch die Programme. Durch die Aufregung in seiner Stimme ist auch Harper von draußen hereingekommen und starrt gemeinsam mit uns auf den kleinen Bildschirm in der Küche, während ihr Mann mit Colby diskutiert.

Und dann laufen die Schlagzeilen durchs Bild und bringen Cy zum Schweigen.

Mafiaboss tot aufgefunden. Salazar-Chef ermordet in seiner Villa. Bandenkrieg im Santiago Canyon. Ein Attentat? Oder hat die Polizei ihre Finger im Spiel?

»Er hat es geschafft«, murmelt Harper.

Ich kann nur auf die Bilder starren, die eingeblendet werden. Mit Blut vollgespritzte Wände. Abgedeckte Leichen, die von Männern in Overalls abtransportiert werden.

Die Freude währt nur kurz.

Das kann er unmöglich überlebt haben.

Ich weiß nicht, ob ich das lediglich gedacht habe, oder ob es Cy war, der die Worte ausgesprochen hat, aber wir alle scheinen wie erstarrt, während der Reporter im Fernsehen Drohnenaufnahmen der Delgado-Villa kommentiert. Es ist die Rede von einem Massaker.

»Mann, das sieht echt schlimmer aus, als es war. Die Medien übertreiben wie immer maßlos.«

Harper stößt einen spitzen Schrei aus. Cyrus lässt sein Tausend-Dollar-Handy auf den Boden fallen.

Ich stehe regungslos da und bete darum, dass meine Nerven mir keinen Streich spielen. Aber als ich mich umdrehe, weiß ich, dass das hier gerade wirklich passiert.

Caiden.

Er lebt.

Und er ist zurück.

Negative und positive Gedanken liegen nah beieinander.

Gefühle der unterschiedlichsten Art wirbeln durch

mich hindurch und hinterlassen ein größeres Trümmerfeld, als ich in Cys Wohnzimmer angerichtet habe.

Auf den ersten Blick scheint er nur leicht verletzt. Die Augenbraue ist erneut aufgesprungen und er steht etwas schief, als ob er Schmerzen hätte.

Aber er ist da.

An einem Stück.

Das einzige Problem an der Sache ist sein Gesichtsausdruck.

Er lächelt nicht.

Ich lächle auch nicht.

Harper lächelt.

Ich habe Angst.

»Wir müssen reden«, sagt er schlicht.

Egal wie groß die Freude über das Wiedersehen sein mag, irgendwie will sich dieser Moment so gar nicht nach einem Happy End anfühlen.

Kapitel Dreiunddreißig

CAIDEN

Die Situation erinnert an einen schlechten Film.

Wie die Idioten stehen wir uns gegenüber. Keiner sagt ein einziges Wort. Mir schlägt das Herz bis zum Hals und meine Knie zittern.

Ich will es ihnen nicht sagen.

Aber es nützt nichts. Sie müssen die Wahrheit erfahren.

Noch bevor ich etwas erklären kann, stößt Amaia ein seltsames Geräusch hervor.

»Ich weiß nicht, ob ich lachen oder weinen soll. Ich würde mich so gern freuen, dich zu sehen, aber ich bin gerade so wütend, dass ich mich nicht traue, mich zu bewegen. Ich kann mich einfach nicht entscheiden, wie ich reagieren soll.«

Sie steht wie angewurzelt da. Zudem sieht sie verdammt fertig aus. Noch immer in dem blauen Kleid von gestern Abend stehen ihre Haare in alle Richtungen und dunkle Schatten liegen unter ihren Augen.

»Und da dachte ich, du wärst all deine Wut losgeworden«, schnaubt Cy. Mein Blick zuckt für den Bruchteil einer Sekunde zu ihm. Der kurze Augenkontakt genügt, um ein heftiges Veilchen und eine Schwellung seiner Nase zu bemerken.

»Ich habe es dir ja gesagt.« Mir ist klar, dass es kein guter Zeitpunkt zum Scherzen ist, aber der Hochmut kommt bekanntlich vor dem Fall. Ich hatte Cyrus schon vor Amaias rechtem Haken gewarnt. Mir war klar, dass sie sich nicht wehrlos ihrem Schicksal hingeben würde.

»Sie hat mein komplettes Wohnzimmer auseinander genommen.«

»Du gehst da doch sowieso nicht rein«, zickt Amaia ihn an.

Cy wirft einen strafenden Blick zu Harper, die nur entschuldigend die Schultern hebt.

»Leute«, erinnere ich sie daran, dass ich auch noch da bin. Oder vielmehr, dass ich wieder da bin.

»Fuck, Bruder. Verdammt, es tut so gut, dich zu sehen. Wir haben es gerade aus den Nachrichten erfahren.« Cyrus löst sich als Erster aus seiner Starre und kommt auf mich zu.

Mir bleibt die Luft weg, so fest schlingt er die Arme um meinen erschöpften Körper und klopft mir dabei auf den Rücken.

»Geht es dir gut?« Harper ist unmittelbar an unserer Seite und beäugt mein schmerzverzerrtes Gesicht.

»Nur ein paar Kratzer«, besänftige ich sie, aber mein Blick bleibt permanent auf Amaia gerichtet.

Mit zitterndem Kinn sieht sie mich an.

Meine Lippen formen ein tonloses ›Sorry‹.

Ich weiß, sie ist wütend.

Ich weiß, sie ist verzweifelt.

Und ich weiß, dass sie all das nur empfindet, weil sie mich genauso sehr liebt wie ich sie.

Nachdem ich auch meine Schwägerin zaghaft in den Arm genommen habe, weil ich keine Ahnung habe, ob man eine schwangere Frau überhaupt fest drücken darf, sind da nur noch Amaia und ich.

Wir stehen uns gegenüber.

Keiner bewegt sich.

»Du weißt, warum ich es tun musste, oder?«

Keine Sekunde in den vergangenen Stunden war ich nicht so nervös wie in diesem Moment.

Es dauert eine quälende Ewigkeit, dann erlöst sie mich mit einem winzigen Nicken.

»Wirst du wieder gehen?« Ihre Stimme klingt dünn und zittrig. So gar nicht wie sie. Die Nacht muss ihr wirklich zugesetzt haben. »Du hast mir jetzt schon zwei Mal versprochen, mich nicht allein zu lassen. Es wird kein drittes Mal geben.«

Ich sehe kurz zu meinem Bruder, ehe sich unsere Blicke wiederfinden.

»Ich gehe nicht ohne dich«, antworte ich kryptisch.

»Dann ist es vorbei?« Ihre Schultern ziehen sich angespannt nach oben.

»Nein.« Cy und Harper schnappen hinter mir gleichzeitig nach Luft.

»Aber sie haben gesagt, er ist tot.« Sie deutet auf den Fernseher, der Bilder vom Santiago Canyon zeigt.

Bestätigend nicke ich. »Ist er. Aber …«

»Warte«, unterbricht Amaia mich, ehe ich ihnen alles erklären kann.

Ich lege abwartend den Kopf schief.

»Ich habe mich entschieden.« Die letzten Silben kommen nur noch schluchzend über ihre Lippen, dann setzt sie sich in Bewegung und fällt mir um den Hals.

Tausend Steine fallen in diesem Augenblick von meinem Herzen.

Mit aller Liebe, die ich in mir trage, drücke ich sie an meinen Körper und halte sie.

Ich habe gestern die richtige Entscheidung getroffen. Dessen bin ich mir nach wie vor sicher, aber das Schicksal hat für mich gewählt, und nun werde ich sie nie wieder gehen lassen.

»Ich werde dich nie wieder allein lassen, gesetzt den Fall, du möchtest das noch immer.« Ich flüstere die Worte nur für sie bestimmt in ihr Ohr.

»Ich wollte doch nie was anderes.«

Sie lehnt ihren Oberkörper ein Stück nach hinten und

ein tiefer Seufzer entweicht mir, als ihre Lippen sich auf meine legen.

Wir haben uns inzwischen wirklich oft geküsst, aber dieser Kuss fühlt sich genauso aufregend an wie unser erster. Weil er – genau wie damals – Vertrauen bedeutet. Sie vertraut darauf, dass ich sie nicht enttäusche. Und ich werde dieses Vertrauen nicht missbrauchen. Niemals wieder. Mein Versprechen, sie nicht allein zu lassen, gebrochen zu haben, hat mir alles abverlangt. Ich werde das nicht noch einmal schaffen.

Cys Räuspern holt mich schlagartig aus einer Blase des Friedens, die in der Sekunde zerplatzt, in der Amaias Lippen sich von meinen lösen.

Während meine Hände den Weg auf ihre Schultern finden und mein Daumen beruhigende Kreise auf ihren Hals malt, drehe ich den Kopf Richtung Cy.

»Wir freuen uns ja für euch, Kumpel, aber du musst mir sagen, was da passiert ist.«

Wir sehen fast gleichzeitig zurück zum Fernseher. Bilder von blutbespritzten Wänden werden gezeigt, die ganz sicher nicht aus Delgados Villa stammen.

»Kommt«, sage ich und schlinge einen Arm um Amaia. »Setzen wir uns. Ich brauche einen Drink und eine Zigarette, dann erzähle ich euch alles.«

Cy und Harper setzen sich in Bewegung, doch als Amaia ihnen folgen will, halte ich sie zurück.

»Geht 's dir gut?«, frage ich und beobachte sie mit Argusaugen.

Ihre Lippen wollen bereits ein standardmäßiges *Ja* formen, doch in letzter Sekunde, hält sie es zurück und schließt kurz die Augen.

»Nein«, antwortet sie ehrlich, sobald sie mich wieder ansieht. »Es geht mir beschissen, Caiden. Mein Kopf dröhnt, ich fürchte die Schrauben in meinem Arm haben dem Wohnzimmerkampf nicht standgehalten und mein Herz ist gestern Abend gebrochen. So richtig unwiderruflich.«

Ich lasse mein Kinn auf die Brust sinken, schiele dabei auf ihren Arm.

»Es tut mir leid. Ich …«

Mit einem Zeigefinger auf meinen Lippen stoppt sie mich vor dem Weiterreden.

»Ich verstehe es.« Ihre Hand gleitet zu meiner Wange und ich schmiege mein Gesicht hinein. »Ich verstehe es wirklich. Aber ich kann nur bei dir bleiben, wenn du mir versprichst, so etwas nie, nie wieder zu tun. Lieber sterbe ich an deiner Seite, als diesen Schmerz noch einmal ertragen zu müssen. Du denkst, ich bin stark? Ja, vielleicht bin ich das. Aber meine Liebe zu dir ist mein Schwachpunkt. Das darfst du nicht ausnutzen.«

Ich nehme ihr Gesicht ebenfalls in meine Hände und küsse sie sanft.

»Ich verspreche es dir.«

»Mehr muss ich nicht wissen.« Zaghaft lächelt sie mich an. »Ganz gleich, was da passiert ist oder was jemals passieren wird. Entweder gemeinsam oder gar nicht, Clayton. Wenn du dazu nicht bereit bist, sag es besser gleich und ich verschwinde.«

Ein leichtes Grinsen schleicht sich auf mein Gesicht. Ein Grund, warum ich Amaia liebe, ist ihre Art, die Dinge auf den Punkt zu bringen. Sie erwartet keine Rosen, Handtaschen oder teure Urlaube. Alles, was sie fordert, ist Loyalität. Und daran soll es nicht scheitern.

»Ab heute nur noch gemeinsam«, bestätige ich.

Im Augenwinkel sehe ich Cy nervös auf der Terrasse hin und her stapfen.

»Das habe ich schon einmal gehört«, murmelt Amaia und seufzt tief, während sie mich wütend anfunkelt. Ich fürchte, auch diesbezüglich werde ich mir noch einiges anhören können. »Na komm.« Sie deutet mit dem Kinn zu der großen Glasfront, die in den Außenbereich führt. »Ehe er sich noch in den Pool stürzt vor lauter Nervosität.«

Wir wissen beide, dass dieses Gespräch noch nicht vollständig beendet ist. Es fehlen eine Million entschuldigende

Küsse und der beste Wiedersehenssex der Menschheitsgeschichte. Aber vorher gibt es ein paar Dinge, die wir klären müssen, und auch wenn es für Amaia egal ist, gegen wen wir kämpfen, bin ich mir sicher, mein Bruder wird das anders sehen.

»O Gott, mir kommt es vor wie ein Déjà-vu, hier zu sitzen und auf die Wahrheit zu warten.« Harper hat die Hände zwischen die Beine geschoben und sieht mich ängstlich an.

»Wir haben einen Fehler gemacht«, spreche ich frei heraus, noch ehe ich sitze.

Amaia zieht mich neben sich und ich hole mir eine Kippe aus der Schachtel, die auf dem schicken Gartentisch liegt.

»Was meinst du? Er ist tot, oder nicht?« Cyrus wirkt nervös und er hat auch allen Grund dazu.

»Jap. Delgado ist tot. Aber er war weder für die Explosion verantwortlich, noch für die Drohungen gegenüber dem MC.«

Alle drei sehen mich fragend an. Es fühlt sich an, als würde jeder Einzelne von ihnen nach dieser Information tiefer in das weiche Polster sinken.

»Wie ist das möglich?«, schießt es aus Harper, während Cy sich mit einem »Ist das wirklich sicher?« ebenfalls eine Zigarette anzündet.

»Wir haben uns mit dem Falschen angelegt. Die ganze Zeit war es nicht Delgado, der Rache wollte.«

Einen kurzen Moment herrscht Schweigen. Dann presst Harper sich die Hände an den Mund. Der Groschen ist gefallen.

»Nein«, stößt sie gedämpft hervor.

»Savannah.« Cyrus spuckt ihren Namen aus, als würde er sich daran verätzen.

»Colbys Ex?«, fragt Amaia und zieht die Augenbrauen kraus. »Ich dachte, sie sei verschwunden?«

»Tja«, schnaube ich. »Das dachten wir alle. Delgado selbst hat nichts mehr mit ihr zu schaffen gehabt. Aber er hat in den letzten Monaten einige Männer verloren, die wohl jetzt der reizenden Miss March folgen.«

»Das gibt's doch nicht. Direkt vor unserer Nase? Wie kann das sein?« Nie zuvor hat mein Bruder mich so ratlos angesehen. »Diese kleine Bitch war nichts als ein Schulmädchen, als sie zu uns gekommen ist. Und jetzt schafft sie es unbemerkt in mein Hotel? Das kannst du mir nicht erzählen.«

»Das ist wohl die große Frage. Ich meine, Sprengstoff ins Hotel zu bringen, wird für sie relativ leicht gewesen sein. Sie kennt alle Ein- und Ausgänge, die Arbeitszeiten und zudem das halbe Personal. Wir können nicht wissen, ob irgendwer für sie agiert. Aber mich wundert es auch, dass sie so lange unentdeckt geblieben ist.«

»Und du bist sicher, dass Delgado da nicht mehr mit drinhing?«, fragt Amaia und sieht zu mir auf.

»Ziemlich.«

Cy schüttelt unaufhaltsam den Kopf. »Wie kann sie in so kurzer Zeit eine dermaßen große Macht erlangen?«

»Savy hat immer schon gekriegt, was sie wollte. Überleg mal, wie viele von Salazars Männern ihr allein damals nach Nebraska gefolgt sind. Sie war schon immer die, hinter der alle hergelaufen sind.«

»Wir reden hier nicht von Highschool-Bällen und Tanzpartys. Um so etwas auf die Beine zu stellen, braucht man das nötige Know-how. Sie wird den Sprengsatz wohl kaum bei Walmart besorgt haben«, hält Cy knurrend dagegen.

»Aber genau das müssen wir rausfinden. Es kann nicht sein, dass diese kleine Schlampe uns zum Narren hält.« Meine Schultern heben sich unter einem tiefen Seufzen.

»Das hört einfach niemals auf.« Harper lehnt sich weinend gegen Cy, der sie schützend in den Arm nimmt und seine Lippen auf ihre Haare presst.

»Reg dich nicht auf, Püppchen«, haucht er. »Wir kriegen das hin. Immerhin ist Delgado schon mal von der Bildfläche. Diese miese Ratte wird die Nächste sein.«

Ich kann spüren, wie Amaia sich neben mir verkrampft.

»Aber warum ist er dann tot? Delgado, meine ich. Was ist da gestern passiert?«

Alle Augen richten sich erwartungsvoll auf mich.

»Ihr habt sicher inzwischen mitbekommen, dass ich das Sicherheitspersonal weggeschickt habe. Es wäre unmöglich gewesen, dort hineinzukommen, ohne ein Blutbad anzurichten.«

»Also hast du einfach bei ihm geklingelt?« Cy schüttelt ungläubig den Kopf.

Die Erinnerung an diesen Moment, lässt mich fast schon hysterisch auflachen.

»Ja, so ungefähr.«

»Und dann? Wie bist du da wieder rausgekommen?«

Mein Blick fällt auf Amaia.

»Ich hatte Hilfe«, gestehe ich. Diese Erinnerung jedoch sorgt dafür, dass ich nach dem Drink greife, den Cy mir eingeschenkt hat. Ich kippe den Whisky in einem Zug hinunter.

»Wen?« Harper sieht mich noch immer weinend an.

»Die Scorpions, nicht wahr?«, murmelt Amaia und ich drücke ihre Hand fester.

Der Gedanke an diesen Moment lässt mich frösteln.

»Das war alles vollkommen strange. Ich stehe da, mitten in Delgados beschissener Villa und er erzählt mir, dass Savy sich verselbstständigt hat und er uns in Ruhe lassen wollte. Er hat irgendwas gefaselt von einem heißen Tipp, den er zu Alejandros Tod bekommen hat. Und auf einmal taucht Big Brown dort auf. Eine AK 17 im Anschlag, die Kippe im Mundwinkel, als sei es selbstverständlich, dass er mit von der Partie ist.«

»Aber warum?« Amaia sieht mich mit ihren großen Kulleraugen an. Verdammt, ich bin so froh, wieder bei ihr zu sein.

Ich atme trotzdem einmal tief durch. Die ganze Geschichte wirkt in der Erzählung noch immer vollkommen surreal.

»Er hat mich seit meinem Besuch im Clubhaus beobachten lassen. Von einem Externen. Er wusste genau, dass ich einen Scorpion bemerkt hätte. Nach der Explosion wurde er hellhörig und schließlich ist der MC uns zu der Villa gefolgt.«

»Das klingt ja alles ganz wunderbar«, knurrt Cy, »aber ich frage ebenfalls: Warum? Du bist *out in bad standing*. Wenn er dich umbringen wollte, hätte er es doch einfach die Mexikaner machen lassen können. Was wollte er da?«

Eine ganze Weile sage ich nichts. Ziehe an meiner Zigarette und wäge ab. Aber sie hat die Wahrheit verdient.

Also hebe ich den Blick und sehe Amaia an.

»Ich kann es auf die Waffen oder die Drogen schieben, die die Männer haben mitgehen lassen. Oder auf unsere lange Beziehung. Aber im Grunde«, ich drücke Amaias Hand, »war es deinetwegen.«

Keuchend starrt sie mich an. Das Sonnenlicht lässt sie blass wirken.

»Bitte?«

»Wir hatten aus offensichtlichen Gründen keine Gelegenheit für ein längeres Gespräch, aber er bat mich, dir zu sagen, dass es ihm leidtut. Er hat seinen Bruder gehasst für das, was er an jenem Abend getan hat.«

»Und warum kommt er dann nicht her und hat die Eier, mir das persönlich zu sagen?« Amaia versucht, ihren Schutzpanzer wieder überzuziehen, aber es gelingt ihr nicht wirklich.

Ich wage kaum, es auszusprechen, weil ich keine Ahnung habe, was diese Information bei ihr auslöst. »Weil er tot ist.«

»Fuck«, murmelt Cy, doch ich reagiere nicht auf ihn. All meine Sinne richten sich auf Amaias Reaktion.

Als sie Sekunden später immer noch regungslos geradeaus sieht, erzähle ich die ganze Geschichte.

»Die Scorpions waren clever genug, nicht das Haus zu stürmen. Delgado hatte so viele Männer, sie hätten keine Chance gehabt. Also haben einige Männer am Zaun ein kräftiges Ablenkungsmanöver veranstaltet, damit Big B mit ein paar Jungs unbemerkt ins Haus gelangen konnte. Am Ende war uns klar, dass wir es nicht alle lebend rausschaffen werden. Er hat mich gehen lassen und mir Deckung gegeben. Es war knapp, aber ich habe es geschafft. Er ist für mich und Don gestorben.«

Amaia reagiert noch immer nicht.

»Alles okay?« Ich lege eine Hand auf ihre Schulter, um sie wieder ins Hier und Jetzt zu holen.

»Ja. Ich ... ich weiß nur nicht so recht ...«, verzweifelt sieht sie mich an. »Denkst du jetzt also, er war ein guter Mensch?«

Zärtlich streichle ich ihr eine Träne von der Wange, die sich unbemerkt davongestohlen hat.

»Nein. Das denke ich ganz sicher nicht. Aber er war vielleicht auch nicht das Monster, das ich zuletzt in ihm gesehen habe.«

»Und jetzt? Ich meine, was passiert jetzt mit den Scorpions?«

»Deswegen hat es so lange gedauert«, erkläre ich. »Ich bin mit ins Clubhaus gefahren und habe mit den Jungs geredet. Sie können nicht abschätzen, inwiefern das Kartell Rache fordern wird. Gut möglich, dass die Strukturen von Salazar zerfallen, jetzt, da kein Erbe in Sicht ist. Oder aber es wird einen neuen Boss geben, mit dem verhandelt werden kann. Unser neuer Pres wird sich diesem Problem stellen müssen.«

»Wer?«, fragt Cy knapp.

»Don«, erwidere ich. Dabei nehme ich Amaias Hand wieder in meine und verflechte unsere Finger miteinander. »Er ist einer von den Guten. Er wird den MC auf einen neuen Weg führen, da bin ich sicher.«

»Und dein Status?« Amaia presst erwartungsvoll die Lippen aufeinander.

Wenigstens diesen kleinen Sieg gibt es zu feiern. »Hangaround.«

»O Heiliger«, seufzt sie und ihre Schultern sacken ab.

»Was bedeutet das?«

Ich wende mich an Harper, doch Amaia ist schneller. »Das heißt, er hat eine lose Verbindung zum Club. Keine Rechte, aber auch keine Pflichten.«

»Ich hätte es nicht besser erklären können«, lobe ich und gestatte meinem Grinsen, sich zu verbreitern.

Allerdings sackt es in sich zusammen, als ich zu meinem Bruder blicke.

»Cy?«

Er hat die Ellbogen auf die Knie gestützt und starrt auf den Boden.

»Was machen wir jetzt?« Fragend hebt er den Kopf. »Delgado ist tot. Gut und schön. Aber unser Vorhaben ist im Grunde gescheitert. Wir sind noch immer nicht sicher. Wir brauchen einen neuen Plan.«

»Und zwar einen besseren als den letzten«, wirft Amaia ein.

»Also«, sage ich und hole tief Luft. »Ich sage es nicht gern, aber für mich gibt es nur eine Möglichkeit.« Es scheint, als hielten alle den Atem an. »Flucht.« Ich lasse mit dem einen Wort alle Luft aus meinen Lungen entweichen.

»Du willst abhauen?« Cyrus schüttelt den Kopf und springt auf. »Das kann nicht dein Ernst sein.«

»Cyrus«, mahne ich. »Sieh uns an.« Mit ausgebreiteten Armen deute ich über unsere kleine Runde. »Wir sind am Ende. Du wirst Vater. Ich bin seit Wochen verletzt, Amaia sowieso. Wir haben nicht mal eine verfluchte Wohnung. Von Colby wollen wir erst gar nicht sprechen. Wir brauchen eine Pause und das Hotel ist geschlossen. Geh mit Harper zurück ins Ausland. Bekommt euer Kind, beschütz deine Familie. Das hat oberste Priorität.«

Seit der Explosion hat keiner von uns mehr darüber geredet, wie es nach dem Wiederaufbau weitergehen soll. Vor allem mit dem Club. Vielleicht täusche ich mich, aber mein Gefühl sagt mir, eine Ära ist still und heimlich zu Ende gegangen, und ehrlich gesagt, ist mir das scheißegal. Der Club bedeutet mir nichts.

»Und ihr?«, fragt Harper mit bebenden Lippen. »Kommt ihr nicht mit uns?«

Ich wende mich an Amaia. »Ich halte es nicht für clever, wenn wir alle an den gleichen Ort gehen. Aber ich werde nicht ohne dich weggehen. Lass uns zu zweit abhauen. Wir packen eine Tasche auf die Harley und sehen, wo wir landen. Kein Handy. Kein Internet. Kein GPS. Unterhalb des Radars.« Obwohl ich sie vollkommen ruhig ansehe, sind meine Nerven zum Zerreißen gespannt. »Natürlich nur, wenn du das auch willst. Wenn du hierbleiben willst, bin ich bis zum letzten Atemzug an deiner Seite.«

Ihre Finger finden meine Wange.

»Nein. Ich will nicht, dass irgendwem etwas passiert. Wo du hingehst, gehe auch ich hin«, sagt sie voller Wärme in der Stimme. Und ich muss aufpassen, dass ich nicht heule wie ein Baby.

»Colby könnte einen Entzug machen und zu Kräften kommen«, spinnt Cy meine Idee leise weiter. »In Europa dürfte er außerhalb ihrer Reichweite liegen.«

»Und dann stellen wir uns mit vereinten Kräften dem Feind«, bringe ich es zu Ende.

»Und wenn sie in der Zeit nur noch mehr Männer um sich schart?« Harper sieht noch nicht überzeugt aus. »Oder wenn sie uns findet?«

»Das Hotel ist geschlossen. Wenn wir weg sind, haben eine Menge Leute keinen Job. Wir können ein noch größeres Team zusammenstellen. Sie können Informationen sammeln und sich gegebenenfalls einschleusen. Vielleicht schafft Russell es, sie ausfindig zu machen und zu infiltrieren.« Mein Herzschlag beruhigt sich, weil Cy offensichtlich meiner Meinung ist. »Und sie wird uns nicht finden. Das hat sie in den vergangenen Monaten auch nicht. Wir sind vorsichtig und kaufen uns neue Identitäten. Savy mag auf dem Rachefeldzug sein, aber sie ist nicht die CIA«, führt er seine Gedanken aus.

»Das kann funktionieren«, gebe ich ihm recht.

»Wir holen Luft und dann ...« Cyrus sieht mich an.

Ich wiederum sehe Amaia an und drücke ihre Hand. »... dann schnappen wir sie uns.«

Sie presst die Lippen zusammen. Nickend rückt sie etwas dichter an mich heran.

Auch Harper kuschelt sich an die Seite meines älteren Bruders, der sich wieder hat auf das Polster sinken lassen.

Und damit ist es offensichtlich besiegelt.

Wir tauchen unter.

Ich bin nicht sicher, ob es naiv ist, aber für diesen Moment fühlt es sich an wie ein Happy End. Denn ich kann bei Amaia sein.

Ich werde der Mann auf dem Motorrad. Aber mit der Frau, die ich liebe, hinter mir. Was verflucht sollte ich mehr wollen auf dieser Welt?

Vielleicht habe ich all die Jahre vergebens danach gesucht, mich irgendwo zu Hause zu fühlen, und dabei nicht bemerkt, dass es kein Ort sein muss, den ich brauche.

Ich möchte mir ein Zuhause aufbauen. Mit Amaia. Ich möchte mit ihr einschlafen und neben ihr aufwachen. Ich möchte sie beobachten, wenn sie isst und dabei zusehen, wenn sie im Meer baden geht. Ich will sie kennenlernen. Ihre Macken und ihre Angewohnheiten. Alles von ihr. Ich will ihren Körper, wann immer mir danach ist, und ich will an ihrer Seite sein, wenn sie mich braucht.

Wir werden zusammen sein. Und dabei ist es vollkommen egal, wo.

Hauptsache, sie ist bei mir.

Womöglich sind es nur wenige Monate, aber bis dahin werde ich im fucking Paradies sein.

Epilog

AMAIA

»Und du bist sicher, dass du nicht doch noch schnell reinwillst?«

Wie ein Hund schüttle ich das Meerwasser aus meinen nassen Haaren und nehme das Handtuch entgegen, das Caiden mir mit einem Zwinkern hinhält.

»Danke«, seufzt er und lehnt sich mit den Ellbogen auf den Tank seiner Harley. »Der Ausblick genügt mir vollkommen.«

Anstatt sich tatsächlich die wunderschöne Landschaft und die untergehende Sonne über dem Strand von La Manzanilla anzusehen, hat er nur Augen für mich.

»Du hast schon wieder diesen Ausdruck im Gesicht.«

»Welchen?« Mit langsamen Bewegungen lehnt er sich nach hinten. Das schwarze enge T-Shirt spannt über seinem Bizeps, als er den Arm ausstreckt und mich an der Hand zu sich zieht. »Den, der sagt, dass ich einfach nicht genug von dir kriegen kann?« Ungeachtet dessen, dass ich klatschnass bin, schlingt er sich mein Bein um den Körper und zieht mich rittlings auf seinen Schoß.

»Genau den«, hauche ich lächelnd mit einem Kuss auf seine Lippen. Ich presse mich auf seinen Schritt und kreise sanft mit den Hüften. Dabei seine Erektion durch mein nasses Bikinihöschen zu spüren, lässt die Abkühlung schnell in Vergessenheit geraten. Ich stehe schon wieder in Flammen.

Caiden drückt meinen Hintern auf seinen Schwanz und vertieft unseren Kuss. So läuft es im Grunde seit Monaten. Wir lieben uns. Am Strand. In Hotels. Unter den Sternen. In schicken Hotelbetten genauso wie auf einer Wolldecke im Sand. Ständig. Und es fühlt sich perfekt an. Aber das ist nicht alles. Wir reden auch viel. Über die Zukunft, unsere Ängste und Sorgen. Wir sehen uns Städte an, erkunden einsame Buchten und gehen in Museen, wenn uns danach ist. Wir leben den absoluten Traum.

Freiheit.

Das trifft es ziemlich genau.

Wir sind frei.

Natürlich haben wir die Geschehnisse aus L. A. nicht vergessen. Uns ist beiden bewusst, dass wir die Sorgen nur aufgeschoben und keinesfalls aufgehoben haben. Aber die Zeit in Mexiko ist ein kleiner Vorgeschmack auf das, was wir haben werden, wenn eines Tages alles vorbei ist.

Und jap. Wir haben uns für Mexiko entschieden. Irgendwie fand ich Caidens Idee süß, so meiner Mom noch einmal näher zu sein, und ich selbst wollte ihre Heimat schon immer besser kennenlernen. Außerdem wird niemals jemand denken, wir wären so dumm und flüchteten ausgerechnet in das Heimatland von Delgado.

Niemand weiß, dass wir hier sind.

Wir telefonieren jeden Sonntag um die gleiche Zeit über ein Internetcafé mit Colby, Harper und Cy. Es ist schön, von ihnen zu hören.

Colby hat inzwischen einen Entzug gemacht und ein Hotel in London übernommen. Wir gehen alle davon aus, dass Savy sich nicht bis England durchschlagen wird, aber ich spüre bei jedem Gespräch, wie Caiden um seine Sicherheit besorgt ist.

Cy und Harper sind irgendwo auf der Welt und schauen ihrem Bauch täglich beim Wachsen zu. Nicht mehr lange und Clayton junior wird auf die Welt kommen. Für mich ist es okay, nur aus der Ferne teilzuhaben, aber ich merke, dass Caiden seine Brüder vermisst. Es dauert oft lange, bis er sich nach den Gesprächen wieder fängt. So sehr er sich jedesmal darauf freut, genauso zieht es ihn runter.

Da habe ich es einfacher. Ich konnte mich in aller Ruhe von Ed verabschieden. Es war emotional, aber es hat mir nicht das Herz gebrochen. Der alte Sturkopf wohnte schon im Haus nebenan, bevor ich geboren wurde, und er wird auch noch da sein, wenn ich zurückkomme.

Keuchend löst Caiden sich von mir. »Ich bin dringend dafür, wir nehmen uns heute mal wieder ein richtig schickes Hotel.«

Seit Tagen haben wir gecampt oder unter freiem Himmel geschlafen.

»Hm«, schnurre ich und streiche ihm die Strähnen zurück, die sich aus seinem Dutt gelöst haben. »Eine richtige Dusche.«

»Ein bequemes Bett.« Mit Nachdruck bewegt er mich rhythmisch auf seiner Härte. »Du. Nackt. Unter mir.«

»Oder über dir«, necke ich ihn und schiebe dabei mein Becken vor.

»Noch besser«, grinst er frech. Wir wissen beide, dass sich *die* Handschellen in einer unserer Satteltaschen befinden. »Das klingt himmlisch.«

»Das tut es.« Ich bestätige meine Worte mit einem leidenschaftlichen Kuss.

Alles mit Caiden klingt himmlisch. Weil wir perfekt zusammenpassen. Und zwar ganz egal, ob wir mitten in Mexiko auf einer einsamen Straße eine Harley reparieren müssen oder einer von uns mit einer Lebensmittelvergiftung zu kämpfen hat. Das kriegen wir genauso hin, wie uns leidenschaftlich zu lieben.

Weil wir uns gegenseitig respektieren, uns wahrnehmen als der Mensch, der wir ohne Filter sind, und den Blick aus der Sicht des anderen nie aus den Augen verlieren.

Als ich Caiden das erste Mal gesehen habe, hielt ich ihn für meinen Feind. Ich dachte, er wäre gekommen, um mir das Leben schwer zu machen. Doch stattdessen hat er mich erst wieder lebendig gemacht.

Er ist zu meinem Freund geworden. Meinem besten Freund, dem ich meine dunkelsten Ängste und meine schimmerndsten Träume anvertrauen kann. Das hat ihn schließlich zu dem Mann werden lassen, den ich mehr begehre, als ich je zuvor einen Menschen begehrt habe. Es ist nicht nur sein Körper, der mich willenlos macht. Es ist vor allem sein wundervolles Herz, in dem ich einen Platz bekommen habe, den ich nie wieder kampflos hergeben werde.

Ganz gleich, was uns erwartet, wenn wir jemals nach Los Angeles zurückkehren. Ich werde für ihn da sein. Ich werde an seiner Seite kämpfen und alles vernichten, was versucht, unser Leben kaputtzumachen.

Denn wir gehören zusammen.

Das weiß ich inzwischen.

Atemlos lege ich meine Stirn an seine. So verharren wir, bis wir irgendwann gleichzeitig die Köpfe drehen und sehen, wie die Sonne hinter dem Meer verschwindet.

»Weißt du, welcher Gedanke mich irgendwie glücklich macht?«

»Welcher?«, fragt er und streichelt zart über meinen Rücken.

»Meine Mom würde es sehr glücklich machen, mich so zu sehen. Und weißt du was, auch wenn er es nicht verdient hätte, dass ich mir darüber Gedanken mache, aber meinem Dad sicher auch. Irgendwo tief in seinem kaputten Herzen.«

Caiden zieht mich noch enger an sich. Bestimmt geben wir ein komisches Bild ab. Er auf seiner Harley mit mir nur in einem Leopardenmuster-Bikini auf dem Schoß.

»Du hast recht. Das hätte es. Aber weißt du noch was?«

»Hm?«

»Er hat es gar nicht verdient, dich als seine Tochter zu haben.«

»Alter Charmeur«, witzle ich und küsse ihn auf die unrasierte Wange.

»Nein, nein. Ich meine das schon ganz ehrlich.

Manchmal wünschte ich, ich hätte damals schon gewusst, wie es mal kommen würde. Dann hätte ich von oben auf ihn herabgesehen. Weil ich im Gegensatz zu ihm erfahren durfte, was für ein wundervoller Mensch du bist. Du bist so unglaublich schön und stark. Klug und majestätisch.«

»Majestätisch?«, kichere ich.

»Ja.« Sein tiefes Lachen vibriert bis in meinen Körper. »Aber was dich erst perfekt gemacht hat, ist der Mut, zu deinen Gefühlen zu stehen. Zu den guten genauso wie zu den schlechten.« Er lehnt sich ein Stück zurück, um mich anzusehen. »Deine Gefühle haben dich nicht schwächer gemacht. Sie haben dich zu dem Menschen gemacht, der du bist. Zu dem Menschen, den ich liebe.«

Tief seufzend schaue ich ihm in die wunderschönen grünen Augen. Sein Gesicht ist in den letzten Wochen braun geworden. Sommersprossen umranden seine Nase.

»Danke«, hauche ich.

»Ich muss dir danken, Sweetheart.«

Fragend sehe ich ihn an.

»Wofür solltest du mir danken, Liebling? Für eine gebrochene Nase und ein paar Tritte in den Hintern?«

»Nein.« Sein sanftes Lächeln wärmt mich bis ins Herz. »Dafür, dass ich mit dem Platz an deiner Seite ein Zuhause gefunden habe.«

Die Sonne ist bereits verschwunden, als ich sein Gesicht in meine Hände nehme und meine Lippen auf seine lege.

Wir sind beide an einem Punkt angekommen, an dem wir uns trotz aller Unklarheiten unseres Lebens nicht länger fragen müssen, wo wir hingehören.

Wir sind angekommen.

Caiden ist mein Zuhause und ich bin seines. Auch wenn nichts ist, wie es eigentlich sein sollte, sind wir dort, wo wir immer sein wollten.

Ende Band 2

Danksagung

Mein erster Dank bei diesem Band der Claytons gebührt meinen Testleserinnen. Ich weiß es wirklich zu schätzen, dass ihr euch neben eurem privaten Stress immer die Zeit nehmt, mich zu unterstützen.

Also ein dickes und fettes Danke an Aaliyah, Michelle, Ronja, Hanna, Jennifer, Laura, Daniela, Lisa und Maria.

Ich danke außerdem dem Federherzverlag für den Druck und den Vertrieb der wundervollen Printausgaben der Claytons. Schön, dass wir diesen Weg zusammen gehen.

Neben dem Verlag und den Testlesern danke ich der lieben Eva für ihren Einsatz in der Korrektur.

Und dann gibt es da noch einige Menschen, die nicht nur testgelesen und korrigiert haben, sondern sich auch noch mit meinen Selbstzweifeln, Sorgen und Klagen rumschlagen mussten.

Liebe Carolina, liebe Alex, ohne euch hätte ich höchstwahrscheinlich zwischendurch das Handtuch geworfen. Danke fürs Motivieren, Mutmachen, Lesen, gut Zusprechen und eure offenen Ohren.

Alex … meine Schwester im Geiste – meine Fernehefrau – danke für alles, was du für mich tust. Du gehörst inzwischen zur Familie. Und eben dieser gebührt meist mein letzter offizieller Dank. Einen fetten Kuss an meinen wundervollen Ehemann und die besten Söhne der Welt. Es tut mir leid, dass die Claytons uns die Weihnachtsferien gecrasht haben. Danke, dass ihr immer so viel Verständnis für meinen Job habt. Ich liebe euch.

Und noch ein letzter Hinweis an meine liebsten Leser*innen: Ohne euch wären wir nicht an diesem Punkt.

Ihr seid die Wurzeln, die meine Bücher wachsen lassen. Euch allein gehört das größte Danke von allen.

Lasst mich unbedingt wissen, wie euch die Geschichte von Caiden und Amaia gefallen hat.

Triggerwarnung

Dieses Buch enthält neben expliziten Szenen und derber Wortwahl Elemente, die dich triggern könnten.
Diese sind:
Gewalt, Drogenmissbrauch, Mord, häusliche Gewalt, Vergewaltigung, Rassismus

Boss Kisses von Mica Healand

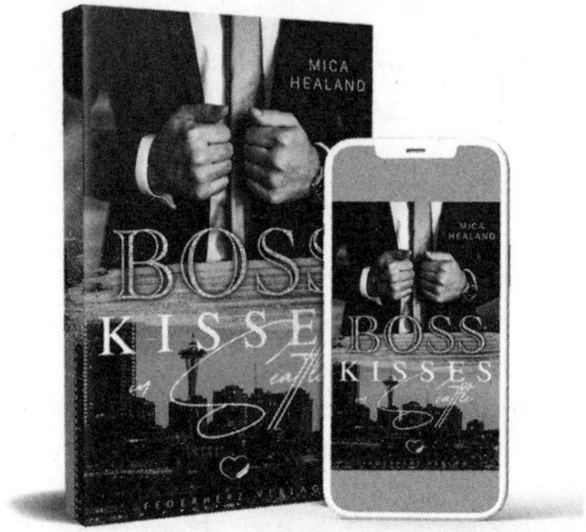

Er ist ein skrupelloser CEO. Macht und Frauen sind alles, was ihn interessiert.
Sie braucht einen Job. Liebe und Familie sind ihr das Wichtigste.
Zwei Welten. Zwei Geheimnisse. Eine große Liebe?

Es ist ein Missverständnis, welches Summer Winters in das Büro des schwerreichen CEOs Maverick Stark führt. Doch der Job als seine Assistentin ist zu gut, um die Umstände aufzuklären. Immerhin zwingen die chaotischen Verhältnisse im Hause Winters sie dazu, ihre Familie finanziell zu unterstützen. Voller Eifer boxt sich Summer durch den Job und die raue Welt ihres Bosses. Gefühle gibt es bei ihm nicht, bis Summers farbenfrohe Art etwas in ihm entfacht, das er sich lange Zeit verboten hat. Nur ist Summer nicht die einzige mit einem Geheimnis, denn auch Maverick hat etwas vor ihr zu verbergen.

Hat ihre Liebe überhaupt eine Chance, wenn Summer erfährt, was Maverick wirklich vor ihr verheimlicht?